第七届新浪原创文学大赛杰出作品

谁系的死结

老三 著

上海文艺出版社

第一章　劫匪来了

1

沈小北半夜从梦中惊醒,猛然发现床边站着一个人!

那人直愣愣地盯着她,虽然在黑暗里,可他眼光里的不怀好意还是让沈小北感觉到了。

起初以为是做梦,可她鼻子里嗅到了陌生人身上的气味,还嗅到了危险,那危险触手可及。她“嗷”地一声坐起来,用手捂住了胸部,吓得魂飞魄散。

她身上光光的,连条布丝儿都没有。

“别叫!”蒙面人一伸手,捂住沈小北的嘴。蒙了面的脸上,露出的一双眼睛凶狠地瞪着她。

“你是谁?”沈小北的声音有点失声,整个身体僵住了。不是不敢动,是不能动,因为一动,蒙面人的目光就鹰隼似的盯过来。

“我是你的噩梦。”蒙面人压低声音说,脸忽然凑到沈小北的面前,目光邪恶地在她的裸体上晃来晃去。

“别过来!”沈小北又惊又怕,身体抖得像筛糠。毯子就在旁边,她伸手拽过来想盖在身上遮羞。

蒙面人却一把将毯子按住，一双火辣辣的目光逼住她。一只腿已经跪在了床上，像只狼一样像沈小北压过去。

“滚开，滚开，老公救我。”沈小北拼命向蒙面人踢去。

蒙面人没有防备，被踢到床下，碰倒了旁边的椅子，弄得乒乓作响。

“啥时候了，他妈的不知轻重。办正事，赶紧把那女的绑过来！”客厅里一个陌生的声音低声命令着。那男人的声音有点沙哑含混，却凶狠狠的，有着不可抗拒的力量。

“别动我老婆，你们是来发财的，和气生财，和气生财。”客厅里沈小北的老公耿直的声音也传了过来。

沈小北已经明白怎么回事了，家里半夜进了凶悍的劫匪。老公已经被控制，自己一个人抵抗显然人单势孤，只好先委曲求全。

“我要穿衣服。”沈小北说。

床边，有条水粉色的丝绸睡衣。

丝绸滑滑的，凉凉的，穿上去很舒服。但沈小北向来喜欢裸睡，即使是薄如蝉翼的丝绸睡衣，她也是穿到半夜，不知不觉就脱了下来，随手一扔，早晨起来才发现睡衣已经被她脱掉了。

现在，她恨死了半夜脱掉睡衣的毛病，否则也不会将自己置在这么尴尬而屈辱的境地。

“你不穿衣服更好看。”胖子猥琐的目光在沈小北的身体上逡巡，他的声音很低，似乎有点怕外面的那个男人听见。

“便秘啊，还那么磨蹭！”客厅里，先前那个男人的声音有些急躁地说：“赶紧绑过来，胖子你手里的刀是吃屎的，她要不听话就给她放血！”

“别别别，我配合你们，完全配合你们，小北别怕，我在客厅。你也配合他们，他们不会伤害咱们的，他们只是求财。”客厅里，耿直一迭声地恳求着。

沈小北颤抖着将睡衣穿在身上，蒙面胖子一把抓起沈小北，想用什么东西绑住她。最后他在床脚发现一堆绳子。

其实那是一张丝线编织的渔网,是耿直和沈小北做爱时的道具。那人将渔网扯过来捆上沈小北,把她推进客厅。

沈小北想不明白,一觉醒来,怎么就从天堂掉进了地狱?

昨天夜里,的确是在天堂的。晚上睡觉前,耿直开始到浴室洗洗刷刷,还刮了胡子,修了指甲。他在做这一切的时候,不时美滋滋地打量着一旁压腿弯腰的沈小北。

沈小北在市里一家健身中心做教练。每天晚饭只喝一点鸡汤,还要做有氧运动一个小时,把那一碗鸡汤的热量消耗掉。耿直看着妻子在地毯上将两条腿劈来劈去,就坏笑着说:“别运动了,等会我陪你练。”

沈小北没搭理他,这是她上了体育学院之后就开始的雷打不动的习惯,一旁的耿直却径直走过来,一把将沈小北抱起,抱到卧室的床上。

夜色旖旎,仿佛展开一幅情色的画卷。耿直亲吻着沈小北的肌肤,沈小北配合地发出一声声娇喘微微的呻吟。耿直顺手从床下的抽屉里拿出一张丝线编织的渔网,用那柔软的渔网将沈小北一点点地包在里面。渔网渐渐地拉紧,沈小北白皙的肌肤就被渔网勒成一块块的方格。耿直就一个方格一个方格地亲吻吮吸着渔网勒出的沈小北的肌肤。沈小北叫得越来越尖锐,她的身体越来越软,越来越热,更要命的是,沈小北的皮肤颜色出现了许多红色的斑点。

耿直把这叫做玫瑰花瓣。

沈小北的身体预热后,就会出现这些要命的玫瑰花瓣。

耿直看到沈小北的表现,很有成就感,他进入妻子的身体,感觉那里紧致而湿润,柔软而多情。隔着那丝丝缕缕的渔网,他一下下地撞击着,一下是天堂,一下是地狱。

而沈小北已经叫得变了声音,她觉得她的身体在飘,在飞,飞进了天堂……那张渔网束缚着她，让她想挣扎，却又心甘情愿地臣服，那种感觉，刻骨铭心地快乐。

只是现在，她落到了地狱，而那个让她飞到天堂上的渔网，成了见证她屈辱的目击者。

外面黑压压的，一点亮光都没有，这时应该是凌晨时分。楼下的店铺都打烊了，一切都沉浸在暗夜的喘息里，连地上掉根针都听得见。

客厅沙发桌上的台灯打开了，橘黄色的光泽幽暗地照着房间。如果点缀红酒美食，这光线就是浪漫的颜色。但现在，则成了压抑的颜色。胖子用渔网将沈小北绑在客厅的一张椅子上。

另一张椅子上，捆着耿直。耿直脖子上还被一柄锋利的匕首逼着喉咙。拿着匕首的是个小个子男人。

看到老公被匕首逼着咽喉，沈小北的心提到了嗓子眼，她大睁着眼睛，紧紧盯着小个子攥匕首的手。担心他拿不稳匕首，锋利的刃会割断老公的咽喉。

小个子同样蒙着脸，低声喝道："规矩点，不合作就要了你们的命。"

"小北别反抗，两位兄弟也是同胞，不会把咱们怎么样的，都是手头短才走这路的，咱们要配合。"耿直的口气低三下四，完全没有了往日的镇静和优雅，那恭敬的口气像个太监在伺候慈禧。

他大概是害怕沈小北的牛脾气爆发，惹怒劫匪，招来伤害！

在生死存亡的关头，耿直选择了卑躬屈膝。看着崇拜仰慕的老公现在的样子，沈小北心里说不出的难受。

"钱在哪？存折银行卡首饰在哪？"小个子男人用刀背重重地敲击着耿直的肩膀。

耿直疼得皱着眉头，忍着疼痛说："在茶桌下面的盒子里。"

那里，是一些小份额的存折。

胖子很快在茶桌下找到了盒子里的存折。他看着上面的几千元，不高兴地踢了耿直一脚，说："操，看你们家这大房子，这东西，几千元的存款，唬谁啊？我看你就是欠收拾。"他用手指在房子里划拉一下，然后一巴掌扇到耿直的脸上。

"别打他！"沈小北尖叫了一声。看着老公挨打，尤其是被扇耳光，她心里刀割一样的难受。她受不了老公在他们面前低三下四，更受不了老公被侮辱打骂。钱没有老公重要。她急忙说："家里的钱他不知道，我告诉你们。"

因为害怕和气愤，她的声音有些颤抖。

"快说，不说我剁了你。"胖子的手指捏着沈小北的下巴颏，捏疼了她。

"不就是要钱吗，你们客气点，钱财都是身外之物，只要你们不伤害我们，我们就配合。"耿直看那胖子捏妻子的下颌，焦急地说。苦于咽喉上的刀，否则肯定会扑上来保护小北的。

"在卧室的衣橱里。"沈小北有点颓丧。在这种情况下，家已经变成了地狱，老公时刻有生命危险，她时刻有被胖子猥亵或者强奸的可能，唯有妥协，没有别的出路。但她脑子里一刻也没停歇，飞快地转着，想着摆脱危险的方法。

房间里没看到新雇佣的小保姆。她怎么睡得这么死？外面已经换了天地换了主人，她还在睡觉？还是她跟劫匪是一伙的？

还没等沈小北再想下去，就听到后面保姆的房间有动静，胖子愣怔了一下，扭头去看，就见黑糊糊地扑过来一个人，手里还拿着明晃晃的菜刀，一边扑过来一边大喊着："我砍死你！"

胖子扬手挡了一下，手臂差点被菜刀砍中，他"啊"了一声，一脚把扑过来的人踹倒。

扑过来的是保姆小昭。因为跌倒，菜刀甩落到一边。

胖子狠狠踢了小昭两脚，小昭不停地惨叫。小个子压低声音制止胖子："赶紧捆起来，怕外面听不见动静？"胖子就把小昭的手臂狠狠地扭到后面，用小昭扯落到一边的衬衣捆了起来，还用什么东西死死地塞住她的嘴。

小昭被丢到沙发角落，沈小北感激地看她，小昭却摇头眨眼，不知道是表示什么意思。

"奶奶的，等一会儿收拾你。"胖子去卧室翻衣橱。小个子则翻检着旁边的包包。

沈小北紧张而狐疑地看着耿直，后者正看着她，满眼满脸的关切。

这也太倒霉了，睡得好好的，竟然半夜闯进劫匪。他们怎么盯上她家的？论钱，她家在小区里也就属于中下档水平。论车，耿直的车仅仅是款雅阁。这两个劫匪看人也太二百五了，怎么会选到她家？

难道得罪了什么人，遭人报复？

沈小北在几秒钟内把自己认识的人想了个遍。她性格直爽，有时心直口快，有时脾气暴躁，可能得罪过什么人而不自知，但那些人里绝对没有会恶毒地以这种方式来报复她的。

是耿直得罪了什么人？耿直在外做生意，三教九流的人交往的多，说不定什么时候得罪人被盯上了。

可这两人是怎么进来的？

看看房门，好好的，没有撬门别锁的痕迹。再说撬门别锁的动静也会惊醒沈小北。她有点神经衰弱，半夜有点动静就会醒，但她什么都没听到。她家住十三楼，应该不会从窗户进来。从窗户进来也会有不小的动静。那这两人究竟是怎么进来的？怎么就能悄无声地进来，悄无声地绑了耿直，来到床前，沈小北才发觉？

这让她感觉头皮有点发炸，莫非是有钥匙，用钥匙打开门锁进来的？还是根本就有内鬼，直接开门放他们进来的？那个内鬼是保姆吗？可小昭刚才的拼死反抗，动作很凶悍，不像是在演戏。那劫匪究竟是怎么进来的？

“这是什么稀罕东西？”

小个子在搜查耿直的包。他把包里的东西都倒在桌子上，有手机、香烟、钥匙。他用刀尖儿一样样地扒拉着。最后刀尖挑起一只金灿灿的东西，回头向耿直和沈小北一晃，说：“你们他妈的是两口子吗，还用避孕套？”

刀尖上挑着的是一枚保险套。

沈小北吃惊地瞪大了眼睛，耿直的包里怎么会冒出一只避孕套？

耿直脸色有变，他有些讨好地说：“我们暂时还不想要孩子，一直避孕来着。”

“真他妈的有意思。两口子还戴这个？”小个子脸上蒙着面，看不清他的表情，但能看到他的眼睛闪过一抹促狭的光。嘴里嘀咕着说：“不要孩子结个鸟婚？不想过的话，离婚起来多费劲。”

这事儿够戏剧性的。沈小北心里像打翻了五味瓶，什么滋味都有，她忘记了劫匪给她带来的恐惧，刀子似的目光“刷”地向耿直射过去。耿直躲开了，假装没看见她的注视。

他包里哪来的杜蕾斯？他们什么时候说不想要孩子带避孕套来着？耿直没结婚前就吵着嚷着要孩子，想要孩子都快想疯了。刚才那话他怎么说得出口的，还用了那么卑贱的口气和讨好的嘴脸。

她有点不认识地看着耿直。但耿直再没看他，他表情还挺无辜，仿佛那枚套着金灿灿包装的杜蕾斯不存在一样。那是不是他跟别的女人用过而剩下的呢？一想到此，沈小北的心里就被愤怒装满了。结婚不过半年，他怎么就这样了？当初还死乞白赖地缠着她结个什么鬼婚？

胖子忽然冲了出来，死死地捏着沈小北的下颌，恶狠狠地说：“你骗我，赶紧说，别逼我动手。”他在卧室里没有翻出卡和钱，推搡着押着沈小北去卧室找。

身后耿直一直央求似的对沈小北说:“小北,小北,把所有的钱都给他们吧,他们不会伤害我们的,他们是求财的,和气生财。”

沈小北想把自己的两只耳朵堵上,耿直已经不是过去的耿直了。

胖子将沈小北带进卧室,顺势在她的手臂上捏了一下,沈小北“嗷”地叫了一声。

“正事要紧!”客厅的小个子压低声音喝道。

“我没咋滴,是她绊了一下。”胖子一边说,一边用眼睛恐吓似的瞪着沈小北。

沈小北低声说:“你不是要钱吗,你再碰我,我就大声喊,让全楼的人都听见,大不了鱼死网破。”

胖子说:“行行,快点吧。”一边说,一边用淫荡的目光瞟了瞟沈小北的胸口。因为刚才的推搡,那里已经露出大半个胸部。

沈小北想把睡衣往上拉拉,但是她的手被绑在身后,没法拉衣服。她心里难受憋屈到了极限。

卡和钱都在卧室的一叠衣服里面。她犹豫了一下,真的都给他们吗,那是她跟耿直的血汗钱。一想到耿直,她心里别有一番滋味。这个男人的包里放着的保险套是跟谁用的?

胖子在后面忽然把毛茸茸的大手从她睡衣领口伸了进去,低声说:“要不告诉我在哪,我就一直摸。”

沈小北浑身起了层鸡皮疙瘩,一扭身子,躲开了他的手。

现款没多少,那十多万元的卡就在衣柜的抽屉里。胖子以为那么贵重的东西肯定藏在隐蔽处。

小个子拿着卡去取钱了。出去之前,对胖子低声嘱咐说:“看紧两人,别有任何动作。”

胖子看了眼只穿着睡衣,全身曲线毕露的沈小北,咽口唾沫说:“操,啰嗦个啥,我也不是二逼,快去你的得了。”

小个子走了,胖子就坐在沙发上,眼睛盯在沈小北的胸口上。沈小北恶心得别过头去。

“兄弟你渴不,厨房冰箱里有啤酒和饮料,你打开喝,歇一歇。”耿直似乎看出了胖子的不怀好意,急于转移他的注意力。

“你小子倒挺会来事。”胖子对耿直说。

“都是同胞,没有血海深仇。就是借俩钱花花。钱是什么,钱是王八蛋,花了咱再赚。”耿直说话的样子很卑微。

“就是,我们也就是穷得走投无路,才干这事儿。”胖子说着,眼角扫了沈小北裸露在外面的半个胸脯。

“抽屉里有烟,中南海,别人给的,兄弟你抽不?”耿直依然卑微着。

他那是与虎谋皮!沈小北看着眼前的耿直,觉得陌生,心里一阵阵地翻腾。只希望老天有眼,让时间快点过去,让恶魔快点走。

“你多大?”胖子忽然坐到椅子上,大手摸上沈小北的大腿,还要向大腿深处摸。

沈小北浑身一激灵,条件反射地抬脚踹向胖子,破口大骂:“操你祖宗,钱你也拿了,还他妈的想干啥?”

胖子没想到沈小北敢骂他,刚想有所报复,门铃突然响了。

2

房间里的几个人都浑身一颤。胖子不安地看着墙上的对讲机,嘀咕着:“妈的回来直接进来呗,按什么铃啊。”

他的话音刚落,门开了,小个子走了进来。

胖子惊慌地看着小个子,指着对讲机,结巴地说:“大哥,咋整?”

小个子立刻从口袋里拿出胶带,将沈小北的嘴巴缠了好几层。然后把刀子横在耿直的咽喉上,低声对他说:“你去接,敢说没用的,我就给你老婆放血。”一把将耿直连带身下的椅子拽到玄关处,拿起了对讲机的话筒,贴到耿直的耳朵上。

电话是楼下大厅里的保安东来打来的。

“耿先生,不好意思大半夜打扰您。刚才有个小个子来回进出了两趟,说是你家亲戚,我想证实一下。”

耿直的咽喉上横着小个子的刀刃,就说:“是亲戚,是亲戚。”

“你确定没事?”东来又问。

“真没事,让你费心了。”耿直说。

撩了对讲机,小个子拿刀背拍打着耿直的脸说:“你配合得还挺好。”

嘴巴被缠了胶带的沈小北的希望落空了。

之前沈小北心里真的有过希望,希望东来今天当班,希望东来发现小个子的异常。东来还真发现了,可惜,耿直没有胆子敢说真话。

如果换作她呢?她敢说真话吗?

两个劫匪将沈小北的家洗劫一空,连一元的钞票都没放过,全卷走了。够绝户的!

劫匪走后,小昭挣扎着用地上的菜刀割断了捆着耿直的绳子。一边问耿直和沈小北,“他们怎么进来的,一点没听见动静,你们怎么被捆上了?”

“你怎么没用手机报警,拿菜刀出来多危险。”耿直对小昭说。

“手机没电了,充电器坏了。”小昭嘟囔了一句。

耿直获得自由后,给沈小北解开了渔网,随后他报了警。

3

东来是跟巡警一起进来的。

东来二十七八岁,瘦高的个子,平头,浑身好像除了骨头,没有多余的肉。脸上最出彩的部分是眼睛。眼窝深陷,两只眼睛时常垂着目光,可一旦抬起目光看人时,你会发现那两只眼睛闪烁着灼灼的火焰,有点毒。

他平时不显山不露水的,很少听见他说话。他的眼睛从来不正眼看人,一副弱不禁风的样子,每天丧搭游魂的,好像什么都不上心。可一旦遇到突发事件,他总能比别人反应快,还能出奇制胜。

有一次一个小偷化妆成水暖工进入A座的一户周先生家,周先生的太太怀孕了,周先生出差,周太太就坐车回了娘家。

东来当班时,曾看见周先生带着周太太大包小包上车回娘家,所以当天下午那个水暖工进入A座后,东来忽然觉得不对劲儿。随后也跟了上去,在门外等了半个小时,把那个小偷人赃并获。

东来平时总板着脸,好像谁都欠他二百吊钱似的,眼睛里装不下什么人。甚至有时对楼里的住户还很不客气,但对沈小北好像有点例外。沈小北总觉得出入电梯时,东来的目光似乎若有若无地落在她的身上。那目光很轻,很软,是善意的。似乎不是东来那样的阴郁男人所有的。当她回头去寻找时,却发现东来并没看她。

沈小北对东来印象不错,她不喜欢见到女的就往跟前黏乎的男的。有时上楼下楼看东来懒洋洋地在大厅里巡视,心里就有种很踏实很特别的感觉。

东来进来之后,没有说话,眼皮抬了抬,沈小北感觉到东来的目光看了自己。那一眼里有安慰,有担心,似乎还有别的什么。沈小北心里一动,不知怎么,就感觉非常委屈,想哭。

一个瘦巡警问东来:“今天你当班?”

东来“嗯”了一声,没再多说。

“当班睡觉了?怎么没发现异常情况,她不说那个小个子下去过吗?你还打过一个电话,也没发现出异常?”瘦巡警很不客气地问东来,然后转头又问沈小北:“那小个子下去之后,胖子都做什么了?”

胖子猥亵了我。可这话沈小北无法说出口。

"究竟做什么了,你怎么不配合呢?"瘦巡警不耐地看着沈小北。

沈小北羞恼地喊:"什么也没做。"她的声音也许太大了,把她眼里的泪水震了下来。她后悔报警了。没想到被劫匪折腾了一回,还要被巡警折腾。

"态度好点。"东来淡淡的插了一句。

房子的另一侧也在做笔录的耿直听见东来的话,掉头向沈小北这边看了看。

瘦巡警横了东来一眼:"说你自己的事,你自己的事还没抖搂清呢,告你说,现在的劫匪案子多半是做生不做熟,十之八九是熟人干的,不是保姆就是保安。"说到这里,他回头扫了一眼也在做笔录的小昭,接着说:"劫匪是从门进来的,那么说劫匪肯定有钥匙。能打开这家门锁的,除了房主就是保安和保姆,你们被怀疑是很正常的。"

小昭不干了,一听瘦巡警说怀疑她,立刻铿锵有力地说:"要是我的话,我就不会留活口。"看沈小北看她,眼里竟然闪过一丝戏谑的笑。

小昭比沈小北大个一两岁,为人平时沉默寡言,但很能干。但今晚小昭让沈小北刮目相看,这个貌不惊人的女孩,不仅拼死反抗,还伶牙俐齿。

东来没接瘦巡警的茬,他脸上表情寡淡,但眼神却越发阴郁,阴得能拧出水来。

其中一个高个巡警走过来,用胳膊碰了一下瘦巡警,说:"对三哥客气点,你刚来的,不知道,三哥原来跟咱们是同行。"他拿了把椅子给东来。

东来用脚尖把椅子划开,说:"也劳你大驾了?"

高个巡警说:"今晚我跟巡警走,哪有案子,巡警不到场?"他点燃一支烟,递给东来,东来摆手没要。

瘦巡警在一边嘟哝一句:"邱队你说啥?同行?警惕性不高啊。"转身接着给沈小北录口供。

叫邱队的高个巡警和东来在一边聊。

“你啥时候到这的？出来就到这了？”

“嗯。”

“高射炮轰蚊子，大材小用。你就安心？”

“安心。”

“拉倒吧，我还不知道你？你是能安心的人吗？”

“是。”东来惜字如金，能说一个字，就绝对不会说两个字。

邱队忽然很动情地说：“三哥，要不你写个申请，重新——”

东来摆了下手，制止了他的话。

“那事儿其实也不怨你，是有人想袒护他。”邱队说。

东来摇摇头，脸上的表情不置可否。似乎是不愿意谈起往事。

“我是替你不值，那么个女人，你为了她离队？”邱队又有些动情。

“没完了？”东来的脸色变了，口气已经很不愉快了。

“行，那我问你，你今天值班是不是，值班没发现小个子几出几进的有些异常？”邱队翻了东来一眼，显然对他表现不太满意，甚至还有点恨铁不成钢。

“打电话了，耿先生说没事。”东来说着，看了眼沈小北。沈小北正感激地看着他。

“监控器有两人的图像，三天。”东来说。

“什么三天？”瘦巡警一直在旁边听着邱队跟东来的谈话，听到东来说三天，他不解地问。

“破案。”东来说得异常平静，好像这案子在他心目中已经是即将要破的了。

“你说得轻巧，劫犯在你眼皮子底下都溜走了，你让我们三天逮他回来？”瘦巡警已经给沈小北录完口供，听东来的口气，有些生气。

“小刘，这是咱三哥，怎么说话呢？”邱队不满意同伴不给他面子。

东来什么也没说，转身去了后屋和厨房，一路垂着目光，像想心事，又像是琢磨刚才瘦巡警的话，但怎么看他怎么不像个要破案的巡警。他的目光注意到沙发旁边的地板上堆着的那张渔网，目光停留了几秒。

沈小北心跳如鼓，害怕东来问她那张渔网是做什么用的。说做爱用的？这话怎么说得出口？

还好，东来没多做停留，就去了后面。

见东来去了后屋，邱队对瘦巡警说："刘儿我咋说你好呢？他可不是一般人。坏就坏在女人手上。特警队你知道吧，他是第一任的队长。"

瘦巡警这回有点吃惊，说："就他？瘦得跟大烟鬼似的，我怎么不知道？"

高个给了瘦巡警一拳，不悦地说："你还在警校穿开裆裤呢，知道个六儿？"

瘦巡警吐了下舌头。

4

曙色渐明，一屋子乱糟糟的人都走了，保姆也被巡警带走，有些口供她需要到局里去录。

家里就剩下耿直和沈小北，沈小北忽然觉得有些别扭。是跟耿直在一起的别扭。

"再睡一会儿吧，今天别上班了。"耿直靠过来，把手搂住她的肩头。

沈小北想打落他的手。但只在心里想了想。

房间里的一切都渐渐地清晰在曙色里。打劫后的房间乱得跟古战场似的，一切都向沈小北宣告打劫的事情并没有结束，结束的只是两个突然闯入的强盗走了，却给他们的内心留下许多许多东西：恐惧，尴尬，委屈，包括内心里的那些很难愈合的伤痛。沈小北想摆脱那些东西，但是新的疑问却一个接一个地涌上来。她忽然说："他们哪弄的钥匙？"

耿直愣怔了一下。

“他们进来时，你听见了吗？”沈小北又问。

“听见了，我跟他们打起来了，没打过，就被绑上了。”耿直说。

“可我怎么没听到你们的动静？”半夜她睡得再死，三个人在客厅打斗的动静也实在不会太小，她绝对能听见的。但她从梦中惊醒时，耿直早已被绑到了椅子上。

他没反抗，还是跟劫匪是一伙的？沈小北脑子里忽然石破天惊地冒出这么个念头。

“你可能太累了，睡死了。”耿直说。

沈小北不同意耿直的看法。但她没再问，她想起了耿直包里的保险套。“那枚杜蕾斯是咋回事？”沈小北需要他的解释。

“哪个杜蕾斯？”耿直满脸疑问。“哦，你说的我包里的套套啊，我真不知道啊，咋弄进我包里的我真不知道？”

“放在你包里的你说你不知道？”沈小北再也忍不住了，一晚上的羞辱和气愤，此时都堵在胸口，堵得她胸口疼。她没想到耿直用了这么一个蹩脚的借口。

“昨天跟客户吃饭，给客户叫了小姐，就挨着我坐，大概她们乱放，放错了。”耿直这次笑得坦然。“我骗你干嘛，要真像你想的我在外面花天酒地，还能偷完了腥不擦干净嘴，故意留个套套等着被你抓现形？”

去夜店，泡小姐，还有包里的杜蕾斯。耿直就这么一句话解释了？怎么就那么巧，杜蕾斯会放到他的包里？

不会是耿直在外面搭三搭四挂上的女人，偷配了耿直的钥匙，找个劫匪来报复吧？

这想法一旦浮上沈小北的心头，就犹如一粒种子，在她心里生根发芽，瞬间长成了参天大树。劫匪这事，肯定跟耿直有关，没跑！

是一个电话,解了耿直的围。他公司的秘书夏美打电话让他飞往外地会见一个客户。

听见夏美在电话里甜甜的腻腻的声音,沈小北就烦得不行。

“以前约过他几次,他都没答应,这回他主动找我,看来合作有门儿。”耿直在市里开着一家医药公司,给一些药品做代理,经营辛苦,但总算是盈利的。

耿直为赶早班飞机,匆匆收拾了一下,提着皮箱走了。沈小北动手收拾狼藉的房间。忽然,她想起了什么,猛地冲到书房里。

电脑旁边空荡荡的,那只紫铜香炉不见了。

那是明朝宣德年间制作的紫铜香炉。据老爸说,不是朝廷供奉的成批量制作的香炉,而是朝廷权贵聘请的能工巧匠制作的孤品。价值二百多万,嘱咐过她,无论何时都不许卖掉,那是传家宝。

“记住,就是穷到什么时候,也不能变卖祖宗留下的宝贝。”老爸把香炉给她时,曾郑重其事地对她说。

“小北,你妹妹妙龄不知道这只紫铜香炉的价值,我们也不想让她知道。因为多一个人知道这秘密,就多一分危险。”老妈在旁边说,脸上是小心谨慎的表情。说到妙龄时,老妈的眼里闪过一丝奇怪的表情。

“你喜欢用它,就还用它点香熏房间。尤其放在书房里,熏上一炉香,包你看书的时候更精神。”老爸也喜欢看书。

“祖上留下的规矩,向来是传长子,你虽然是女孩,但是家里的老大,当然要传给你。”老妈说,很迫切地期待沈小北答应下来。

“可这对妙龄不公平。”沈小北说。向来,家里的好东西,两姐妹都是平分的。包括小时候的文具,一式两份。包括新买的衣服,一式两件。现在紫铜香炉就一个,如果妹妹知道她拥有了紫铜香炉,且价值那么昂贵,肯定会生她这个姐姐的气的。

“公平?”老妈不悦地说,口气很严肃:“这个世界从来就没有公平。”

“要不让妙龄保管吧，反正就是个宝贝，又不当吃不当喝的。只要不变现，它永远是个死物。”沈小北说。

老爸看了看老妈，沉默不语，似乎有难言之隐。

老妈横了沈小北一眼，不高兴地说：“这孩子真不懂事！这是祖上的规矩，你说让就让？再说就怕到了妙龄手里，此物不保。算命先生说过，妙龄命硬，宝物在她手里，会伤宝物的。你不一样，宝物在你手里，你能保住它……”母亲的话说到一半，不说了，直直地看着沈小北的身后。

沈小北回头，发现妹妹妙龄出现在门口。妙龄的一张脸涨得通红，眼里溢满了泪水，显然父母的话她都听到了。

“妙龄——”沈小北心疼地叫了一声。从小，她就什么都让着妹妹，不让妹妹受一点委屈。

但妙龄什么都没说，转身跑了出去。

爸妈把宝物交给她不长时间，单位组织旅游，不想出了车祸，双双去世。

现在，爸妈遗留给她的紫铜香炉不见了。她竟然没有保护好它。不是怕愧对父母和祖先，而是紫铜香炉还有大用处。沈小北原想把香炉变卖，给妹妹看病，没想到现在紫铜香炉却丢了！

她气得掉了眼泪。想起半夜那两个劫匪临走时，小个子曾经背个包进了书房，看来他一定是用他的包把紫铜香炉不声不响地拿走了。

其实他可以大摇大摆地拿走，反正沈小北和耿直都被绑在椅子上，被控制了自由，毫无还手之力。他就是拿走他们的生命，他们也无法反抗。可小个子为什么偷偷地拿走呢？是因为他发现香炉的昂贵价值不想让胖子知道？

沈小北颓然跌坐在椅子里。她恨得牙痒痒，那是家传的宝物，怎么就被她丢失了？她感到头疼欲裂，心痛如绞。她恨不得现在就抓到那两个劫匪，灌辣椒水，上老虎凳，凌迟车裂，膑刑阉割，无论用何种办法，都要问出紫铜香炉的下落。

桌子上有只水杯,杯子里半杯凉白开。沈小北感到口干舌燥,浑身的力气好像被抽掉了。她拿起水杯想喝水,但越想越觉得憋气,愤懑怨气冲天,水也不想喝了,只是想做点什么以解心头之气,否则她会憋闷死的。

那只水杯就被她狠狠地摔到地上。

一声清脆的响声过后,落了一地眼泪似的玻璃碎片。

第二章　牛　人

1

沈小北冷静下来，给保安室打电话，找东来。她对东来说了家里紫铜香炉丢失的事。

“你不是认识那个巡警吗？能把他们再找来吗？”沈小北试探地问。

其实她可以重新再报警的，但是她觉得给东来打电话，会更方便些。或者说，那些人因为东来报警的关系，会更重视她家的劫案。

邱队来了，这次带的是两个刑警。还有东来。几个人勘察了沈小北的书房，采取了电脑桌上的指纹和皮屑。

“紫铜香炉的来历能说说吗？”邱队脱下手套，放到茶座上，在沈小北对面的沙发上坐了下来，有点长谈的意思。

“我父母遗留给我的。据说——”沈小北说到据说两字，后面的话没有说。据老妈说，紫铜香炉是跟老爸结婚时，家里就有的宝贝。是祖上遗传的宝物。

“据说什么？”邱队跟上来问。

“据说，是我祖上传下来的。”沈小北有些含混地说。丢失东西报警，你们的任务是帮我找回失物，问东问西作甚？

“那谁清楚呢？你父母已经去世了？谁还知道紫铜香炉的价值？”邱队问。

“我妹妹。但我妹妹也不知道紫铜香炉之前的故事。”沈小北说。她不喜欢有人去打扰妙龄。妙龄自从有病，就不见过去的熟人朋友了。她断绝了跟之前所有朋友的往来，只跟人在网上谈话。

“你妹妹现在在哪，我想见见她。”邱队的口气虽然很平缓，但有点不容置疑。

沈小北后悔提到妹妹了。她踌躇着，不想说。

东来坐在沙发的一角，看了眼沈小北，说：“是帮你。”

沈小北知道巡警想帮她找回失物，但她不希望有人去打扰妙龄。妙龄很讨厌别人看见她坐在轮椅上的表情。她不想去刺激妹妹。

“她在疗养院。”说出这几个字，她非常不情愿。“她的腿在一次车祸中残废，她不喜欢见生人。我不想你们去打扰她。”

邱队想了想说：“那我们暂时先不打扰她，你放心了吧？”

几人走时，东来把一张纸条放到沙发桌上，嘱咐沈小北说：“有事打我电话。”

沈小北看了眼东来，东来难得地露出一个宽慰的笑容。沈小北心里舒服了些。

时间还没到九点，沈小北决定去上班。

原本不打算上班了，跟健身中心的于经理已经请了假，让教练赵聪帮她带两场操。但一想到自己已经身无分文，便决定跟公司先预支一个月的薪水。

沈小北出大厦时，东来从远处走了过来，跟她打招呼。沈小北迈步想走时，东来叫住了她。

“先用着。”东来面无表情地递给沈小北一沓钱。应该有一千块。

"你怎么知道我需要钱?"沈小北万没想到东来借给她钱。她被打败了,心里一热。

"录口供我听见了。"东来淡淡地说。

沈小北看着东来,心里像柳条拂过的湖面,泛起阵阵涟漪。东来冷漠的外表下,竟藏着一颗滚烫的心。

就连老公耿直都没想到的细节,东来却想到了。不仅想到了,还先为沈小北预备了。

东来见沈小北愣怔着,以为她想托词不想接受。就伸手握住沈小北的手,将她的手心翻转向上,把那一沓钱放在她的掌心。点了下头,回身走了。

沈小北握着手心里的钱,那只手掌还麻酥酥的,被东来的大手握过的感觉很奇特。

有些事情就是这样,如果是耿直做了这件事,她心里连个泡泡都不会冒,但这事儿是东来做的,这个连朋友都不算的男人,竟然替她想得这么细致入微,这不能不让她感动。还有感激。

东来这个男人,有点像个谜!

2

健身房里,喧嚣的音乐一直轰鸣着。刚进一楼的跳操大厅,就见赵聪带着一队娘子军杀了过来。

"姐姐啊,帮帮兄弟吧,要不兄弟没活路了,非发生惨案震惊全球不可。"赵聪蝎虎连拉地说。

赵聪,二十四岁,健身中心最年轻也最帅的教练。不仅靠功夫取胜,还靠色相取胜,跟他跳操的多是师太师奶。

沈小北在衣柜前一边换鞋,一边说:"说人话,没人听你二里地话。"

赵聪便嘻嘻笑着贴上来说:"还是姐姐心疼我——"

“谁心疼你啊，别臭不要脸，赶紧地，有话说话，快到时间了。”沈小北回头瞥了那后面跟着赵聪的一堵女人墙，对赵聪说：“这都是急着赶着死皮赖脸要嫁给你的，你没辙了?”

赵聪立刻眉开眼笑地说：“那感情好，要是一人带一间房子嫁给我，我固定资产就堪比王石了。我就不像只猴子似的领操了，立马当寓公。”然后又尿叽叽地央求着：“师太师奶要跟我学肚皮舞，你把课程的时间挪挪，给我腾出一堂课的时间——”

赵聪的话没说完，沈小北的脸色变了。

赵聪急忙改口说：“姐姐喂，兄弟是心疼你，你的班兄弟帮你上一半，你教前半场，我教后半场——”

沈小北不得不翻脸了。“见过脸皮厚的，就没见过你这么厚的。”

赵聪还要央求，沈小北心里憋了一夜的火正没处冒，不再给他脸了，回身喝道：“甭说废话！哪凉快哪呆着去。我要换衣服了。”

换了衣服从换衣间出来，却听见背对着沈小北的赵聪说：“有什么了不起的，她的学员不就是多一点吗，要是我也在环球干上一年，肯定人数翻倍。”

沈小北拍了拍赵聪的肩膀说：“兄弟，别逼我动粗，成吗?”

沈小北走上领操台，冲下面拍了拍巴掌，学员们立即向场中聚拢，每人手里拿只椅子。的士高音乐开始疯狂地响了起来。沈小北这节课是椅子舞，也叫椅子秀，是钢管舞的一种。里面有许多动作幅度大，难度系数大，带一点挑逗和色情，但跳起来很有味道。

之前于经理让沈小北开这节课，大家以为来学椅子秀的不是吧女就是小姐，没想到来学的多数是学生妹或者是三十开外的家庭主妇及办公室职员。这几类人群平时大多是正襟危坐目不斜视的，没想到能来学开放的舞蹈。沈小北教得就格外用心。

用赵聪的话说：“姐姐你跳得也太色情了，下面又不是帅哥，不是浪费表情吗?"

沈小北只送给他一个字:"滚!"

她就要教会家庭主妇怎么会色情。女人不能总是一个上班时的面孔,还有许多妩媚多情的面孔要女人来演绎。

一个半小时的椅子秀跳下来,沈小北出了一身透汗。觉得浑身轻松多了,被劫匪弄的一身晦气也没了不少。刚要下跳操台,忽然听到门口一阵吵闹,伴随着尖锐的叫声,紧跟着一个人被从外面丢进了场地上。

那个被丢到场地中的人跌跌撞撞地爬起来,竟然是赵聪。

刚爬起来的赵聪很快被后面跟进来的人一脚踹倒。那人中等个子,光头细目,满脸傲慢,一身黑色的休闲服衬着他的一张脸有点阴郁。年龄似乎不大,但却有了微微隆起的小肚腩。

光头在众目睽睽之下,狠狠踢了赵聪几脚。赵聪在地上狼哭鬼嚎。光头抱拳向场内的教练学员大声说:"知道我为什么要揍他呢?那我就有义务告诉告诉你们这些不知情者:因为他勾搭别人的老婆。"

健身房里的人们都引颈听着,有人嘴上低声说着"打人犯法""不许打人"。

光头理都不理那些叫嚷,他大声说:"我知道打人犯法,可泡别人的老婆更犯法。都是犯法的,我揍他就是为民除害,将功补过了。这种人不仅该揍,还该砍,让他长点记性,别人的老婆不能泡!"

大家还没弄明白光头的话,却见他手里已经多了一把锃亮的匕首。他用匕首锋利的刃在自己左手的指甲上担了一下,人们的耳朵都听见了那种薄薄的锋利的刀刃撞击指甲的清脆声。那声音听着让人有些胆寒。

"做错事就得改,不改就要受到惩罚。我就是这个来行刑的判官。"光头说着,一哈腰,按住赵聪,手起刀落,当当两声,砍在赵聪的手腕上。只听赵聪在地上杀猪似的叫个不停,浑身蠕动得像只蛆。

光头踢了赵聪一脚,轻蔑地说:"别他妈的装死,你泡人家老婆那尿呢？我砍你的是刀背。记住小白脸，这次用刀背砍你，如果还有下次的话，砍你的就是刀刃了。”

说着，光头向众人扫了一眼，带着他的一哨人马，跟来时一样迅速，立马在健身房消失了。

沈小北在领操台上却觉得光头扫过来的目光好像很有针对性地在她脸上多停留了那么一下。这感觉很不舒服。

赵聪班上的一帮女人哗啦一下围住了赵聪。赵聪手腕虽然没事，但身体的其他部分被打得够呛，女人们急忙打车将他送去医院。

3

在公司里预支了一个月的薪水，沈小北想去服装店给妹妹买条裙子。上周去看妙龄时就答应她的。她没坐出租车，刚刚被洗劫一空的家，实在经不起浪费，能省则省吧。她准备步行一站地，到广场坐公交车去新世界服装大厦。只是这一站地走得有点别扭，总感觉有双窥视的眼睛一直在身后跟着她。

可是一回头，后面却都是陌生的人，没有谁好像专门盯她梢。走到站点时，沈小北后背靠在站牌旁边的避雨棚上，大眼睛咕噜咕噜扫了扫四周，依然没发现可疑的人。但那种被窥视的感觉却依然存在。

公交车一停，沈小北就从前门上去了。又从后门下了车。她看到一个人正拿着手机对着公交车里搜寻着，巴望着，一副猥琐的偷拍者的嘴脸。

她只觉得怒火像要从胸膛里窜出来，半夜被劫匪入室抢劫就够窝囊的，现在又遇到偷拍者。这要把她的照片恶搞后发到网上传播，那她不用活了，窝囊也窝囊死了。她想都没想，立刻扑了上去，劈手夺过男人的手机，用力砸在马路上，跳着脚地在手机上蹦着，一边蹦还一边口不择言地骂着：“你他妈的什么东西，敢偷拍我，我踩死你，再敢偷拍我，手机的下场就是你的下场。"

"沈小北你还跟过去一个样,远瞅着像淑女,近看还那傻啦吧唧的,多大了也改不了动手动脚的毛病。"被踩了手机的人没有发怒,相反,他慢条斯理地说。

沈小北听着话音和口气都有些似曾相识,一抬头,她愣住了,站在他面前的竟然是那个刚刚在健身中心用刀背砍晕赵聪的光头。

"老同学,不认识了,真是贵人多忘事。"光头说着,见沈小北还有点愣怔的样子,就把自己的左胳膊袖子撸了上去。小臂上有一排牙痕。似乎是很久之前被人咬过留下的痕迹。

"我是九光。"光头指着自己手臂上的牙痕,有点失望地对沈小北说:"这不是你高一那年,我们同桌,我拽了下你的辫子,你给我咬的吗?"

沈小北终于想起来了。眼前浮现出一个清秀的小男生的模样,还有那个小男生拽自己的长辫子被自己咬疼的样子。男生有点瘦,脸部的轮廓跟现在的光头相像,但肚子明显地不一样了。

沈小北说:"哦,我想起来了,你是九光,我咬过你。你肚子怎么突出来了,真恶心。"

沈小北是健身教练,有职业病,看谁的身材都能挑出毛病。尤其无法忍受毛病突出的身材。

旁边围观准备看热闹的,看二人是同学,失落地散去了。

九光摸着光头,尴尬地笑了一下,说:"生活富裕,身材上就显出来了。"

沈小北嗤之以鼻,毫不客气地打击九光:"得了吧,现在富人都讲究健身,吃猪肉靠在沙发上看电视的都是穷人。"

"你的嘴还这么黑,一点没变。"九光指点着沈小北,笑得却是一脸的灿烂。

沈小北却忽然想过劲来,挪开脚,马路上那只手机已经被沈小北的两只愤怒的高跟鞋踩瘪了。瘪成一张破碎的饼。

“没事,你高兴哥就再买个新手机,专门砸地上听响,让你跳上去踩个够。”九光有些谄媚地说。

“不对。”沈小北返过劲来,盯着九光的脸,说:“什么意思你?刚在健身房里揍了人,就在外面跟踪偷拍我,有病啊你?”

九光笑嘻嘻地说:“这不是发现老同学了吗,想上去跟你说话,又怕认错人,就在外面等了你一会儿。你看,你还那沾火就着的脾气,真不知道这些年没我跟在你身边,你一个人是怎么活过来的。太让人担心了,快让我看看,受过多少伤害?是不是身心备受摧残?”

九光已经完全没有了刚才在健身房里霸气阴郁的混样子。他一脸近乎谄媚的笑,围着沈小北转了两圈,点头说:“还不错,显然是抗击打能力增强了。”说着话,他不时地吸着气,突出的小肚子就缩回了一点。

但是,一不小心,他的小肚子就突了出来。

沈小北看着可乐,不无指责地说:“怎么也想不到你那么瘦的一个人,有一天会胖得这么恶心。”然后看着地上被踩瘪的手机,对九光说:“对不起啊,不知道是你,才把你手机踩坏了。”

九光说:“拉倒吧你,就算知道是我,手机也是这下场。最好的道歉就是用行动来道歉,不嘎哈你带我上手机商城给我买款新的吧。我这人贱,使不了贵手机,就摩托罗拉款的,三百元带二百元话费的,哥就满足了。”

沈小北却一扁嘴说:“不行,你偷拍我在先,我踩坏你手机在后。我的错误是你的错误造成的,所以我对我犯的错误不负责任,要负责的也是你,你自己买手机去吧。不说了,我得走了,有急事,赶车——”

下一趟公交车已经开了过来。

九光看起来不太舍得分开,往前凑了凑,说:“好容易相逢,你总得给我有机会请老同学吃个饭呢。”见沈小北摇头,他凑过来说:“哎,你刚才台上跳的那个什么舞啊,太肉麻了,你怎么跳这个——”

沈小北没搭理他,管得着吗,他懂个六啊。上学时,九光就给她写纸条写情书,她理都不理,直接扔到教室后面的垃圾桶里。被值日生拣出来贴在黑板上,第二天有人跳到讲台上照着黑板上的情书朗读给全班同学听。九光当时没动声色,放学了却把那个朗读他情书的同学追得满操场跑,发毒誓再不敢念他的情书了。

五六年过去了,二人再相见,九光除了比以前胖出了肚子,别的成绩没见长。沈小北向身后的九光摇了摇手,算是打了招呼。她没心情吃饭,她现在就想马上买了衣服去见妙龄,把紫铜香炉丢失的事跟妙龄说。那是她沈小北最重要的事。

在新世界的后街一家叫"衣衣布舍"的店里,沈小北选中了一款色彩斑斓的波西米亚长裙,可走到收银台付款时,发现包里的钱包不翼而飞。

那可是沈小北刚从老总那预支的薪水,三千多元,还有东来借给她的一千元。这也太点儿背了。夜里被劫,现在又被偷,倒霉的事追着赶着撵着沈小北。她差点气得吐血,只好给出差在外的耿直打电话。之前遇到什么问题,都是交给耿直,这一次也不例外。

"你到地方了?"沈小北试探地问。

"嗯,我住在宾馆,怎么了？是不是有事?"耿直声音温和。以往听见他温和的声音,沈小北不好的心情就好了一半。但今天听到他的声音,却没有什么感觉。

"有点急事跟你说。"沈小北有些懊恼。

"劫匪抓到了?"

"不是劫匪的事,是我上街买衣服,刚在公司预支的一个月薪水都丢了。"沈小北丧气地说。

"怎么这么不小心。"耿直话语很轻,话里也没有责备的意思。甚至还有担心沈小北的口气。但沈小北听着,心里就是不痛快。

"我很小心了,可商场的小偷防不胜防。"沈小北嘟囔说:"今天不是周末吗,我到商场想给妙龄买件裙子,没想到挑好了裙子钱包却丢了。”

“看妙龄?怎么,又到周六了?”提到妙龄,耿直情绪不高。

看来钱还得自己赚花得才痛快,想花就花,不用看人脸色。否则像现在这样,给自己的妹妹添条衣服都要踌躇良久,太没劲了。

“夏天到了,我想给妹妹添件裙子,让她高兴高兴。”沈小北有些负气地说。

“这事交给我吧,我来想办法。你等我,一会儿打给你。”耿直挂了电话。

沈小北委屈,想什么办法啊?给她汇款?他口袋里也未必有多少零花钱。让夏美给她送钱吗?反正耿直对待困难,总是有办法。

一想到耿直以往那些像个先锋似的遇河搭桥的事,心里就一暖。可思绪却立刻把她带到昨天夜里劫匪来时的困境。耿直被捆在椅子上,被刀子逼着砸着,被踢,被扇耳光。那一耳光,粉碎了以往耿直在她心目中的高大形象。

她现在才明白,她心里的委屈郁闷和愤怒,不仅跟杜蕾斯紫铜香炉有关,还跟耿直遭到的羞辱有关,还跟她被男人猥亵时,他没有想出办法的无能为力有关!

沈小北用手敲了敲脑袋,希望这些不好的想法尽快过去,希望有关劫匪的事永不想起。可是紫铜香炉丢了,这事岂能不想?

一旁的店员拿着沈小北挑好的裙子说:“小姐,这裙子我是不是给您包起来?”

包个六啊,姐钱都丢了,用啥买裙子。

沈小北摇摇头,说:“这样行不行,裙子能不能给我留一天?”

“留一天需要交押金。”店员说。

靠,有钱交押金就直接买回去了,还费这二遍事?

正颓丧地拿包想走,耿直的电话打了回来。

“你在哪个商场？后街对面的精品屋，衣衣布舍？店名叫这个？小北，你听我说，你就站在店里别动，一会儿有位朋友过去，他能帮你把丢的钱找回来。”耿直说。

“什么，帮我找回来什么啊？我丢的是钱。”沈小北以为自己的耳朵听错了。

“你听我的，没错。别着急，我的朋友马上派人过去。”耿直说：“我正在跟客户谈协议，晚一会再打给你。”耿直那边挂断了。

沈小北不好意思总是在店里徘徊不买东西，就站到店门旁，等待耿直传说中的能找回钱来的朋友。大约一刻钟，耿直说的朋友没来，她却看到一个熟悉的人向“衣衣布舍”走来。那人光头，细目，小肚子微凸，竟然是刚刚分手不久的九光。

九光一抬头，看见沈小北，他眯着细眼，站了身子不动，一张脸笑成了麻核桃，嘴咧成了喇叭花。他说：“我们太有缘了，这前脚走，后脚就又撞见了，缘分来了，躲都躲不开。”

沈小北翻了他一个卫生球，说：“谁跟你有缘分，几年不见，你比过去脸皮更厚了。”

九光说：“那是，过去我只是偷摸地写纸条，这回我终于敢把自己的心声表达出来。”

沈小北没心思跟他斗嘴，侧了身子不理他。九光也不生气，一双细目熠熠闪烁。他抬头看了眼服装店的招牌，又看了看沈小北，灿然一笑，说：“你就是耿先生的太太吧？”

见沈小北错愕地看着他。他说：“就是那谁，耿直，耿直打电话让我来的，说他太太在这买衣服时被小偷顺走了几千元的薪水，是吧？”

他眼里带着笑的看着沈小北，嘴里却连连说：“可惜了，白瞎我一直守身如玉地等你了，闹了归期你都成人家媳妇儿了。”

原来九光就是耿直找来的朋友。这耿直在外面都做什么买卖交什么朋友，怎么会认识九光？而九光现在变得跟个小混混似的，嬉笑怒骂，混得很油。

九光兴致很高，笑嘻嘻地问沈小北："什么时间丢的，说具体点，最好具体到几点几分几秒，就在这家店里？"

沈小北嘟着嘴，不说话，只是点头。

九光说："多少钱，最好具体到圆角分。"

沈小北这回不能再嘟着嘴了，只好一一作答，不过对九光的找钱没有多大兴趣。她很想一走了之，可既然是耿直找来的人，不好过分得罪他，那就只能跟他耗一会儿了。她心烦意乱，只盼时间快点过去。

九光这边已经打起了电话。那款手机是新的。不知道他什么时候已经买了新手机。大概是在沈小北逛商店的时候他去买的吧。她心里掠过一丝愧疚。自己踩坏了他的手机，现在人家又来帮忙找钱，她应心存感激，可面对九光嬉皮笑脸的样子，她心里的感激情绪就是上不来。

"豪哥，醒没？还在女人被窝呢？这都几点了，快晚上了，早晚得毁在女人身上。行行，你接着睡，我打扰你个六饼？我对你的档次不感兴趣。找你当然跟丢东西有关，要不我找你？你个犊子的人情可不好欠。"九光说话流里流气的。

那边的声音有点低沉，有些慵懒。沈小北依稀听到那人断断续续地说："我睡个午觉都睡不消停，别废话了，啥事说吧。"

九光说："还是豪哥痛快。当然是丢钱了。一点吧，衣衣布舍，就是后街道东。我知道道西归你管，但道东的事你也不是不知道。别跟我扯那王八犊子，谁还不知道你？专门睡道东的女人，你现在身下的女人就是道东那谁的相好的，当我不知道？"

那边的声音更低了，沈小北没听清。

只听九光笑嘻嘻地冲手机里说："你是爷还不成吗？爷我给你跪下

了,我真给你跪下了,你看见没?"九光说着,真的有一条腿已经曲了下去,差点就接近了地面。但没有跪实,只是曲着。他的那个姿态很怪异,街上路过的以为是行为艺术,都向他这边看。

九光不管这个,一心一意对电话里央求着:"真是我马子的事。真的,哪天我带她当面向你谢过。给你睡一夜可不行,你知道我啥德行,宁穿朋友衣,不碰朋友妻,她的事就是我的事,在旁边一直哭呢……我是不差这两个钱,但你知道,我在后街丢钱,这要传出去,我这磕碜可丢大了,豪哥你也不光彩。你不帮我,我就尿泡尿浸死在这。"

那边似乎终于答应帮忙了,这边九光乐得一张脸笑得跟只抹了速成药的西红柿似的,立刻红透了,他连声说:"行行行,我答应你还不行吗,豪哥说话什么时候不好使过?你之前说的那事有点太大,我虽然缺钱,可我也惜命。那是犯法掉脑袋的事,豪哥你只要说的跟这事无关,兄弟一定照办。"

收了手机,九光笑模笑样地看着沈小北,说:"事儿我办成了,你怎么谢哥?"

沈小北横了他一眼,不悦地说:"你就满嘴跑火车吧,什么马子,难听死了。告诉你九光,好几年没见,我给足你面子了。从现在开始,你嘴里提我的时候,再不干不净的,别怪我跟你翻脸。"

九光哈哈笑起来,冲着沈小北一竖大拇指,说:"跟过去还一样,嫉恶如仇。"说着,话锋一转,叹口气说:"我就不明白了,再牛逼的姑娘嫁人做了媳妇也是落配的凤凰不如鸡。你倒好,脾气更犟了。我跟你说,钱还没找回来,你不怕惹翻儿了我,不帮你了。"

"不帮拉倒,没钱我照样活。"沈小北说着,抬步就走。

"得了小祖宗,我真他妈的贱。见到你我就从将军变成了奴隶。浑身的劲使不出来一招办式,还自己个觉得挺美的。"九光急忙拦住了她,"你的事哥既然帮忙了就一定帮到底,你就请等着收钱吧。"

“这还差不多。”沈小北嘀咕了一句，留在门口没动。

九光拿眼觑着沈小北，见她脸上的怒气褪去了，他的眼里闪过一丝狡黠的笑意。他说：“小北，跟你商量个事呗？”

“你还是把我的姓也连着叫上吧，要不我浑身起鸡皮疙瘩。”沈小北看着九光的样，猜想可能不是什么好事，戒备地说：“好事坏事？”

九光啪嗒一声，笑得差点卡个跟头。他说：“我是啥人哪，四好青年。我说的当然是好事。咱们年轻时的那段缘分，因为你上大学后就断了，要不咱们再续上吧？”

“滚！我真翻脸了。”沈小北板起脸来，她不想跟九光耗下去了，九光这几年除了长出了肚子，脸皮还变厚了。

看沈小北的脸板得跟人民币似的，分是分，角是角，一点不含糊，九光笑着说：“嫂子你咋这么不斤逗呢，我就是开个玩笑，你看你，掉小脸子了。耿直耿先生我得叫声哥哥，那你就是我嫂子，小叔子跟嫂子开句玩笑不是天经地义吗？真当真了？我九光在道上虽然什么名都没有，但最起码也是个人名。我能做那么低贱的事吗？”

“不做低贱的事还能是你吗？”沈小北心里说，但嘴上没说。九光的话难辨真伪。她也懒得去分辨。

这时店里拥进一伙买衣服的，拉拉扯扯，拥拥挤挤的，把门旁站着的沈小北挤得站不稳。等那几人出了店走远了，九光看着沈小北开始笑。

沈小北被他笑得发毛。不满地说：“你笑什么，有话就说，要是钱不好要就算了。”

九光把手插在裤兜里，依然笑看着沈小北，说：“看看你的包，多了什么没有？”

沈小北不明所以，但见九光执意让她做，只好把手伸进包里，不想，摸到了一沓簇新的钞票，拿出来，跟之前的一沓差不多。

沈小北惊奇地看着九光，有点刮目相看。

"这钱怎么自己飞回来了？刚才包里真的没有。这包难道会自己藏钱？"她一边不解地翻开自己的包。

九光笑得咯咯的，像只下蛋的母鸡。他说："你够幽默的，别逗我了，数数，看是多少。"

沈小北却意犹未尽地惊奇着："这钱怎么回来的，你得告诉我。"

九光说："就是刚才那伙人来买衣服时趁势放到你包里的。"

沈小北气愤地说："你看到了，怎么不喊住，打110？"

九光有点不悦地说："得了吧妹子，朋友的人情才给你送回来的，你还打110，忒不仗义了。"

沈小北却不以为然，钱是他们偷走的，就该受到惩罚。

九光又恢复了笑脸，说："数数，看是多少？"

沈小北不好意思当街数钱，九光郑重地说："我得知道欠了豪哥多少情。"

"三千六。"沈小北只好数了一遍。

"少了没？"九光问。

"好像少了四百，我大概没查清楚。"沈小北说。

"那就对了，这顺东西有讲究，没有空手而归的，取走你十分之一，算压兜的。"九光说得轻描淡写。"四百是吧？"他从口袋里掏出四张钞票，递给沈小北。"我答应耿直物归原主完璧归赵的，这少的我补上。也算哥对下午偷拍给你造成的精神损失做的补偿。"

沈小北说什么也不要九光的钱，九光也没硬给。只是笑嘻嘻地说："我不仅会偷拍，我会的可多了，要不找个地方，咱们边说边聊，让你更详细地了解我。"

沈小北说等耿直回来请他吃饭表达一下谢意，九光却不买账地说："你要请我我肯定去，要是耿直也带上的话，那就得核计核计。谁愿意自己喜欢的女人带着别的男人来赴约啊。"他是板着脸说的，眼睛里却有抹促狭的笑。真不知道该拿他哪句话当真。

九光走了之后,沈小北重新返回服装店,让服务员把之前看好的裙子包了起来。等她掏钱买衣服时,却发现包里多了四张百元钞票。正是九光要补给她的。他是什么时候塞到她包里的呢?这小子学习不好,歪门邪道学得倒溜,几年不见,看来他歪门邪道的功夫突飞猛进大概都登堂入室了。

沈小北忽然灵光一现。既然九光能让丢失的钱完璧归赵,那么他能不能帮她找到半夜闯进来的那两个劫匪,将她那只传家宝贝紫铜香炉也"完璧归赵"呢?

她没有留下九光的电话。想问九光的电话,势必要问耿直。只是她追查那两个劫匪的事,不想让耿直知道。耿直不会对她打听九光的电话有什么想法吧?

4

九光在阳光下眯缝了眼睛,看着沈小北慢慢地走出他的视线,他的情绪大好,吹了两声口哨,摸出手机,打了个电话。

"我能干啥?泡妞呗。又是三缺一?不行,今天我还一台电脑没卖出去呢!这一天,得瑟的嘛事没干,就往外掏钱了。那个健身房姓赵的小子,孬种一个,放心,他再也不会动你老婆了。得饶人处且饶人,这是我九光办事的原则。那样的一个男的,宰了他都浪费了我的屠龙刀。"挂了这通电话,他又开始把电话拨出去。

"想我了吧,我等会就过去找你。我都帮你办事了,你还不亲我一下?"九光一副嬉皮笑脸的样子,但话却说得不敢太过火。

电话里传出一个女人的声音。

"我可从来没让你为我做什么,你无论做什么,都跟我无关,你永远不要说是在帮我办事。"

九光笑得脸上直放光。“我说帮你办事了？我可真该打。等会你见了我，狠抽我几个嘴巴。我这人吧，冰猴不转转，欠抽型的。你这都多少天没抽我了，我皮子紧啊，太想念你的折磨了。”

女人说：“别贫嘴了，我忙着呢，要没什么事，卖你的电脑去。再不就追求别的女孩去。在我这打转转，是原地踏步，没有发展。”

九光立刻说：“妹妹呀，我病了，你说咋整？”

“什么病，怎么了？”女人的声音很平稳，看不出为九光的话着急的样子。

九光叹口气说：“相思病。”他忽然发现远处有几个人向他走来。那几个人好像是刚才从衣衣布舍的服装店来过又走掉的家伙。

他对电话里说：“来生意了，收线了，等会忙完了事，我去找你。”

“好，你忙你的，没事不用给我电话，我正忙呢。”女人说。

等到电话里女人说完了话，先挂电话了，九光才收起电话。

那几个人已经向九光围了过来。

九光眯缝了眼睛看天。天上的太阳虽然已经西斜，但还是毒辣辣的。九光骂了句：“操，啥天呢，都下午了还这么晒脸！”

那几人从九光身边走了过去，带走了一股旋风。

九光眯缝着眼睛，慢慢地在街上走着，看到自己的影子拖在地上，他发现自己的影子肚子那个部分，显然很突出，很抢眼，很出镜。

九光不走了，蹲在马路牙子上，用手机呱呱地敲打着自己的手掌，眼睛却巡视着往来的人们。他的眼睛专门落在那些年轻男人的身上。大约五分钟左右，九光站了起来，从护栏上跨了过去，横着膀子在人行道上走着。一边弹开手机的盖子，看着手机屏幕乐不可支。

手机屏幕上，都是刚才他蹲在马路牙子上拍下的过往行人的照片。但照片拍得很特别，一水水的都是男人的肚子。那些年轻的男子的肚子大多是平平的，就算是有点微凸的，也不十分显眼。

我的肚子真的到了很显眼很抢镜的地步了？九光低头打量着自己的肚子。死丫头片子竟然说我的肚子恶心，她的家雀脑袋瓜里知道什么叫大腹便便风度翩翩？胆敢用那种蔑视不屑的眼神看我，我是谁啊，我是九光啊。小时候就想拿下她，现在竟然还对我不屑一顾，小样，不给你来点真格的，你不知道熊猫不仅吃竹子，也会烧香！

九光在手机拍下的那些男士的肚子里挑了张腹部最平的照片保存下来，其他都删除了。“这要是让哥们儿看到，不以为我同性恋才怪呢。哥就同性恋了，也不能要这肚子没一点油水的，看着就穷得嗖的，一副寒酸样。风水到我这就变了，肚子鼓溜点竟然就变恶心了！恶心吗？”九光自己边琢磨，边往外凸了凸肚子。

旁边有路人看九光的模样，微微侧目，九光就把很凶的目光瞪过去，吓得路人疾步走了。

“看热闹也是需要胆子的，小样，看不死你。”九光自得其乐鼓肚子缩肚子地玩了一会儿，估计是玩够了，把手机在手里抛着，不想旁边过来一个半大小子，忽然夺了九光的手机就跑。

九光眯缝了眼睛，渐渐地笑成弥勒佛，自言自语：“抢到祖宗头上来了，我让你吃进去一两，给我吐出一斤来。”

他望着少年跑走的路线，略一沉吟，向岔路上走去。

在一条小巷里，九光站住了，那个从巷子深处跑来的少年正疾步赶来，一抬头看见巷子口站着九光，整个人遭了雷劈一样，不动了。

第三章　毒誓的应验

1

疗养院坐落在城郊一片树林里，幽静，很少听到车马的喧嚣。院子里大理石铺就的甬道两侧，种植着许多不知名的花卉。那些不知名的小花开得尽心尽力，争奇斗艳。

沈妙龄的房间朝阳。很明亮的阳光从落地窗子照进来，满室生辉。靠窗子放着一只水粉色的书桌，窗帘也是水粉色的珠帘，妙龄正坐在桌前看书。窗外的风吹进来，窗帘轻轻撩起，妙龄的长发也撩起了一绺。那场景就像一副小画那么美。可惜，旁边的一副轮椅破坏了这份美。

“我正想给你打电话呢，你就来了。”妙龄看见沈小北进来，笑着说。一边把书签夹在正看着的书页里，合上书。

沈妙龄比沈小北瘦弱和苍白，两只眼睛细细长长的，透着一份清纯和恬静。她性格温和，小鸟依人的模样，跟沈小北的火暴脾气完全相反。

沈小北看到妹妹，从心里往外地喜欢。可看到她不能动的双腿，又揪心地难受。

“看你又瘦了，要多吃点。”沈小北爱怜而担忧地说，“怎么，找我有事？”

“想你算不算事?”妙龄歪着头,有些调皮地说。“别一见我就说我瘦了,要我吃吃吃的。我苦夏,你忘了? 一到夏天,我就是整天吃肉也会瘦。到了秋天,才开始渐渐地长膘,老爸说那叫贴秋膘。”

沈小北在桌子对面坐下。她见妙龄说起老爸,不禁想起过去一家四口在一起的日子。想一想,家里这四口人是分了两个帮派的,老妈跟她好,老爸跟妙龄好。

桌子上那本妙龄看的书名叫《无头女尸》。黑色的背景做衬里,一具苍白的裸体横陈在封面的下角。尸体曲线婀娜,是个没有头的女尸。整个封面看起来阴森恐怖。沈小北很惊讶,妙龄胆小,从来不敢看恐怖电影和恐怖小说,可她现在手里拿着的书一看书名,就知道是恐怖小说。

“怎么现在你看这个?”沈小北点着书皮,有点担忧地问,“不害怕了?”

“寂寞啊,找点刺激。”妙龄说。

她的目光里雾蒙蒙的,好像隐隐地透着一些说不清的忧伤。但那神情转瞬即逝,她很快又恢复了开朗,还从身后的床上拿出一个包包来,里面竟然是一件红色的毛衣,但还没有织好。

“织给你的,等上秋了,这件红毛衣就织好了。”妙龄说。

妙龄的话把沈小北说得眼睛湿润了。小时候都是她织毛衣毛裤给妹妹,没想到妹妹竟然也织东西给她。这个妹妹真是越来越知道心疼人,也越来越让人心疼。

“别太累了,织毛衣这活儿很磨人的。亏你有这耐性。”以前的妙龄是怎么也不会坐到房间里织毛衣的,她的两条腿总是不停地在外面飞来跑去,一到假日就会去外面旅行。她有好多驴友。但现在,那个铁轮椅将要束缚她的一生。

沈小北把给妙龄买的裙子从包里拿出来,帮她穿上。妙龄越发显得娇艳欲滴。

“镜子,镜子。”妙龄着急地让沈小北把镜子拿给她。

一面镜子挂在门旁的储物柜上,有半人大小。沈小北摘下镜子,在距离妙龄一米远的地方,两手举着镜子,让妙龄照。妙龄在镜子里审视着身上的漂亮裙子,开心地说:“漂亮,裙子真漂亮。”

沈小北一阵心酸。要在以前,妙龄穿上新裙子肯定会站在地当中转几个圈圈,把自己舞成一只美丽耀眼的孔雀。但现在,她穿上之后动都不能动,连照个镜子都需要人帮。她虽然美丽,却像只孤寂的蝴蝶,带着决然的苍白,只有一夏的绚烂。

沈小北忍不住说:“要不我接你回家吧,跟姐一起住。家里有保姆,也能照顾你。”

镜子里,妙龄眼睛里掠过一丝惊喜。

其实这事沈小北跟耿直谈过,耿直却立刻说他不同意。

“家庭婚姻是自私的,是两个人的世界,如果有外人进入,就失去了婚姻带给男人的舒适和随意。”耿直说得冠冕堂皇。

“我不想跟你谈大道理。妙龄是我妹妹,又是因为你开车弄成瘫痪的,我们不养她谁养她,我们不照顾她,她心里会有多难过?”沈小北跟耿直据理力争。

“我说过不养她吗?疗养院里的专职人员照顾得比你好。”耿直总有更好的理由来说服她。“你连做饭拖地不愿意做,就咱两人的家里都雇了保姆,你妹妹来了,你能照顾好她?”

“要是你的亲人瘫痪了呢,比如说你的父母?你早就接回来让我伺候了。”沈小北说。

耿直却回答得斩钉截铁:“不可能!我不喜欢任何人打扰我们的二人世界。你别那么恶毒,咒我父母!”

耿直似乎什么都听沈小北的,可是一旦他想做主时,就会绝不妥协。

沈小北不是恶毒,也不是诅咒谁。她只是想把自己的妹妹接到家里,在她身边她才放心。但耿直不同意,这事只好作罢。

她觉得对不起妙龄。自从妙龄去了疗养院,她每个周末都会来陪妙龄。

妙龄却没有接沈小北的话。她的热点已经从裙子的漂亮上移开了,目光落到那本书上,有些忧伤地说:“姐,是不是我前世曾经发过什么毒誓,我没有做到,今生让我来偿还?”

“你说什么啊,别瞎想。”沈小北不安地看着妙龄的脸色。

“两年前我跟埃维同居,爱得死去活来。暑假我们登华山,在金锁关锁了一把连心锁。我们还发下毒誓,谁背叛了对方,就车毁人亡。结果不久后,埃维就出了车祸,当场死了。事后我在他的电脑里发现了他跟别的女人的艳照。他背叛了我,所以车毁人亡。”妙龄长叹了一声。

“你够迷信的,那不过是巧合。”沈小北不知道该怎么劝说妹妹。

那场车祸,妹妹成了不幸的人。

“知道吗,姐,出车祸时我已经放下埃维,爱上了另一个男人。看来毒誓不能随便发,无论之前背叛还是之后背叛,毒誓都能找上我们。”

“那只是意外,你是不是小说看多了,净胡思乱想。”沈小北不满地把桌上那本《无头女尸》拿过来,一目十行地浏览着,好像要找出引起妹妹情绪低落的段子。

想起那次车祸,沈小北还觉得心有余悸。

那是一年前的秋天,沈小北和耿直订下婚期,决定择吉日举办婚礼。那天耿直的新车到了,他带着姐妹俩去试车。妙龄大学修的是广告,毕业后沈小北就让妹妹到耿直的公司帮忙,希望在亲人的簇拥下,她能很快忘记埃维的去世。

试车那天,本来天气很好,谁知走到半路突然下起暴雨。当时在城郊,遇到道路塌陷,车子直接从马路上滚到了附近修筑管道的深坑里。

刚刚还是一片白色,跌入深坑,就忽然变得眼前一片黑色,令人窒息地黑。

“耿直你怎么样?”沈小北动了一下胳膊,疼得揪心。

她又推推身旁的妹妹。“妙龄,妙龄,你呢,答应我一声,你好吗,有没有受伤?”

旁边传来妙龄的呻吟。

她向旁边妹妹的座位一摸,摸到一手黏糊糊的液体。那应该是血。

她强忍着恐惧,不尖叫出声,用力地推妹妹,妙龄又发出一声痛苦的呻吟。

那呻吟是无力的。

沈小北吓坏了。

好在她摸包时,包还在。手机也还在里面。她颤抖着,用带着血的手指按下手机的键,报警叫救护车。

“快救我妹妹,快救我男友。我们掉入一个深坑里,快救救我们。”沈小北凄厉的喊叫似乎还在脑海里萦绕。

妙龄和耿直都被送入急救室。沈小北只是胳膊擦破了皮,耿直则断了一条腿,但治愈后没有后遗症。而妙龄却瘫痪了,再也不能用脚走路,只能坐在轮椅里被推来推去。

“毒誓真的不能发,上有天下有地,会有神灵听到我们的毒誓,所以违背誓言的人,就遭到惩罚。”妙龄的脸色很不好看。

沈小北心惊肉跳。毒誓?妙龄跟埃维发过毒誓,两人就先后都遭到了惩罚。而在车祸中断腿的耿直,岂不是也发过一个毒誓吗?

“我要是对沈小北同学有二心,开车就出车祸。”这是耿直订婚前给沈小北戴上戒指时发的毒誓。那时他的新车已经去提货了。当时沈小北还用戴着戒指的手盖住耿直的嘴,娇嗔地说:“瞅你那德行,心里知道就行了,发什么誓?多不吉利?”

联想起劫匪从耿直包里倒出的杜蕾斯，这是不是说明耿直婚前婚后都在背叛她？虽然明知道这想法有点唯心，有点受妹妹的影响，可世间的事真的说不准，从很多书里看到毒誓是不能乱发的。

三国时吴国孙权的父亲孙坚，曾得到玉玺，袁绍逼他交出来。孙坚便发毒誓："我如果得此宝，私自藏匿，异日不得善终，死于刀箭之下。"不久，他狩猎远离自己的亲随，被黄祖的部将埋伏的箭手万箭齐发射死。

毒誓是不能乱发的，天知地知人知，会遭报应的。这是老人常说的话。世间的事无法解释的现象并不少。沈小北的心有点乱。要知道耿直发过那个誓言后，曾经出过两场车祸，妹妹瘫痪这次算一次，另一次，是他开车撞死了一个女人。

虽然那次的车祸耿直没有一点责任，女人是突然从马路对面奔过来横穿街道的，耿直已经紧急刹车，但还是撞到了她。

合上书，把书放到桌上，想推妹妹下楼散步。不想，沈小北的目光落到封面作者的名字上。那上面写着"作者：沉默的妖"。

"沉默的妖，这个作者很出名吗？以前好像没听说过。"沈小北一边把妹妹扶到椅子上，一边说。

却听轮椅上的妙龄说："你没听说就对了，那是我的处女作。"

沈小北惊讶地看着妹妹，她从什么时候开始写小说了？还出版了？还起了这么一个阴气很重的名字？还写这样的恐怖小说？

以前妹妹有什么想法都要先跟沈小北商量，让姐姐为她出谋划策。但现在，妹妹写书出书这么大的事竟然跟她提都没提，她心里很不是滋味。是不是妹妹还在怪姐夫耿直出了那场车祸呢？

"以前你什么都跟我说，现在写了小说出版了这么大的事都不告诉我？"沈小北有点伤感。

"现在告诉你也不晚。我昨天刚收到的样书，想给你个惊喜。"妙龄说。

推着轮椅，走在花丛中。沈小北看着妙龄闭着眼睛，很享受的样子。她想，也只有妖，才能不被这个不足半米见方的轮椅困住一生吧？妙龄想站起来，想跑，想跳，想飞，可那场车祸剥夺了她的梦想！

2

坐上公交车回家，沈小北的心情难以平静。怎么才能让妹妹快乐些呢？她现在除了多去看她几次，什么都做不到。

紫铜香炉丢失的事，还没有跟耿直说，他要是知道了，不知道该多么懊恼呢。虽然这只传家宝只看不能花，但是它跟定期存折的价值是一样的。虽然不花，可家里有它在，就有底气，就像有二百万存折似的。

之前有同学在美国留学，沈小北请他们打听那里有没有先进的技术，能让妙龄站起来。朋友一直没跟沈小北准信。现在就算找到了让妙龄站起来的医术，可紫铜香炉都没了，拿什么换钱为妹妹治病？

那只紫铜香炉的价值，不是沈小北跟耿直说的，是耿直自己看出来的。香炉外面的底座上有四个大字："玉堂珍玩"四个字，他说历史上有证可查的，是孤品。还说这样的东西摆在家里，能避邪。

可现在，辟邪的东西却被盗走了。跟谁讲理去？

沈小北上车时，车里的座位上已经坐了不少人。她就坐到司机后面那个空位上。报纸袋就在司机的椅背上搭着。今天的晨报也在其中。只见报纸的最上方有绯红色的大字："万隆公司被银行追债，可能破产"的大新闻。

这新闻有点耸人听闻。万隆公司是耿直的公司。沈小北吓了一跳，急忙抽出报纸来看。

耿直是医科大的高材生，毕业时曾经以一篇论文轰动全市。那篇论文让他出了名，也栽了跟头。他到各大医院应聘时，领导者们都摇头。耿直心气儿高，不服输，既然好医院不要我，我就自己开公司，当自己的老板。于是，三年前的秋天，耿直跟朋友合伙开医药代理公司，注册资金100万，后期逐步发展，越来越强大，怎么忽然面临破产呢？

而耿直的嘴也够严了，从来没跟沈小北透露一点公司现状不好的话。她还以为运作一直正常呢。

报纸上言之凿凿，沈小北心头的疑云越来越重。耿直包里的杜蕾斯又出现在她的脑海里。不会是因为耿直沉迷女色，无心管理公司，把公司搞垮了吧？

会不会是耿直联合劫匪，盗走香炉？要知道耿直跟劫匪厮打被劫匪捆起来这一系列的动作戏，她一点没听见，是否说明他们并没有所谓的厮打，捆绑则是悄悄进行的。包括那个举着菜刀冲出来的小昭，她可是耿直雇来的，会不会被耿直收买，也参与了阴谋？

沈小北被自己的想法吓了一跳！她少年时喜欢看福尔摩斯侦探集，后来又看了些日本的推理小说，那时非常希望家里班级发生点什么惊天的案子，好让她这个侦探粉丝发挥不同凡响的作用。凡事她爱推理，爱幻想，爱猜测，爱怀疑。怀疑和猜测是侦破案子的前提。

案子都是从大胆的假设开始推理的。那只紫铜香炉的不菲价值，在这个世界上，只有她和妹妹还有耿直三个人知道。妹妹现在双腿残疾，每天以轮椅当车，根本无法远行，她也没有足够的钱财去雇佣劫匪到姐姐家偷走那只紫铜香炉。况且她没有盗走紫铜香炉的理由。

但耿直不同。那只紫铜香炉跟耿直无关，可香炉的价值耿直却知道。记得他认出紫铜香炉的价值时，两只眼睛发出金子般的光泽，让沈小北一度以为他的双眼被镀金了。他太看重这只香炉了。在他公司即将破产之时，他会不会把紫铜香炉拿出去卖了，以扭转公司的颓势？怕沈小北不同意，而找人装成劫匪，偷走香炉呢？

这样的假设也难以成立。耿直是善良的，是正直的，是爱沈小北的。正因为这三点，沈小北才在半年前嫁给他。伙同劫匪盗走老婆的香炉，是不善良不正直也不是爱她的。所以耿直的嫌疑也不大。只不过他有盗走香炉的动机。

破案最重要的是把自己的猜测假设变成证据。没有证据,那些猜测就永远是猜测。她想立刻回到家里,回到第一案发现场,寻找蛛丝马迹。

车里的乘客像某场电影里的镜头,一个个木然地出现在镜头里。时间随着公交车的咣当,缓缓地流过指缝,她觉得好像有谁在谋杀她的生命似的,她甚至觉得公交车像个硕大的透明的棺材,把她关在了里面。为了缓解焦虑的情绪,她把头扭向窗外,希望窗外流动的景物能稀释心里的憋闷和不快。

那种憋闷和不快随着她把视线移到窗外,非但没有减弱,相反增加了几倍。因为她看到道边的一家服装店门前,一辆雅阁停在一边。车里不仅坐着她出差上了飞机的老公耿直,还坐着一位美女。

沈小北目瞪口呆!他不是出差乘飞机去外地了吗?

公交车不到站点,是不能停车的。沈小北被公交车带远,她远远地看到耿直跟美女下了车,进了服装店,只觉得一股怒气直冲上头顶。耿直竟然跟她公然说谎!半夜发生了那么大的事,他竟谎说出差,跑到外面贱贱地陪别的美女逛服装店。

他不是在跟客户谈协议吗?谈到服装店了?沈小北的脾气沾火就着,解决问题的办法就是一个,直截了当,她气冲冲地要下车,当面去质问耿直。

“司机我要下车,我现在就下车。”沈小北跑到司机跟前央求着。

“对不起美女,我们有规定,不到站点不能停车。”司机对沈小北的要求无动于衷。

“不就是罚款吗?我拿。”沈小北悲壮而决绝地说。

“规定就是规定,您稍微等一儿,马上就是站点了。”司机平静地说。看来这种情况常发生,他并不奇怪。

她只好退回到座位，掏出手机给耿直打电话。

“你在哪？”沈小北气势汹汹地问。

“怎么了？钱没找回来？”耿直担心地问。

“你在哪？”沈小北不回答他的话，还是问这个三个字。

“我在宾馆下面的咖啡店。”耿直撒谎连腹稿都不打。“怎么了小北，又出别的事了？”

“坐飞机去的还是坐火车？”沈小北没有立刻揭穿他的谎言，是想看看他还能编出点什么有创意的鬼话来。

“当然坐飞机了。老婆这是长途，很贵的。晚上我们上网，视频给你。”耿直那边很吵，他似乎想挂掉电话。

沈小北冷笑着说：“视频给我看？看什么？看宾馆的房间？”

“哪的宾馆还不是一个样？我是想视频看你。我担心你。在家等我，乖乖的。”这是耿直要结束通话的惯常用语。

沈小北可不想结束通话，她想缠住耿直，就说：“我还有事没跟你说呢。”

她从公交车的窗子望出去，已经看不到刚才经过的那个服装店。而前面的站点还要几分钟的路程，她必须拖住耿直，不让他放下电话，他也就没有机会伸手为女人的衣服掏钱买单。他和女人就会一直滞留在服装店里，好让她抓个正着。

“乖，老公出外给你赚家用，赚儿子的奶粉钱，你要乖乖的，那边的客户来了，我要挂电话了。”耿直说。

“你要敢挂电话，我现在就坐飞机去你那。”沈小北半真半假地说：“告诉我，你跟谁在一起，接你飞机的是女人吗？我从电话里闻到你身边香气缭绕，是女人的味道。”

赚家用？赚你个大头鬼吧。还赚儿子的奶粉钱，他半夜里对劫匪不是口口声声地说他现在跟沈小北办床事还戴着杜蕾斯吗？他想撒谎眼睛都不眨一下。看来撒谎不是一天两天了。从始至终,沈小北跟他的通话中他没有结巴一句,连沉吟一下想想怎么措辞的时候都没有,他已经是训练有素的惯犯!

耿直求饶地说:"老婆你可别来,不心疼我还不心疼我赚的钱吗,飞机票不预定不打折扣的。"说着,竟然擅自先挂断了电话。

沈小北怒火万丈,这可是头一回被耿直先切断电话。她恨不得肋生双翅,一脚踢开公交车的窗玻璃,哗啦一下飞到耿直跟那个女人面前,狠狠赏他几个响亮的耳光,让他睁开他的狗眼好好瞧瞧,这是外地还是本市?

汽车一到站点,沈小北跳下车就往路当中一站,截了一辆出租车,直奔刚才的那家服装店。店门前耿直的雅阁已经不见了,店里当然也没有耿直和那个女人的半点影子。她气急败坏。就拿刚才耿直撒谎那劲儿,不抓现形,他根本就不能承认背叛她的事实。

既然摸到耿直的须子,可以冷静地暗中追查,没必要非得一时三刻弄出结果。但沈小北的脾气容不得这种事情过夜。何况刚刚发生过劫匪事件,那只紫铜香炉又丢了,如果这些事情都是耿直做的,乱刀剁了他都不解恨。她急于想知道真相,索性把电话又给耿直打了过去。

"还跟我说你在外地会客户呢?"沈小北强压着怒火,说:"你的客户是个女的,刚才你开车带着女客户去了一家服装店。我还真不知道你跟客户谈生意现在都到服装店来谈,不去酒楼茶馆了?"

耿直显然不知道沈小北对他行程的掌握,还想狡辩。"小北你在哪,等我回去咱们再说。"

听他口风还想瞎编,她心里那个炸药包已经炸开了,不容他多说,骂人的话劈头盖脸就砸了下去。

"耿直你个王八蛋,你给我听好了,我就在你刚才买衣服停车的那个服装店门前,我限你十分钟,立刻开车给我滚过来。晚到一分钟,我他妈的把你的跑车点着炸了,连你一同炸上天。你不刚在天上坐飞机吗,这回我让你坐着汽车到天上飞去!”

沈小北呱哒把电话给挂了,靠在街边的栏杆上等耿直,她有信心耿直会来的。只是不知道十分钟的时间是长是短,反正当时图嘴巴痛快,“十分钟”顺嘴就蹦了出来。

旁边有听见她打电话说那些话的,知道有乐子看,就凑了过来。

沈小北不客气地一扬脸,把长发刷地甩到脑后,杏眼一瞪,嘎嘣脆地说:“看,看,看什么看?没看过你爸妈吵架啊?”

那围着的一群人,哦地一声,散了。

沈小北心里明白,自己保持的淑女形象,在刚才那一瞬间,荡然无存。爱情婚姻真是残酷,能把一个淑女无情地变成歇斯底里的泼妇。

想不出耿直陪着女客户到底是什么嘴脸,反正他是变了,变成一个她越来越陌生的人。在劫匪面前,他卑躬屈膝,连老婆被猥亵都不敢吱声。甚至还让劫匪在包里翻出一枚炸弹似的杜蕾斯。他的解释并没有证据,而那枚杜蕾斯却是活生生的。

背着沈小北,他陪着别的女人买衣服,还说在外地见客户。他还背着她做了多少不能见光的事呢?半夜进来的劫匪到底跟他有没有关系?

十分钟过去了,耿直没有出现,又十分钟过去了,耿直的雅阁还没有出现。看来老婆真是叫不动他。沈小北决定再打个电话,要十二道金牌招耿直回来。

不想,电话还没有拨通就响了起来。

见鬼了?

只听电话里耿直的声音有些焦急地说:“我出了车祸,你快来。”

沈小北的心轰然一声响,好像什么东西坍塌了。不会是她的电话催得耿直心焦才出的车祸吧?但妙龄的毒誓应验的话又响在她耳边。她匆匆赶到事故现场,看着耿直毫发未损只是车撞坏了,提着的心放下了,但她的气又上来了。

耿直出车祸的地点在向阳屯,距离服装店一万八千里。看来他接到沈小北的通缉电话,并没有向服装店开。

“那女的呢,买完衣服送酒店去了?”沈小北问耿直。

耿直还跟交警交涉着,对方似乎找来一帮谈判高手,各个都有权有势,耿直也拉开架势要打电话招人。

“这事回去说,当务之急是让对方陪我们的修车费。我的车今年没交保险。”耿直说,一边给朋友打电话。

“别把自己弄得很忙碌的样子,就以为咱俩今天这事结束了?”沈小北追到他的正面跟他说。“我让你去服装店,你怎么跑向阳屯了,向阳屯是外地还是本市,你身上长翅膀说飞就飞回来了,你的飞机什么时候变成了直升机?”

耿直继续打电话,一边恩啊地应付沈小北。

“那个女的到底是谁,今天你不解释清楚,我跟你没完。”沈小北有点歇斯底里。

这在她,也算是史无前例了。之前她虽然没有妙龄温柔贤惠,但也是一只依人的小鸟。可这事搁在谁身上都会把脾气颠过来的。

耿直放下电话,他的朋友似乎马上就到。他搂着沈小北的肩膀,把她带到一边。

“我也没想跟你完啊,那就是个客户,我怕你误会,就说到外地了,飞机晚点吗,就准备明天走,反正也是走,都一样的。”他说得很真诚。

要在以往,沈小北肯定信了。她相信耿直跟相信自己一样。但今天却不行。是因为半夜的气还没消吗?

“上坟烧报纸你糊弄鬼呢?这事咱先放下不说。你公司要破产的事到底怎么回事?”

耿直不说话了,站在一旁,眼睛温柔地注视着沈小北的眼睛。

沈小北不知怎的，竟被他看得有点心虚。"看什么，我脸上又没有花。"

"有花，泥巴在你脸上也是花。"耿直伸手在沈小北的脸上拂了一下。沈小北一躲，耿直脸上出现了笑容。"看，这是什么。"他手里拿着一丝薄如蝉翼的羽毛。

"别打岔，我问你正经事呢。"沈小北不想让自己消气，她准备把这事查到底。

"这是什么正经事？那就是几个记者瞎说，正要跟那家报社打官司呢。"

什么事到了耿直嘴里，就换了套装备又能示人了。他就是有这种乾坤大挪移的功夫。半夜时分他的这个功夫怎么没用出来？沈小北对此依然耿耿于怀。

"我还有件事想问你。"沈小北直视着耿直，低声问："我书房里那只紫铜香炉你知道吧？"

"啊，怎么了？那不是你家的传家宝吗？"耿直有点心不在焉。

"丢了。"沈小北不错眼珠地看着耿直的眼睛说："今天早晨你走之后，我收拾房间，发现紫铜香炉没了。"

耿直眼睛登时立了起来："那两个劫匪偷走了紫铜香炉？"他的样子很震惊。

沈小北说："也许吧。我是想跟你说一声，紫铜香炉丢了，我要报警。"

耿直的脸变得很难看："够岌岌的了。今天要不是你追命似的打电话，我也不会出车祸。之前让你把紫铜香炉卖了，你不卖，现在好，丢了。以后你们家的破事少跟我说，我懒得听，丢了活该。"

耿直的优雅和体贴忽然就没了，他的语气甚至是气急败坏的。这在耿直可是头一回。沈小北觉得这不是自己期待的结果，但这个结果对她一样重要。她知道了耿直还有这么丑陋的时候。

她气得不知道说什么好，就把手机直接掷到耿直身上。还算耿直反应快，接住了手机。沈小北过去劈手夺过手机，狠狠地盯了耿直一眼，头也不回地走了。

3

其实，沈小北不知道，今天耿直也觉得她有丑陋的一面，她竟然丧失斯文和优雅，跟他在电话里大吵大闹，这还是那个知书达理一说话先眉开眼笑的妻子吗？以往她也有不高兴的时候，但也没堕落到歇斯底里泼妇的档次啊。

是半夜受的刺激？

在外人面前，男人很顾及面子。沈小北这么喧嚣地跟他来争吵，还是在他撞车的时候，他说的话就有点不加考虑。看着沈小北远去的背影，耿直为自己说过的话后悔了，恨不得咬断自己的舌头。

旁边一家店铺里走出一个女人，看沈小北惊鸿一瞥无踪影，便径直走到耿直面前，斜睨着耿直，嘴角略带了微笑。但那微笑出现在她那样的眼神下，就显得有些暧昧。

“你太太，今天可够嚣张泼辣的。”女人说。

女人大概二十四五岁，论年龄，应该是女孩，但是脸上的表情显示这个女孩已经是阅人无数，经历过沧海的洗练了，变得沧桑而世故，还满脸的风尘。

也正因为她的风尘，让耿直对她的话没有太多的抵触情绪。

“要是你老公看到你跟男人在外面出双入对，你还对他说出差在外的话，他会有什么表现？绝对比我太太的反应要大，可能就不是骂两句了，而是直接用刀剁我。”耿直的眼神有点凌厉。

“你永远都不会被人剁的，因为我永远不会有老公，你做我老公除外。”女人说。

“夏美,我知道你是开玩笑的。”耿直为女人找了台阶。

有女人明目张胆地对已婚的自己伸出橄榄枝,男人就是不要,也不丢开。是虚荣还是什么,反正是不会决绝地拒绝。

这算是暧昧。商场上的人都爱玩暧昧。

夏美用高跟鞋的鞋跟咔咔地踩着马路玩,一边说:“当然开玩笑了。我是独身主义者,跟婚姻无缘,跟男人,也没什么缘。”

一个秘书,对她的上司公然这么不分场合地说深浅不一的话,就算他们之间真的没发生跟暧昧有关的事情,最起码心里没有多少隔阂和距离,否则是不会这么不知道轻重的。

“晚上的机票订好了?”耿直没有责怪夏美。毕竟,夏美说话的声音只有他自己能听到。

“定好了,张总说明天下午到。你到了之后,还可以先跟老乔联系联系。我已经给老乔打了电话,他的药品要是不让咱们公司代理的话,他一样也别想卖出去。最起码在本市,谁也不敢进他的货。”夏美说话的声音依然云淡风轻,但话里却杀气很重。

耿直抬头瞥了她一眼,看见她新买的裙子,说:“裙子还合身吧,宝姿,别说,你穿着可以做品牌代理了。”

夏美笑了,这回是眼睛都笑了。“我还没还你钱呢。等发薪水的时候从薪水里扣好不好?”后一句话,已经是嗲嗲的,跟小女儿在父亲怀里撒娇谄媚一个表情。

耿直很受用,说:“扣什么扣啊,你穿着这么合适,这衣服就应该给你穿,穿到别人身上都浪费了。”

夏美继续撒娇谄媚地说:“哎呀,谢谢耿总,那发薪水了我送你一条好烟。”

一条好烟最贵的能有多少钱,中南海还是小熊猫啊。但耿直听着,微笑的脸上好像每条笑纹里都表示着很满意。

“再说你搞定了老乔这只老狐狸,也应该奖励你。”耿直说。

“是奖励吗,那得我说了算。你还是奖励我陪你一起乘飞机走的好。”夏美这回说话的时候,还扭了一下腰。

腰是女人外在形体上最柔软的部位,也是最性感的部位,还是最诱惑人的部位。女人要是大庭广众扭腰的话,要不是登台跳舞作秀,那就很有说道了。她在什么人面前才能扭腰呢?绝对应该在一个很疼爱她,很姑息她,很骄纵她的人面前才会做出这种很情色的姿势。

如果这个人不是老妈姐姐,而是个男人,这个男人还不是她的老公和男友,那这个事情就有点可大可小了。

夏美在耿直这个上司面前扭腰,尤其她的腰还细得很,腰线非常鲜明地在腰里瘦了下去,那部分的轮廓极其让人浮想联翩。而夏美再一扭动,不得了,一般男人就会浑身一麻,一酥,脆了,碎了。

耿直没看夏美,而是对来帮他打官司打嘴仗的朋友拱手说:“及时雨,及时雨,正等得不耐烦,你就来了。”

他脸上松懈的,暧昧的,笑意盈盈的样子,可一点不像不耐烦,好像很耐烦很耐烦!

第四章　摄像头

1

“还生我气呢？那不是话赶话赶的吗？”

“我生气不生气你在乎吗？”沈小北在小区附近的超市买菜。耿直打来电话，说交通事故已经处理完，他要跟朋友出去喝酒庆祝他大难不死，晚上要晚一点回来，今天不出差，明天去。

“车都撞零碎了，我却没咋地，我这人点高啊。得庆祝庆祝。”耿直说。

点高？点高家里半夜还进了劫匪，被洗劫一空，连紫铜香炉都丢了，还点高？沈小北本想在电话里把耿直臭骂一顿，想想还是晚上回来再收拾他。

提着菜篮子一进大厦，看见保安室的门口，东来站在那里向她招手。她急忙走过去。

“保姆刚回来。”东来说。靠着门框，正吸着一支烟。眼里还是那种很缥缈的感觉。即使他的目光正对着你的脸，也仿佛穿透了你的脸，在看着遥远的不可知的地方。

“公安那里有没有线索？”沈小北问。

折腾了一天，她现在看着东来觉得关系近了很多。

“暂时没有。”东来吸口烟，想了想，问：“保姆哪雇的？”

“是耿直雇的。怎么了，有问题？”

东来摇摇头，脸上的表情似乎欲言又止。

“那是你看出什么问题了？”沈小北问。

“她的牛仔裤是名牌，比她的工资都高。”东来描了描沈小北的脸，漫不经心地说：“手机是新款3G的。”

东来的意思是保姆小昭很有钱，能买得起一千多元的裤子，几千元的3G手机，何必做保姆？难道应了她之前的猜测，她的到来是个骗局，她可是耿直雇来的。

耿直的怀疑还没解除，现在耿直在外面陪女的逛街，雇来的小保姆还挺有钱，所有事情都挤在了一块，让她觉得疑云重重。一回头，她看见旁边的监测电脑里，电梯和楼道里的场景都一览无余。每层楼道的角角落落都清晰地进入眼帘。她思路里像开了个天窗，两眼灼灼地问东来：“我的房间里如果安装摄像头，我不在家的时候，房间里发生的事是不是也能全看到？”

“嗯。”东来深吸了一口烟，说：“监测别人，有点犯法。”

沈小北翻了东来一个白眼球，说：“放在我自己家里，犯什么法？我可没求着谁来我家装神弄鬼！”见东来还是一副不置可否的样子，就催促他说：“你就说吧，能不能帮我。你不帮我，我找人帮。”

东来说：“这事有点损。”

“损什么呀，公安破案不都用这招吗？”沈小北横了他一眼。忽然觉得自己的目光有点不友善。跟东来还没近到那种可以随意使性子的程度。怕东来不耐烦，偷眼瞥了下他，发现他并没有生气的意思，脸上还是淡淡的，没什么表情，拒人千里的样子，但接触起来，似乎还不是那么不近人情。

沈小北当即就要拿钱让东来去买摄像头等一应工具。东来慢悠悠地说:“没几个钱儿。”

“可我还欠你钱呢,我有了,该还钱了。”她说着,动手翻包。

东来却转身走了。

沈小北看着东来走出大厦的背影,心里掠过一丝别样的情绪。这人有点怪,有点意思,虽然有点冷漠,但却给她一种信任感。这大概是东来说话最多的一次。

之前跟东来的接触不多,也不是这么近距离的接触。一天的时间里,是第四次跟东来打交道了。这一天的接触比跟耿直的接触都多。仿佛是一幅影像画,东来的图片清晰了,近了,而耿直的图片却远了,有点模糊。

保姆小昭是个漂亮的女孩,跟沈小北同岁。从公安局回来后,也没什么特殊的表现,好像很不拿这事当回事。她是适应能力强呢,还是有自己的主意?沈小北没跟她沟通,她也不找沈小北说话,做完活儿,就坐到沙发上看电视。

当晚耿直回来时,已经是夜半,回来就趴到床上,睡得昏天暗地。沈小北费了好大的劲才把他的衣服鞋袜脱掉。他睡意蒙眬中,忽然搂住沈小北说:对不起对不起对不起。他一直说对不起。对不起什么?是劫匪来时他没抵抗,还是他没有保护好沈小北?

沈小北想跟他说说话,但耿直又睡下了,推都不动。沈小北也没了说话的心情。

夜里,沈小北做了个梦。梦到老妈很奇怪地看着她,脸上的表情很生气,嘴唇翕动着,像有什么话要对她说。她心里有愧。醒来后,心里很不安,老妈肯定是斥责她丢了宝贝,是个败家子。

东来身上没多少肉,手脚却够麻利的,第二天下午就给沈小北打电话,说东西都置办齐了,如果要安装,让她先把保姆支开。

沈小北带完下午那场操，匆匆赶回家。让小昭出去买瓶老抽，晚上做熏肉用。老抽要味道醇的，老德子牌的老抽最好用，但楼下的超市没有，要走三条街才能买到。看保姆下楼，她急忙给东来打电话。

东来很快上来了，身上斜跨个军挎。眼睛在房间里一扫，差不多尽收眼底。他把军挎里的东西都倒了出来，一堆摄像头。

“怎么这么多？”沈小北瞪大了眼睛，“一个就够了。”

“不够。”东来说着，踱到保姆房间，扫了一眼，就利索地把摄像头放到写字台的桌角下。那个地方很隐秘，绝对不容易被发现。然后他又转身到了厨房，把第二枚摄像头放到橱柜的夹层底下。随后他转到书房，安装第三枚摄像头。接下来，他开始安装第四枚。

沈小北大睁着眼睛，看到东来将第四枚摄像头放到了她跟耿直的卧室，然后又将第五枚摄像头放到了浴室的吊灯里。

东来安装摄像头时，信手拈来，就跟小马哥在《喋血双雄》的走廊楼梯上藏枪支的样子一样，很随意，仿佛这事他常做，手到擒来。尤其到卧室和到洗手间安装摄像头时，东来随意得就跟在自己家似的。沈小北看得目不暇接。

安装完了，东来回头对沈小北说：“这东西也能关闭。”还做着示范，让沈小北知道怎么开怎么关。又打开沈小北的电脑，告诉她怎么在电脑里接收摄像头里拍摄到的资料。

做这一切时，东来的话语不多，大多是用动作代替语言。他真是个惜字如金的家伙，好像多说一个字会有人割掉他一块儿舌头。

在东来手把手地教时，因为挨得近，沈小北的鼻子里闻到东来身上的气味，还有头上洗发水的味道。东来洗发水用的是舒蕾，沈小北之前总用，后来耿直用飘柔，她就跟着用飘柔，但舒蕾的味道还是熟悉的，一嗅到这味道，觉得亲切。东来身上的味道混合着头发上的味道，清新，不像他本人所展示给别人的有些忧郁懒散的印象。

也因为挨得近,两个人的胳膊还碰到了一起。沈小北有点心慌,偷眼瞥东来,东来已经不经意地挪开了。

看着电脑里各个房间的监控情况,沈小北放心了,管他是卧室还是厨房浴室,都打开着,有了摄像头和电脑,她就成了无敌大侠,掌控了房间里的三个人的全部动向。这种全知全觉的感觉很有意思,仿佛自己真的在瞬间有了特异功能似的兴奋。

对于帮她有了这种功力的东来,沈小北非常感激。她从冰箱里拿出两罐啤酒,一罐放到茶桌上,一罐递给东来,说:“喝口凉的,歇会儿,这大热天的请你帮忙,我够不人道的。”

“不是什么好忙。”东来接过啤酒时,他的指腹划过沈小北的掌心。沈小北只觉得掌心烫烫的。

“反正是拔刀相助。”沈小北掩饰着掌心的感觉,把手背到身后。

东来抬头看着沈小北,眼里渗入一丝笑意。他打开手里那罐啤酒,先递给沈小北,自己拿起桌上的那罐,打开了,喝了一口,淡淡地说:“窥视别人的隐私不好,有些事情没必要都知道。”

这似乎是东来说得最长的一句话。

沈小北品味着东来的话,觉得很有哲理。她转动着手里的啤酒,觉得东来还蛮绅士的,还替她打开啤酒。虽然是小事,但小事才恰恰更能反映一个人的本质。

“她快回来了。”东来说着,把喝了一半的啤酒放到茶桌上,向门口走去。

“等我把钱拿给你。”沈小北拿包找钱,东来没有回头,只是冲身后摇了摇手,走出门。那意思似乎是这点小事不必太介意。

送走东来,沈小北到茶桌上收走啤酒。端起啤酒时,手指掠过啤酒的封口处,那里东来的嘴唇刚刚触碰过。想起东来闲闲的样子,心里一动。

2

东来从沈小北家出来，向电梯走去。一直握在口袋里的手拿了出来，摊开的掌心上还有一枚摄像头。

东来的脸上阴沉沉的，阴沉得能拧出水来。即将走到电梯前时，他脸上的肌肉忽然痉挛了一下，眉头拧成了疙瘩，眼里的神情转瞬变成痛苦。他好像在忍受着常人难以想象的痛苦。

电梯打开又合上了。东来没有进电梯，脚步有些踉跄地向安全通道走去。进了安全通道，他颓然地跌坐在楼梯上。脸色苍白得如同一张白纸，额头鬓角竟然渗出了密密麻麻的汗珠。他用拳头捶打着自己的头，似乎还是解决不了头部的疼痛。那里面仿佛有一万只蚂蚁在翻滚，在啃噬着他的骨髓，吮吸着他的血液。那种疼，无法形容。

东来忽然站了起来，用力向墙上撞头。咚咚的声音在空旷的安全通道里回响，有点瘆人。

外面的夜色越来越浓，浓得像一滴墨。安全通道里的白炽灯发出惨淡的光泽，照在东来的身上。东来蜷缩在角落里，仿佛刚刚大病痊愈，又仿佛经历了一场血腥的鏖战，他疲惫地把后背靠在墙壁上，抬起头，从口袋里摸出烟盒，抽出一根烟叼在嘴角，打燃了打火机。幽蓝的火光扑扑地闪烁着，东来出神地凝视着火光。

火光把打火机烤热了，热得烫手。东来关了打火机。

安全通道里的白炽灯是感应灯，如果没有剧烈的声响，打开半分钟后，就会自然关闭。当白炽灯暗下来时，东来就把打火机打燃，再关闭。整个世界忽而明亮，忽而黑暗。东来就在半明半暗的楼道里枯坐着，嘴角的烟点燃了，他竟然忘记了吸。

手机响了，东来没有接电话，也没有查看是谁打来的。他的目光若有所思，仿佛沉浸在某个回忆里，很不希望有人惊动他的回忆。那个电话持续地叫着,好像知道东来就在手机旁边。

东来最终接起了电话。手机却在同一时刻挂断了。

随即,手机收到一条短信。“最近头疼了吗,如果不舒服,就来找我。”

看着这条短信,东来的目光凝重起来。

3

耿直的机票是夜里八点半的。算算时间,到达沈阳,应该是夜里十点多。耿直看着手里的机票,若有所思。拿着包过了安检,出了检票口,上了外面运送乘客登机的大巴,找了个靠窗的座位坐了下来。

人们陆续地在登机。耿直登上飞机,找到自己的座位。空着的座位陆续都坐满了人,他旁边的座位却一直空着。看看飞机起飞的时间快到了,耿直忽然有些警觉起来。他透过车窗向外面看,果然,有个人影向飞机走来。估计等她上飞机时,飞机正该起飞了。

那个人影越走越近。天色很暗,那个人还是逆光走过来的,但耿直还是从那扭动的腰肢上,认出是他的秘书夏美。

这个女人,算准了时间,非要跟他乘坐飞机出差。耿直虽然不讨厌夏美,但是要动真格的,他可没这打算。但夏美的攻势已经暴露无遗,所以最好的办法就是不跟夏美正面冲突,让尴尬的场面永远不发生,这才是上策。

耿直提着包去了乘务员的坐席,低声对那个最漂亮个子最高的空姐说:“等会有人问起我的座位怎么是空的,就说我去了洗手间。”见空姐想要张口询问,便从口袋里掏出两张钞票放到椅子上,说:“拜托了。我有急事,不乘坐这趟车,一会儿下去改签。”

最后一个登机上来的女人果然是夏美。夏美穿了件盖住脚踝的波西米亚长裙,这件色彩斑斓的裙子花枝招展的,随意大方却也不俗,很适合出去玩。等夏美的长裙子走过乘务员的坐席,耿直把帘子打开,匆匆下了飞机。

夏美找到自己的座位,发现旁边耿直的座位是空的,不免四处张望,却没发现耿直的影子。

等了半天,飞机快起飞了,她到空姐坐席问空姐:"我旁边那个座位的人来了吗?"

收了耿直二百元的空姐说:"好像去洗手间了。"

夏美回到座位,一边向洗手间的方向张望。空姐开始站在前面教乘客怎么系安全带,怎么使用座位上面的急救物品。夏美有点着急,因为耿直还没出现。她摸出手机给耿直打电话,电话通了,却一直没人接。

直到飞机起飞了,耿直也没出现。跑到洗手间去敲门,出来的是个胖子。

夏美恨不得把胖子踢回到洗手间里。她恨恨地剜了胖子一眼,转身回了座位。

她知道她被耿直耍了,耿直肯定是发现她上了这趟飞机,才下的飞机。如果不知道她上飞机,会给她打电话让把飞机转签的。

夏美摸出手机给老乔打电话。

"老乔,耿总有事晚上的飞机过不去了。我自己去。"夏美说。

电话那端的老乔哈哈笑着说:"原本找了位靓妞想给耿总接风洗尘呢,他还不给面子。幸亏夏秘书来,否则我可就白准备了。"

"对我你就不用客气了,给我准备一个美男就行了。"夏美淡淡地说。

"你看我行不,在我的公司,大家都说我要天下第二帅,都没人敢说自己天下第一帅。"老乔说。

"得了吧你,你那样的,两个加一块,负负得正。"

"姑娘你要双飞啊,牛,实在是牛。"

"废话不说了。我给你打电话,是有事求你。"

"说吧秘书大人,有什么吩咐尽管说。"

空中小姐走过来,告诉夏美在飞机上不能使用手机。夏美把手机挂断,眼里闪过一丝幽怨。

4

耿直把飞机票改签后,回到公司,把车子开出来,并没有直接回家,而是去了一家花店,给沈小北买了一束玫瑰。沈小北喜欢粉色的玫瑰。可惜花店里粉色的玫瑰不多,耿直开着车子,一家花店一家花店地凑了一大捧粉色的玫瑰。

从花店出来,接到老乔的电话。

“耿总您上飞机没?还没有啊,我正想跟您说呢,让您别来了。我这出了点岔子,有些药品现在国家规定很严,销路渠道控制很紧,之前答应你的那几样货都被上面戴帽下来的给收走了,你的货还需要等几天。”

耿直听老乔这么说,冷冷地笑了。他气得头顶都在冒烟。尽量控制着情绪,对老乔说:“生意人讲究的是诚信,你这么做说不过去啊。咱俩的交情也不是一天两天了,谁什么样谁心里比对方都清楚。你是个见钱眼开的人,能让你拒绝跟我做生意,那肯定是别人出的价钱比我高,你就毁约?”

老乔说:“话不能说得那么难听,我啥人我自己最清楚,我是个最重感情的人,钱可以不赚,但感情不能伤。所以我给你电话让你心里有个底,免得来了空欢喜一场。”

既然老乔已经把话说出来了,那么他的库里就是全存了那几样药物,也不会给耿直一包的。耿直恨不得将手机摔了听响才解气。但手机里都是秘密,摔了它上面的通讯录可就废掉了。

心里想着心事,没提防走到了花坛边。一辆洒水车过来,如注的水流瓢泼似的淋到耿直的身上,登时把他浇成了落汤鸡。

耿直狠狠地向一旁的垃圾桶踢去。垃圾桶很坐实,没踢动,倒把他的脚踢疼了。他龇牙咧嘴地靠在护栏上,心里沮丧极了。手里的玫瑰也被水浇得像开败了,他恨恨地把花扔进了垃圾桶。

钻进雅阁,拉上窗帘,从椅子下面拉出一只塑料盒子,打开盒子,里面是干净的衬衫裤子。耿直有洁癖,他的车里总会预备一套干净的衣裤,包括内衣裤。有时出车在外,不能回家换衣服,他就在车里换掉。

让有洁癖的人把脏衣服穿在身上,那比杀了他都让他难受。

换上了干净衣裤,再次钻出车子,耿直又开始一家花店一家花店地买粉色的玫瑰。

耿直到家时,已经是深夜了。

“老婆,我回来了。”耿直把花捧到卧室,把瓶子里快要枯萎的玫瑰换掉,插上他刚买回来的。

沈小北正半躺在床上看书。耿直过去,直接压到她的身上,用两只手支着床,凝视着沈小北的眼睛说:“老婆我想你了。”说着,俯下脸,用下巴上的胡须蹭着沈小北的脸蛋。

耿直的胡须长得快,早上刮的,晚上就能长出一层。耿直晚上坚决不刮胡子,他跟沈小北缠绵时,就喜欢用带着胡茬的下巴去蹭沈小北的脸。沈小北痒痒,想推开耿直,耿直却箍得她越发地紧了。

沈小北想跟他好好谈谈。无论是劫匪,紫铜香炉,还是他们的婚姻,她都觉得和耿直之间,有些东西需要沟通。

但耿直没觉得有什么需要沟通的,除了肉体的沟通。

“我们说会儿话……”沈小北不想现在就做爱。

“等做完了再说。”耿直说,一边控制着沈小北的身体,不让她动。

这就是男人女人处理事情的习惯。男人喜欢做了之后再谈,或者根本不谈。女人觉得有必要把情绪稳定好,那么就要先谈明白,再做爱,或者不做爱。

男人说话是为了上床,女人上床是为了说话。男人重视的是上床,女人重视的是说话。

沈小北想挣扎,但耿直的力气太大,他身体上的气息也瞬间笼罩了沈小北,她渐渐地浑身懒洋洋的,不想动了。

耿直的嘴唇开始向下亲吻,沈小北的肌肤掠过一阵痉挛。她伸手将他的腰紧紧地搂住了。肌肤贴紧肌肤的一刹那,她的心微微地颤抖,情不自禁地呻吟出声。耿直的撩拨也越来越强烈,越刺激。沈小北的身体慢慢地发热,变红,雪白的肌肤上,像盛开了一地的玫瑰花,煞是好看。他从床下抽屉里翻出那张渔网,把沈小北捆在渔网里。

沈小北的头脑里却忽然像有什么被炸开了。她的眼前晃动着那个恶心的胖子曾经用渔网把她捆了起来。还曾经把他那只肮脏的大手伸到她的胸上……这做爱的道具,在那夜曾经成为桎梏她的枷锁。

她的身体骤然降温,潜意识里觉得这样不好,她闭着眼睛,双手箍紧耿直的身体,让自己进入角色里。可是她却猛然又睁开了眼睛,她想起刚才耿直脱掉内裤时,里面的内裤是黑色的。她明明记得早上耿直走时,穿的是一条白色的棉布短裤。而这条黑色的短裤不是棉布的,是带弹性的。

沈小北一脚将耿直踢下了床。

"你的白色短裤怎么换成了黑色的?"沈小北的眼光能杀了耿直。

"我在车里换下了,你知道我车厢后排座下面有干净衣服的,怕出差来不及回家才预备的。"耿直开始了对白短裤怎么变成了黑短裤的解释。但怎么解释,沈小北都狐疑地问:"真的吗?"

最后把耿直逼得快要疯了。耿直说:"是不是我说我跟女人鬼混脱掉了短裤你才不会再追问了?"

回答耿直的是沈小北掷过来的愤怒的枕头,接着掷过来的是玫瑰,最后是花瓶……

5

沈小北在沙发上翻来覆去睡不着。

卧室里,耿直也在床上辗转反侧。

以前她也曾有过睡不着的时候,那时耿直会殷勤地为她揉搓小腿,按摩身体,还会用微波炉加热一杯牛奶端给她喝,然后搂着她,让她枕着他的肩膀入眠。

从第一次做爱同床开始,沈小北就枕着耿直的肩膀入睡。她曾经问过耿直:“我这么枕着你的肩膀,你睡觉能舒服吗?”

耿直回答说:“你如果不枕着我的肩膀睡觉,我才会不舒服呢。”

但是现在,沈小北没有枕着耿直的肩膀,两个人都失眠了。

漫漫的长夜,让沈小北想起以前跟耿直在一起的种种美好,那些往事像一枚新鲜的草莓,让人回味无穷。

医大跟体育学院比邻而居,中间有条甬道,甬道两侧都是各色小吃店,使得那条甬道一年四季芳香四溢,两个学校的学生一到下课就汇聚在此,来往颇为频繁。

耿直在医大念大四,沈小北则是体育学院刚入学的小丫头。是在元旦晚会前认识的。耿直的班上要出演一个节目,有人提议来一段街舞,随即请来的老师就是沈小北。

沈小北大一就开始到健身房做兼职教练,教几个大学生自以为不费吹灰之力,没想到她见识到了史上最笨蛋的学生,那就是耿直。

让他扭腰,他偏要摆胯。让他踢腿,他非要出拳。

“我见过笨的,但没见过你这么笨的。”沈小北忍无可忍,直言不讳地对耿直说。

耿直却有股坚忍不拔的劲儿,说什么也不退出。他涎着脸央求沈小北说:“沈教练,要不你给我加加餐吧,我笨鸟先飞还不行吗?”

看着这个比自己大了三岁的大男生在自己面前耷拉着脑袋恳求,她说狠话,他还赔着笑脸。没见过脾气这么好的男生。她只好牺牲个人时间陪着耿直练。

每次陪着耿直练完,耿直总会殷勤地说:“沈教练让你辛苦了,这么吧,我请你吃饭,略表我的感激之情。”

三吃两吃,两个人最终吃到了一张床上。第一次耿直带着沈小北到校外的旅店,一进房间,耿直就把衣服脱个精光。沈小北看着动作熟练的耿直,吃惊地瞪大眼睛,说:“你咋脱得这么熟练?”

耿直说:“能不熟练吗,我都在梦里脱了多少回了,终于能实战一次,动作当然快了。”

然后耿直又有了一个惊人的举动,啪的一下从牛仔裤的屁股兜里掏出一枚杜蕾斯。哧啦一声撕开,取出里面的宝贝,就往他身上的宝贝上套。动作依然娴熟。把沈小北看傻眼了。

沈小北忍不住问:“你想得怪周到的。”

耿直说:“切,这枚杜蕾斯都在兜里揣一个月了。有次掏饭票打饭,竟然把杜蕾斯掏出来递给了卖饭的师傅。那天窗口卖饭的是个年轻的女的师傅,没把我臊死。”

“咋不臊死你呢,你真够经验丰富的。”沈小北心里有点委屈,觉得自己的第一次给耿直有点不值。因为从种种蛛丝马迹上来看,耿直都不是第一次。

尤其上了床之后,耿直抚摸撩拨着沈小北,让沈小北的身体很快就轻盈起来。他用嘴唇用手指撩拨着沈小北的耳垂,他甚至还用手指触摸沈小北的脚丫。那里太敏感了,沈小北一下子就润湿成河。然后耿直就像个得到糖果的孩子似的欣喜地爬上沈小北的身体,顺利地进入了处女地。

事后,沈小北曾经问过耿直:“你肯定不是第一次,要么你怎么那么有经验。”

耿直倒回答得爽快，说："我的确不是第一次。"

"你第一次给了谁？"沈小北觉得亏吃大了，凭什么你不是第一次要把我的第一次拿走呢。她气急败坏地追问。

不料，耿直的回答让她哭笑不得。耿直说："我第一次给了我自己。"

沈小北没听明白。"给了自己？你自己跟自己怎么玩？"

耿直就做了示范动作，用一只手套住他的宝贝，用力地上下耸动，看得沈小北绯红了脸。

隔了几天，两个人又到小旅馆开房，耿直这次动作更加纯熟，轻车熟路把掌控着沈小北的身体，想要沈小北沸腾几次，沈小北就能沸腾几次。他也发现了沈小北身体的特殊，一旦发现沈小北雪白的肌肤出现点点红梅花时，他就立刻提枪上阵，纵横驰骋，不眠不休，那感觉，快乐到极致。

沈小北又发现了不对劲的地方。她问耿直："都说第一次什么都不懂，你怎么跟老手似的，知道怎么让我快乐，怎么拿捏分寸火候。"

耿直更是语出惊人。他说："你大概没看过三级片吧。男生没有不看的。早就熟知路子了，就是没机会实战一把。有了实战的机会，谁不会好好地演习啊。兄弟们晚上在床上开座谈会，都是传播性经验的，两人怎么做才会更快乐。"

之后也还有很多疑点，证明耿直不是处男。但是耿直都用四两拨千斤的功夫化解了沈小北的疑问。

结婚后，两个人一开始就打算要孩子。有天做完爱后，沈小北要睡觉，耿直忽然推醒沈小北说："醒醒，醒醒，咱们要是准备要孩子，那这些套子就没用了，等你生完孩子都一年了，套子肯定过期。两元钱一个买的，不能浪费了，浪费是可耻的。这样，我们一晚上用三个行不？"看沈小北醒了，他不由分说，哧啦撕开一枚杜蕾斯。

结束战斗后，两个人在床上还起腻。

沈小北用脚指头触碰着耿直的小腿，说："哎，我要是生个女孩，会不会跟我一样可爱?”

耿直说:“你很可爱吗?”

沈小北说:“我不可爱当初你干嘛死乞白赖地追我,还假装学不会街舞,让我给你开小灶,别以为我不知道,你那都是装的,就想跟我套近乎。”

耿直说:“我那是挽救你。要不你肯定得让低年级的那些小豆包给拐骗了。”

沈小北说:“那么多人哭着喊着要挽救我,凭什么你得逞了?”

耿直说得振振有词:“这个问题得这么看,就像你要落水,好多人站在岸边喊救人,结果就我老实,直接扑通一声,跳水里了……”

沈小北气得抡起粉拳打耿直。耿直说话的功夫已经恢复了战斗力,又哧啦一声,撕开了第三枚杜蕾斯……

结婚后,耿直的床上技巧越发推陈出新,还把渔网用成了做爱的道具。那只渔网是有来头的。

那时两人还没结婚,去查干湖玩。耿直的医药公司也刚刚开业,电话突然招他回去,说有个重要客户来了。两人只好连夜上了火车。因没有预定车票,没买到座号。卧铺也没有空位,只能站一夜。

火车过道也站了人,火车开动后,过道上的人们便纷纷坐在地上摆的包裹上。沈小北却无法在这种环境休息。耿直就贴着她的耳朵说:“再捱一会儿,我有办法让你休息。”

等人们都进入梦乡,耿直打开包裹,把在查干湖买的一张渔网掏了出来。那原本是要带回家挂在墙上做挂饰的。耿直把渔网三扯两扯,挂在过道两侧的行李架上,他用手在渔网秋千上试了试力气,蛮结实的,就是条大鲨鱼也网得住。

“来吧我的美人鱼,进渔夫的渔网里吧。”耿直说着,弯腰将沈小北抱上渔网,笑眯眯地说:“美人鱼老婆,让你受委屈了,快闭上眼睛进入梦乡吧,你的渔夫守着你。”

沈小北心里美极了，也舒服极了。她感觉那一刻她是世界上最幸福的女人。等回到家里，当晚两人做爱时，这张渔网就被耿直扯过来网住了沈小北，她也体验到了不同寻常的快乐。

渔网从此就成了他们做爱不可或缺的道具。

只是谁也没想到，道具成了桎梏。

婚姻真是个魔术师，转眼就把两人的感情弄得里出外进，怎么想怎么不舒服。沈小北越想越睡不着，赤着脚去了厨房，从冰箱里拿出牛奶，在微波炉里热了，端着杯子去客厅。路过小昭的房间，发现里面透出一缕幽蓝的光亮。这是什么光？

小昭从警局回来的第二天，沈小北还是跟她谈了几句，主要是感谢她那晚拎着菜刀拼命。她说："你要是还愿意在我家干，就干下去，我不会亏待你。要是你想走，我多给你付三个月的薪水。"

要是别的保姆，既然遭受了那么大的惊吓，警方又对她有所怀疑，东家还愿意多付她三个月的工钱，乐得走的。但是小昭转了一下漂亮的大眼睛，说："耿太太，我不走。"

沈小北心里一顿。

"警方现在怀疑我，我不能这时候走，等他们抓到真凶，证明我的清白，那时候你如果想辞退我，我再走。"小昭说着，冲着沈小北莞尔一笑。"再说你不用给我多开三个月的薪水。就我这样的，随时都能找到工作，你不必费心。"

沈小北没话说了，这保姆不简单。不卑不亢，还机灵得很，还蛮傲气的，还知道三个月的薪水跟找工作有关。东来说对了，小昭的确不简单。

现在看到小昭房里幽蓝的光泽，沈小北心生好奇，留了心眼，踮着脚尖靠近小昭的门，从门缝里望进去，原来是一个小巧的笔记本电脑发出的光泽。

一个二十多岁的保姆,用名牌,还有笔记本电脑。却甘愿做底薪的保姆,这真是奇了。

沈小北抬头看了看隐藏在各个角落里的摄像头,希望那些小东西能帮她找到谜底。

热热的牛奶喝到了胃里,感觉很舒服,一种醺醺然的感觉很快占据了沈小北的头脑。她昏昏欲睡时想,这牛奶赶上安眠药了。

第五章 诱 惑

1

耿直终于出差了。沈小北松了口气,不用面对晚上床上的尴尬了。

晚上她从健身中心回来,正巧看到东来从值班室出来。她眼珠一转,有了主意。

原本是要跟耿直要九光的电话号码的,但一直没机会跟耿直沟通。警方那边对劫匪的事没一点消息,如果紫铜香炉出货了,找回来的可能就越来越小,那就只能自己这边努力了。东来不是说三天就能破案吗?那还不如求东来帮忙。

东来换下了制服,大概是下班要回家。

“请你吃饭,肯不肯赏光?”沈小北向东来走过去。“我还欠你钱呢,你要是不同意吃饭,现在把钱还你。”

东来看了她一眼,淡淡地说:“我没说拒绝。”

“可你的样子让人望而生畏。”沈小北笑了。

“哦?”东来依然淡淡的口气,“不会是鸿门宴吧。”

沈小北就开了个玩笑:“说不定是呢。”

“那我也去。”东来也开了个玩笑。

这真是难得。

跟沉默寡言不苟言笑的东来在一起,沈小北会自然地想开个玩笑,甚至是想捉弄一下东来。没想到东来也不是总板着白板的脸,也会开玩笑。

“我以为你不会开玩笑呢。”沈小北说。

东来笑笑,没再说什么。

东来开着一辆半新不旧的轿车带沈小北去了后街的一家小酒馆。后街的大排档很有名,一到夜晚,灯火辉煌,吃客云集,并且吃相很有看点,在夏天的晚上,吃客们一旦吃热了,就脱掉上衣,光着膀子赤膊上阵,大碗喝酒,大块吃肉,吆五喝六,热闹得跟摆宴席办喜事似的,很有梁山水泊里英雄的豪迈。甚至有一些自认为体形不错的男子,夜里故意到这里吃饭,然后假借天热出汗为名,脱掉上衣,炫耀一身灿烂的肌肉。惹得朋友们惊叫,左右邻舍的吃客侧目伸颈,赚了不少走过的小姑娘的眼球。

东来这天穿了件黑色的T恤,配一条牛仔裤,脚上蹬了一双黑球鞋。整个人显得很精神,也更显得瘦了。

选了张靠街边的位子坐了,东来要了四样小菜,糖醋黄瓜,清拌蜇皮,水煮毛豆,爆炒鱿鱼,外加几瓶“闯天涯”。沈小北一看,心里很舒畅,都是自己爱吃的东西,不禁对东来又添了几分好感。大概平常她总往家提这些东西,东来看见就记住了,要了这几样沈小北爱吃的。

沈小北酒量轻,喝了两瓶“闯天涯”后,就斜着几分醉意的眼睛,飘着东来:“问你个事呗。”

东来没跟沈小北的醉眼对视,他看着手里的酒杯,说:“果真是鸿门宴。”

沈小北不管他,兀自说:“你不是说三天能破案吗,公安那边还没消息?”

“公安有办事的程序。”东来说。

“我听人说,公安里没有熟人,像我家这类的案子都没人过问,报案也是白报案。我想请你帮个忙，帮我查这个案子。你要多少钱都行。”沈小北看着东来的眼睛说。

一直垂着目光吃饭的东来没说话，抬了眼睛看着沈小北，说：“对不起。”

他回答得倒挺干脆。

沈小北知道他可能会拒绝，但没想到他会拒绝得这么利索。

“不要钱？那你要什么？”沈小北故意岔开东来的答案。“只要你肯帮我这个忙，你要什么我都给你。”

因为这话说得有点假，沈小北说到最后一个字，自己都忍不住想笑了。她忍俊不禁地看着东来，说：“咱说话别绕圈子了，这个忙你一定得帮我，至于要什么，你开口，我不还价。你不知道那只紫铜香炉对我的重要。它不仅贵重，还是我父母的遗物。”

“警方在调查。”东来还是拒绝。

“我其实是怀疑我老公。”沈小北只好扔出个炸弹让东来感兴趣，那样他可能就会接受了。

“耿直？”东来果然被挑起了兴致，略微吃惊地看着沈小北。

“他有许多可疑的地方，劫匪进来我根本没听见动静，这是否说明劫匪跟房间里的人里应外合？他们用钥匙开门，当然没什么动静。”沈小北卜着断言。“他的公司资金紧张，有破产的危险。还有，保姆是他雇来的。”

东来停顿了几秒钟的时间，才抬起目光看着沈小北，说：“真这么认为？”

“其实家里的存款并不多，重要的是那只紫铜香炉，紫铜香炉的价值，应该在二百万以上。我怀疑我老公拿去变卖放到生意上。”为了让东来接她这单生意，索性把自己的猜测夸大了些。

东来沉吟着，没说话。

“还有,我觉得保姆真有事儿。我给她多开三个月的工资,她都不走,说非要公安局抓到劫匪还她一个清白再走。”沈小北又说。

“有摄像头,再观察两天。”东来说。

他还是事不关己的样子,不追问,也不说帮忙。

沈小北有点后悔把怀疑自己老公的事对东来这个外人说了。家丑不可外扬,她暴露家丑的目的是吸引东来帮忙,但东来一直推脱,她也不好强求。想了想,她问东来:“你能打电话问你那个刑警朋友吗,我很想知道,劫匪进来时我老公都做了什么。他到底跟劫匪搏没搏斗。如果没搏斗,那事情可能就是我猜测的那样。”

“难办。”东来还是不吐口帮忙。

沈小北睁着迷离的水汪汪的醉眼,说:“我就想知道,你帮帮我。”

东来没有说话,为难地看着沈小北。看见沈小北可怜巴巴的眼神,他略一沉吟。

沈小北看出东来的犹豫,就得寸进尺地说:“现在就打电话帮我问问。”

东来没说什么,但从兜里摸出手机,把电话打给邱队。

“三哥你在哪呢,我和几个朋友喝酒呢,过来喝一杯,大家刚才还谈到你。都说你的那个事有点冤,说你做个深刻的检讨,肯定能回来……”

老邱喝过酒后有点啰嗦,东来拿着手机,等他的话告一段落,急忙说:“紫铜香炉有进展吗……”

他的话还没说完,就被老邱打断了。

“那个案子不归我管,三哥要感兴趣,改天我给你问问,都是好朋友在一起喝酒,你过来吧,你在哪,他们要去接你。”

东来委婉地拒绝了老邱的好意,放下电话,她看沈小北失望地看着他,便说:“我明个再问。”

“那找劫匪的事我可拜托你了,你要是不帮我,我就找不到人帮我了。”沈小北说得可怜巴巴。

东来看着沈小北装委屈的样子，眉头忽然蹙了起来，眼里闪过一丝好像是痛苦的神情。他拿手抵着额头，左手从烟盒里拿烟，手指抖着，半天也没拿出来。

沈小北正觉得奇怪，想问问东来怎么了，这时，他们身后走来几个人。

领头的穿了一身白西服，身材魁梧，跟模特似的，尤其一张俊脸更是吸引人，往那一站，玉树临风，特吸引女人眼球。他脸上神情倨傲，有点目中无人。此刻，他手里提着一瓶酒，带着几人走了过来。把手里的酒重重地墩在桌子上，对东来说：“哎哟，一年多没见，小东瘦了，怎么，不当刑警没人上炮苦的吧？”

在后街这一片，没几人不认识这个白衣人的。他叫何建豪，三十多岁，很有名气。开了几个娱乐场所，喜欢走到哪儿都带着一哨人马，前呼后拥的。据说他的生意明着的不如暗地里的，暗地里的不如别人不知道的。反正很有实力很有靠山的一个人。

沈小北是第一次见他，见他有些招摇，他身后的几人也十分倨傲，她有点替东来担心。大概是东来做刑警时得罪的人吧。

东来把后背靠在椅子上，用力地晃了晃头，坐直了身体。

何建豪邪邪地打量了一眼沈小北，对东来说：“老友重逢，一醉方休。”不由分说，就把自己的酒杯满上了酒，又准备给东来倒酒。

东来用手盖住了酒杯，说：“我送你回家。”他这话不是对何建豪说的，而是对沈小北说的。

何建豪腮帮子上的肌肉颤了两颤，依然面上带笑地说：“你这点面子都不给，太小看兄弟了吧。兄弟当年承蒙您的大驾在里面蹲了些日子，这一出来就撒下人马找你，想请兄弟好好喝顿酒，你却施展遁地的功夫，一年都没找到。这好容易碰上了，怎么也得叙叙旧吧？”

东来淡淡地对沈小北说：“小北，先到街对面等我。”

他叫小北,叫得很自然,很亲昵。

沈小北站起来想走,何建豪身后的几人叉开腿拦住了去路。

何建豪不屑地对东来说:“东来,你装什么犊子啊,我一来,你就让她走,怕我抢了你风头,还是怕你出丑被她看见?”

东来坐着没动,淡淡地说:“她跟这事没关系。”

何建豪哈哈笑着说:“你说没关系就没关系?一年前我就跟你说过,到了外面,就不是你说了算了。”

头部的疼痛来得快,去得也快。东来的头不疼了,他渐渐恢复了精神,冷冷地瞥了眼何建豪,不屑地说:“想干什么你就说吧。”

何建豪嘴角一咧,露出一口白牙,那模样又英俊,又邪恶。完全是天使和魔鬼的化身。沈小北没见过这么美的男人表情却又这么邪恶。

“东来还这么痛快。你痛快我也痛快。一年前我可是因为你的女人进里面的。你说一年后,我能不在你女人身上找回来吗?”何建豪不怀好意地在沈小北身上打量着。沈小北有点心惊肉跳。

“疯狗!跟你没法沟通。”东来拉着沈小北就走。

几个人呼啦围住了东来。

东来停住脚步,回身对着何建豪,笑了。他拿出一根烟,点燃了,冲着何建豪喷了一口,说:“是你动手,还是他们来?”

何建豪踱到沈小北面前,打量着沈小北,嘴角的笑纹有点玩世不恭。他说:“也不是什么国色天香,还不如你上一个呢,不是我这当兄长的教训你,你的品味可下降了。”

何建豪忽然伸手,要抚摸沈小北的脸蛋。一旁的东来一把捏住了他的手。

只听一声惨叫,何建豪被东来捏着手,疼得一张脸扭曲着。想不到瘦得仿佛弱不禁风的东来手劲却大得惊人。

旁边何建豪的手下呼啦围了过来。

“别跟女人过招，丢人！”东来松开何建豪的手，语气依然是淡淡的，好像他压根儿就不会发脾气。

何建豪揉着被东来捏疼的手，突然斜眼看到沈小北胸前白花花的一片，他龇牙乐了。

何建豪个子高。这样的看法可以从沈小北的领口看到沈小北的乳沟，尤其今天沈小北穿了件低胸的裙子。

沈小北的脾气可绷不住了，她恼恨地把衣服领子向上提了提，凶巴巴地说：“看什么看，回家看你妈去。”

何建豪气乐了。他用手指点着沈小北，话却是冲东来说的。

“小东，这个妞子可够惹事的。我今天要就这么走了，那我可栽了。”

东来将沈小北掩到身后，依旧平静地说：“你就不能有点出息。”

何建豪却不依不饶地说：“我要不较真儿，那传出去多丢人呢，说我何建豪被个女人欺负了，那我还怎么混？”

“说吧，想怎么了？”东来抬眼打量打量何建豪，淡淡地说。

何建豪笑起来。“敬我三杯酒，说你做错了。今天这茬就算过去了。账我们以后再算，在你女人面前算给你留点面子。”说着，他对后面的人说：“倒酒，还用我教你们吗？”

立刻上来一个人，把酒满上了，举到东来面前。

敬三杯酒，应该不算是什么大事，尤其对于擅长喝酒的人来说。沈小北不知道东来能不能喝酒，但是说三声“我错了”，这绝对是在难为人。

果然，东来接过酒杯，却并没有喝，淡淡的口气说：“要么你扎我三刀吧。”说着，冷冷地斜睨着何建豪。

何建豪看着东来，足足看了有一分钟的光景，突然迸发出一阵大笑。

“东来还是那个东来，被警队开除也还是东来。是条汉子。”何建豪的一张怒脸已经不见了，脸上代之的是灿烂的笑容。

“开个玩笑，不会介意吧。”何建豪说，“我在旁边吃饭，听朋友说你也在这，就过来打个招呼。咱俩挺长时间不见了，总不能无惊无险的，总得来点刺激的。”

事情急转直下，有点出乎意料。东来拿眼撩了他一眼，没说话。

“之前的事绝对是个误会，我是被冤枉的。但过去的事都过去了，我不会再提。来，不打不相识，走一个。”他端着酒杯，跟东来碰了杯子。两个男人将杯子里的酒一饮而尽。

“在哪发财？要是不如意，就到我这，你的身手我太了解了，我保证让你在我这里一个月能赚你做刑警一年的工资。”何建豪很认真很正规地向东来发出邀请。他立马变了个人，从一个街头混混，摇身变成了风度翩翩的绅士。

“谢了。”东来淡淡地拒绝了。脸上没什么表情，似乎对于何建豪这套司空见惯，一点也没有吃惊。

“没关系，你不用马上回答我。什么时候想好了来找我，我都给你留着肥缺。”何建豪说得很爽快。

自始至终，何建豪再没看沈小北一眼。看来之前的嬉笑怒骂的确是他信手拈来打趣东来的。

沈小北心里颇不舒服。男人之间的战争，拿女人做道具，之后连个道歉都没有，也太不拿她这个女人当回事了。也显得何建豪这个绅士的模样有些名不副实。

何建豪这人虽然高大俊美，沈小北却总觉得他哪里有点别扭。究竟是哪里呢？一时还说不上来。

在车上，沈小北发现东来的脸色不太好看，这跟来吃饭时已经完全是两种表情两种心情了。看样子肯定跟何建豪有关。

在这种情况下，她不好再追问东来帮忙找劫匪了。哪个人的心里都有本难念的经。

2

回到家时，已经夜里十点多了。保姆在客厅看电视，对沈小北说："先生来电话了，让您回来给他去个电话。"

耿直把电话打到家里？如果是急事，应该打到她手机里。他莫不是在查她的岗？

她把电话给耿直打了过去，响了半天，也没人接。就在她准备放下手机时，耿直的电话终于接了起来。但电话里却没有传来那个熟悉得不能再熟悉的男中音，而是传来一个女人的声音。

"喂，您是哪位，说话呀。"女人的声音从耿直的手机里传来。那声音嗲得要命，比林志玲的舌头都短，让沈小北瞬间掉了一地的鸡皮疙瘩。

"啊，对不起，我打错电话了。"沈小北突然挂断了电话。她以为她打错了电话，因为这个时间耿直应该已经在宾馆了，怎么会有女人接起他的电话？

可看了眼手机上拨出的号码，是耿直的绝对错不了。号码存档时写着耿直的名字呢。这个时间，耿直就算没回宾馆，手机也不应该离手啊？五分钟后，沈小北把电话又打了过去。

接电话的竟然还是那个舌头短半拉说话贱了巴次的人。

"你是不是找耿总啊，他在浴室。"女人说。

沈小北这回明白了个大概。耿直在浴室，耿直的房间里却在半夜将近十一点时还滞留着一个说话大舌头的女人。这他妈的用肚脐眼想也能想出是怎么回事。耿直包里的杜蕾斯还说是别人放的，就是他自己放的。那天没跟他计较，老虎不发威他拿我沈小北当病猫了！

沈小北气呼呼地说："你他妈的是谁，你把电话给耿直，我是他老婆。"

电话却戛然断了。

拒听我的电话？没门！沈小北把电话第三次打过去。很遗憾，她无法发泄她的愤怒了,耿直的手机关机了。

他竟然敢关机!

沈小北立马就想给耿直的秘书打电话,问出耿直去的是哪座城市,住的哪家宾馆,她要坐最早的飞机飞到那里,站在宾馆的房间外面,一脚将门踢开,把耿直跟那个女人捶死在宾馆里。

可这有用吗?除了能解一时的心头之气,还能有什么用?于事无补。男人变心就跟女人翻脸似的,理由充足,也可以没有理由。如果现在自己去找耿直,也只能是自取其辱。就像在大街上看到他带女的去服装店一样。你没抓到床上,灌辣椒水他都不会承认的。还不如假装什么都不知道,暗地里私自调查。

假如调查的结果真的跟自己的猜测一样的话,该怎么办?沈小北没有想,她现在最迫切想知道的是真相!

沈小北回到卧室,把电脑打开了,调出房间里的布控图。一看之下,她有点傻眼。夜里一切正常,只有自己在将近凌晨一点时去厨房喝了杯牛奶。而在早晨六点钟时,耿直醒了。

他醒来之后,进了趟洗手间。五分钟后,他从洗手间出来,没有回卧室,而是向后面走。沈小北看着电脑上的录像,以为耿直去了厨房,没想到耿直进了保姆小昭的房间。

耿直怎么会进小昭的房间?更让人恼怒的是,耿直进了房间后,录像忽然不清晰了。沈小北弄了几下,还是模糊。连声音也模糊。她没敢再弄,怕弄没了录像。

耿直为何要进小昭的房间?小昭是他从外面的家政公司雇来的,他跟她究竟是什么关系?

这耿直可够花花的,赶上春哥上猫扑,遍地菊花开。在街上带女人逛商场,在外省带女人回宾馆,回家还要泡保姆?沈小北差点气晕了。要不是电脑现在是她最强有力的帮手,她就把电脑砸了。

保姆的一切行动，现在都在她的摄像头控制之下，她没必要急于惊动她。那等于是打草惊蛇，杀鸡取卵。

她本想找东来问问录像模糊的事，但一想到涉及自己的隐私就泄气了。自己的老公大清早的穿着睡衣进了保姆的房间，这话好说不好听。

如果耿直真的跟保姆小昭联手勾结劫匪，盗走了她的紫铜香炉呢？耿直拿走紫铜香炉的目的肯定是为了钱，那他一定急于把紫铜香炉出手。

要尽快找到香炉，否则出货后机会就微乎其微了。那些刑警老爷根本指靠不上，得自己上心。沈小北盘算着自己一个人怎么追回紫铜香炉。除了继续监视小昭，就是监视耿直。但胜算不大，且还需要时间。东来并没有答应她。那么现在她手里还有个可以求的人，那就是九光。

九光有点黏人。不过，他是个有点小聪明的人。他能把小偷偷走的钱找回来，大概也能不费什么劲地找到那两个劫匪吧？

只是跟耿直要九光的电话号码，可能会引起他的注意。但沈小北管不了这么多了，现在找到九光要紧，找到九光，找紫铜香炉可能就有办法了。

3

九光此时正光着膀子在房间里给人打电话。他打电话的姿势很特别，一边在跑步机上跑动着，一边打电话。

“这几天我不出屋。真不出屋。你才怀孩子坐月子呢。超薄液晶显示屏的？我这的货比那先进。老哥你来看看不就得了，我说出花来你也得眼见为实吧。得得得，你是爷我是孙子还不行吗？你又不是瘸了瘫了，出门走两步也是锻炼身体，这合适的买卖都不做，你真是爷啊。行，我明个一早让人把我这的货物清单给你送去，再给你拿几个样品，价钱肯定是你满意的，不是我说，你看了货都得多给我钱你信不？”

电话那边说：“你说的比唱的都好听，明天见货再说。不是我说九光，你这干嘛呢,呼哧带喘的,你他妈不是跟女的那个还给我打电话吧?”

九光笑得咳嗽起来。

“我练跑步呢。”九光说着,拿下肩膀上搭的白毛巾,擦了把脸上的汗水。

“我操,听说你喜欢上一个健身教练?这就自个在家练上了,没她陪你?”

“我自己先把身上的肥膘练下去,要不怎么说这几天我不出去见人呢。我准备一周后去见她,我往她面前一站,不吓得她妈呀一声从今往后我都不姓九。”

“那你随我姓王吧。”电话那边捡了便宜似的笑得很开心。

九光可不吃这亏,他说:“你姓王八,给多少钱我也不姓你那姓。”

放下电话,九光把跑步机上的跑步速度放快,他也加快了脚步,跑得头上腾腾地冒热气。

跑步时间为一个小时,时间一到,九光从跑步机上下来了,又躺倒在地板上,双手抱头,开始做仰卧起坐,一,二,三,四,数到五十个。翻身爬到地板上,做俯卧撑。最后举起一对哑铃,嗨嗨地举起放下,举起放下。

两个小时过去了。九光用毛巾擦了把脸上的汗水,打开冰箱,取了瓶饮料,想了想,又把饮料放了回去,到饮水机旁倒了杯凉白开。

喝了一大杯凉白开,九光的肚子咕咕地叫了起来。这一天他什么都没吃,只吃了两个苹果。现在,临到睡觉前,他还可以吃一个苹果。这是别人告诉他的快速减肥法。

然后他爬到床上边吃苹果,边发短信。弄了个裸体的男人,嗖地发射了出去,一边发射还一边咧嘴笑着。

很快,他的手机收到一条短信:“无聊,流氓。”

九光笑得在床上打滚。他又给那个号码发过去一条短信:“这是人体针灸穴位图。你想哪去了,太流氓了。”

电话那边很快又发来一条短信:“我不认识你,你选错了人。请你停止给我发送这些无聊的短信,否则别怪我报警。”

“你报警吧,求求你报警吧,最好是你亲自来抓我。”九光又发送了一条短信。他笑得哈哈的。他把短信和图片发送给的人是沈小北。

九光是这么一个人,凡事要么不干,一旦决定干了,就非干得惊天地泣鬼神不可。他想追求沈小北,就无论她是婚前还是婚后。他什么都不管,只管追求带给他的刺激和快乐。沈小北不是讨厌他的肚子吗,他就发誓要在下次再见到沈小北的时候,让她看不到他凸出的肚子。

透过显示屏,他仿佛看见沈小北嘟着嘴巴生气的样子,甚至还把手机砸了的可能都有。

沈小北的脾气他太了解了。江山易改本性难移,沈小北还是小时候沾火就着动不动就使用暴力的性子。这样的女人,想让她高兴很容易,想让她生气,更容易。

沈小北可不知道这些无聊的短信是九光发来的。她没告诉九光她的电话号,更没往九光的身上想。她捧着一杯热牛奶喝着,一边想着用什么办法从耿直的口里套出九光的号码。

老这么想事情,她更加难以入睡。喝完热牛奶,沈小北感觉浑身晕乎乎的。还没等再筹划怎么找到劫匪找到紫铜香炉,就迷迷糊糊地睡着了。

4

同一时间,也是一台电脑屏幕,里面的图像竟然跟沈小北的电脑图像出现的镜头一模一样。只不过坐在电脑跟前的是东来。

屏幕上出现沈小北在床上翻来覆去睡不着。随后她到厨房,喝牛奶,然后很快睡着。东来看到这里,眉头微微蹙起。

鼠标把时间往回拉,图像的时间拉到早晨六点,耿直去了保姆的房间，图像随即模糊后，东来的眼神忽然变得很犀利。他挪动鼠标，把视频又拉到开头。

东来点燃一支烟，放在嘴角。半天也没吸。他凝神看着电脑上的镜头：耿直从外面进来，扑倒床上的沈小北，两人亲吻。耿直从床下拿出一张渔网，把沈小北捆缚在渔网里。

屏幕上的画面很色情。东来默默地看着。这副画面却进行得很缓慢。沈小北的身体在屏幕上很美，很性感，很妖娆。

那样的身体，是男人，不会不爱的。

东来喉头动了一下。他觉得有些口渴，眼睛却不想离开屏幕。但终究理智战胜了情感。他站起来倒了杯茶。

从厨房窗口望下去，外面车流如织，灯光灿如星河。东来慢慢地啜着茶水。等他再回到电脑前，镜头里的动作已经发生了变化，沈小北跟耿直已经打了起来。

东来摇了摇头。也不知道他是因为沈小北的暴力摇头，还是因为耿直的白短裤变黑短裤的解释摇头。

在给沈小北安装摄像头的时候，东来留了这么一手。个中原因只有他自己知道。

5

在沈阳一家宾馆里，耿直从浴室里出来，只在腰里披了条浴巾。他走进卧室，突然发现床头坐着一个人，一个女人，他吃了一惊。

坐在床上的女人是夏美。

夏美只穿了件吊带长裙，露出锁骨处性感的蝴蝶骨，她伸着涂了红色指甲油的长指甲，轻轻地在自己手臂上抚弄着，一边又拿眼睛撩着耿直，那样子妩媚而妖娆。

“你怎么来了？早点回去睡觉吧。”耿直说，不敢看夏美暴露出的白花花的肌肤。

夏美却站了起来，慢慢地走到耿直身边，把手搭在耿直的肩膀上，嗲嗲地说："我害怕一个人睡觉，你陪我睡好不好。"

耿直假装拿毛巾，借机躲开夏美的手，说："我不习惯两个人睡。在家跟我老婆都分床睡。"

夏美扑哧笑出了声，她说："谁说让你跟我睡一张床了？你想什么呢，尽想美事吧？我只是说我一个人睡那么大的一间房害怕，我可没说让你跟我睡一张床，我的意思是两个睡一个房间。"

"那还不是一个样。"耿直嘟囔了一句，"让猫守着耗子，能睡得着吗？"

"行，你是正人君子，我是荡妇还不行吗？"夏美说着，把一张报纸丢到床上，"好心把报纸给你送来，不过是开个玩笑，谁知道你心里都把我想成什么人了？"

报纸上头版头条用大标题写着耿直的万隆公司欠了很多外债，即将破产的事。

耿直抓起报纸，竟然是辽沈晚报上报道的消息。

"怎么回事，这事怎么愈演愈烈，还弄到沈阳来了，这还怎么跟人谈生意？"耿直蹙着眉头，拿着报纸问夏美。"不是让你跟报社去谈吗，还没弄明白？"

夏美委屈地说："咱市里的报纸是肯定不会发了，但咱管不了这晚报啊。新闻虽然没腿，可比有腿的跑得还快。"说着把报纸翻开了，找到第十二版，递给耿直，说："你看看这个吧，你看完这个东西，估计就不会再为记者瞎写咱公司的事生气了。"

第十二版是倾诉版，标题写着"劫匪半夜入室抢劫，美女教练怀疑是老公和保姆合为"。耿直一看标题，有点晕头，隐隐地觉得这文章有点问题。只见下面第一行写着："倾诉人，沈某某。"

沈某某？

“我跟老公结婚半年,感情一直很好,但是这两天,突然发生了一件事,让我跟老公的关系日益紧张。那天半夜家里忽然进了劫匪,我醒来时,床头站着劫匪,老公被捆绑在客厅……更要命的是,我父母遗留给我的宝物丢失,很多疑点都指向老公和保姆,我非常痛苦,我不知道该怎么办,我的婚姻出现了裂痕……”

耿直看不下去了,这个倾诉人铁定是沈小北。千不该万不该,沈小北就是心里觉得比窦娥都冤的话,也不应该跑到报纸上去宣泄,她可以打他踢他,用刀子扎他,他都不会生气,唯独她把心里的猜疑宣扬到了外面。

“这是什么,我没看懂。”耿直说着,把报纸扔到了沙发上,轻描淡写地说:“快去休息吧,明天一早还有事呢。老乔约的是明天几点?”

“九点半。”夏美不无担忧地看着耿直,说:“你真没事?那个倾诉的不是你太太吗?你家遭劫的事好像跟这个一样啊。”

耿直笑笑说:“跟这一样吗?我怎么没看出来?你比我看得还仔细?”

夏美佯装生气地说:“人家是关心你吗,一看到跟你有关的,立马就买回来了,让你先心里有底,别有人问起来你还丈二和尚摸不着头脑。”

“我谢谢你还不行吗?我的大秘书,快去睡吧,我还得跟我老婆视频一会儿。”耿直下了逐客令。

夏美走后,房间里安静下来。耿直把那份报纸拿过来细看一遍,觉得事情有点大了,头版的报道,肯定会对他的生意有影响。后面倾诉版的事,无论是不是沈小北倾诉的,都说明他们的婚姻出现了问题。

他拿起手机给沈小北打电话,却没打通。才想起沈小北睡觉前会关闭手机,她睡眠不好,怕手机响了就再也睡不着。

他把电话打到保姆小昭的房间,想问问沈小北的情况。电话很快接通了。小昭似乎还没有睡,声音很清晰地说:“是先生啊,太太刚回来就睡下了,你有什么事吗?”

刚回来?这都快十二点了,刚回来?看来他不在家,沈小北也找地方消遣快乐去了。

耿直有许多话想问小昭,但一想夫妻之间的事还是不让保姆知道的好。这些保姆的嘴都不严,楼上楼下的保姆都熟,一旦传播到各自的东家耳朵里,影响他们夫妻在小区里的声誉。

“没事了,早晨我再给她打吧。”

耿直放下电话,心里的疑团却越来越浓。

第六章　下套儿

1

“姐姐，我发现你这两天粉丝增加了。”

沈小北没开始领操前，赵聪过来跟她说。这是最近几天，赵聪跟她说得最多的话了。

“是吗，我没注意。”沈小北说。

“我替你注意了，不注意不行啊。”赵聪说，眼睛熠熠发光。一说到跟健身跟钱有关的东西，他的眼睛都会熠熠发光。

“你注意的？”沈小北淡淡地说。

“别人带操时，占地面积也就半个操场。我领操时，也只是三分之二，你看见没有？”他说着，用手指向训练大厅画了个圆圈，“你领操的时候，占了整个操场。”

“整个操场？”

“整个操场。”赵聪不无羡慕地说，“每增加一个人，你的提成够可观的。”

对于手下有多少学员跟着跳操，教练心里都有数。谁多谁少，暗地里是有过PK。沈小北年轻，市面上一旦流行什么新的舞蹈，很快就会被她掌握，并融进自己的操里，甚至还会专门开班授课。这让她的人气要比其他教练多很多。

“有那么多吗？”沈小北心不在焉地向大厅里望了望。不能说她不在意人气，但最近她心里想的都是耿直和她的紫铜香炉。

看整个操场，她的学员已经布满训练厅。

“你发现没有，增加的都是什么人？”赵聪还乐此不疲地总结着他的发现。

“什么人？”沈小北要结束这次谈话了，看了下台上的大钟，离上课时间还有一分钟。

“都是二十多岁的男生。”赵聪忽然凑近了沈小北的脸，端详了半天，嬉皮笑脸地说：“姐你有点命犯桃花。”

“什么时候你改行当算命的了？”沈小北拿起矿泉水和毛巾，准备上台。

她也注意到了，这几天增加的学员的确是年轻学员，还都是男士。这跟正常的学员增加的确有点不同。她可不相信赵聪说的什么命犯桃花的说法。她知道自己不是非常漂亮的那种，没到人民币似的人见人爱的程度。

“弄不好会出事的，水能载舟亦能覆舟。”赵聪说。有点酸葡萄心理。

这人嫉妒心太强，谁的班上学员比他多，他都会盯上半天，找出各种原因，很快就会在他的班上搞出一些名堂，吸引一些学员过去。听他如此说，看来他已经找出了沈小北班上学员剧增的原因。

一场操跳下来，沈小北想到休息室休息一会儿。下午她还有一节椅子秀的课要上。还没等推开休息室的门，身后有人叫住了她。

“姐姐，有事找你。”又是赵聪。

“找出原因了？”沈小北敷衍着。

“你真的命犯桃花。要不信的话，咱俩打赌。”赵聪很乐意做一切跟工作有关和无关的事。这是个精力极其旺盛的人,一天跳三场操,还有闲心斗嘴。

"我信还不行吗,求求你这种话不要跟姐说第三次,姐的耳朵要起茧子了。"沈小北还想进休息室。

赵聪的话拦住了她。

"老板叫你去一趟。估计要升你做总教练。"他说,"姐姐要是好事,别忘了提拔兄弟。要不是好事,兄弟就在你身边,随时等候为你帮忙出力。"

"就你,不拆姐的台姐就熊猫烧香了。"

沈小北进了经理室,他猜想可能是跟她之前提前预支了薪水有关。

于经理的办工作桌对面坐着一个人。那人背对着门口,听见门响,略微侧了头。只见他眼神明亮,额头饱满,鼻梁挺直,嘴角浮现一抹漫不经心的笑意,脸色白皙,带有一份贵族的优雅懒散,但笑里似乎又隐藏着一份别的什么。竟是俊美异常又有点邪魅的何建豪,那天在大排档跟东来找茬的人。

何建豪名声远播,只是这名声不太好的成分居多。那天跟东来出去受了何建豪的"鳖"后,她无意中跟别的教练说起他,不想,竟然没有不知道何建豪的。

"后街道西的娱乐场所九家有八家都是他开的。"

"大世界的鞋城,八家有七家是他开的。"

"他还开地下赌场。"大家七嘴八舌地说。当时赵聪也在场。

"地下赌场?"沈小北追问了一句。

"就是麻将城。"

"也不算赌场,就是玩麻将,他有场地,大家就去他提供的场地玩,当然提供场地是要收钱的。"

"听说他手黑,有一次后街道东的人得罪了他,他雇人砍断了那人的脚筋,两天后那家全家搬走了。"

"他对女人挺好的。据说那次他砍人是因为那人得罪了他的女友。他女友好像去外国留学了。"

七嘴八舌,说什么的都有。何建豪这个冷峻的眼神有点邪魅的男人在沈小北眼里时而模糊,时而清晰。

现在,这个叫何建豪的三分好七分坏的男人清晰地出现在她面前。

"认识一下,这是心安娱乐城的老总。"于经理站起来热情地为何建豪和沈小北介绍。"这是我们这的头牌教练。"他脸上堆笑地说。

听经理的介绍,再看经理脸上的笑容,沈小北觉得经理这话好像有点像"这是我们这的头牌妓女"的感觉。她不舒服,打一看到何建豪出现在经理室就觉得不舒服,虽然大家的议论对何建豪是褒贬不一,但在沈小北的心里,早就对他打了个"×"。因为大排档那晚,他给她的印象实在是太恶劣了。

对,就是这个词,恶劣!

"何总想找个教练做份健身计划。我把你推荐给他了,他对你的业绩很满意,想请你做他的私人教练。"于经理说。

何建豪向沈小北欠了欠身子,脸上是礼貌而得体的微笑。

"沈教练大名远播,几位生意上的朋友向我推荐你。"何建豪说话时,眼光在沈小北身上轻轻地落着,像蝴蝶的翅膀,没有分量。目光跟那天在大排档时完全不一样。

"哦。"沈小北礼貌地回应了一句,她倒想看看何建豪说些什么。

"我这人四体不勤,一想到健身,就懒得动。这次我女友要从国外回来了,我不想让她看见我浑身脂肪的模样,想请沈教练给我制定一份计划。"

"减脂计划?"沈小北上下打量着何建豪的身体,"你没什么脂肪,不用减。"她简单明了地说。

"沈教练真是直率。"何建豪笑了。笑起来的样子,还算受看。

"何总身材很标准,没必要花这份钱。"沈小北没管于经理一直向自己使的眼色,还是直截了当地说。

"沈教练是不想做我的教练啊。"何建豪语气有些遗憾。

于经理急忙在旁边说:"小北,你就制定一份健身计划就好。"

沈小北点头,她不想得罪自己的老板,也不明白何建豪可以找赵聪做教练的,为何偏偏找她?他们可算是有前嫌的。既然何建豪执意这样,不如顺水推舟,看他藏有什么猫腻。

"时间是多久?"她问何建豪。

"一个月,一个月她就要回来了。"

"何总的女友可厉害,博士,又到美国去镀金。何总对女友那可是没说的,要月亮给月亮,要星星摘星星。"于经理的话明显有吹捧何建豪之嫌。

何建豪在于经理说到他的女友时,脸上漾起一种很幸福很自豪的表情。

在地下室的咖啡厅,沈小北跟何建豪谈制定健身计划的细节。

侍者问他们点什么咖啡,沈小北想起蓝山的名字,就说:"蓝山。"

蓝山据说是最好的咖啡,产地在加勒比海的牙买加岛。何建豪出血,不宰他就太不厚道了。

不想,何建豪否定了她要的咖啡,跟侍者另要了两杯雀巢。

"加勒比海牙买加岛出产的蓝山早都预订了出去,还从来没有销售到国内的,所以在国内,蓝山咖啡一定不要喝,都是冒牌的,那就不如喝别的牌子的真货。"何建豪凝视着沈小北的眼睛,笑意慢慢地溢满他的眼睛和整个脸部。一抹狡黠的光泽一闪即逝。

"哦,蓝山这么大的名气。"

"你肯定是在想我装犊子。"何建豪笑笑说,"蓝山山脉大多海拔 1800

米以上，其中最高峰海拔是 2256 米，也是加勒比海地区最高的山峰。蓝山咖啡的独特风味与蓝山得天独厚的地理位置和气候条件有关。蓝山位于北纬 25 度和南纬 25 度之间的咖啡带，有肥沃的新火山土壤，空气清新，没有污染，终年多雨，昼夜温差大。最重要的是，每天午后，云雾笼罩整个山顶，不仅为咖啡树天然遮阳，还可以带来丰沛的水气，令蓝山咖啡的口感与香味出类拔萃。但英国贵族喝咖啡很挑剔，只有在海拔 1800 米以上的蓝山区域种植的咖啡才能叫蓝山咖啡。而美国的一位咖啡发烧友，要求更苛刻，他坚持认为只有在海拔 2256 米处种植的咖啡才是蓝山咖啡。蓝山咖啡是举世公认的极品咖啡，又被称为咖啡中的贵族。"

沈小北没想到何建豪竟然说出这么有专业水准的话。看他侃侃而谈的样子，外交礼节的微笑，目光友善，很像个真正的绅士。可那天跟东来使横又说开玩笑的何建豪难道不是他吗？

"不过，沈教练你记着，我欠你一杯真正的蓝山咖啡。"何建豪说。

"我不介意的，你也别记着。"沈小北倒没想那么多。据说在国外喝咖啡的都是穷人，在加拿大一杯咖啡一元钱，可以从咖啡厅开门营业坐到打烊。而在国内，一杯很普通的咖啡也要二十元。没钱的人如果不是有非常想浪漫情调的，很少到咖啡厅来花钱败家。

谈完了计划的细节，何建豪要请沈小北吃饭，沈小北说下午有课，没太多时间。他就在咖啡厅要了几样西点。沈小北边吃西点边等待着他说到东来。她算定何建豪会跟她提到东来的。但何建豪却始终没说，就好像他们之间根本没有东来这个人出现过似的。

真够能装的！既然他不提，沈小北自然也不提。临分手时，何建豪忽然说："想问你个事儿沈教练。"

沈小北想说，来了，来了，终于要提到东来了。

不料，何建豪说的跟东来毫无关系。

"冒昧问一句，你认识一个叫白裳的女人吗？"

"不认识,我的朋友里没有姓白的。"

"哦,对不起,我是随便问问。"

"有什么特别的引起你的问题吗?"

"额头,额头很像。饱满光洁,鼻梁小巧挺直,还有脸型,都像。"何建豪在说到这些时,眼睛盯着沈小北的脸,眼神熠熠发光。

"她做什么的?"沈小北忽然对那个叫白裳的女人有点感兴趣了。能让何建豪眼神发亮的女人,应该不是个简单的人。

"她在国外,还念书呢。"何建豪说。

跟何建豪相处了几个小时,沈小北对这人多了一些了解。发现此人城府很深,许多东西隐藏得也深。明明在大排档跟她发生过龌龊,但这几个小时他却像新认识沈小北似的,绝口不提以前的事。彬彬有礼,根本不是那个大排档里低头从领口看她乳沟的猥琐男。

2

开车回公司,何建豪在车里拿起电话拨了个号码。

"宝贝,你说我见到谁了?"

"不知道。"

"我见到一个很像你很像你的人。"

"哦。"

电话里的女人说话很轻,情绪很淡。

"真的很像你,额头,鼻子,我都恨不得捧过来亲一下。"何建豪很兴奋,说话时,眼睛里那抹邪气暴露无遗。

"今天天气很好。"女人说了句跟何建豪的话毫无关系的话。

"你好吗?"何建豪说这话时,语气无限深情。

"我很好,谢谢你。"

"别跟我说谢谢,一谢谢就远了。"

“那我跟你说不谢吗?”

“我想见你。”

“快了,你很快就能见到我。”

“国外的月亮是不是比国内的圆?”

“不知道,我不看月亮。”

“你就气我吧。记住你说的话,一个月后你不出现,我就是到天涯海角,也要把你抓回来。”

何建豪说到最后,有点咬牙切齿。

3

坐落在郊区的疗养院,绿树如茵,花草鲜艳。一辆轮椅出现在草坪上,两只铁轱辘被一双纤细白皙的手掌推动着。沈妙龄有点吃力地推动着自己的轮椅。风是轻的,云是薄的,花是香的,草是鲜嫩的,这一切都是欣欣向荣的。但沈妙龄的眼神却是郁郁的,像有层厚厚的云翳遮住了她本该明亮的眼神。

她的手里拿着一本书。书名是:《血美人》,这是她的第二本恐怖小说。

“妙龄,妙龄。”

身后喊她的是沈小北。手里提着一篮水果。

听到姐姐的声音,妙龄转过头时,已经把脸上的忧郁隐去,露出一张笑靥如花的脸。

“听说你出了第二本书,快给姐看看。”沈小北把水果放到草地上,接过妙龄手里的书。

“打电话时在车上,这么快就到了?”妙龄说。

“怎么又是恐怖小说?”沈小北一看封面上漂亮女人的眼睛里竟然流出一串鲜红的血滴,心情一顿。

“不好吗?”妙龄抬起一双大眼睛,雾蒙蒙地看着她的姐姐。“封面是一位网友给设计的,书名是编辑换掉的。书里的插图……”她还想说下去,却被沈小北打断了。

“你能不能不写恐怖小说啊,我不喜欢恐怖小说。”沈小北把书放到摊开的手掌上,细细地抚摸着书的封面那些凹凸的图案。“听人说,总写恐怖小说,会让人变得抑郁,甚至变得……”

“变得恐怖?”妙龄接过沈小北的话。

“我不是说你,我是觉得你更应该写点欢快的东西。”沈小北说完,心里就压了块石头。一个妙龄女孩,断了双腿,瘫痪了,一生要在轮椅上度过,她又有多少欢快的东西要写呢?

“姐知道你心里不快乐……”沈小北的话没有说下去,怕让妙龄伤心。

妙龄却嘴角微笑着,听姐姐说话。

“我说话是不是太难听了?”沈小北不无担忧地说。

“没有啊,你说什么都好听。”妙龄说,“只要是你的声音,说什么我都愿意听。”

这话的潜台词是,只要你来,说我什么都无所谓。

沈小北心疼地看着妙龄,为了遮掩心里的波澜起伏,推起轮椅。

“姐今天接了笔生意,给一个公司的老总制定一份减脂健身计划,一万元。”沈小北说,“美国的一位同学帮我查了资料,你的腿可能有治的,等姐攒够了钱,就带你去治腿。”

这个希望虽然有点渺茫,但沈小北真的盼望能实现。无论是医学上的可信度,还是钱财的短缺,对于沈小北姐妹都是致命的,但今天接到同学的来电,她很激动。她想试一试。

“我这样挺好的。真的。”妙龄抬起雾蒙蒙的眼睛,说:“要不然也不会老实地看书,更不会写出小说,就更不会有出版了。”她伸手握住沈小北的手,“姐你知道吗,我看到小说出版的感觉,因祸得福的感觉。人这一生,最难面对的是自己。我现在是正视自己。写的无非是小说,恐怖的还是非恐怖的,我倒没那么多计较。"

沈小北爱怜地抚摸她的头发,却重重地叹气。

对于妹妹,她永远有一份愧疚和自责。

如果紫铜香炉还在该多好,她会卖掉香炉,带妹妹去美国治病。但现在香炉已经失窃。东来那边她已经打过两个电话,都没有消息,看来他不想插手这事。而九光,她又不想通过耿直去找他。她和耿直在冷战,谁也不想先开口。

4

还没等沈小北找九光,九光自己到健身房来找沈小北了。

"哥帅不帅?"一见沈小北,九光就很认真地说,还故意向前挺了挺肚子,"我会变魔术,恶心的小肚子没了。"

九光这天换了条休闲的银灰色西裤,一件棉布格子的衬衫,小腹平平,鼻梁上架了副黑框眼镜。没有镜片,使他整张脸显得文质彬彬。但他的光头配上这样的装束,还是有笑点。

"小肚子没了是正常的,别拿正常的东西来显摆。"沈小北不屑地说。

跟东来在一起,她开玩笑是活跃气氛。跟九光在一起,她板着脸是压制九光,因为九光实在太能闹了。

九光气得不怒反笑。"沈小北,你就不能夸我两句?"

"我有事求你。"沈小北说。"你要能帮我这个忙,夸你十句都成。"

"求我?"九光故意拉长了声音。"你总不能空手求人吧?"

"走吧,我请你吃饭,咱们边吃边聊。"沈小北说,"上次你还多给我四百,我就用那四百请你。"

"你总是无情地打击我的自尊心。"九光佯怒地说,"既然是你请客,咱就得去个档次高点的,得配得上您的身份。"九光眯缝着细长的眼睛,满面春风。他开着车子带着沈小北，三转两转，去了八仙居。两人被领着去雅间，路过一个房间时，九光看到老板娘在跟房间里的几个人在玩骗三张，就在后面瞅了一眼。

这种玩法是每人手里三张牌，扣着牌面出牌，谁敢吹牛谁就赢。现在牌面上每人桌前扣着一张牌。老板娘扔出一百元，对面的一位男士扔出两张一百元，说："嫂子，我二百元看你。"

他的意思是要用二百元，看老板娘前面扣着的那张底牌。

老板娘想了想，大概自己的牌不大，底气不足，就退了，没再跟钱。对家就要把桌上的三百元收回去，并伸手要看老板娘手边那张扣着的牌。

九光一伸手，按住了桌子上的牌，对老板娘说："嫂子这就是你的不对了，我大哥不在家，你就随便让看呢？老戴二百元你就让看一下，那我出五百元，看你两下行吗？"

气得老板娘用手打他。

对面的老戴则说："老九你几个意思啊，替嫂子鸣不平？"

九光说："你那两下子我还不知道，有只虱子能吹成一头牛。二百就让你看成了？我出一千看你。"说着，从口袋里掏出一沓钱，摔到桌子上。

旁边有卖单儿的（看热闹的）立刻伸手过来数，果真十张，惊讶地看着九光。

老戴对那个卖单儿数钱的说："看啥看呢，老九说十张就十张，他闭着眼睛数钱都比你准。"然后收拾起牌扔到桌上，丧气地说："妈的，老子今天遇到你，认栽，不跟了。"

九光说："操，就你那熊色，啥时候遇到我，都得栽。"

那个叫老戴的一眼看到九光身后跟着的沈小北。沈小北人长的虽不是一打眼就让你激灵的漂亮，但是她耐看，怎么看怎么舒服，尤其她的身材，太打眼儿了，流线型的，一看就是练过的身材，腰是腰，屁股是屁股，胸脯是胸脯，脖子是脖子，没练过操跳过舞的女人没她那么直溜的。

老戴眼睛一亮,斜叼着烟卷,哈哈笑着说:“老九,你小子是尿性,听说你看上个健身房的妞,这个不会是吧?”

九光回头小心地看了眼沈小北,对老戴骂道:“操你个老杂毛,要不是在嫂子这里吃饭,非拔了你的杂毛炸了你吃不可。”

老板娘把钱收到钱包里,笑嘻嘻地对九光说:“兄弟,吃点什么,你随便点,燕窝鱼翅随你,我请客。”

九光不乐意了,说:“嫂子臊我呢,寒碜我没钱是不?我要不花钱还用到你这吃?到你这吃就是想花钱,你要不让我花我可就不在你这吃了。”

老板娘笑着跟出来,让领班的带九光二人进了雅间。

一坐下来,九光把服务生送来的酒打开瓶盖,不容分说,咕嘟嘟地给沈小北满上了。

沈小北一路标着九光的所作所为。九光跟以前那个高中的小男生完全不一样了,眉宇间的戾气重了,话多了,鬼心眼翻倍了,大学没考上,歪门邪道的本事却学了一车。希望九光的那一车不入流的本事能帮上她的忙。

因为今天有求于九光,沈小北不能太呛着他。对付毛驴的办法是顺毛摩挲。她耐着性子说:“你倒这么多酒,都你喝啊,我喝不了。”

九光说:“我没让你全喝啊,哥给你倒的酒,你喝一半就行。”

菜端上来了,第一杯酒九光一口就干掉了。倒空着空杯子,很招摇地冲沈小北摆弄,说:“你喝一半就行。”

沈小北没多大酒量,平时跟耿直在家都喝啤酒,两瓶啤酒就到量了。但看九光干掉了杯子里的酒,她又有求于人,所以捏着鼻子灌进了半杯。

剩下的半杯酒,沈小北放到了桌子上。但是还没等杯子的底部挨到桌子上,九光就把杯子接了过去,一饮而尽。随后把他和沈小北的杯子又满上了,开始喝第二杯酒。第二杯酒他又一口气喝掉了,然后拿空杯子给沈小北看,并说:“你喝一半就行。”

沈小北不高兴了，把杯子啪地放到桌子上，说："我要能喝酒还能让你这么嚣张？看在老同学的分上，我不跟你计较了。我今天是来求你帮忙的，你别看我有事找你帮忙你就蹬鼻子上脸地得瑟。用你的强项对我的短项，你够有出息的，有能耐咱去跳操。两个小时我不带歇气儿的，我歇气儿就算我输。"

九光乐了，说："我就想看你生气的小样。自己还纳闷呢，都喝到第二杯了，你该生气了，咋还没生气呢？"看沈小北愣怔的样子，他得意地笑着说："小北，这急脾气可坏了你的事。其实我就两杯酒的量，心里早就胆儿突的打鼓了，正好借你发脾气的台阶，咱就不失脸面地轻松下来了。"

沈小北被他气笑了："你能不能有点正形？"

九光说："我要有正形，谁逗你开心呢？"

他忽然歪了头，凑近沈小北的脸，说："哎，想问你点事，你说上学那阵，你咋动不动就打我呢，一整就把我堵个胡同踹我一顿。我的自行车都让你踹碎了三辆。"

沈小北横了他一眼，说："都怨你自己，谁让你先对我下黑手了。"看九光细长的眼睛眯缝着，一副贼眉鼠眼不怀好意的样子，就警告说："别跟我打坏主意，我正手痒呢。"

九光就贱贱地笑嘻嘻地往跟前凑着说："打吧打吧，这几年没人打我皮子正紧得难受。"

沈小北推开了他，正色说："我有事求你，不想帮忙就直说。"

"这么好的接近你的机会，孙子才不帮忙呢。"九光这才坐直了身子。

沈小北将想让他帮忙查找劫匪的事跟他说了。既然他能轻而易举地找到偷钱的小偷，想必那两个劫匪也不难找到吧？

九光拍案而起，义愤填膺地说："组织上交给我的任务，保证完成。"

"不过，你得配合。"九光把脸凑到沈小北跟前。

沈小北急忙躲开了。

九光说："沈小北你记着，你不投怀送抱，我肯定不动你分毫，哪怕小手指。你躲什么躲啊，太伤我一颗男人脆弱的心了。"

沈小北不搭理他那一套，戒备地说："怎么配合？"

九光说："时间，地点，丢失的财物需要拉个清单，还有劫匪的特点。"

沈小北看着九光笃定的眼神，反倒有些不相信了。东来说过三天破案，但两个三天已经过去了，这案子还没破，肯定很棘手。九光这么轻描淡写的一句话，就能找到劫匪？

"交给我就等于交给党了，你对党要充分的信任。"九光看出了沈小北的疑惑，胸有成竹地说，"不出三天，我要是没给你办成这档子事，我这辈子不再见你，成了吧。"

沈小北心里一动。

九光看着沈小北的脸色，不悦地说："你这心是铁做的吧，捂不热啊。我说不来见你，你好像特高兴是吧，你是不是用这事将我一军，就憋着坏呢，让我不能来见你？"

沈小北说："我是想知道你用什么办法找到劫匪。"

九光说："猫有猫道，狗有狗道。小鸡不尿尿，各有各的道儿。不过，究竟走什么道，不能告诉你，这叫天机不可泄露。"

既然九光说得那么肯定，沈小北就没再追问，只要能找到劫匪就行。

"最重要的是把那只紫铜香炉追回来。"沈小北说。

"我知道，紫铜香炉么，哥会尽快的，要不东西一出手，就不好办了。"

"你答应我一件事。"沈小北忽然对九光说。

"你让哥加点小心，安全第一？"九光问。

"你找到劫匪，要让我跟你一起去，我有话要问他们。"沈小北没跟九光说她要问劫匪什么话。

"你就不能满足一下我的自尊心？"九光做出哀嚎的样子。

因为那半杯白酒的关系，沈小北身子发虚，头晕得厉害，眼皮困得老在一起掐架，她就张罗着回家。九光也没再坚持。

沈小北出去算账时，老板娘摇手说："九光已经刷卡了，妹子改天你再花吧。"

沈小北执意要花。老板娘笑着说："跟男人出来，就要给男人面子，让他们花钱是给他们最大的面子。"

九光也凑过来说："别卷哥面子，要不你那个事我不帮你了。"

沈小北只得作罢。

坐上九光的车子回家，九光一边开着车子，一边侧头问沈小北："听说你给何建豪做健身教练？"

"啊，你怎么知道？"沈小北问，有点奇怪九光怎么知道这事。

"何建豪那人挺犊子，你跟他交往加点小心。别让人下了套儿还不知道。"

"我就那么傻？再说他就是健身，想减脂，说他女友讨厌他身上有脂肪。"

"他哪个女友啊？他的女人可多了。"九光说，"哪像我啊，从小到大心里就惦记过一个女人。"说着，他瞥了眼沈小北。见沈小北没吭声，他接着说："这个女人还对我爱理不理的。"

沈小北没搭理九光，假装没听明白他说的。九光就正色地说："跟你说话呢，加点小心跟何建豪打交道。小心行得万年船。我的意见是最好别跟他打交道。"他有些担心地看着沈小北，又嘟囔着说："这些年没哥在你身边保护你，你活到这么大真是奇迹。"

到楼下的小区时，沈小北伸手开门，却没打开车门。九光就探过身子，替沈小北开门，顺势"吧嗒"亲了沈小北的脸蛋。

沈小北条件反射似的，一抬手给了九光一耳光。但她的手臂软得跟煮烂的面条似的，没打到九光，只是把九光鼻梁上的眼镜框碰了下来。她的手反被九光握在手里。九光笑嘻嘻地说："打是亲骂是爱，看来你真爱上我了，你打重点，打重点。"说着，举着沈小北的手，重重地打自己的脸。

"你再动手动脚，别怪我不客气。"沈小北恼怒地说。想把手从九光的手里拽出来，却哪里能使得上力气？她奇怪，怎么自己喝酒喝得浑身无力？之前从来没有过这情况啊？看九光一脸狡黠的笑意，她心里疑云顿生。

"你在酒里做了手脚？"沈小北吃惊地问。

"不是酒，是杯子做了手脚。开个玩笑，让你对我记忆深刻。当年你咬我那一口，算扯平了。"九光重新把眼镜框在鼻梁上摆正，笑嘻嘻地说。

忽然觉得哪里有些不对劲。沈小北猛然抬头，看见车灯前的花坛旁，笔直地站着一个人。

是耿直。他正两眼冒火地直视着车里的沈小北。沈小北的手还在九光的手里握着。

5

这天晚上，沈小北和耿直爆发了结婚以来，不，是相恋以来最大的一场争吵。

"这才刚认识几天啊，就弄到一起了？发展够快的。"耿直看到九光跟沈小北在车子里那些暧昧的动作，忍了再忍，才没有冲过去跟九光算账。他认为动手打架是粗鲁的行为，但是如果一声不吭也是懦夫的表现。所以他忍无可忍，语气很重地说沈小北。

"什么叫弄？"沈小北抬头看了看耿直的后脊梁，不走了。一只脚踏在上面台阶上，一只脚踏在后面的台阶上，就以这样的姿势看着耿直。

"你自己在外面带女人买衣服，又在半夜的宾馆里蹲个女人专门接我电话，还还……"她想说，"你还在清早钻进小保姆的房间。"但这句话她最终没说。一旦说了，就把摄像头的事暴露了，这可是打草惊蛇。

"……还把避孕套放到包里，让劫匪拿出来羞臊，这都是铁证如山。"

沈小北说。

“别含血喷人了。欲加之罪何患无辞？”耿直依然没有停步，依然向楼上走。“你们是旧情复燃，别以为我不知道你们在学校的那点事儿？”耿直气咻咻地说。

“你说明白，有什么事啊，谁说我跟他在学校里有事儿？”沈小北也气得够呛。

两个人都没有乘电梯，似乎就是为了走在楼梯上吵架来着。楼梯里隐秘，大半夜里没人在寂静的楼道里爬上爬下，正好方便两人吵架。

“我耿直堂堂正正光明正大，没有什么可背人的。九光那人什么样你不清楚，我还不清楚？那就是个无赖混混，色鬼，淫棍。看上哪个女人，没有漏掉的。你还跟他出双入对。”

“你放屁，你正大光明，我沈小北就猥琐小人？”

“不是吗，那晚报上的倾诉版是怎么回事？”耿直不走了，靠在楼梯上点燃一支烟。

“什么晚报，倾诉版，你别说没用的，凭什么说我猥琐小人？”沈小北不知道那张晚报上的倾诉劫匪的事，她的反应很正常。

“你装得还挺像的。咱家那点事不够你抖搂的了，就算不是你写的，也是你说出去的。”耿直一想到晚报上那篇倾诉，心里的火腾腾地烧着，家丑不可外扬，可沈小北却故意说他的丑，这让他对沈小北难以置信。

耿直看沈小北的眼光有点蔑视，这比他的话更伤人。“说话要有证据，平白无故编排我……”她气得说不出话，看见手里的包，发狠地将包向耿直掷过去。包包砸在耿直的后背上，里面的东西哗啦撒了一地。

包里的东西撒了一地，本没什么可惊讶的。但令人惊讶的事发生了，那撒了一地的东西里，竟然有一枚金灿灿的杜蕾斯。

耿直看见了楼梯上的杜蕾斯。

他站在台阶上，淡淡地说：“说我跟外面女人乱搞，你呢，你包里的这东西证明你的清白是吗？跟九光在一起的女人还能清白，那是世界奇闻。我就是一个电话找九光帮个忙，这倒好，赶上给你们拉皮条了，给自己找了顶绿帽子戴。”

耿直扬长而去。他去的方向不是楼上，而是楼下。

沈小北则愣愣地看着台阶上的杜蕾斯发呆。

哪来的杜蕾斯？

谁他妈的放到她包里？除了九光这个工八犊子，没人能干出这么损八辈子的事。

第七章　药

1

九光推开心安娱乐城的旋转门，里面喧嚣的音乐和嘈杂的人声扑面而来。

夜里十点多钟，正是娱乐城最热闹的时候。九光径直穿过人群，上五楼。五楼的扶手上倚着一个病怏怏的人，瘦弱的身体有点弱不禁风。他看见九光走过去，一把将九光拉到暗处，像怕人听见似的，左顾右盼之后，压低声音对九光说："老九我对你咋样？"

九光说："彪子，你大点声，有什么事不用套交情，别脱裤子放屁多一道程序。"

那人说："你看你老九，还这么直爽，我就喜欢你这性格，跟你做朋友，不后悔。"

"你跟谁做朋友都不后悔。"九光说："你要借钱时，跟谁都这么说话。"

那人拽住要走的九光，因为酒吧里的音乐动静不小，所以他不得不抬高些音量说："这不孩子考上了大学，学费太贵，老九能不能帮我三千五千的，穷什么不能穷孩子啊。"

九光有点犹豫是不是借钱。见九光犹豫，那人眼睛锃亮，说："没有那么多,一千两千也行,江湖救急,都知道老九最豪爽仗义。”

九光手都伸进口袋了,却停滞了一下,不悦地反问那人:“彪子,怎么听说你最近不太干净,跟谁都借钱呢,真是孩子考学?”

彪子突然怒火万丈地说:“哪个婊子养的背后说我小话?”然后又低三下四地对九光央求着:“真是孩子上学没钱,孩子急得都要跳楼了。老九你要不信,你跟我去我家,我把孩子的通知书给你看,看那上面的学费,一万多块呢,是一年的学费,把我这把骨头拆了卖钱也不够啊。”

九光看彪子一眼,说:“就你那身板,拆了也就是卖柴烧,换不回一袋大米呢。”

彪子开始赌咒发誓。九光想了想,把手重新伸进了口袋。

旁边却忽然窜过一个人,薅着彪子的脖领子,像提拉小鸡崽似的把彪子扔到了楼梯下,然后回手打了九光一拳,说:“九哥你虎啊,给彪子钱还不如给婊子钱呢,最起码下次你再去还给你个脸熟,活儿做得让你满意,你要给彪子,那是害他。他老婆来这里闹过,放话说,谁要是借给彪子钱,她就操谁妈,这屋子里他都借遍了,你还借吗?”

这人是调酒师,叫小三。跟娱乐城老板豪哥的关系走得比较近。九光不总来这里,但是小三眼尖,还是看见了九光。

“幸亏我上厕所看见他拽着你,要不你不仅钱回不来了,还要挨他老婆骂。”

那边彪子见九光肯定是不能借给他钱了,他就开始把眼光盯着人群,看那样子是寻机找个认识的再借钱。

九光看了眼彪子,试探地问小三:“成瘾了是不?”

小三点头。看了九光一身居家好男人的打扮,说:“你打扮成这样,真认不出来你了。”

九光笑着说:“你哥装啥像谁,就是不准备让你认出来。”

他看小三的脖子上手臂上有些青紫的痕迹,据说豪哥床上的花样多,就笑着对小三说："最近跟豪哥很恩爱吧。"

小三打了他一拳，骂道："去你妈的。"

他向楼梯上走了两步，问小三："豪哥在上面？"

小三说："在上面呢，你要是有事求他，最好等一会，这会大概这个呢。"小三做了吸烟的动作。

九光大步向楼上走去。

五楼里间是个大厅。一帮人围在一起说笑着。

有人见九光过去，就说："老九来了，稀客稀客，也来吸一口？"

看那人的表情，目光涣散，脸上的笑有种永恒的幻觉，走路脚跟发飘，应该是刚嗑药的。

"我想豪哥了，来看看。"九光边说边走了过去，用脚勾过一把椅子，叉腿坐在椅子上。

宽大的老板桌后面，坐着个玉树临风的何建豪，心安娱乐城的何总。后街以西都归他管。但他专睡道东的女人。他眉毛粗重，眼神沉郁，但说话的语调很轻。他向九光撩了撩眼皮，说："有那孝心来看我？你是无事不登三宝殿。"

跟东来在一起，他蛮横霸道。跟沈小北在健身房，他彬彬有礼像个绅士。回到他的娱乐城，他就是爷！

九光笑嘻嘻地说："还是豪哥了解我，还真有点事儿想让大家帮我个忙。"

旁边一个外号叫"糊了"的立刻尖声叫起来。

"要帮忙可以，先给大家挨个磕头，然后给爷爷舔干净脚趾，爷爷就帮你忙，杀我爹妈都行。"

另一个叫周洪涛的胖子说："糊了你别得瑟大劲儿了。九哥可没有不能干的事，你别跟他打赌，他要真给你舔脚丫子，你还真动手杀你爹妈？"

糊了对胖子说："哪他妈的都有你，我杀你爹妈。"

周洪涛斜着眼睛瞪着糊了说："糊了现在开始做王爷了吧，想杀谁爹妈就是谁爹妈，等你醒药的，我再收拾你。"

有人在旁边插嘴说："糊了现在快成仙儿了，爹妈早不认识了。"

何建豪淡淡地旁观着下面的人对九光的起哄，也不劝阻，似乎就想看到九光发糗。

九光乐呵呵地看着大家欢天喜地地闹挺，也不说同意，也不说反对，比老板椅上的何建豪都乐呵，好像这事跟他无关似的。

等大家的闹哄告一段落，九光却突然"扑通"一声跪在了地上，对各位抱拳说："我给哥哥们爷爷们磕头了，请你们帮忙了。"

呜噢一声，四周的人惊得人仰马翻，都在刹那间闪开了。

只有老板桌后面的何建豪跟什么事没发生似的看着下面跪着的九光。

九光直起一条腿，用手指点着那些散到一旁的人说："你看看你们，说的时候嗓门比叫驴都大，一动真格的，都跑了。跑个鸟跑？这屋子里有一个算一个，谁要不帮忙，我见一个揍一个，你当我老九的膝盖是随便跪的？"

那些人站到一边直叫屈。有的说："老九求的事能小了，糊了就是不怕乱子大，惹祸上身了吧。"

有的说："老九求的事，谁有那能耐办啊，也就豪哥了。"

"老九不会在外面杀人了，要跑路到外国吧？"

"拉倒吧，偷渡的现在不好弄，海上缉私队查得厉害，说不好就挂了。还不如自首，如果不死，十年后出来又是一条好汉！"

"还是自首吧，求豪哥帮忙找个好律师。我朋友阿强就是这样的。"

外围乱哄哄一团，老板椅上的何建豪却平静如常。他用手指扣了两下桌面，见九光看自己了，他的手指一指九光的膝盖，没说话。

九光却霎时明白了什么，急忙把那条直起来的腿又跪了下去。

何建豪玩味地看着九光，说："你别听他们起哄，跪我一个人就行了，我帮你，说吧，什么事？"

九光说："有个朋友，前些日子家里半夜进劫匪了。劫匪是从门进去的，烦劳豪哥给找找。"九光把时间地点劫走的钱财一一说了。

何建豪看着九光，后背靠到椅背上，沉吟一下，说："啥朋友啊，能让你对我卑躬屈膝？"

九光说："看豪哥说的，我啥时候不都对你毕恭毕敬的。"

何建豪却没说话，一直看着九光。

何建豪有个毛病，他的问话一定需要你正面回答。

九光就说："女朋友。"

何建豪说："操，你小子也好色了？"

旁边有人开始起哄。

"豪哥要帮忙，那老九就不能跪地了，应该跪钉板。"

"钉板也是让他享福的，应该让他滚钉板。"

九光不理众人，对何建豪说："可不，兄弟就好上这口了。"

何建豪说："起来吧。要是我没帮上忙，我跪一个钟点给你。"顺手把桌子上的一个小瓶子抛给九光，九光急忙接了，一看瓶子里那些五颜六色的片片，脸色一暗。

何建豪看他摆弄半天，没动作，脸色一沉，语气依然是淡淡地说："老九还是不想跟我辈为伍？"

见九光还在犹豫，就说："我从来不强人所难。觉得你是个人才，才抬举你，你不识抬举，就算了。"

九光见何建豪要撂脸子，怕之前求的事不算数了，只好硬着头皮打开了瓶盖。

那是一瓶麻古。九光见过这东西，不止一次见过，应该是早就熟悉这东西，包括它的危害也知道得一清二楚。楼下的彪子就是吞吃麻古后的恶果。一旦对毒品上瘾，人就开始变得没皮没脸，六亲不认，爹娘儿女都能卖了换钱买药吃，而女人一旦上瘾，啥不要脸的事都能做出来。

九光有个朋友是局子里的，曾在某次饭局上对他们讲过，他们查店的时候在后街那边抓了个女的，可能也就19岁左右，一开始被抓还能反抗不上警车，可能是药效还没发作，等车开一半的时候她已经面色潮红呼吸急促不停地在蹭下身，等到验尿的时候，已经控制不住自己开始抓狂了！

九光虽然接触这个圈子，但他一直洁身自好，保持着高度的警惕，从来不涉及违法的事。麻古摇头丸等毒品他从来不沾。之前何建豪就曾经给过他药，但是他以各种借口避开了。这次他有求于人，如果再不吃，何建豪即使当面不翻脸，以后这条路肯定断了。

九光想了想，把瓶盖拧开了。他的大手很有力，但是拧开这个小盖子，却好像费尽了他的力气。

打开瓶盖，他犹豫着拿出两颗，放到嘴里，咬着牙咽下去了。

何建豪却恶作剧地说："洪涛，你替我看看，看他的药是不是放到舌头下面了？"

他跟周洪涛说话时，使了下眼色。胖子立刻会意，几个人呼啦一下围住九光，将九光按在地上，有人用力掰开九光的嘴，周洪涛拿过那只打开了瓶盖的小药瓶，将一瓶药一股脑地都倒进九光的嘴里。有人早从后面递过来一瓶啤酒，周洪涛接了啤酒。有人已经用力捏住九光的鼻子，九光不得不张开嘴，啤酒就咕咚咕咚倒进他的嘴里。他让人封住九光的嘴，就有酒从九光的鼻子里喷了出来。

麻古吞吃过量，会导致心脏猝停，导致死亡的案子也不少。

何建豪假装做和事佬，说："洪涛你赶紧住手，怎么对老九的。"

周洪涛命人撒开了九光，九光倒在地上咳嗽。

何建豪说："行了，大家溜冰去吧，老九也跟着，一切花销都是我的，这以后咱就是一家人了，不用外道。"

溜冰,是吸食冰后要做的一件事。吸冰后全身发热,要找地方出汗才会痛快。最好的办法是找妞儿发泄。叫散冰,也叫溜冰。

九光奔到卫生间里,手指探进嘴里扣嗓子,想把吃进去的药片都呕吐出来。

糊了趴着卫生间的门,说:“可惜了,那一瓶多少钱你知道不,豪哥对你可真豁得出本钱,要是让楼下的彪子见了,还不得眼馋死。”

九光不理众人,一顿干呕,吐出了不少药片。但他心里清楚,还是有些药已经下行,吐不出来了。

九光脚底发虚地跟着众人下了楼。周洪涛让两个人搀扶他。他只感觉浑身发热发潮,血液乱窜,心脏跳得怦怦的,好像有股火球在身体里奔腾,不发泄出去有点承受不了。

一行人上了车,去了后街的夜店。九光利用残缺的意识,觉得这么大批地去逛夜店,很可能会出什么说道。正巧在车上接到一个电话,接起来却听到沈小北的声音,他立刻把电话给关了。

借口打电话,九光脱离了这伙人。站在街角,冷风有点凉。九光跑到街边又是一顿呕吐。何建豪那伙人已经呼啸而去,九光在大街上漫无目的地走着,身体里的火球却越烧越旺,使他走得有些踉跄。

街道两侧林立着按摩院发屋泡脚屋,九光犹豫了一下,便拐进旁边一家夜店里,招了个按摩师,直接进了楼上的小房间。

九光跟女人折腾了一夜。女人喊:“你他妈吃药了来找我。”

九光说:“不吃药我找你?我回去找我老婆了。”

曙光乍现时,九光精疲力竭地倒在床上,感觉身体里的所有力气都被抽走了,他就剩下了一堆骨头,风一吹,就能将他吹倒。

他困倦极了,却睡不着。他睁着无神的眼睛,心里却想起了沈小北。

为沈小北沾了毒品,值吗?

2

沈小北躺在浴缸里，越想越气，拿出手机给九光打电话，却关机。九光捅完篓子，关机回家了。他也忒损了。沈小北恨不得拽过他来，从十三楼抛下去，再踩到他吐血。不摔死他也踩死他！

其实跟九光交往，一开始她是加着小心的。从高一到高三，她就没少被九光纠缠。不是在课桌里放枚巧克力，就是放只死蛤蟆，再不就是弄个死老鼠的标本夹在汉堡包里用快递给她送去。她当时烦九光烦得不行不行的，她当众咬过九光，摔过九光的文具，踹过九光的自行车。但九光这人特能装，在外人面前，他就装出一副无辜的表情，逆来顺受的样子承受着沈小北的雷霆暴雨。

最离谱的一次，是学校开奖励大会，沈小北万米跑冠军破了全市的纪录。她上台领奖回来，黑压压的座位上放了枚图钉她也不知道，实诚地坐下去，一声尖叫，刺破了礼堂。

她的裙子成了“血染的风采”，这成了学校当年的一大笑谈。沈小北死的心都有。

隔天下午，她把九光堵在一个死胡同里，用砖头把九光的车子给砸烂了。并告诉九光：“再跟我沈小北有一点关系，我就用砖头砸烂你的猪头。”

考上大学后，沈小北再没见过九光。在健身房那次是头一次见面。二十五六的人了，应该收心了，看九光虽然一脸的百无聊赖，但毕竟是老同学的情谊，就毫无戒备地跟他交往了。因为自恃已经结婚，想九光不可能再有高中时的冲动了。没想到这死小子鬼迷心窍，贼心不死，竟然在酒杯里做文章，还往她包里放杜蕾斯，这也太恶劣太无耻了，无法原谅！

劫匪的事需要查，紫铜香炉要找回来，耿直在外面是否背叛了她，也要弄清楚。还有保姆小昭！凭什么耿直大清早地往她的房间里钻？

打开电脑，点开控制室，家里的情况一目了然。保姆小昭的房间里，小昭正在电脑上上网。

沈小北有点奇怪。那天耿直进小昭的房间后，摄像模糊了，而今天的摄像怎么又清晰了？

她把录像的时间往回拉。在耿直进入小昭的房间后，录像还是模糊的，处理不了。她只好把录像一点点地往后拉，想看看保姆一个人在家有没有做什么不轨的事。

在今天下午四时左右，小昭做饭前，曾经打开冰箱，把买回来的牛奶放进冰箱。她随后回到她自己的房间，拿出一个什么东西，匆匆进了厨房。打开冰箱，拿起左手第一罐牛奶，把她从她卧室拿出的东西往牛奶里放。

因为图像太远，不清晰。沈小北把图像拉近并扩大，这回她看清了。小昭的手里拿着的是一支针头。细长的麦芒似的针尖扎入牛奶的塑胶盖子上。因为塑胶盖子的特殊性质，又因为针尖实在太细，牛奶盖上应该很难发现这个纰漏。

沈小北越看后背越凉。小昭为什么这么做？她往牛奶里注射的是什么？是毒药吗？

沈小北家的牛奶，都是沈小北在喝。耿直从来不喝，说有膻味。而沈小北却夜夜不能离开牛奶，因为她有失眠的毛病，喝了牛奶后，就很容易入睡。

现在，家里唯有她喝的牛奶被小昭注射进了东西。这是为什么？

沈小北没有打扰小昭，她按照惯例去厨房拿了牛奶，但没在厨房喝，而是拿到了书房。她当然没有喝。她拿的就是左手第一杯牛奶。她仔细地在牛奶盖子上寻找小昭注射的针眼，但没有发现。

不会是拿错了吧？

她又把电脑上的录像往回倒,时间和录像显示,冰箱里那枚被保姆动过手脚的牛奶就在沈小北的手里捏着。

看来小昭的手段天衣无缝,明知道她搞鬼,却查不出破绽。

沈小北关闭了电脑,躺在沙发上,却一直睡不着。她想着接下来她该做什么?首先,去查保姆的身世。据说耿直是在人才招聘市场找到的,小昭姓杜。两个月前杜小昭来她家时,沈小北看过她的身份证,86年出生,河南衡水的。只是她该怎么去查杜小昭呢?

这些资料可能都不会有大出入,就是有出入,查起来也困难。那就先从那罐牛奶开始。把牛奶送到医院,化验一下里面是否注入了其他药物。还有,耿直那日进入小昭的房间,为什么图像就模糊了呢?这个细节到底跟不跟东来说呢?

想起东来,才发觉今天是星期四。东来每逢二四六值班。今晚东来会一直守在大厦门口的值班室里,要不要去跟东来商酌一下?

想到这,沈小北爬了起来,给东来发了条短信。

"你在值班吗?"

不一会,东来的短信回复过来。

"是的。你没休息?"

沈小北又发了一条:"没有,心里有事,睡不着。"

东来的短信立刻回了过来:"方便说吗?"

"方便说,就是怕打扰你工作。"

"我的工作就是保卫大厦的安全,包括你的安全。"

"今天我在家里的监控录像上,看到两个事。"

"哪两个?"

"第一个是有一段时间,保姆房间的录像是模糊的。第二个是保姆在我的喝的牛奶里注射了东西,但我不知道注射了什么。"

"值得怀疑,你方便打电话吗?"东来发来的短信里,想跟沈小北电话里谈。大概他觉得事情有点严峻。

“不方便。”沈小北回复。

“我能帮你什么？”东来问。

沈小北半天没回话。

“？”东来又发来一条短信，短信里只有一个问号。

沈小北犹豫着，她想出去到大厦的值班室跟东来谈。有关这方面的事，面对面地探讨要比发短信方便多了。

东来紧接着又发来一个问号。发短信他也惜字如金。

沈小北不再犹豫了，立刻开始穿衣服，准备悄悄出去。她的衣服还没有穿完，东来发来第四条短信：“有危险？”

沈小北无声地笑了。在这个寂寞的夜晚，连自己的老公都把自己丢在一边的夜晚，只是大厦保安的东来却接连打电话询问她，替她担忧。她心里很不是滋味。被别人关心，本该感到高兴，但她却感到悲哀。如果有耿直的关心，她也不会把电话打到别的男人的手机里。

不知道是有意还是无意，沈小北出门后，并没有坐电梯，而是从楼梯上走了下来。夜半楼梯里黑咕隆咚的，沈小北捏着手机，默默地走下楼。东来的短信纷纷地发过来。

“你到底怎么了？”

“回复我一个短信。”

“你要让我知道你有没有危险？”

“要是你再不回复短信，我就给楼上打电话了。”

东来的短信一条条地发过来，一条比一条字多。沈小北抿着嘴笑了。

走下最后一级台阶，沈小北透过值班室的窗子，看到东来拿着手机，低着头在发短信。不知道为什么，他发短信的样子让人心里怦然一动。

也许今晚由于东来的关心，让她备受打击的心得到了意外的安慰，她很感激东来。也或许是夜晚女人的心本来就脆弱，东来那么执著地发短信替她担忧让她感动。反正许多说不清道不明的东西横亘在她的胸口。

她站在门口,东来大概从监控录像里看到了她,便停止了手机的发送短信。东来一回头,看到她出现在面前,眼睛一亮。

东来的眼神像盏旷野里的灯,呼啦一下就把周围的黑暗吞噬了。沈小北心里也亮堂了不少,说:"谢谢你关心,我把事情的经过给你说一下。"

沈小北这次没有掩饰什么,把耿直进入小保姆房间录像就模糊的事跟东来说了,并且还把那罐牛奶拿了出来。

东来听完,沉吟了半晌,说:"牛奶交给我,我有朋友在医院化验室。"

沈小北点点头。忽然想起东来那天跟她在大排档吃饭时,脸色忽然不好看的情景。她打量着东来,想了想,试探地问:"那天在大排档吃饭,我发现你脸色不好,身体不舒服吗?"

东来没想到沈小北问他这么个问题。他看着沈小北,摇了摇头。

沈小北知道东来不爱说话,也就不好再问。毕竟还不太熟。但她还是说:"如果有什么事就说出来,兴许我能帮上你呢。"

3

耿直躺在按摩床上,按摩师在给他按摩后背。

另一张按摩床上,一个男人脸部趴在按摩床上,也在接受按摩师的按摩。不过,很快就传来呼呼的鼾声。

第三张按摩床上,躺着夏美。她忽然咯咯地笑了。

"他也太能睡了,现在把他抬出去扔下楼,摔死他都不能醒。"夏美说。

给她按摩的男按摩师说:"一般喝完酒来做按摩的,大多不到十分钟,就会打鼾睡着。"

"那你们把客人扔到楼下去过吗?"夏美问。

"别开玩笑了,女士,这种话可不能随便说。"按摩师急忙说。

"耿总,你睡着了吗?"夏美问跟她隔一张按摩床的耿直。

耿直不说话。

按摩师悄声说："那位老总也睡着了。"

夏美的手里握着一只白色的瓷瓶。她捏着瓷瓶，盯着瓷瓶的眼睛发出绿莹莹的光泽，那样子很像一只猫。她笑得很得意。"没想到这药还真灵，想让谁睡觉，谁就甭想清醒。"

4

牛奶检查的结果是，里面被人注射了安眠药。分量还不轻。

第二天是周末，一大早，东来就把这个结果告诉了沈小北。

"会产生依赖，不利于睡眠。"东来说。

"为什么？她为什么要在牛奶里放安眠药？她有什么企图？我是她的仇人？她假装成保姆来我家报复我的？"沈小北问东来。

"那得问你的保姆。"东来说。

"要报警吗？"沈小北有点六神无主。

"我去见见她。"东来说。

沈小北同意了。她暂时还不想把家里的事都抖搂出去，万一保姆说出点什么隐私呢。那件劫案已经差不多让居住在大厦里的人都认识她了，她可不想再一次成为焦点人物，每次出门都被大厦里的人里外窥视个遍。

保姆小昭正在房间里拖地，戴着耳机，嘴里哼着歌。乍见沈小北回来，一惊。等看见沈小北后面的东来，一喜。

东来不穿保安制服，像个瘦弱的文人，似乎没有缚鸡之力，跟个病秧子似的，不太引起别人的注意。穿上制服的东来，身上自然带了股正气的威慑力。突然出现在沈小北的家里，让保姆有点措手不及的感觉。

东来没说什么，先是里屋看看，外屋看看，最后又去了厨房。

坐在沙发上的沈小北发现拖地的小保姆有点心不在焉，耳朵好像不听音乐了，在聆听着东来的脚步。

东来再回到客厅，对保姆说："过来坐。"

他的声音不高，但就有那么一股气势。小昭乖乖地走过来，坐到东来对面的沙发上。也就是说，她坐到了沈小北这边的沙发，但是距离沙发上的沈小北却差不多有一箭之地。

沈小北想，看来她的心里还真有鬼，否则怎么不敢靠近我？

东来没说话，从口袋里拿出一张照片，放到两张沙发中间的茶色玻璃桌上，然后把相片向小昭推了过去。

小昭狐疑地看看照片，因为距离远，照片小，她没看出什么来。她抬头看了看东来，又扭头看了看沈小北，最后才有些迟疑地拿起那张相片。

她拿起相片之后，眼睛落在相片上，浑身一震，随后她的脸色变幻莫测，赶上川剧里的变脸表演了。

"你们偷拍我？"这是小昭看到照片后的第一句话，说得有点气愤。她并没有否认那相片里的不是她。

"这是犯法的！"这是小昭说的第二句话，更气愤了，甚至还有抗议的成分。

沈小北没想到小昭做了这些还这么蛮横，她一时气得说不出话来。

"你说得对。"东来说，他心平气和，在气势上先就压了小昭一头。

小昭沉不住气了。"你们想怎么样？"她的眼睛扫了眼东来和沈小北。看东来的目光时，有点委屈，有点怨恨，甚至很受伤的模样。看沈小北时，有点明目张胆。

沈小北发现那眼光很犀利，小昭之前可从来没有过这种眼神。她是耿直请回来的，她究竟来干什么？目的肯定不是当保姆那么简单的。

"为什么这么做？"东来淡淡地问。目光平静地看着小昭。

他的口气很轻，但话重。小昭在他的目光里忽然涌上了一层泪雾。

她倔强地昂了昂头，没让眼泪掉下来。她看了看东来，又看了看沈小北，后背靠在沙发上，平静地说："是耿先生让我放的。放的是安眠药吗？这我不知道。"

这几句话把沈小北惊得差点从沙发上掉下去。

"耿直让你这么做的？我老公让你害他老婆？"沈小北站起来，冲着小保姆毫无理智地喊。"你疯了吧，偷偷摸摸地下药还不承认，还要拉个垫背的，你以为我们家耿直是白痴，你说啥就是啥，你要再这样，我就报警了。"

小昭却毫不示弱地看着沈小北，说："你愿意报就报呗，反正是耿先生让我做的。你不相信可以打电话问耿先生。"

东来用目光示意沈小北先坐下，依然是淡淡的口气问小昭："他没说放的是什么？"

小昭撅着嘴，半天才说："说了，叫什么什么，很长，名字拗口，不好记。反正耿先生说，是缓解疲劳，有助于睡眠的，我不知道具体是什么。"

小昭说着，瞥了沈小北一眼，又小声地说："我尝过，不药人的。只是吃了点后，很快就睡着了。"

东来站起来想走。

房间里的两个女人同时叫住了他。

沈小北说："你怎么走了，这事咋办呢？"

小昭说："你别走啊，得告诉我怎么偷拍我的，要是不告诉我，我就报警。"

东来看了眼沈小北。这一眼，也不知道是安慰，还是什么。

东来什么也没说，走进保姆的房间，从隐秘的角落拿走摄像头，放到茶桌上，一言不发地走了。

小昭目送东来出门，眼光很复杂。

看着东来走出房门，沈小北呆呆地坐在沙发上，心里一时竟是一片空白。她忽然感觉浑身无力。她靠在沙发上，像条被潮水冲到岸上的鱼，爬不回海里了，被风吹干，被太阳晒干，命运可想而知。

她恍然大悟，劫匪闯进来那晚，看来她也是喝了兑了安眠药的牛奶，所以劫匪进来耿直醒了，而她没有醒。

她想不透耿直为什么要在牛奶里注射安眠药，并且是大剂量的。他是学医的，应该知道大剂量长期服用安眠药会对身体不利。他为什么要这么做？

小昭倒是该干活还干活。只是她说："太太，这回耿先生回来，你问明白了，要是我没什么嫌疑，我就辞职了。我已经找到下家了，我们随时解除雇佣关系。"

她说得挺咬文嚼字的，显然文化程度不低。

5

耿直昨晚一夜未归，这天已经是半夜了，他依然没有回来。

沈小北没有立刻给耿直打电话。她不想当着保姆的面跟耿直吵架。脑子里似乎空白了很久，然后她像有了什么主意似的，在沙发上坐直了，把小昭叫过来，说："别收拾了，你过来坐，我想跟你说两句话。"

小昭坐在沈小北的对面。女孩子面容清秀，眼睛水汪汪的，是个聪明的女孩。

"你来我家做保姆，还有别的企图吧。"沈小北问小昭，见小昭睁大了眼睛，眼里明显的有不高兴。她便接着说："我所说的企图，不是指什么不好的企图。做保姆工作薪水不高，地位也不高，也没有什么前途，一般女孩子是不会选这行的，我看你穿着品位不低，哪件衣服都不是做保姆一月的薪水能换来的。你既然不缺钱，为何到我家来做保姆呢？"

小昭听沈小北这么说，大眼睛转了转，嘻嘻一笑，说："姐姐你既然都知道了，我就都说了吧。"

沈小北心一动,莫非真能挖出点什么隐私或者秘密?

小昭说:"我家有钱,也不缺我的钱,但我活着没意思,就体验各种生活。那天我去人才市场想找个没做过的工作体验一下,结果耿先生就问我愿不愿意做保姆。我一听,嘿,这活儿没干过,我就来了。我以为自己会像喜儿似的受黄世仁的气呢,还可能被东家潜规则,结果你家先生很规矩……"说到这,小昭沉吟了一下,小心地打量沈小北的脸色。

看沈小北没有变颜变色,便把下面的话也说了出来。"姐你别生气啊,有天你回来晚,我还在他面前勾引了他一下,他不为所动,还劝我女孩子要走正道。你选他做老公,眼光真不赖。"

沈小北看对面的小昭在呱唧呱唧地说得眉飞色舞,自己身体里好不容易积攒的那点力气一点点地泄了。原来是这么回事,原来不是耿直雇佣了小昭,而是小昭选择他家做试验场地,来一尝青春盛宴里的菜式。至于做的工作什么高低贵贱,这在小昭的脑海里好像没有区别。她要的只是新鲜,刺激。没接触过的,就都是好玩的。

这跟自己怎么好像两个时代的人啊,自己也不过是比小昭大了一两个月,会有代沟吗?

沈小北给小昭结了账,小昭离开了她家。

她躺在沙发上,感觉自己浑身的力气在被一点点地抽走。最近老是这么疲倦,但今天的疲倦不仅是身体的,更主要是来自心灵的,精神上的。耿直给她的刺激太大了。

她挣扎起来,给耿直打电话。

"有事吗?"耿直说,身旁好像有别人,所以他说话没带多少感情色彩。

自从昨晚出去后,耿直就一直没回来。这还是他第一次人在本市却夜不归宿。这是不是他们婚姻不好的开头啊?

沈小北丝毫没客气,直接说:"你让小保姆在牛奶里面注射了什么?"

她要先发制人，打耿直一个措手不及，看他怎么反应。

耿直慌了一下，咳嗽一声，说："这事回去再说。"

他没否认，那就说明保姆说的是真的。

"你为什么要往牛奶里放安眠药？你别告诉我说，是为了帮助我睡眠。"沈小北因为激动，声音拔高了三倍。

耿直说："你那么大声干什么，有失风度。"

沈小北还是高声喊："你到底要干什么，你要毒死我？"

耿直又说："我回去跟你解释行吗？"

沈小北气得大叫："就要你现在给我解释，否则你就别回来了，我不想跟一个在牛奶里给我下药的男人一起生活。"

她想听听她说了这样的狠话之后，耿直有什么反应。

耿直的确反应很大，直接把手机关了。

沈小北再打，耿直那面竟然关机了。

沈小北气得火冒三丈。他在牛奶里给她下药，她问问都不行了？他竟然挂她电话，甚至还关机拒听！她究竟是他的什么？还是他妻子吗？

沈小北忍无可忍，将茶桌上的东西统统划到地上。杯子水果盘落在地板上的声音不够大，不足以消解她心头的怨气，她从客厅一路走到厨房，所到之处，将所有东西都摔到地上，没有摔坏的，就捡起来再用力地摔。

不为什么，只想看到一切东西碎了之后的样子，只想听到一切东西摔碎时的声音。那些碎裂的声音，那些碎裂的断片，大概就是她现在婚姻的样子吧。

第八章　紫铜香炉

1

耿直醒来时，天已经大亮了。这是哪儿，怎么睡在宾馆了。他呼地掀开被子坐了起来，却猛然又把被子盖住了自己的身体。

他目瞪口呆，他的身体竟然是裸着的。

他的目光很快在房间的地板上找到了自己那条白色的短裤。

昨晚都发生了什么？约客户和夏美出去喝酒，喝得有点多，之后到按摩房去按摩醒酒，好像自己睡着了。可现在怎么会在宾馆醒来？

房间里的窗帘拉得低低的，但强烈的阳光还是把房间照得很亮。耿直的目光忽然落在旁边的沙发上，那里，还遗留着一枚发卡。那紫色的发卡，在夏美的头发上出现过。

耿直愣怔了半晌。鼻子间似乎嗅到房间里散发的一种幽幽的香气。那是兰蔻香水的味道，夏美用的就是这种香水。

难道夏美夜里曾经很长时间逗留在房间里吗？

正当他左思右想绞尽脑汁回忆昨夜的一切时，手机响了。

“耿总，你那两批货款怎么还没到账上？财会那边已经催要了两遍，要再这么下去，我就顶不住了，如果会计上报上去，不仅你完蛋，我也跟着你吃锅烙。你到底怎么回事,不是说货都卖掉了吗?货款呢?”电话里是个男人的声音,有点气冲冲的。

“还有些货没有卖掉,货款也拖欠得厉害。”耿直说。

“既然没有卖掉,你还进那么多货?这次财会那里过不去了。你也知道的,公司有规定,如果两次货款不能即时到账的,第三次取货必须用现金了。我帮不了你。”电话里的声音冰冷而强硬。

耿直的脸忽然变得惨白,他极力恳求着说:“你再容我几天,我很快就能凑够钱的,再容我几天。”

“容你几天?两天,三天,还是四天?这已经到月末了,要查账的。你自己的事自己解决吧,我不会替你背这黑锅的。”那人似乎要挂线。

耿直急忙说:“别挂断别挂断。让我再想想办法。”

“想办法,你还能想出什么办法?两笔货款超过一百万,你哪里弄一百万去?”耿直说,“我有的,我手里有件货,等我两天,我出了手,就有钱付货款了。”

那人在电话里沉吟了一下,说:“好吧,你这么说,我就再替你争取宽限两天。两天,如果到时候货款没有到账,我就会到老总那里汇报,到时候不仅你再也得不到我们的货源,还有可能被以诈骗罪起诉,到牢里吃窝头。”

耿直连连答应。放下电话,他面如死灰。

他是个有洁癖的男人,不仅身体上有洁癖,精神上也有洁癖。他可以允许已婚的自己在外面睡一夜不回家,但绝对不允许陪自己睡觉的女人不是自己的老婆。当然,也绝对无法原谅自己的老婆被别的男人吻过。

但他也是讲道理了,既然自己的包里突然出现一枚保险套,他也可以允许妻子的包里也出现一次保险套。但他绝对不容许自己的婚姻出现任何一点不洁净的东西。现在,他的房间里有了女人的味道,那么,沈小北的身边,会有陌生男人的味道吗?

有洁癖的男人,也不允许自己工作上的失败和出现纰漏。他觉得现在最要紧的是把公司撑起来,否则,这次的失败可能就像大厦倾覆,压得他再也没有站立起来的机会!

2

"小北,想哥了吗?"九光在电话里咋咋呼呼地说。

傍晚,沈小北刚走进居住的大厦,听到九光说这话,有点不悦地说:"好好说话行不行?"

想起九光在车里偷吻和在她包里放避孕套的事,就想掐着九光的脖子让他透不过气来憋死他。

"劫匪的事有眉目了。"九光并不在意沈小北的斥责。

"真的?"

"领导交代的任务,我哪敢怠慢?要没有眉目我能敢给你打电话?"九光哧哧地笑。

沈小北忘了九光给她夫妻造成的误会了,立刻问:"真找到了那两个混蛋?"

九光说:"找到了,财物也找回来了,不过,拿回来一部分,少了点。"

沈小北说:"不少不少,我到哪里见你?"

九光说了一个茶馆的名字,茗香阁。

沈小北放下电话,转身往外走,发现东来换下了制服,也往外走。见沈小北急匆匆的,就说:"有急事?我用车送你!"

"那太好了。"沈小北跟东来没有客气。"我的一个朋友,说找到了那两个劫匪。"

东来的眉毛动了动。再没问什么。他把沈小北送到茗香阁后,问用不用在外面等她。沈小北说不用,东来开车走了。

站在茗香阁雕花门后面的九光望着开车走的东来,问进来的沈小北:

“他什么人啊，牛哄哄的。”

“一个朋友。”沈小北说。

“回头你告诉他，再拉我女朋友出来，不许坐副驾驶，那多危险啊。”

“有那么危险吗？”

九光贴近她耳边说：“他万一吃你豆腐，那多危险，再说你衣服穿得那么透，他挨你近什么都看见了，不危险吗？”

沈小北这天穿了件水粉色的纱裙，下面是条细瘦的乳白色的裤子。水粉色稀释得很淡很淡，接近白色和粉色之间，但粉色只占了三分之一，显得这颜色更接近肉色。穿着清凉飘逸，又因为薄而轻，沈小北隐在里面的凹凸有致的身体有点若隐若现。

女人这样穿衣是正常的，但被九光说出来，还以那么一种暧昧的语调说出来，沈小北不好意思，说：“别逗哏了，说正事吧。”

她心里却想，东来就不会说这么无聊的话。但是，东来有没有注意她今天的打扮呢？

女人爱美，总是希望自己的穿着被所有见过的男人回头，这跟情感无关，只是一种虚荣。这种虚荣却不需要有人刻意地提出来加以点评。男人品评女人，大致跟品评烤鸭店里的鸭子是胖是瘦差不多，因为能吃。即使现在买不起，但咽咽口水意淫一下还是有这个权利的。

所以，被九光那么说，她不太舒服。

九光却说：“这不是正事吗，你的事对于哥来说，都是正事。”

她知道说不过九光，只好瞪了他一眼。九光胡搅蛮缠地追问：“我发现刚才车里那哥们看你眼光不对呀，真是朋友？”

几天没见，九光好像整个人瘦了一圈，细瘦的眼睛似乎变大点了。她打趣九光说：“又减肥了？你人瘦了之后，眼睛变大了。”

九光乐起来，认真地问：“我瘦点好看吗，你开始稀罕我了吧。我小肚腩可早就没了。你要不要检查一下。”说着就要撩衣服。

“稀罕你个大头鬼。你能不能说正事？”沈小北翻了九光一个白眼。

九光更乐了，假装接球的样子，说：“你看，你都赏我一个白眼了，还说不稀罕我？”

沈小北真不知道该跟他说什么话了。

九光却说：“你不说话的样子更美，就像小桥流水，就像断桥上的风景，你不动，却是动的画面。”

沈小北忍无可忍，说：“九光我求求你，别说了，弄得我起了一身的鸡皮疙瘩。”

烹茶的服务员退出去后，九光正经八百地凑到沈小北跟前，乜斜着他那双细目，压低声音说：“你求我了是不，你再求我一遍，你让我干什么我就干什么？”

他一脸的坏笑，沈小北不知道哪句话说错了，只好说：“不玩了不玩了，我不是来听你啰嗦的，你能不能快点入正题，不是说那两个劫匪找到了吗？那紫铜香炉呢？”

九光点燃一根烟，斜睨着沈小北，说：“你眼里就有钱，没有我这个凯旋的英雄？”他狠狠地吸了口烟，闭上嘴唇，过了一会儿，有烟雾从他的鼻孔直直地喷出来。

自从那天在何建豪那里被逼着吃了那些药丸，九光发现他的烟瘾忽然大了起来。但吸烟却再也找不到往日的快乐，他感到浑身乏力，白天总想睡觉，可晚上却睡不着。这几天折腾得他差点进医院。还不都是为了眼前的小妮子吗？

“你已经被我崇拜了，加上这次，已经被我崇拜两次了。”沈小北认真地说。

“你被我崇拜了？”九光重复着沈小北的话，脸上的笑容越来越多，好像湖面上荡漾开的涟漪，一圈比一圈大。

九光哗啦把一纸袋东西倒在桌子上。卡，现金，首饰。

“卡里的钱拿回来一大半,其他的完璧归赵。”九光用手指划拉着,把桌上的东西划到沈小北面前。

沈小北看着这些东西,期待地问九光:“没了?”

九光不解地说:“没了,就这些啊,不对数吗?”

“我的紫铜香炉呢?那个比这些都值钱。”沈小北着急地说。

“那两人说他们没拿什么香炉。”

“不可能,他们骗你呢。紫铜香炉就是那晚丢的,不是他们拿的,还能有谁?”

“可他们真说没拿啊。”

“他们说没拿你也信,他们是劫匪,劫匪的话你也信?”沈小北焦急地说。

“他们不敢骗我。”九光想,即使那俩劫匪敢骗他,也不敢骗何建豪。难道两个劫匪看紫铜香炉太贵重,把香炉上供给何建豪了?这个设想随即也被他认定不成立。真要是那样的话,两个劫匪的大限就到了,二百万的东西,足以让人对他们杀之灭口。

“我要见见那两个人。”沈小北最后坚决地说。“偷东西的还能说实话?”

九光一口烟直直地喷出来,笑着说:“哎呀妈呀,小姑奶奶,你的意思还要见见那两个跑你家的劫匪呗?”

“对,我就是想见见他们,要不我找你这个英雄干啥?”沈小北是真想见那两个混蛋。紫铜香炉事关重大,不是他们拿的还能是谁?莫非出鬼了不成?

九光笑着说:“算了,得饶人处且饶人,你还要抓人去送官吗?”

沈小北说:“我就是想见见这两人,送官不送官的,还没想过。”

九光说:“小姑奶奶,你真当哥是蜘蛛侠呢,什么不可能的事都能干?要知道这次把东西找回来我都透支了我今后二十年的人力资源,你还要见人家的庐山真面目,得寸进尺了。你见他们干什么,一个个歪瓜裂枣的,有我好看吗？再说那个什么香炉,有那么值钱吗？”

“当然值钱,那是我祖上留下来的,我父母给我的遗物,我必须找回来。”沈小北正色地对九光说,用手在桌子上那些九光找回来的东西上一划拉,“这些东西都算上,也没有那只香炉值钱。求求你九光,带我去见他们。他们如果当着我的面说没拿那只香炉的话,我就信了。”

九光看着沈小北,不说行,也不说不行。

“你再帮我一次,大不了你以后求我办事,我帮你两次好了,帮你三次,行吗？”

九光只是笑,只是吸烟,只是喷烟雾,就是不说话。

硬的不行,就来软的。

“君子一诺千金,我答应帮你三件事,肯定说话算话,三件事还不行吗？别那样好不好,九光,再英雄有时候也需要别人帮忙,万一你有求于我,我可以帮你三件事,三件事啊。”沈小北用嗓子眼儿赖唧唧地说。

女人一旦用嗓子眼儿说话,就不得了,能令男人浑身发颤血液加快。如果女人用嗓子眼儿说话还赖唧唧的,那更不得了,令听到这声音的男人轻者骨断筋折,重者立刻吐血而亡。

九光的定力算好了,但已经感觉浑身不舒服。他立刻挥手制止沈小北,说:“你别叫了,我要忍不住了,想把你按倒法办了。”

沈小北立刻噤声,并用楚楚可怜的眼睛哀婉地看着九光。

九光一摆手,有些气急败坏地说:“行了行了,别那么看我了,我的心都快被你揉碎了。我帮你还不行吗。”然后又泄气地说:“女人,成事不足败事有余。不过,说好了,三件事,三件事啊,说话不算话的话,别说我来硬的。”九光的眼神上下瞄着沈小北的身体。

沈小北这次没有生气。她觉得九光开玩笑可以,动硬的他不会的。这么多年了,她还是对九光的人品有点把握的。

九光拿起手机打电话。

“我马子就这样,我抗不住她,豪哥,我们就是见见,有几句话要问问。问完就走人,你放心,我能那么做事吗?绝对不会报官,要是发生什么意外,我九光用脑袋担保。绝对出不了事。”九光在电话里求了半天,那边终于吐口答应了。

“走吧,还傻坐着?”九光站起来就走。

沈小北急忙将桌子上的东西划拉到包里,跟在九光身后,出了茶馆。

两人打车去了一家小旅馆。据说那两个劫匪当晚要坐车远遁,躲个三五个月,等风声不那么紧了,再回来。

九光敲开203号房间。开门的一眼看见沈小北,眼睛立刻瞪大了,想关门,却被九光用肩膀一撞,挤了进去。

房间里正是打劫沈小北家的那两个一胖一矮的劫匪。虽然当时都蒙着面,但一说话,沈小北就听出了他们的声音。

两个人分别拿了椅子凳子准备跟九光硬拼,以为是沈小北查到了他们的踪迹,找人来收拾他们的。

九光用手指点着他们,说:“放下,放下,都放下,剑拔弩张的,好像能打得过我似的。”他拿出烟,扔给两人,两人惶惑不解地接了,放下了手里当作武器的工具,但没敢坐,都戒备地站着,眼睛紧盯九光。

“看你们俩那熊样,能不能用脑子想问题?”九光斜叼着烟卷,用手指敲着自己的脑袋。“这家伙不仅仅是吃饭的,还是用来想问题的。一想就能知道我不是你们的敌人。一个能轻易地找对门牌号码敲开你们房间的,肯定是你们朋友的朋友。对待朋友的朋友,就用那些东西?”他用手一指刚刚被两人放到地上的椅子。

“大哥你就给个痛快话吧,谁让你来的,找我们什么事?我们都把东西吐出去了,还想让我们干啥?”胖子战战兢兢地说。

小个子则没有任何表情,眼睛依然盯着九光。

这两个劫匪的面目，现在都呈现在沈小北的面前。她想起当夜她所遭到的羞辱和猥亵。不知道哪里来的力量，她径直走到胖子面前，伸手扇了胖子一个耳光。

“你知道我为什么打你，”沈小北说，“做劫匪你是最损的劫匪。”

九光很欣赏地看着沈小北动手打人。胖子只斜楞沈小北一眼，没说话，也没动手，还是盯着九光。

“妹子有什么话赶紧地问，麻溜的，然后扯呼。”九光深吸了一口烟说。

沈小北把包里的东西哗啦倒在桌子上。

“你们说从我家拿走的是这些东西。那只香炉呢？”她单刀直入地问两个家伙。

“什么香炉？”胖子说，

“点香的香炉？没看见啊，又不是什么稀罕物。”小个子也一脸懵懂。

“别装傻，我书房里的香炉，你临走前曾经背着包进去过，你们走后我查点时就不见了。”沈小北气呼呼地说，没想到两个劫匪竟然在她面前还矢口否认。

小个子不悦地说：“拿什么不拿什么，我们心里有数，拿的东西里绝对没什么香炉。”

胖子则不信任地盯着小个子说：“大哥这就你不对了，你背着包进过书房，我怎么不知道？你是不是私自掖藏起来了？太不拿我当兄弟了。”

“滚你妈的蛋，我是啥人别人不知道你他妈还不知道，别人说两句你就猜疑我？”

“不是猜疑，失主都找上门来了，你还不承认？”

“承认你妈的球，我没拿还往自己身上揽，我不是找死吗？”

“大哥你到底拿没拿，你说一句，兄弟就信。”

“我没拿，我敢发毒誓，我拿了天打雷劈。”小个子赌咒发誓。

沈小北听着两人的争执，心里凉了半截。看来两人不像是做戏。最起码胖子不知道紫铜香炉的事。该怎么做才能问出紫铜香炉的下落那?

“你们那天半夜去我家,是怎么进去的?”沈小北打算从头问起。

胖子回头看了看小个子。

小个子说:“门,从门进去的。”

沈小北直接问小个子:“从门进去的?你们哪弄的钥匙?”

小个子说:“偷东西都有万能钥匙,用钥匙开的门。”

沈小北一愣。如果用钥匙开门,虽然是万能钥匙,但毕竟不是原配的钥匙,肯定要费几分钟的时间。那么说,耿直应该在他们开门的时候就可能醒了。

“你们进房间,我老公醒没醒?”

“我们一进房间,就发现一个男人站在门口,就是你老公。我急忙把刀子拔了出来,你老公就连声说:别动手,别伤人。看他害怕,我就放心了,就让胖子把他绑上了。”小个子说。

“就这么被你们绑上了,再没说别的,做别的?”沈小北还想确定一下,她想知道耿直那晚的一言一行,他是否跟劫匪跟紫铜香炉有关。

“他没说别的,就说那几句了,绑上他之后,胖子去了卧室,绑了你。”小个子说。

沈小北还想再问问,但回头看见九光的眼神,知道自己不能再问了,如果再问下去,耿直就不仅是在她沈小北的眼里是狗熊了,就在九光眼里,也成狗熊了。还是给老公留点面子吧。

“你那天背着包去我书房,都干什么了?”她问小个子。

小个子的眼睛跳了一下,随即说:“没干什么,就是进去看看,有没有什么好东西。”

“你没拿我的香炉?”沈小北逼问过去。

“没拿,真的没拿,拿了我就天打五雷劈,断子绝孙。”小个子发起毒誓。

毒誓不重要,重要的是他说得很像真事。

再这么问下去,也问不出什么了,可是紫铜香炉哪去了?劫匪说没拿,那紫铜香炉谁拿走了?

两个人要退出来时,胖子不放心地问:"你们不会报警吧?"

九光嗤之以鼻地说:"报警个鸟,要报警就不会是我们俩来找你了。记得谁再敲门,别开就是了。"

两人出了小旅馆,九光说:"你的心愿都满足了,千万不能报警,否则我就做蜡了。"

沈小北说:"报警我肯定不会,但是我的紫铜香炉还没找到。"

九光也皱起眉头。"你说的紫铜香炉,真的价值二百多万?"

"我骗你干什么?我祖上在朝廷做官,我家是书香世家,再说这宝贝是父母留给我的唯一的东西。当初我妹出车祸我都没拿出来。那时国内也没有更先进的技术,前几天我在美国留学的同学给我打听了,说那里可能有更先进的技术,能让我妹的腿站起来。"沈小北焦虑地说,"可惜,香炉丢了,就是去成美国,也没那个钱了。"

"你妹?妙龄吗?"九光问。

"除了妙龄,我还有哪个妹?"

"哦,妙龄出车祸了?摔断了腿?"九光的眼神有点特别。

"我们三个人,我老公,我妹,我,开车出去玩。出了车祸,我和我老公受了点伤,很快就好了。我妹最惨,瘫痪了,坐在轮椅上,再也不能用脚走路了。"

"真可怜。"九光听到沈小北说到妙龄,脸上的神色一动。但他没有再说什么。

沈小北陷入深深的懊悔中。紫铜香炉没了,究竟谁偷走了它?

那晚去过她家的还有谁?在发现紫铜香炉丢了之前,还有谁去过她的书房?东来?两个警察?还是耿直?

又是耿直。耿直让小保姆往她的牛奶里注射安眠药还没有解释清呢。他为什么要给她吃安眠药,为什么偷偷给她吃,他是不是有什么背着她的猫腻?这猫腻是否跟紫铜香炉有关?

沈小北现在有点疑神疑鬼。原本以为找到劫匪就找到了香炉,但现在竟是一无所获,接下来她该怎么办?是劫匪说谎,还是拿走紫铜香炉的另有他人?

3

小旅馆街对面的胡同里,东来在车子里坐着。他注视着沈小北和九光的车子走远,戴上墨镜,开了车门,下了车,横穿街道,进了小旅馆。

旅馆老板见来了客人,急忙招呼着。东来说:“住店多少钱?”

旅馆老板说:“过站呢,二十元五十元的,分房间的。先生你要是住一夜,三十元五十元八十元的都有,我带你去房间看看?”

东来跟着老板上了二楼,挨个房间看着。但有几个房间老板没打开门,因为房间里有客人。

东来把一张百元钞票递给老板,说:“刚走的一男一女进哪个房间了?”

老板想了想,看东来面无表情的脸,又看了看手里的一百元钱。

东来又拿出一张百元放到老板手里,说:“你要不想说,我就收回来。我可以挨个门去问。”

老板急忙将钱收进口袋,略微有些为难地指了指走廊尽头的203号房。

东来挥手叫他下去,他自己去了203。

他用两根手指敲门,里面半天没动静。

东来冲着门里说:“服务员,给两位送热水。”

门里还是没动静。

东来站在门外等了半晌。听见门里有声音说:“我们有热水,不要了。”

东来站在门外没走,又冲门里说:“送姑娘的。”

门里还是没有动静。

小旅馆老板并没有走远,隐在楼梯后听着,听到这里,直摇头。

东来并没走,依然很有耐心地说:“照顾照顾生意,小姐已经来了,出来看看吧。”

门,终于从里面打开了。

开门的是小个子。他怒气冲冲地说:“滚,还让不让人休息。”他一看外面只有东来一个男人,惊得瞪大了眼睛,立刻回手想关上门。

东来已经看清了房间里的两个男人的长相。这两人跟沈小北描述的身形太像了。他一脚将房门踢开,小个子被门撞得踉跄着退了两步才站定。他恼怒地瞪视着东来,说:“你干什么?”

东来反手将门反锁,说:“你们就是那俩劫匪吧。”

做贼心虚。这两人一听有人揭出他们的底了,立时手忙脚乱。胖子恶狠狠地说:“操他妈的,到底还是报警了,我就不该听你的,咱俩刚才跑路就好了。”

胖子还想说什么,小个子手里已经拿了一把刀,向东来比量着,说:“兄弟,放我们一条路,山不转水转,以后有用得着兄弟的,言语一声,肯定好使。”

东来说:“跟公安还讨价还价?放下武器,跟我去自首。”

“去你妈的!”小个子一刀向东来扎过来,而一旁的胖子趁机拎了包想跑。

东来没有躲避小个子的刀,他反手扭住了胖子的手腕,一用力,胖子就杀猪似的叫着,被东来挡在自己胸前,小个子的刀就直直地扎入胖子的胸口。

虽然小个子一见是胖子急忙收手，但刀子还是扎入胖子的胸口。鲜红的血液像水流似的飞溅而出，迸溅了小个子一脸。只听胖子嚎叫着喊："大哥你杀我干啥啊，我要死了，快送我去医院啊，我抢点钱不犯死罪啊。"

小个子一愣神儿的功夫，东来一脚将他踹了个跟头。他再上前一步，小个子急忙回身去砍东来。东来扭住他握刀的手，又抓住他左手的手腕，没见他怎么动作，小个子的刀就将小个子自己的左手四根手指齐齐斩断了半截。

十指连心，小个子虽然蛮横，还是疼得惨叫起来。刀子已经抛到了地上。

东来用脚尖把刀子踢到一边，用眼角的余光扫了两人一眼，从口袋里掏出手机打电话。

"好运来旅馆，203，大厦那两个劫匪。"东来的电话打给了邱队。

"东来，你找到的？两个劫匪一勺烩了？"邱队在电话里惊喜地说。

"一个断了手指，一个胸口有伤。"

"五分钟到。"邱队那边似乎已经有人开始拨电话。

"你的手够黑的，我跟你说过多少回了，吃亏就吃亏在不听劝，东来……"邱队还要说什么，东来把手机挂了。他把手机放进口袋，从另一个口袋里拿出一根烟。

点燃了，深吸了一口，对小个子说："我想听点实话，你们怎么进入那座大厦的，怎么进入抢劫那家的？"

小个子攥着淌血不止的手指，不说话。

东来说："断指的滋味不好受吧？你要不要再尝尝？"

小个子只好说："我们拿的万能钥匙。"

东来拿烟头按在小个子捂着的断指上。小个子嚎叫起来，疼得浑身直抖。

东来说："骗刚才那两人还行，别糊弄我，万能钥匙？大厦里的防盗门是我安的,我还不知道怎么打开防盗门?那款防盗门是新设计的,没有钥匙绝对打不开,除非你先得到了钥匙去配了一副。”

胖子躺在一旁的地上,直哼哼,像要咽气的样子。他兀自低声地哀求着:“求求你快送我去医院,我不行了,是有人雇我们干的。说无论拿到多少钱,都是我们的……我只是把眼的,看风的,我什么也没干。那女的是很漂亮,可我就摸了她,别的都没动……”

东来瞥了胖子一眼,眼光依然淡淡的,但眉毛却痉挛了一下。

“谁雇的你们?”东来问小个子。

小个子捂着流血的手指,身体疼得抽搐着,犹豫着说:“我们兄弟俩,是刚从牢里放出来的,有人给我们送了个信封,里面有张纸条,还有串钥匙,让我们去哪栋楼,哪个单元,还有门牌号,去抢劫。说抢到什么都算我们的。可我们把东西都吐回去了,再说我们真没拿什么香炉。”

“没拿?”东来挑了下眉毛。

“真没拿,刚才我都发毒誓了。我就是按照纸条上说的,到那家的书房背着包走了一圈,就出来了。什么都没拿。再说我要个破香炉做什么,我也不烧香拜佛。”小个子一脸痛苦地说。“大哥,求你了,我兄弟的血不能再流了,送他去医院吧。”

东来斜睨了胖子一眼,没搭理小个子的话,兀自问:“雇你的人让你背包进书房一趟?”

“我说的都是实话,你抓我们判我们都行,快送我兄弟去医院吧,他会死的。”

“死不了。”东来踢了胖子一脚,胖子已经微弱下去的呻吟又大了起来。“有人会送他去医院。”

警笛声由远及近地传来,东来转身走到窗前,飞身上了窗台,顺着楼房外体的管道迅速滑了下去。

4

走过街道，坐回自己的车里，看见几辆警车已经把小旅馆包围了，不一会儿，警察带出两个浑身是血的人，其中一个是两个人给抬出来的，警车疾驶而去。

东来开动车子，一边默默地吸烟。烟雾缓缓地从鼻孔飘出来，徐徐地在车厢里蔓延。那些烟雾曲里拐弯的，在空气中爬行延伸，像一条条细蛇，缓缓地爬出人的思维。

电话响了，是邱队打来的。

“三哥，你心情是不是不好，晚上我请你，出来散散心。”

“没时间。”

“三哥，兄弟们只是想见见你，跟你唠唠嗑。”

“你也没时间。有话直说。”车窗外的阳光将东来的目光反衬得有股琥珀色的光泽。

那光泽像玻璃，质地上乘，但冷，脆，薄。好东西总是弱点更多。

“两人都送医院了，正抢救呢，胖子估计够呛。”邱队沉吟着说。

“就这事？你不用跟我说。”东来转动着方向盘，面无表情。

前方是红灯。按理东来是要直走，但直走就必须停车。东来就忽地转弯，拐到了岔路上。反正这么绕也能绕到目的地。

“你这么走法，有点危险。”电话里，邱队说。

“我没闯红灯。”东来依然直开，快到十字路口，又是红灯。这个红灯时间更长，要一分半钟。东来这回犹豫都没有犹豫，直接把车拐上另一条路。

“把人打成那样，还说没闯红灯。”邱队说得有点心潮澎湃。

“我没打人，我打的是两头猪。”东来说得心平气和。

“那两家伙罪不至死，你知道的。”

“胖子死不了，我心里有数！”

“我回去不好交代。”邱队说。

“你别说是我报警的就行了。”东来说。

“你这脾气啊，还是死犟死犟的，十头牛都拉不回来。”邱队那边唉声叹气。“晚上出来聚聚，队里听说遇见你了，都想见你，是我拦着，大家才没去找你，要不早有人去大厦找你了。再说你之前给我的手机号不对啊，我打过去，是一女的接的，根本不认识你。你看你，这么大人，还爱糊弄人……”

邱队那边还在说。

东来把手机直接关机。

车子开过的街面，路过一家电话书刊厅，玻璃窗上写着卖各种联通网通的电话卡，免月租费包来电显示什么的。东来把车子靠边停下，到电话亭买了张卡，把自己手机里的卡换了上去。而换下来那块卡，在他开车遇到垃圾桶时，直接从车窗丢进了垃圾桶。

头疼，又是头疼。东来的车子飞速地在马路上行驶，很快停在一家诊所门前。他艰难地下了车，撞进诊所里。

给病人切脉的女医生一看进来的是东来，大眼睛忽闪一下，眼里明显的有担忧。

“怎么了？头疼又发作了？先躺下。”女医生戴着口罩，只露出两只黑亮亮的眼睛。她把病人安排给对桌的医生，急忙过去扶住东来。

“水凝……”东来叫了一声，就跌倒在地。两手死死地抓着叫水凝的女医生。

“没事了没事了，你再忍忍，我马上帮你止疼。”水凝扶起跌倒的东来，把他扶到走廊里面的小诊室里，安置东来躺下，一边柔声细语地安慰着。

她手脚麻利地从抽屉里拿出一只盒子，打开盒子，里面摆着密密麻麻的一层细细的银针。银针细如毫芒，水凝的手指捻动着银针，那银针在灯光下发出耀眼的光泽。

银针一点点扎入东来的头部,几寸长的银针不一会就大半没入东来的头里。东来的脸色起初是苍白的,渐渐,他呼吸不那么急促了,脑袋里那些像啃噬他的蚂蚁顷刻间偃旗息鼓,似乎都蛰伏了,虽然蠢蠢欲动,但是被那根银针控制着,不敢妄动。

“谢谢……”东来吃力地说。

水凝心疼地用手在他的额头上按摩着,十根手指一下下地滑动,轻重有序。一边柔声细语地安慰着:“深呼吸,放松。再深呼吸。把注意力集中到别的事情上。想一些美好的事情,比如蓝天,大海,白帆,海鸥,踏浪,沙滩,潮水冲上来,又褪下去……”

东来在水凝的按摩和诱导下,疼痛正像海滩上的潮水似的,一点点地退回到大海里。

夜已经很深了,外面的车鸣和人声淡了,暗了,偶尔一辆汽车驶过,车灯瞬间照亮了窗子,水凝在那光线里看到东来的眉头依然蹙着,但他的面部表情已经松懈下来,显然,疼痛已经退去。

水凝继续按摩着。当她的手指滑过东来的额头,顺着耳朵两鬓延伸到脖颈,她的手指犹豫着没有滑下去……

“你还没有忘记她?”水凝说,声音里有隐隐的惆怅。

东来没有说话。

“别老想了。一想她,你的头疼就会犯。”水凝说,“心病还得心药医。记住我说的了?”东来没有说话。

水凝站起身,出去了,很快又回来,抱着一床被子,她蹑手蹑脚地给东来细心地盖好。

黑暗中,房屋的门开了又关上。没有听见女人再说话。

房间里,只有东来轻微的呼吸声。

东来的眼睛在暗夜里睁开了,他一动不动地凝视着窗外。窗外,夜色正浓。浓浓的夜,才刚刚开始。

第九章 试 探

1

“什么，你要跟我学椅子秀？”沈小北吃惊地看着何建豪，以为自己的耳朵听错了。

“我学椅子秀这事会给你带来这么大的震撼吗？”何建豪一本正经地说，目光注视着沈小北。恍惚间，沈小北差点忘记了他曾经有过那么混蛋的时候。

“是有点。椅子秀，一般都是女人跳。”

“我是男人，我就是想学。”

“健身计划里没有啊？”

“计划是死的，人是活的，你可以添上。需要费用的话，我补给你。”

这是在何建豪的心安娱乐城的健身大厅里。健身大厅有三百多平方米，两个人跳操，有点奢侈了。

“就我们两个人？”沈小北环顾一下四周。

“你要嫌少，我让员工都上来跟你学。”何建豪说。他一直没有把跟东来在一起的混劲露出过。他俊美异常，是男人中少见的那种美。

一般称呼男人漂亮说是英俊，可英俊这两个字比喻他还不到位。俊美也不是十分贴切。有时他的眼神还闪过一丝狡黠,使他的整张脸笼罩在一种邪魅的氛围里。

“我只是说,这地方有点大。”沈小北打开旁边的高级音响,强劲的很震撼的音乐在大厅里回荡,很有立体声效果。

“楼上楼下都没人,方便你把全部本事都教给我。”何建豪说得很认真。

椅子秀这个东西,跳起来有点暧昧,有点情色。说白了,就是带有一种挑逗性的舞蹈。女人或缓慢或快速地围绕着椅子做着各种身体动作。之前沈小北是给整个大厅的学员带着操,这次是单独给何建豪授课,她忽然觉得有点放不开。

音乐响起来后,她的情绪好多了。围绕着椅子做了两个动作,很好,弯腰,挺胸,屈腿,翘臀,摆臀。这些个动作行云流水地做下来,沈小北觉得浑身的血液都畅通了,脸上的表情也柔和下来。

椅子秀就是一种肢体语言,不仅身体要做出各种挑逗的动作,面部表情也要时刻保持着暧昧的诱惑的微笑。虽然面对着何建豪,她有点做不出来那些表情,但是一想到她是在跳舞,她就放弃了一切,专心致志地走位,越位,跳跃,身体轻盈得像蝴蝶的翅膀。

“真美,我要是能学会这套操,就不枉请你做健身教练。”何建豪在一旁鼓掌说。

沈小北微微一笑,用手一搭何建豪的肩膀,说:“跟我来,你先感觉一下节奏,我今天只教你两个动作,很好学的。转圈,再转圈,对,跨步,越位,踢腿,一个转身翻腾,跨坐到椅子上,然后翘臀。”

何建豪不笨,甚至是很有舞蹈根基,身体很柔软,随着沈小北的指点,他做得一丝不苟,虽然动作不到位,但是很有椅子秀的味道了。一举手一投足,还真不是盖的。

“你以前学过舞蹈?”沈小北好奇地问。

“学过一点，喜欢，很业余。”何建豪一边转圈走位，一边回答沈小北的话。

走位转圈是基本功，很累人的。就算是有舞蹈基础的人，如果不是经常练的话，一会下来就腰酸背痛，露出疲态。但何建豪一直生龙活虎的，跟个毛头小伙子似的孜孜不倦，跟着沈小北练得一丝不苟。

沈小北不再多想，只是随着音乐，沉浸在椅子秀那种虚幻的境界里。她仿佛回到了大学时代，在教那些大学生跳街舞，里面最笨的学生就是她现在的老公耿直。耿直的憨态可掬，耿直的小聪明，现在想来都是那么的可笑而温馨，从什么时候起，他们的婚姻出了问题，好像走进一条死巷，越走越黑的感觉，好像看不到光明呢？

他们之间到底发生了什么？有必要跟耿直坐下来好好谈谈。

“累了歇歇吧。”何建豪走到冰箱前，拿了两罐可乐，递给沈小北一罐。

休息的时候，沈小北望着偌大的大厅有点出神。如果不是紫铜香炉，如果不是家里半夜进了劫匪，她和耿直的关系是不是还会跟过去一样水乳交融？

“你想什么呢？我有没有打扰你？”何建豪在对面的椅子上坐了下来。

“没有，很乐意跟你聊天。”沈小北说。这次她说的是真心话。虽然何建豪这人有点神秘，之前的表现和现在的表现天壤之别，让他看起来像完全不相干的两个人，但沈小北知道，何建豪找她来做私人教练，绝不仅仅是想学会一套椅子秀。

“沈老师不介意的话，就随便聊聊。”何建豪说。

来了，来了，肯定要说到东来了吧。

“沈老师有没有考虑过离开现在的环球健身？”何建豪说，“如果有出价高的，沈老师可以考虑下吗？”

“考虑？可以啊，我不跟钱过不去。”沈小北说，她没想到何建豪是为这么个事情。“那个让我考虑的人不会是何总吧？”

“如果是我，沈老师意下如何？”何建豪微笑着看着沈小北，那双邪魅的眼睛看得人能酥掉骨头。好在沈小北对他不来电。

“是好事，我没理由反对。”沈小北没有说太多，她还搞不懂何建豪的本意。

“那咱就说定了，等我这开业，你就来帮我，我可以承诺给你现在两倍的薪水。”何建豪说得很笃定。

沈小北微微一愣。即便是挖墙脚，何建豪也没有理由非挖沈小北，他究竟要干什么？九光之前说过的话让她不由得不敢相信何建豪。

“别让人下了套还不知道。”九光说。

2

当晚，沈小北正在健身房的领操台上跳得满头大汗，九光从外面风风火火地走了进来。他站在那一片跳操的人后面，沈小北在远处的跳操台上，看不见九光脸上的表情，但感觉他好像很不高兴，脸板得跟白板似的。

他会不会是有了紫铜香炉的下落？是不是紫铜香炉找不回来了？沈小北暗自猜测着。一回头，见赵聪正有点害怕地看着远处的九光，大概以为九光又是找他算账的。沈小北结束了上半场的运动，走下跳操台，边拿毛巾擦汗，边走向九光。

九光抱着胳膊站着，今天他穿了件半截袖，胳膊上竟露出半条张牙舞爪的龙的文身，很配合他现在怒气冲天的一张脸。

“怎么了，谁惹你这阎王爷了？”沈小北说。

九光冲着沈小北说：“你说你是不是四六不懂啊？”

九光说的声音很大，说的话也不是什么好话。沈小北不高兴地说：“别以为帮了我的忙，我就得一直给你叫祖宗。我是不懂四六，你懂四六还不行吗？”

九光说：“你少跟我整景，你明知道我跟你说的不是这档子事。”

“谁跟你整景了，哪档子事啊？你一来就骂人，还说我整景？”沈小北不客气地说，“这是公共场合，把你那套江湖习惯收收，别动不动就损人，有话快说，要不我该到下半场操了。”

九光那双细眼眯缝着，狠狠地盯着沈小北。九光眼睛本来就细长，他再眯缝着，沈小北就更看不到他眼神里的神色了。都说眼睛是人心灵的窗口，从眼睛里就能看到一个人的心思。可这话对九光完全不起作用，因为你即使看到他的眼睛，但也看不清他的眼神。

沈小北被他看得不舒服，说：“你再不说话我走了，招谁惹谁了，真是的。”

她转身想走，九光的手就在一刹那攥住了沈小北的手腕子。沈小北一惊，以为九光又想犯浑。不料，等她回头时，正对上九光的眼睛。这回沈小北瞧清了，九光的眼睛亮晶晶的，都是笑意。他笑着说：“看来真不是你，我还以为你是告密的人呢？”

沈小北用力挣扎九光握着自己的手，但她的力气在九光面前是九牛一毛，她不悦地说：“九光你能不能成熟点，你别借机占女人便宜。”

九光松了手，呵呵笑着，带着点讨好地说：“对不起啊，刚才的事，我就是试试你。”

“试什么啊，我手腕都捏疼了。”沈小北的手腕果然有几个红红的手印子。她用另一只手揉着手腕，一边委屈地说：“你干嘛啊，用那么大力？”

“那我给你揉揉，揉揉就不疼了。”九光说着又要伸手过来。

沈小北急忙把手背到了身后。说：“你还来？这么急三火四地，赶紧说事吧。”

九光看了看场中锻炼的人群，对沈小北说：“昨天那俩家伙，旅馆里的，进你家抢东西那俩家伙，挂了，你说我能不怀疑你吗，所以才试试你。”

“什么挂了，挂什么了？”沈小北不懂九光的话。

“跟你说话真费劲，跟幼儿园的小孩似的。”九光说，“昨天带你去见的那两个劫匪，被公安抓走了。我刚从那家旅馆过来，说咱们前脚刚走，后脚就有人来抄咱们的后路，直接点名要咱俩去过的房间。”

“啊，有这事？”沈小北狐疑地说，“你等我跳完下半场操，再说行吗？”她要着急回去领操。

九光没回答她。抬头对远处的赵聪一扬手，赵聪就颠颠地跑了过来。

赵聪老远就一直用眼光标着九光这边。他认为九光这次绝对不是揍他，否则直接上来就招呼了，还用费这半天的事。

九光对赵聪说：“你不也是领操的吗？小北下半截的操你给领了吧，我和她有点事。”

没等沈小北发表意见，赵聪已经以一种近乎欢天喜地的高兴劲答应着，大步走回去了。

“你干什么啊，到我这发号施令，别人该以为咱俩怎么地了呢？”沈小北不高兴地抬腿踢了九光一脚。抬头，却见九光正嘻嘻地笑着，那笑容有点可恶的暧昧。

“你别笑，你这笑贼烦人，让别人怀疑咱俩的关系。”沈小北制止九光，急忙出了大厅。

九光却笑得更来劲了。

沈小北说：“你再笑我就还踢你了。”

九光终于忍不住开口说：“你知不知道你踢我的时候我啥感觉？浑身麻酥酥的，跟过电似的，舒服死了，你再踢，你再踢哥一脚试试，看还麻不麻酥酥的了。”

沈小北就憋红了脸，翻了九光一个卫生球眼，说：“贱，没见过你这号的。走吧，还等什么？”

之前跟耿直在一起时，两人疯着玩，沈小北动不动就会拧耿直一下，或者抬脚给耿直一脚。耿直接下来的话经常是：驴不盛怒，蹄之。惹得沈小北满大街追着耿直，扬言要“往死里揍他。”

跟九光这也没几天，虽然之前熟悉，但还没熟到可以开玩笑的时候，怎么会抬脚踢他呢。沈小北为自己的举措有点后悔，何况又听到九光那一番内心独白，一张脸越来越红，知道自己接着他的话茬说下去肯定还会被他算计，便问："说正事吧，那个找上旅店的人是谁，他找那俩家伙干啥？"

一说到那两个倒霉的劫匪，九光脸色便肃然起来。他说："谁知道那是哪路的爷啊，可是毁了我，我在朋友面前打过包票的，绝对不报警。现在这俩家伙在局子里呢，你说咋办？"

沈小北想了想，说："道歉吧，除了道歉没别的办法。"

九光不屑地说："说你跟幼儿园孩子的智商一样都说多了，你也太天真了，道歉是个屁呀，江湖上不认这个，要的是结果，现在朋友让我把两人弄出来，你说我哪那么大的能耐？"

"那么严重啊？那怎么办？"沈小北犯难了。

九光气呼呼地说："更要命的是，那位爷贼犊子，进房间不出一分钟，就把那两人给废了，一个胸口重伤，送到医院抢救了两个小时才活过来。另一个手指断了四根。你说这是哪条道上的爷爷啊，手也太黑了，出手就把人给废了，这得多大的仇啊？"

沈小北狐疑地问："真的呀，那那那，你怎么跟朋友那边交代？"

九光却没说话，看着沈小北，细长的眼睛有点直。

"你真担心哥吗？"他无比痴情地看着沈小北。

沈小北抬手就推了他一下，说："一边去，别得瑟，说正经事。"

九光眯着眼睛，做陶醉状，说："太舒服了，太舒服了，你再推哥一下，推一下。"

这九光什么时候都没个正形。

沈小北说："你要再这样我就不理你了。"

"别别别，你得理我，要不这事就没完了。朋友让我找出那人，否则哥就完蛋了。”

“上哪找去啊，咱们又不认识他。”

九光又眯着眼睛看着沈小北，说：“你说‘咱们’俩字的时候，贼亲切，就像咱俩是两口子似的。”

看沈小北一瞪眼，他立刻不笑了，眼睛也不眯缝了，说：“其实这事也不难，查到知道昨天‘咱俩’去旅馆的人，就八九不离十了。”他说“咱俩”的时候，故意咬得很重。

“都谁啊，你让谁知道了？”沈小北故意忽略九光，直接说问题，否则九光肯定闹个没完。

九光摇头，说：“我这边知道的，就是你了，我就告诉你了，我求的朋友那边也就告诉我了。现在唯一的解释就是有人跟踪了我们中的一个人。”他说着，又拿眼睛看沈小北。

沈小北以为他又要开玩笑，但这回九光很正经地说：“我这边的我也排除掉了，现在就剩下你了。昨天开车送你那人，他是干啥的？”

沈小北摇头说：“你说东来呀，他不可能跟踪我。”

九光脸上显出很受伤的表情说：“还东来。都把姓省略了，你们关系不一般啊。”

“你别胡扯，有的也说没的也说。他姓东，叫东来，他是我居住大厦的保安。”沈小北说。

九光半信半疑地说：“真是保安？不过，那家伙眼光有点不一样，不像干保安的。”

“他以前好像做过刑警……”沈小北自觉这话说得有点多余，急忙接上一句，说：“但他辞职了，真在大厦做保安。”

九光眼睛一亮，说：“这人很有来历啊，那我可真应该会会他。”

昨天知道两个劫匪消息的人，东来的确也算一个。

沈小北给东来打电话，东来的电话却关机。

九光说:“肯定告诉你的假号码。”

沈小北不信,之前两个人通过电话的,怎么现在却打不过去?

九光开着车子,拉着沈小北去她家的大厦。沈小北其实不想让九光去她居住的大厦找东来。她总觉得九光说的见见东来这话好像很不友善。但她自知这事关系重大,她阻拦不了九光,所以才想打个电话问问东来了事,没想到东来的手机却打不通。

车子停在大厦门前,没看见东来,只看见另一保安站在门口。大厦里通常只留一个保安,另一个保安可能在监控室。不想身后有人喊沈小北。

东来正从停车场出来,大概是停车去了。一见沈小北,就停住了脚步,同时也看到了沈小北身边的九光。

他没看九光,但九光感觉到他的目光还是拂过了自己的脸,并且在心里记住了他。

“我刚才给你打电话了,怎么没打通?”沈小北说。

“电话换号了。”东来说,“把新号给你。”

“打我手机,我存在手机里。”沈小北说。

东来就拿出手机,给小北的手机拨了一个。

看东来和沈小北唠得粘粘糊糊的,九光眯缝着眼睛,上下左右把东来打量个遍,很符合旅店老板说的那个“文质彬彬瘦不啦几”的闯入者特征。他有点不相信瘦弱的东来会一出手就废掉两个劫匪,他走过去,问东来:“你叫东来?”

东来看了看九光,点点头,问沈小北:“是你朋友?”

“我还是自我介绍吧。我叫九光。”九光上前一步,伸手跟东来握手。

东来不知有诈,实诚地把手伸给九光。九光握住东来的手就没撒开,用力捏下去。东来哎呀叫了一声,疼得身子立刻矮了下去。较力这事,谁先动手谁就占了优势,来不及动手的肯定吃亏。

九光一脚将东来踢个跟头,恨恨地说:“我操,别他妈跟我装,以为你不还手我就不知道是你,就是你报警的。”

门口的保安听见这边的动静,急忙过来问是怎么回事。

东来从地上爬起来,忍着疼痛,对保安说:“没事,朋友,闹着玩呢。”

保安说:“你的朋友怎么都好动手?昨天两个市刑警队的,说是你朋友,找你,我说你没在,其中一个长得挺黑的,差点没掐着我的脖子让我上不来气儿。你的朋友,都挺格鲁的。东来,你没出啥事吧?”见东来摇头,他才有些不放心地走了。

见保安走远,九光将刚站起来的东来又一脚踹倒,说:“你还敢说不是你,昨天站前旅馆,是不是你找203的胖子和矬子,你他妈要敢说个不字,我打死你。你让我在朋友面前做蜡抬不起头……”

说着,九光还要上前去打东来,沈小北看不下去了,喝止九光说:“别打了,有话说话,万一不是东来呢?”

九光说:“没打冤他,没看他都没还手吗?”

沈小北不悦地说:“谁像你那么好动手。”

九光说:“他不好动手能把那俩兄弟弄残了,你一个女人懂什么?”

沈小北要过去搀扶东来,九光一把将她拽到一边,说:“这事女人别掺和,我跟他好好过过招。来啊,哥们,把你昨天废那俩人的功夫使出来,也废我一个看看。”

九光的样子就像只好斗的公鸡,跃跃欲试。胳膊上露出的那半条龙张牙舞爪,好像要腾云驾雾出来助阵一样。

沈小北不安地看着东来,见东来一直没解释,也开始犯疑了。“东来,你昨天真跟踪我们?真去旅店了?”

东来没否认。

九光对沈小北说:“我没打冤他吧?”

东来捂着被九光踢疼的肚子,说话了:“跟犯罪嫌疑人做交易,是犯法。我做了应该做的。”

九光更生气了,又上去打东来,东来这回立刻躲开了。对九光说:“让你三招了,别来劲。我只跟犯罪嫌疑人过招。”

“那也没他妈你那鸡巴样的,一出手把人弄残废了,你那不是犯法?”

东来不说话,转身要走。

九光气呼呼地叫他:“你给我站住。”

东来回头看了眼沈小北,说:“打也打了,还要怎样?”

九光细眼睛一眯,看着东来,没说话。

东来回身又要走。

九光却说:“走什么走,事没完呢。回来!”

东来淡淡地说:“要把我交给你的老大?”

九光挪到东来面前,看看东来,又回头看看沈小北,说:“我家小北的朋友,我怎么也不能把你往火坑里推,是不是?但这事也不能这么了。我倒有个主意。你如果帮我把那俩残废从局子里捞出来,这事就算了。”

东来笑笑,没说话。看来这个主意他没同意,他转身又要走。

九光这回没拦他,却阴阴地冲他后背说:“那我就得逼迫沈小北一家人,说那俩家伙不是那天入室抢劫的劫匪,到时你会因为打残了好市民被拘留,甚至判刑。”

东来脚步迟疑了一下,但还是向前走了。

九光恼怒地冲他的背影喊:“我说你点什么好呢,什么鸡巴玩意儿,还以为自己是公安呢,闲吃萝卜淡操心,你算哪根葱?以为自己是蜘蛛侠?”

沈小北见东来走了,暗暗着急,问九光:“现在咋办啊?”

“你是替哥着急,还是替那个东来?”九光说。

“替你们俩,行了吧。”沈小北气呼呼地说。

九光乐了,亏他这时候还能乐出来。

他说:“别着急,哥还没有能被难住的,我来想办法,一定不能让你替我担心,哥心疼。”

沈小北哭笑不得，九光真一半假一半，不知道他哪一半是真的。

“接下来的事，你得听哥的。”九光眼珠一转，说。

沈小北发现九光并不是外表给人留下的那种粗人样子，他脑子里其实藏了很多弯弯绕。

“你让东来跟你去公安局把那两个劫匪弄出来，这事可不行，那是犯法的，再说那地方就该让那两个劫匪进去。”

九光看着沈小北，气得直摇头。

3

东来今晚是夜班，沈小北觉得九光教她的招数不行，她没法跟东来使路子，弄那些个弯弯绕。东来也能看明白她的想法，索性就站到保安室门前，也不进去，也不走开，看着东来，很为难的样子。

“想让我帮你那个朋友？”东来吸着烟，没有看沈小北。

“一半吧。”沈小北说了实话。

她很为难，让东来帮忙，是违反东来的做人原则，可不帮九光，九光在他的那个所谓的朋友那里可能会有意想不到的结局。九光是帮她沈小北才把自己弄到那个不利的位置的，她再心狠也不能见死不救。而紫铜香炉依然下落不明。沈小北心焦，又着急，左右为难，她的眼泪就快下来了。

“一半？”东来好奇地抬头看到。就看到沈小北泫然欲泣的样子。

“我没说不帮。”东来就怕女人掉眼泪。他原本没想帮九光，但看沈小北这么个样子，话到嘴边，就转了方向，把否定，说成了肯定。

“你真的帮我？”沈小北惊喜地说，说完脸色又暗了下来，讷讷地说：“这不符合你的做人原则。”

“对，是帮你。”东来说完，坚定了自己心里的想法，“我的做人原则你知道？”他看着沈小北，一边拿纸巾递给她。

沈小北不好意思地接过纸巾擦眼泪，说：“反正你之前给我的印象是办事绝对一丝不苟。”

东来唇边掠过不易察觉的一丝冷笑，说：“帮朋友也是我的做人原则，你转告你的朋友，如果让我帮忙，这事得听我的。”

沈小北急忙点头，就要给九光打电话。

东来示意她先别打。

“跟你说个事。”东来拉开身边的椅子，让沈小北坐。沈小北走进保安室，房间里都是东来吸烟的味道，很呛人。

“昨天你们走后，我去了旅馆。”东来说，见沈小北睁大了眼睛，他依然口气淡淡地说：“劫匪说，有人雇他们去你家抢劫。”

“你说真的，有人雇他们？雇他们去抢劫我家？”沈小北的眼睛瞪得更大了，“这么说那天的抢劫是有人预谋的，就定在那天夜里抢劫我家？”

东来点头：“这事背后还有真凶。”

“有没有说是谁雇了他们？”沈小北感激地看着东来，又急迫地问。

“他们不知道。”东来说。

“不可能，他们不可能不知道是谁雇他们干那缺德事，他们是不想说——”沈小北不相信那两个人傻到不知道雇佣他们的人是谁，就会去做劫匪。

东来唇边带了笑意，没说话，看着沈小北。沈小北被他看得有点不好意思。自己是太失态了，可事关重大啊，关系到紫铜香炉。

“他们有没有说他们把紫铜香炉弄哪去了？”她还是不顾形象地对东来紧追不舍。谁让她是个急性子的人呢。

“他们没拿，我敢肯定。”东来说，“幕后人不可能把那么贵重的香炉让他们拿走。那人还让小个子故意背着包到你的书房走一圈。抢劫是个障眼法，香炉早被人拿走。只不过把烟幕弹扔到两个劫匪的身上罢了。让公安机关查找劫匪，其实香炉本来就跟劫匪无关。”

“那么说，找到劫匪也是没用的？那我的香炉到底在谁手上？”沈小北默默自语。竟然有人处心积虑利用劫匪引开公安的视线,那么说这个香炉早就露底了。谁可能打开房门拿走紫铜香炉呢？耿直,还有那个小保姆。

其他人打不开她沈小北家的房门。

“你怀疑你老公和保姆？”东来看着沈小北脸上表情的变幻莫测,问。

沈小北点点头,没说话。眼泪还是掉了下来。如果证明拿走香炉的是耿直呢？她和耿直的婚姻是否就真的走到头了？

她接过东来递过来的纸巾,狠狠地擦去脸上的泪水。

4

紫檀木的办公桌上,摆着电脑,书籍,笔筒,还有一张精致的镜框,镜框里的是耿直与沈小北亲密地依偎在一起的照片。

夏美走进耿直的办公室。办公室是个套间,耿直在里面的房间查找文件,夏美在外面的房间里等。她看到办公桌上耿直和沈小北的婚照,妩媚漂亮的脸蛋上升起一股嫉妒的怒气。他把照片啪地扣在桌面上,眼不见心不烦。

耿直从里间走出,看到夏美,撂了下眼皮,问:“策划做完了？”

夏美把材料递给耿直。她没有放到桌子上,而是直接递给耿直。耿直接过来放到桌子上,看到镜框扣在桌上,把镜框拿起来,小心地摆正。

“那些欠款怎么办,那边来电话催了好几次了,要是再不打款过去……”夏美欲言又止的样子。

“现在打不了款,只能让他们再等等。”耿直淡淡地说。

“万一那边报案了呢？”夏美担心地看着耿直。

“我量他们没这个胆子,我要是进去了,那笔款子就更没有可能打过去了。”耿直笃定地说,麻利地打开电脑,在电脑上查找资料。

“耿总,看您挺胸有成竹的,莫非您心里早有安排？”夏美试探地问。

“哪有什么安排，我是豁出去了，现在这种情况，只能求人家宽限，他等，就有机会，他不等，不给我活路，那他的钱就永远没有机会等到了。”耿直说着，忽然抬头看夏美：“没事了，你去忙吧。”

夏美犹豫着没有走。

“人家是替你担心。”夏美说这句话时，语气有点嗲，腰身还不自觉地扭动了一下。

耿直心里咯噔一下。

他想起那天在宾馆裸睡起来，房间里淡淡的兰蔻香水味。那是夏美身上的味道。还有沙发上那枚发卡，是夏美曾经戴过的。

夏美说“人家”，口气还那么嗲。这要是在公众场合，所有人都会认为他们是情人关系。耿直没直视夏美的眼睛，只是依然用平淡的口吻说：“去忙你的工作吧，我没事。等有事我会找你。”

夏美的高跟鞋响声远去了。耿直出神地望着门口。

手机突然振动起来，在办公桌上滴答地转动着。耿直一看手机屏幕上的来电显示，急忙起来把门关上，才接起电话。

“哥们儿，那人我已经给你找来了，人家现在要验货，我把他领到你那去？”电话里一个男人的声音传过来。

耿直急忙说：“别别，老陈，我这里还有事，走不开，你让他先住下。”

“你今天不见他？巴巴地求我找了来，又不见人？你不会是不想出手吧？”电话里男人的声音显然有些不满。

“不是，我真有事走不开，明天，你定地方，我肯定到，让他多担待些。”耿直说。

放下电话，耿直心事重重，走到里间的书柜里，看着上了密码锁的书柜，面色凝重。眼前忽然闪过沈小北楚楚可怜的样子。

晚上，耿直回家时，沈小北正在地板上做着睡前的柔软体操。耿直进了浴室冲澡，透过玻璃门上的滑下的水蒸气，看着沈小北在地板上弯下腰,抬起腿,姿势柔美轻巧,一招一式似是不经意,却那么招人稀罕。

他从卧室里出来,直接把沈小北抱到怀里。沈小北没有挣扎,把头靠到耿直的胸前,那一刻,一股暖流击中了他,他觉得什么生意,什么工作,甚至破产了也无所谓,老婆才是重要的,家庭才是他的唯一,他有责任让这个家人幸福。

但他听见沈小北清晰的声音,问:“牛奶里你究竟让保姆注射了什么?”

“安神的药。我怕明着让你吃,你不想吃。”耿直搂着沈小北,他已经知道保姆被辞退了,其实可以借此把什么都推到保姆身上。但他没有,他承认了给沈小北的牛奶里注射了药物。

但不是安眠药。

“不是安眠药吗?”沈小北追问了一句。

“什么安眠药!安神的,没什么副作用,你这小脑袋里都是什么啊,你老公会害你?”耿直用手抚摸着沈小北的头发,火热的吻缠上她的颈项。

真的不是安眠药?是保姆放错了药物吗?不可能?是东来检查的结果有异?也不可能,那是耿直撒谎?这些天发生的一切,到底跟耿直有没有关?

在一切都没有水落石出前,耿直是她的老公,她不该这么敷衍他。何况,她也想他,想他的怀抱,想他的温存。

沈小北暂时放下了一切,投入到耿直有力的怀抱里。

耿直的心里也放下了一切。那张报纸上的倾诉版,可能是小北把家里进劫匪的事对旁人说了,有谁听了去,写到报纸上的吧?夫妻之间,不能计较太多,难得糊涂!

夜色缱绻旖旎。两个裸露的身体在床上缠绕如两株水草,丝丝入扣的紧密。沈小北如同久旱逢甘露的花草,在耿直亲吻抚摸下,身体一点点地软下来,湿润下来。她紧紧地把耿直箍在胸前,她觉得之前的两人闹的那些别扭都不算什么，是快乐生活里的九牛一毛的小瑕疵，不会影响生活的质量，不会影响幸福的指数，只会为他们增添意外的情趣。

而在她心里久久凝聚的冰块也顷刻间融化成水，一江春水向东流，流到了大海里。耿直是爱她的，怎么可能会把她父母遗留给她的物品盗走？怎么会动她的宝贝？他疼她，稀罕她，她是他的命，是他的宝，他怎么忍心把自己的宝贝摔碎，伤害自己的命呢？

她亲吻着耿直的身体，感觉耿直的躯体在她的舌尖下战栗着，蠢蠢欲动。

紫铜香炉不存在了，没就没了，也许是破财免灾。她什么都不要了，只要耿直，只要她的老公。她发现耿直也比以往英勇。她觉得她的身体在发热，发热，就要开出灿烂的玫瑰花瓣了。

但就在这时，耿直忽然伸手到床下摸出那张渔网，三下两下捆住了沈小北。沈小北的身体渐渐地变凉，变冷，变硬，变干。她在心里长长地叹了口气，她知道，那些之前想要抛弃的，又都一一地回到她的脑海里。

耿直也发现了妻子的变化，他急切地想进入沈小北，想用最原始最直接的方式让妻子快乐，也跟妻子达到最紧密的结合。但是他看到妻子那张冷着的脸，身下竟然一软，无力地趴在了床上……

第十章　意外死亡

1

东来的车子开进电脑一条街，停在曙光电脑行的楼下，点燃一支烟，望着楼门口，深深地吸了一口。他若有所思。

九光从楼里走出来，看见车子里的东来，眯缝着眼睛，笑嘻嘻地打开车门，坐了进去。

“我一想你就能同意帮我。”九光说，也拿出一颗烟，点燃，抽上。

“犯法的事我不做。”东来说。

“别扯那没用的王八犊子。你不合作拉倒，别说我没告诉你，我的那个朋友是社会上混的，什么损事儿都干得出来，报复你是肯定的，沈小北他们一家也会跟着倒霉。并且沈小北一旦到了局里不指认你报警抓的那两个人，到时候倒霉的还是你。”九光不屑地说。

东来不说话。

九光缓和口气说：“我看老兄也不是那不仗义的人，你和沈小北也算是朋友吧，那别说是做点知法犯法的事，就是掉脑袋也得心甘情愿，看你这磨磨唧唧的样子，真不像旅店老板形容的，说什么用了一招半就把那俩爷给废掉了。你真的那么能打吗？”

"我对犯罪分子从不手软。"东来冷冷地说。

"病秧秧的样子,还吹牛逼?"九光不客气地说:"你的意思是昨天对我手下留情了?那咱找个地方再比划比划。"他一边说着,一边举起两个拳头端在胸前,一副跃跃欲试迫不及待要进攻的样子。

东来看见九光半截袖外露出那条张牙舞爪的刺青飞龙,淡淡地说:"你这文身不怎么好看。"

九光说:"得了吧,跟我上过床的娘们儿没有不夸我的。"

东来说:"那是想让你多掏小费。"

九光生气地说:"你这不是找打吗,挑衅吗,你挑地方,就现在,我打得你满地找牙,让你心服口服。"他的细眼睛眯缝起来,眼光说不出的霸道和蛮横,恨不得一拳就将东来打个跟头,再揣上一脚,让他爬不起来。

东来摇摇头,没说话。

九光觉得被轻视了,说:"你不敢打还耍什么嘴皮子,玩嘴上的功夫。"

东来冷冷地斜睨着九光,说:"你这么容易被引到别的话题上?今天我们是打架,还是联手救人?"

九光转动一下细长的眼睛,嘿嘿笑了,举起的拳头没轻没重地落在东来的肩头。东来疼得脸上显出痛苦的表情。

九光看见了,笑嘻嘻地说:"你这人真挺怪的,不是出手挺黑的吗?却一点不经打。"

东来可没有九光的好兴致。他说:"有个条件,要合作,就听我的。"

"这么磨叽呢?只要能捞出那两个人怎么都行。"九光眼珠一转,有点狐疑地说:"你不会是要拿我换他们俩吧。"

"你没那么大分量。"

"我还没有他们俩的分量大?我做过的事多了去了。"

"嫖娼的事不归刑警队管。"

九光又把拳头举起来想落在东来的身上。东来说:"再动手我就不去了。”

九光就把举起的拳头变成掌，轻轻给东来掸了掸肩头，笑嘻嘻地说：“这有灰，我给你掸掸。”

两个人商量晚上动手。

九光跟东来分手，就跑到健身房去找沈小北。他扑了个空。沈小北去娱乐城教何建豪学跳舞了。等了一个多小时，沈小北才回来。

“找我这么急，什么事？”沈小北风风火火地下来，见到九光劈头盖脸地就问：“紫铜香炉有消息了？”

“没消息敢来见你吗？”九光嘻嘻笑着，凑近沈小北，压低声音说：“不过，你得让我亲你一个，否则——”他沉吟着，故意把后面的话没说完。

“行，紫铜香炉找到，你要什么给你什么，只要我有的。”沈小北心想，给你个大头鬼，我又不是君子，到时候找到香炉，我就宁做一回小人了。

九光很受用，开车带着沈小北去了古董一条街。走进一家翠玉斋，里面的店员一见九光，似乎老相识了，急忙把九光和沈小北引到偏门里，很快沏壶茶上来，说他们的二当家的很快就来。

“你是说紫铜香炉在他们店里？”自从一进店门，沈小北的两只眼睛就叽里咕噜地转，把店里前后左右看了个透。

九光不屑地撇撇嘴说：“你能不能消停点，别说话，一个女孩子，不太守规矩，你听哥的行吗，一切听哥的行吗？”

沈小北只好坐着不吭声。

那个二当家的撩门帘进来了。

他跟九光寒暄了一阵，九光就直截了当地问：“那个货，到手了吗？”

二当家的三十多岁，白胖白胖的，像发面的馒头。他转动着一双绿豆似的黑眼珠，看了看沈小北，说：“这位是……恕我眼拙。”

九光说：“我妹，也喜欢古董，你就别问那么多了，货到手了没有？”

“还没呢。”二当家的说，“接洽过几次，那人忒小心，一直没给看货。”

沈小北想插嘴,对面的九光狠狠地瞪了她一眼,她只好把要说的话咽下了。

“货一到手你就给我,别给旁人了。”九光说。

“咱俩啥关系,你说了话,我能不给你留着吗?只是亲兄弟明算账,九光,你可把钱准备足了,别到时候让我做蜡。”二当家跟九光说话,眼睛不住地打量沈小北。

九光带着沈小北出来,不悦地说:“说你点啥好呢,总是欠打似的想插嘴,这是啥地方,是你插嘴的地方吗?”

“我是想问问谁要卖货给他,你不让说拉倒,我不是没说吗?”沈小北气得嘟起了嘴。

九光低头看着沈小北说:“你那嘴巴都能挂个油瓶子了,逗你玩的,几天没见你生气的小样,怪想的。放心吧,有哥在,别说一个紫铜香炉啊,就是一个男人,哥也帮你找回来。”

沈小北被他说得破涕为笑。九光伸手刮了沈小北的鼻子一下,弄得沈小北措手不及,顿时红了脸。

2

东来的手机忽然接到小个子劫匪的一条短信。

东来正在自己的家里观看电脑。电脑里展示的屏幕上是沈小北家的客厅,然后是卧室。耿直跟沈小北两个赤裸的人体缠绕得像两根水草。

东来把目光移开了。但眼前都是沈小北的样子。

正在这时,手机上多了一条短信。

“我是那个被你断了手指的,我有些秘密想跟你说,我在南湖区平静小街,53号。”

短信就是这些字。东来觉得奇怪。那两个劫匪不是在医院吗,怎么能给他发来短信?

又一条短信立刻追了过来。

“别把我的事跟任何人说,否则你到了53号,我也不会出来见你了。”

东来想把电话打回去,但是已关机,看来对方是打电话不方便?

东来想给邱队挂个电话,电话打了过去,邱队半天也没接。

事情紧急,东来不想等下去了,立刻开车赶往南湖区平静小街53号民宅。

此时,已经是傍晚,郊区的路越走越暗,连路灯都没有。东来把车灯都打开了,将前面的道路照得一片雪亮。

3

淮安医院的二楼住院部里,断指的小个子劫匪正靠在窗前往外探着脖子。

旁边房间里的胖子躺在病床上。两人隔着窗外的玻璃在说话。因为门外都有看守他们的公安。

“兄弟,咱俩好像给人算计了。”小个子说。

“大哥,我也想到了,反正我是听你的,死了也是听你的死的。”胖子有点怨天尤人。

小个子叹口气说:“人算不如天算,原本想赚点钱回乡下娶个老婆,生个孩子,好好过日子,没想现在落到这么个地步,唉……”

胖子也唉声叹气,说:“我没怨你哥,已经这样了,进去出来我都听你的,反正我出来也没什么亲人,我到哪,家就到哪,要是进去的话,还有地方管饭,更他妈的省心。”

小个子苦笑摇头。

“我当初就应该想到,那个雇咱们的人为何要我背着包到书房走一遭,我大意了。大意失荆州,看来是天要灭我们呢。”

胖子反过来安慰他说:“哥你别难过,在哪呆着不一样?”

“我是说啥也不想再回到监狱那个鬼地方，说啥也不想回去了。”

听话听音，胖子听着小个子的话，急忙问：“哥你想逃出去？”

“有这打算，可是你出不去啊，要是我一个人出去，太不仗义了，我不能把你一个人扔在这里。”

胖子有些感动，哽咽着说：“你要是走了，我一个人就没意思了，再回到牢里，更没活路了。”

小个子黯然神伤。忽然，他问胖子：“你还记不记得那个雇咱们去抢劫的那人，快递给咱俩的那封信？”

胖子说：“一切都是你做的，我只是听你的，不知道啊。”

小个子说：“那张纸条对咱们太有用了，要是能找到它，我们就有立功的机会，到时候说不定放了我们也不一定。”

胖子在病床上咧嘴笑了，刚想说什么，忽然觉得面前一暗，一个人影突然出现在他面前，显然是从窗口跳进来的。胖子刚想喊叫，那人手疾眼快，把手里一块毛巾盖在胖子的口鼻上。胖子挣扎了一下，鼻子里嗅到一缕哥罗芳的腥甜味道，就晕了过去。

窗外的车灯闪进来，照在进来人的手腕上。他的手腕上，纹了一朵玫瑰刺青。

旁边房间里，小个子正忧心忡忡。一个人悄没声地从三楼窗口探下半个身子，一只绳套正悄悄地向小个子的脖子靠近。终于，绳套套住了小个子的脖子，他刚想挣扎，旁边伸过一只手，手里拿了块浸泡了哥罗芳的毛巾，严严实实地盖住了小个子的口鼻。小个子的手脚只是晃动了两下，像只醉了的螃蟹似的，张着手脚，不动了。

他人却被吊到了窗外，在夜色里晃动着伶仃的身子。

4

东来开车驶进南湖区。这里是郊外，附近是一片民宅。棚户区改造了三四年，这里属于远郊，改造政策还没有扩大到这里。

四周黑压压的，除了道路两侧的树林，就是有着零星灯火的民宅。有点能耐的人早把房子租了出去，在市中心买了楼房，租住在这里多数是外来的民工，或者生活贫困的市民。附近连狗吠都没有，显得相当寂寥。

东来用车灯照着道路两侧的门牌号，53 号还算好找。他没把车子停在门外，而是停在了道对面别人家的门前，然后下车走到 53 号，叩响了大门。

房间里没有灯光，听见叩门声，房间里的灯亮了。只是灯光很灰暗，一灯如豆。

但是，房间里的主人却迟迟没来开门。

东来又敲了一会儿，房间里还是没有出来人。东来想了想，用手推开了木门。

院子里静悄悄的，砖砌的甬道上，球鞋踩上去，不发出一点声音。院子里很荒凉，好像很久没有人打理了，东来越往房间里走，越觉得有什么事情在发生，或者已经发生了。

房间里依然没有一点动静。之前东来没敲门时，房间里是没有灯光的。是在他敲门后才出现灯光的，这说明房间里有人，可为什么在东来敲了几次门后，房里的人一直不出现呢？房里真的是小个子劫匪吗？东来在车上的时候也给邱队打了电话，但始终没有打通，他猜不透小个子劫匪是怎么逃出医院的，那里刑警队可是有专人在把守。

房门虚掩着，一推就开了。明知山有虎，偏向虎山行，东来迈步走了进去。

房间里依然没有动静。但是东来已经感觉到情况有变。急忙快步走进里间。因为他的鼻子敏锐地嗅到一丝血腥味。一走进里间，东来立即停住了脚步，他吃惊地瞪着地上。

水泥地上，小个子劫匪和胖子劫匪两人并排躺着，仿佛是睡着了，但是他们的身体上都是鲜血,鲜血已经浸润了他们的全身,看来他们刚死了不久,因为从他们身上流出的血液还没凝结。东来伸出二指探向小个子的颈部动脉,发现已经没有一点跳动了。

胖子的脉搏也停止了跳动。

东来检查了两人的伤口,都是胸口中刀,一刀毙命。表面上看没有其他伤痕,但小个子的脖子上有一道青紫的勒痕。

因为检查两人的伤口,东来的衣服上沾染了血迹。他狐疑地打量着房间,既然他敲门时房间的灯才打开,那么说凶手刚走了不久?甚至在他来时,凶手还没走?

东来正忖度着,外面忽然传来由远及近的警笛声。有警车呼啸着风驰电掣地驶来。

不好,看来凶手是冲着我来的,东来暗道不妙。现在他在杀人现场,手上衣服上都是血迹,两具尸体上现在都有他的指纹,那把匕首凶器上也有他的指纹。公安来了,他就是有千张嘴也说不清了。

外面的警笛声更近了,已经停在了门外。

这是谁报的警,难道要陷害我是凶手?陷害我的人是谁?为什么要陷害我?跟紫铜香炉有关吗?东来不敢再细琢磨了,急忙翻身从窗口跳了出去。但他脚步一落地,迎面就赶过来两名公安,大声喊着让他站住。

“再跑就开枪了。”两个公安在身后喊。

东来不可能不跑。他在夜色的掩护下跑进林子里,但两名公安紧追不放,子弹嗖嗖地从他身边飞过。东来快速地跑到他的汽车旁边,跳上汽车,发动了车子。

等甩开那两个公安,东来才发现自己的左臂已经沉重得抬不起来。鲜血染红了半条手臂。竟然中了一颗子弹。

东来把车子强开到家里,口袋里的手机振动了好几次,是九光打来的电话。

东来没接九光的电话,用衬衫把左臂的伤口勒紧,制止了继续出血。他把车里一切染上了血迹的东西都扯了下来,回家放到洗衣机里清洗干净,忙完了这一切,他已经一点力气都没有了。他靠在墙上,闭着眼睛喘息着,等到呼吸喘匀了,拿出一支烟。他嘴唇哆嗦着,已经青了,脸孔苍白得没有血色。点了半天烟,才点燃。烟雾缭绕中,东来口袋里的手机又振动了,东来拿出手机,接了九光的电话。

"我在家,挂了点彩,你来吧,我的伤口恐怕要处理一下,我一步也走不动了。"东来有气无力地说。

九光正跟沈小北在小饭馆吃炒面,见东来终于回了电话,急忙接了起来。

"什么,你出事了?要我去,我去哪?你家?"九光对着手机喊。

听说是东来出事了,沈小北一愣,也要跟九光去看东来。九光没时间跟她解释,便让她上了车。

找到东来的家,进了房间,沈小北被眼前的东来吓了一跳。他脸色发青发白,嘴唇哆嗦着,烟都没法拿住,手臂一动不动地在沙发上垂着,那样子有点怕人。

东来简单地把自己接到短信去见小个子劫匪的事情说了一遍,九光就着急地骂起人来:

"哪个孙子玩你啊,这不是摆明了陷害吗?看来这事还真有人在背后插手。"他见东来的伤臂垂在沙发上,过去捏了一把,东来疼得一声叫。九光吃惊地问:"你真跟公安交上火了?这不行,得赶紧治。"

沈小北万分地过意不去。对东来说:"对不起,别查了,这么危险,你们别查了,紫铜香炉丢就丢吧,不找了,我怕你们出事。"

"不行,非查不可。"

说这话的是东来和九光,两人竟然异口同声地说。

"事情都到这分上了,不查,孙子才不查呢,我倒要看看谁骑在我九光的脖颈上拉屎。"九光愤愤地说。

"这明显是有人设局,不仅要查,还要主动出击。"东来靠在沙发上,说话断断续续。

沈小北带着哭腔说:"你别说话了,九光,你快送他去医院吧。"

九光看到沈小北很关心东来,心里本是酸溜溜的,但沈小北是带着哭腔来求他的,求他去送东来,这说明沈小北的心目当中,关键时刻是要靠他九光。这么一想,九光就高兴了。他俯下身子背起东来,让沈小北在后面扶着东来,一行人匆匆下了楼。

"医院不能去,公安肯定四处找我。到了天亮,他们会把昨夜打出的子弹搜集出来,发现少了一颗,一定会去各大医院诊所调查。"东来趴在九光的背上,有气无力地说。

九光说:"你歇着吧,我有那么傻吗?我送你去我朋友开的诊所,没事,你放心吧,再挺一会儿就到了。"

车子发动起来,沈小北坐在后排扶着东来。她发现东来真是瘦,身上的骨头都硌疼了她。

如果子弹射进胸口的话,东来可能就回不来了。沈小北有点害怕。她不想为这事再让任何人受伤害。可她又太想知道谁拿走了紫铜香炉。不仅因为紫铜香炉的价值,还因为这只幕后黑手。这人不仅要了紫铜香炉,还杀了他雇佣的那两个劫匪,并陷害东来。

到底是谁?谁这么心狠手辣?

"看你们俩抱得挺紧乎的,我就一司机,拉着一对小爱人兜风呢。"九光在倒车镜里看着沈小北搂着东来,酸不溜丢的说。"哥没意见,只要你喜欢就成。"

沈小北没搭理他,东来也一声不吭。沈小北发现他的衬衫都被汗水浸湿了,用手摸一下他额头,都是汗水。

"你朋友的诊所在哪啊,你快开呀,东来没动静了,是不是不行了?"沈小北焦急的哽咽着说。

却感觉东来的手猛地握住了她的手。东来的手硬，冷，大，沈小北的手被他捏住，一种奇妙的感觉电流一样窜过她的身体。她把另一只手盖在东来的手上，希望自己的手能让东来的手温暖些，不那么冷了。

九光不再说话，车子开得更快了。九光把车子开到诊所的后门，背起东来，让沈小北去敲门。有人出来开门，门灯下，见东来手臂上是血，并没有惊讶。

“老陈，这是我最铁的哥们，你一定给好好看。”九光对医生交代着。

陈医生四十多岁，面色白净，手指修长，一张干净的脸上，那双眼睛很挑剔。他不满地对九光说：“你拿我这里当避难所？什么人都往进领？”但还是让护士将东来搀扶进里面的急诊室。

九光笑嘻嘻地说：“我跟你是过命的交情，我跟他也是过命的交情，那你跟他不也是过命交情。朋友之间这话可就远了。”他拍了拍陈医生的肩膀，把陈医生推进了急诊室。

陈医生打开房间里的吊灯，只见房间正中有张铁床，靠墙是些柜子，上面摆放着瓶瓶罐罐的医学器皿。陈医生和护士把东来扶到铁床上，一解开东来绑着伤口的外衣，脸色一暗，扫了眼瘦弱的东来，说：“你这样的也跟人打架？”

东来忍着疼痛，自嘲地说：“我没想打，子弹追着我打。”

陈医生用镊子一挑伤口，东来疼得嗷地一声，从床上蹦了起来，央求说：“大夫你轻点，用点麻药！”

陈医生轻蔑地看了眼东来，不屑地说：“怕疼就别打架！”说着用镊子又是一挑。

东来嚎叫着用右手阻挡着陈医生的镊子，说：“这么弄我得疼死。”

陈医生却用手一捏东来的右手，东来的手就使不上劲了。陈医生边用镊子划着伤口，边用不容置疑的口吻说：“你是医生还是我是医生，还用听你吩咐？这里没有透视设备，我需要知道那颗硬家伙有没有伤到骨头。”

床上的东来已经叫得要死要活。

陈医生奇怪地说：“有这么疼吗，叫得比女人生孩子都凶。”但还是住了手，因为他一只手按不住东来。

他拿了酒精棉要给东来处理伤口，东来不让。

“我花高价买你的麻醉药行吗？”东来苍白的脸上挂满了汗珠，额头上的青筋都暴了起来，满脸的焦急和惶恐。

陈医生举着镊子上夹的酒精棉，淡淡地说：“实话跟你说，我这没有麻药，今天断货了。麻药最早送来也得明天上午。如果你不怕那个铁家伙长在你的骨头里，你就这么挺着，我明天再给你处理。”

东来听了，大惊失色，绝望地说：“没有麻醉药你要给我取子弹，那还不如让它长里面了。”

沈小北和九光在急诊室外面听见东来喊疼，九光笑着说：“你这位朋友挺有意思，弄残人手的时候够黑的，打个针吃个药却怕疼。”

“你别说风凉话了，进去看看，没麻药怎么做手术啊。”沈小北紧紧地捏着九光的手。

九光低头看了看被沈小北捏着的手，很陶醉。沈小北发现了，立刻把他的手甩开，说：“你要不去，我去了。”

“我去我去，你去也帮不上忙，净添乱。”九光急忙推门走了进去。

急诊室里，东来和陈医生正相持不下。九光笑嘻嘻地眯缝着眼睛对东来说：“哥们儿你也有怕的时候，真不错，今天我可开眼了。”

他回头对陈医生说：“你跟个病人废什么话啊。你说咋整吧，你吩咐！我来！”

东来以为九光来了会帮他，不想看九光的架势是要听医生的。东来挣扎着从床上爬起，一边不满地对九光说："把我送走，这是黑店……"

"你一个人估摸也按不住，他不老实，还是把他捆上才有点把握。"陈医生说，"没见过他这样的，裤裆里是带把的吗？你扩充人马了，这也带出去打架？不给你拽后腿吗？"

"他这人贼格鲁！"九光边说，边低头找绳子，"绳子呢？"

东来一看九光真要捆他，慌忙说好话："九光你是朋友吧，是朋友就带我走，这家伙不是医生，是屠夫……"

"你磨叽个啥？现在轮到我说了算了。"九光不由分手就把东来连同铁床牢牢地捆在了一起。然后幸灾乐祸地看了眼东来，对陈医生说："瞅啥啊，做手术吧。"

陈医生的镊子刚挨上东来的伤口，东来就叫得爹一声妈一声的。九光捂着耳朵说："弄我掉一地鸡皮疙瘩，别叫了，比女人叫床的动静都大。"

可东来还是不停地嚎叫，把那张床也折腾得来回摇晃。

九光上去用身子压住东来晃动的身体，然后死死地捂住东来的嘴巴，笑嘻嘻地冲东来说："你说咱俩这样子像啥，像不像一对同性恋在做爱？"

东来额头上满是大汗，眼神里是痛得都快掉出眼泪的样子。在九光身下来回扭动着。

九光更乐了，回头对陈医生说："你说这家伙逗不逗，打架不怕，却怕疼。下手可黑了，打人的时候没想过别人也疼吗？妈的，当过公安的人就是手黑，这回也让你见识见识手黑的人。"他回头脸对脸地对东来说："知道吗，陈医生外号一指禅，凡是来这里治疗刀伤枪伤的道儿上混的，都怕他，但他医术高明，他做过的手术不感染。为啥说他黑啊，是因为他给病人治疗从来不用麻药，他说是为了让患者记住疼，下次别打架了。你说这不是扯犊子吗，要是怕疼就不打架了，世界可人没意思了，还有啥玩的？"

他忽然不说话了，因为他发现身下的东来不动了，脑袋也歪到一边。

他急忙跳下东来的身体，惊慌失措地对陈医生说："完了，八成让我捂死了。”

陈医生说:“脉还跳呢,哪那么容易死?不过,他是真怕疼,属于痛神经敏锐,就是用了麻药也未必起作用,一万个里面能有一个,他就是那倒霉的万分之一。”

九光看着手术台上的东来,东来浑身都被汗水湿透了,湿淋淋的,像刚捞上岸的一尾鱼。

5

沈小北在走廊里听着东来在急诊室里的叫声,心里丝丝拉拉地疼。她靠在墙壁上,闭着眼睛,让自己冷静再冷静,不能这么脆弱。究竟谁指使劫匪抢劫了她的家,又是谁杀了劫匪嫁祸东来?要尽快找到紫铜香炉的下落,查到是谁在幕后使坏。否则不仅东来有危险,九光也跑不掉。

是不是帮过自己的人都会出现危险呢?是不是知道紫铜香炉的人都会遭遇不测呢?她忽然想到了妹妹。因为追查紫铜香炉的事,已经好几天没过去看妹妹了,妙龄她还好吗?她看看手机上的时间,十点过一刻,妙龄有贪黑看小说的习惯,应该不会睡的,她把电话给妙龄打了过去。

电话很快被接了起来,里面传出一个淡淡的略显低沉的声音。

“姐,怎么这么晚给我电话?找我有事?还是,你那边出了什么事?”妙龄的声音很清爽,看来她并没有睡下。

“还在写小说?”沈小北不想让妹妹知道现在她所做的,听到妹妹平安,她就放心了。

“我新写的小说,网友的点击率很高,晚上我要抽出大块的时间跟网友聊天互动。”妙龄的声音显示她的心情不错。

“这次写的什么,还是恐怖小说?”沈小北不想让妹妹受到自己心情的影响,所以就顺着妹妹的话题往下说。

“恐怖小说很有意思的。姐你要是认真看了,就不会不赞成我写了。”

两个人拉拉杂杂地说了会儿话。沈小北知道了妙龄现在写的小说叫《意外死亡》,她决定晚上回家上网看看妹妹的小说,在小说后面写几条留言,给妹妹增加点人气,也让妹妹知道她在关心她,鼓励她,希望她快乐。

手术里忽然没有了声音,东来不会出什么事吧,她结束了跟妹妹的通话,刚走到急诊室的门边,九光从里面忽然走了出来,一把将沈小北抱住了。

沈小北吓了一跳,以为发生了什么不测。只听九光说:“吓死我了,浑身都是血啊,我晕血,不行了,借你的怀抱让哥靠一靠。”

这种时候他还能开得出玩笑,沈小北一把推开他,狠狠白了他一眼。

6

海上的一条货轮上,耿直走上跳板,进了船舱。

船舱里坐着三个人,见到耿直,都站了起来。

“耿总,你的货带来了?”一个叫陈忠的人问耿直。

另外两个人穿着一身西服,一脸肃穆,看来是陈忠带来的古董商。

“这位是卢先生。”陈忠给耿直介绍。

卢先生肃穆着脸,上下打量耿直,热情地跟耿直握手寒暄,随即问:“耿总的货呢,让我们开开眼吧。听说是明朝的东西,那可贵重。”

耿直说:“那是,祖传的宝贝,要不是这次生意上有了问题,也不会败家地要卖掉。”说着,耿直把手机从口袋里摸了出来,打开屏幕,屏幕上出现了一只紫铜香炉。

“卢先生给看看,估个价吧?”耿直把手机屏幕递到卢先生面前。

卢先生的脸色一变。看来是很不满意耿直只给他看照片,而不是拿真货给他过日。

但是当他的眼睛落到耿直的手机屏幕上时,眼睛立刻眯缝起来,仔细地看着,甚至还把手机从耿直手里拿过去,放到眼前仔细地端详。

陈忠有些谄媚地凑到卢先生跟前，说："我说的没错吧，真是老货，还是孤品，您老好好看看，值那个钱吧？"

卢先生没看陈忠，而是一直端详着手机屏幕上的紫铜香炉。

"宣德三年的珍品很少见到，大多是仿制的，你的不会是赝品吧？"卢先生说着话，但眼睛依然没有从耿直的手机上移开。

"宣德炉是用暹罗国（泰国）进贡的风磨铜，另外加金、银、锡、宝石等30多种原料，配料严格，冶炼尤精，一般须经过六至十二炼。宣德皇帝在位十年，在第三年（1428年）铸造了一次铜炉，历时3年。3年内在宫中铸造了5000多座。宣德铜炉款式典雅精美，用料考究，制作极其精良，可谓无价之宝。只是现在真正的宣德炉已经难以见到。"卢先生兀自品评着这尊紫铜香炉。查看着手机里耿直从不同方位拍下的香炉的侧面。

"宣德炉最妙在色，其色内融，从黯淡中发奇光。史料记载有四十多种色泽，为世人钟爱，其色名称很多。紫带青黑似茄皮的，叫茄皮色；黑黄像藏经纸的，叫藏经色；黑白带红淡黄色的，叫褐色。明朝万历年间大鉴赏家、收藏家、画家项元汴说：宣炉之妙，在宝色内涵珠光，外现澹澹穆穆。"

卢先生最后把手机还给了耿直说："货只看到图片，这个在网上也可以查到，我必须见到真货，不见真货，我不能开价。"

耿直微笑着说："这个自然，我们约个时间，我来定地点，到时候就请您带够银子，你喜欢的话，当场就可以带走。"

"一言为定？"卢先生笑着问。

"一言为定。"耿直说。脸上流露着商人的精明。只是在心里默默地说："小北，对不起了，等我生意上顺风顺水了，哪怕花双倍的价格，我也要把紫铜香炉给你赎回来，放到你的书桌上。"

第十一章　追　宝

1

耿直是凌晨一点左右回来的。

那时沈小北还没有睡。

从诊所回来后,沈小北的心一刻也没安静过。躺在床上,翻来覆去,一直睡不着。眼前都是东来血糊糊的样子,耳朵里都是东来的惨叫声。紫铜香炉再重要也没有人命值钱,现在东来伤成那样,而那两个劫匪却为此付出了生命,代价太大了。

从劫匪进来的那夜开始,一幕幕的往事像一块块的时光碎片,飞到窗外的夜幕中,有些又从黑暗的夜幕中飞进。那么多解不开的谜题都不解了,紫铜香炉也不找了。这就是缘分,紫铜香炉爱在谁手里就在谁手里吧,随缘吧。

当她决定放弃的时候,她的思维忽然轻了起来,好像脑子中的那些念头太执著太沉重了,这些想法一放下,她就觉得浑身都轻了,轻得像朵棉絮。但也感觉到了身心的脆弱。一旦放下了担子,身体好像有些失控,一时更睡不着了。

折腾到午夜,还是没有半点睡意,沈小北索性坐到电脑前,上网找妹妹的那部《意外死亡》。没想到铺天盖地的，很多网站都在连载这本恐怖小说。沈小北打开了小说的一个网页。

妹妹的文笔细腻流畅，小说营造的恐怖气氛也让人有身临其境的感觉。沈小北不知不觉地看了下去，只是越往下看，沈小北的心越提了起来。因为妙龄小说的情节有点似曾相识。

小说里有个小偷，专门干偷鸡摸狗没有本钱的买卖。某一天受雇于人，偷了一个叫罗旭的一件宝贝。罗旭找上门去，把小偷狠揍了一顿。小偷只好把那件宝物拿了出来，但罗旭却发现这东西已经被人调包，根本不是自家的宝贝。

隔日，小偷给罗旭打电话，说有宝物的消息，罗旭就急忙赶过去，没想到一进房间，发现小偷死在屋里，随即外面就传来了警笛声，罗旭发现自己被陷害了，只能逃跑。

沈小北看到这里，心突然突突地跳个不停。一个念头像颗流星似的划过黑糊糊的天际，楔入她的头脑中，这情节怎么跟东来身上发生的事情那么相似呢？

小说连载到这里，没有下文了，如果想知道下文，就要等待明天再看作者的连载。她很闹心，迫切地想知道下文，但必须等到明天。

世上的事情有这样的巧合吗？真实发生的事怎么跟妹妹小说里的情节那么相像？沈小北甚至想给妹妹打电话，但一看时间已经是午夜十二点了，只能作罢。

上了QQ，妹妹的图像却亮着，她竟然也没有睡，大概在写小说吧。点开妙龄的对话框，发现她的头像不知什么时候变成了一只黑色的骷髅，她的签名也变了，“得不到爱的人，就毁灭他，杀掉他，让他的灵魂陪着我，做最后的缠绵。”

这签名和头像，配在一起，有点寒气森然的感觉。她怎么弄这么一个签名？鬼里鬼气的，灭啊，杀啊，都是凶狠的词，之前妙龄可不是这样，每天都笑着，一张脸灿烂得像一捧阳光，看一眼她，有什么烦心的事，都会烟消云散。现在呢，也不能说她不好，只是有点忧伤，有点压抑，大概跟她坐在轮椅上有关系吧。

沈小北给妙龄发了个问候的笑脸，那边立刻回复了一句话："在杀人，稍等。"

沈小北的手一哆嗦，心脏仿佛也偷停了三秒。

"你怎么了？"她发过话去再问。

那边立刻又回复了相同的话："在杀人，稍等。"

原来是自动回复。沈小北不禁为妙龄的鬼才叹服，这孩子现在怎么这么调皮？这会吓死人的！

妙龄那边始终没动静，大概睡了也说不定。沈小北看看时间，已经是凌晨一点，耿直还没回来，想了想，拿起手机给耿直打电话，忽然听到耿直的电话铃声就响在门边，随即，耿直开门进来了，一进来，就裹夹了一股凶猛的酒气，差点掀沈小北一个跟头。

楼门还没有关上，耿直就势把小北抱住了，在玄关处，他把小北抵在墙壁上，一双手在她身上摸来摸去。沈小北挣扎了两下，耿直抱得更紧了，喘着粗气说："我想你，太想你了，我要你，要你……"目光深情而痴迷，还带着恳求和冲动。他手上的动作也越发迅猛，边说，边剥掉了小北的衣服。

小北没挣扎。她今天心情不好，白天又经历了那么多事，根本没有心情做这事，但耿直的声音暴露了他的软弱，他们是夫妻，老公有这方面的要求，她应该成全他。何况他们已经很久没有真正地做一次完整的爱了。在玄关处也有玄关处的好处，耿直就不会伸手到床下去摸那张渔网，那么她的身体就会放松，心情也会放松，跟耿直就会成功地做一次爱。

沈小北伸手解开耿直的腰带。她的动作鼓励了耿直，刺激了他身体里的那些已经奔腾起来的血液，这一次没有前戏，他直接将妻子抵在墙壁上。起初有些干涩,但是随着他的动作,花园里便峰回路转,出现了亭台楼阁花鸟鱼池,还有小桥流水,风光无限好,让他身心愉悦,三千六百个毛孔没有一处不舒服,不熨帖,吃了仙丹也未必能有的妙不可言。

沈小北在老公的怀里,软成了一汪水。她搂着耿直的脖子,身体被耿直横抱在腰上,后背因为耿直的撞击而一次次地贴到墙上。

墙壁有点凉,有点硬,硌得脊梁有点疼。但她喜欢这种略微带点疼痛的做爱,仿佛有了那些微的疼痛,反倒使快感来得更快更强烈了。血液开始加快流动,体温在飞速地上升,喘息变得尖锐,她的身体上开始泛出一个个猩红的小点,那些小点越来越大,开在她白皙的身体上,像一朵朵的玫瑰花瓣。

耿直看到了妻子身上的变化,他觉得好像骑在一匹快马上,带着妻子,叱咤驰骋,奔腾不息,直到永远……

这一夜,两个人都睡得很香。好像好久没有睡得这么香甜了。耿直闭着眼睛回味着沈小北身上的味道,回想着妻子昨天躺在自己身旁的感觉,舒坦得不行,他真想重温一次昨夜的梦,但睁眼一看,身边是空的。摸一把沈小北睡过的褥子,已经冰凉没有温度了。

看来沈小北早早起床了?莫非到客厅去练功了?但客厅里好像没有听到音乐声。夫妻俩向来有个不成文的规矩,一旦前一天的夜里两个人做爱的话,第二天沈小北就不会早早起来练功。而其他时间,沈小北都会大早起来,在客厅练一个小时的瑜伽。她说瑜伽是恢复清醒的最好办法。

走到客厅,就嗅到了厨房里飘出来的黑米粥的香味,里面似乎还放了大枣枸杞和莲子。那种米粥的香甜是其他西式早餐所无法比拟的。耿直光着脚丫摸到厨房,想着从妻子的身后搂住她的细腰。精力好像又慢慢地恢复到身体里了,他还可以跟沈小北在厨房里做一个早课。

只是厨房里没有看到那个熟悉的忙碌的身影。他期待的目光暗淡下来。灶上果真熬着莲子八宝粥,只是火已经关闭了,只在炉上温着。再到客厅的衣服架上看到沈小北的包已经没了,玄关处沈小北的高跟鞋也没了,才发现沈小北已经上班去了。

沈小北有点睡眠不好,脾气不好,这都是抑郁症的初期症状。但沈小北不喜欢吃药,一吃药就恶心想吐,晕药。耿直也怕拿了治疗抑郁症的药让她吃,她会觉得自己有病有心理负担,所以他让保姆小昭注射到牛奶里,结果却被妻子发现,引起对他的怀疑。一片好心,反倒让她误会。

她是怎么发现的?肯定是那个保姆告诉的。这小昭古灵精怪,不好惹。

耿直在房间里走了两圈,没有沈小北的家,有点空荡荡的,他的心里也跟着空落落的。他拿起手机给沈小北打电话,弹开手机的盖子,碰到了里面的键子,竟然露出屏幕上的紫铜香炉,那只色泽温润悦目的叼着两条飞舞的凤的香炉,让他的心情顿时一落千丈。

到底该不该把这宝物卖掉呢?他又开始犹豫了。一旦妻子知道紫铜香炉被他给卖了,会不会跟他翻脸?沈小北的脾气秉性他不是不知道,妻子真要翻起脸来,会六亲不认的,他除了用钱把紫铜香炉赎回来,别无他法。可宝物一旦易主,还会那么顺顺当当地回来吗?

2

东来一大早从诊所出来,一直向北走。头有些昏昏沉沉,手臂麻木,已经疼得似乎没有了知觉。他现在不能躺在床上,他必须站起来行动。他想先回大厦,今天他当班。最危险的地方往往就是最安全的地方。如果有人去调查,他不在职,反而更惹人怀疑。

路上接到沈小北的电话,她去诊所看他,却发现他已经走了。

"这么早就出去了,医生说你还没退烧呢?这很危险。"沈小北的电话里透着焦虑。

"我哪那么娇贵?"东来说。

电话那端半天无语，显然，沈小北的心情很低落。

“放心吧，我没事。”东来说。

那边传来沈小北的一声叹息，虽然轻得如同落叶飞离枝头，但还是被东来的耳朵捕捉到了。他仿佛看到沈小北蹙眉的样子。他的心忽悠忽悠荡了起来，半天才克制住了自己的情绪。

那边也沉吟良久，终于开口说：“东来，记住我说的话，之前求你帮忙的事，放弃吧。”

“你怎么了？”东来觉得沈小北这天早晨的情绪有点反常。

“担心你。”沈小北说，“我不想你再出什么意外，我过意不去。”

东来半天无语，握着手机的手，有点出汗。他感受到了电话那端沈小北的喘息声。

这是一种微妙的感觉。

道路两侧的树木已经泛黄，树下已经堆满了落叶，转眼已经是秋天。他的心里不禁有些感慨。一年一树花草绿，年年岁岁人不同，想着以往那些春天的青草中，或者秋后的落叶里，他骑着单车载着女友去郊外踏青，经过一段下坡路时，他让女友闭上眼睛，搂紧他的腰，他呢，则双手松开车把，张开双臂，做飞翔状，带着女友一路冲下去。

那种感觉，是种飞翔的感觉，那种感觉，却再也不会有了。

东来忽然蹙起眉头。一想到女友，就有种锥心刺骨的痛，头部的痛疼就让她痛不欲生。在他黑宝石一样深邃的眸子里，突然分化出很多个影像，有女友的笑和嗔，有沈小北的蹙眉。沈小北蹙眉时，央求人时，那脸部的表情太像女友了。

东来开始抱紧脑袋抵在车窗上，疼，钻心蚀骨的疼。

他努力开始想别的事情，转移注意力。他想起昨天发生的事，那两个劫匪为什么要给他发短信，要告诉他什么秘密？是紫铜香炉的秘密吗？而当他去了约会地点，却只看到两个死人。是嫁祸，还是凑巧了？还是里面有别的阴谋？究竟是谁雇佣两个劫匪抢劫沈小北家？和杀两人的是不是同一伙人？

忽然，路边橱窗旁人影一闪，很熟悉的面孔，吸引了东来的注意力。他让出租车停下，下了车子，走到店门前张望。店门忽然一开，走出一人，扬着一张光洁明媚的脸，笑着对东来说："不会是找我吧？"

东来一回头，竟然是曾在沈小北家做过保姆的杜小昭。

"买东西？"东来没回答小昭的话。从口袋里拿出烟来，用夹克领子遮着风，点燃了烟。

"是啊，买东西。"小昭嘻嘻一笑，眼珠滴溜溜一转，说："可惜，相中了一件裙子，却罗锅上山钱(前)紧。"

她故意直视东来，目光中有些调侃和挑衅。

这姑娘看着大大咧咧，没心没肺，但明媚的笑容后面，似乎总有些欲言又止的东西。

东来深吸了一口烟，认真地看着小昭，说："喜欢就买了，我买单。"

东来不是爱开玩笑的人。小昭在沈小北家做保姆的时间也不短，对东来有些观察，尤其前几天被东来揭穿了秘密，对东来更了解了几分。她不相信地看着东来说："你认真的？"

"你见过我不认真吗？"东来把烟掐掉，推门走进了服装店。小昭吐了下舌头，随后跟了进去。

小昭喜欢的裙子标价一千二。小昭把价格说了，看了眼东来。东来对服务员说："包了，买了。"也不看小昭，径直到收银台去结账。

东来的工资也就两千多元。小昭拿着裙子，觉得有点沉甸甸的，但脸上却带着天真烂漫的笑容，出了服装店，还没心没肺地说："我饿了，你送佛送到西，好人做到底，请我吃饭吧。"

东来看了眼口袋里的钱夹，没说话，抬手叫了辆出租车，跟小昭上了车，一路向西，停在兰桂坊门前。小昭有点傻眼，这里面的最低消费是一千元。她跟着东来上楼，看东来点菜，看东来拿酒，等喝过一点酒，吃了一点菜，小昭停杯投箸不能食，扬了脸看东来。

“你不觉得自己有点奇怪吗，随随便便地给女孩子买衣服上饭店。”小昭说，目光里有点挑衅。

东来点燃了一支烟，认真地看着小昭，说：“不奇怪啊，因为我知道你有话要对我说。”

小昭死死地盯着东来的眼睛看了半天，然后目光一垂，笑嘻嘻地说：“喝酒。”把面前杯子里的酒一口喝干。

东来也喝掉了自己杯里的酒。

“你大概很想知道沈小北家抢劫案的始末吧。”小昭开门见山地说，“为了感谢你拔刀相助，我就告诉你三个秘密。”

东来不说话，只是微笑地看着小昭，等待小昭说下去。

小昭应该是个有故事的女孩，只是不知道她究竟有多少故事，是东来需要的。

“第一个秘密，这个抢劫案肯定跟耿先生无关。如果是耿先生做的，他不会傻到把杜蕾斯还放在包里，让劫匪挑出来在老婆面前羞臊他。第二个秘密，其实我早就知道沈小北家里安装了摄像头。从劫案发生后开始，她家里就透着古怪，于是我检查自己的房间，发现了摄像头。既然有人那么想知道我做什么，我就偏偏不让她知道。有一天耿先生进入我的房间，我就做了些小动作，让摄像头那端的人更加疑惑不解匪夷所思。”

东来微微笑着，不说话，也不追问，静等小昭自己说。

女人一旦想说话，想倾诉，你拦都拦不住。做个倾听者，就是最好的催问。

小昭笑起来，很得意。“摄像头是你安的，但是你不知道我从八岁就开始摆弄电脑和跟电脑有关的一切东西，摄像头那玩意，我早玩腻了。”

东来没说话，拿起酒给小昭斟满，举了杯子说：“我敬你。”

小昭狐疑地说:“敬我?有什么说法吗?”

东来说:“为你信任我。”他说着,把满满一杯的白酒干掉了。

小昭有点意外,没有喝酒,只是轻轻用酒杯碰了下唇,说:“其实安眠药不是耿先生让我放的。他究竟往他妻子的牛奶里放了什么,我不知道,但牛奶里确实有安眠药,那是我放的。”然后她抬头看着东来,等着东来提问。

东来却什么都不问,只是认真而坦率地看着她。

小昭咬了下嘴唇,接着说:“我害怕耿先生的药里有问题,所以我就给换成安眠药了。但是讨厌沈小北不信任我,劫匪进来那天,我拿着菜刀跑出去拼命,她还不信任我,还安摄像头,为了报复她,我就没告诉她真相。不过,现在告诉你了,也一样的。”

东来谢了小昭。小昭说:“我们两不相欠了。”

见东来不说话,小昭咬着嘴唇微笑。酒也喝了,菜也吃了,小昭要先告辞。她走后,东来叫服务生结账,服务生手里拿着一个纸袋过来,把纸袋递给东来,里面竟然是一沓钱。

“刚才叫小昭的女孩让我送给你的,还有,单已经被她结了。”

东来把纸袋放到桌子上,抬头向窗外看去。见小昭上了一辆出租车,扬长而去。

跟小昭分手后,东来给沈小北打电话,他想告诉小北牛奶里安眠药的事情。但是电话接通了,他的脑子却突然拐了个弯,话在嘴里直接咽进了肚子,他没告诉沈小北,也说不上是为什么。

3

耿直的总经理办公室里,传出一阵咆哮。

门外,夏美端着一杯咖啡走过来。她听见门里有说话声,就把脚步放轻了,走到门前,听里面的动静。

"你再宽限我几日,有两批货款很快就能到手。"房间里,传出耿直的声音。他在跟什么人打电话,大概是催要货款的厂家。

耿直是医药代理商,货款的事如果纠缠不清,不能清账的话,很难有信誉,也很难再代理药厂的药品。

"咱们的交情,不是三天两天了,你不能见死不救还落井下石。"耿直的声音有些暴怒,隔着门板也听得清清楚楚。

夏美端着咖啡,静静地站在门外。听到这里,她心里已经明白了耿直在跟谁打电话。或者说是谁给耿直来电话。催款的就是要命的,少一分不行,晚一分也是命,这些东西凑到一起挤兑一个生意人的话,那这个生意人不死也得脱层皮。

咖啡的温度正好,如果再晚一会喝的话,温度低了,口感就会差很多。但此时如果把咖啡给耿直端进去,无疑是在炸药上扔鞭炮。火上浇油的事情,夏美是不会做的。她转身走了。

房间里啪地一声响,好像是杯子落地的声音。大概是耿直气急了,摔了茶杯。

办公室里,玻璃碎片在地板上滚动着,每一片都仿佛折射出耿直的倒影。

他气得差点摔掉手机。但手机不能摔,想想,于是把水杯一把横扫在地上。

这点,他觉得他是跟沈小北学的。

沈小北脾气不好,但很少发大脾气,一旦发大脾气,也就是摔个杯子扔个碗什么的。但大多数都是价格低廉的杯子。你让她摔手机,砸电脑什么的,她才不干呢,她甚至还反过来踢你一脚,训斥你:你以为我唬啊,你咋不摔你的手机呢?

想起沈小北,耿直不禁眉头又蹙起来。他在房间里像只困兽一样走来走去,最后,他猛然停在桌子前,抓起手机,死死地捏着,像要把手机捏出水来。

他的目光有些纠结,有些挣扎的痛苦,他在手机上拨了沈小北的号码,电话接通了,他却慌忙按了停止键。

沈小北的电话却追了过来。

“怎么了?这个时间给我打电话,不回家吃饭了?”沈小北的手机里,背景音乐很嘈杂,这个时间,她应该在健身房。

听着妻子的声音,想着妻子的笑脸,耿直的目光更纠结了。他想了想,对妻子说:“就是想你了,想听听你的声音。”

手机里传来沈小北的笑声:“我也想你了,那早点回来,我给你做点好吃的。我跟我班上的学员新学会的一道菜,叫合家欢乐,你知道都什么食材吗?等晚上回去你就知道了。”

这样的电话很给力。只是耿直接着要做的事情并不太给力。

耿直还是决绝地拿起手机,拨了另一个号码。

“对,我是耿直,陈忠,你联系卢先生吧。”

“耿总,这次你要是再不带货来,卢先生不会去的。上次他已经非常不高兴了,要不是对您的货他很有诚意,早就坐飞机回去了。”

“我明白你的辛苦,这次我肯定带货去,让卢先生准备好货款,他不会吃亏的。”

“那就不见不散。”

耿直放下电话,有些疲惫地坐到椅子里,闭上眼睛,良久,良久,仿佛坐了一个世纪那么长。

做出一个决定,需要下很大的决心,可如果否定这个决定,大概要付出双倍的决心也未必成功。

有些事情就这样,也许一开始跟你半毛钱的关系都没有,但是忽然有一天,这东西开始跟你的命运息息相关时,你才蓦然发现,你已经走出很远了。想回头,可以,但是你却走入了一条单行线,只能朝前面的路走下去,没有其他的选择。

这也许还不是最悲哀和最绝望的。最悲哀最绝望的是脚下没有路了,低头就是悬崖,走一步,就是深渊或者地狱。

所以,耿直现在还是庆幸的,庆幸他的脚下还有一条路可以走下去。虽然是单行线,但是走到终点,谁能说不是另外一种意义的胜利呢?这年头都以成败论英雄,生意败了,就很难有东山再起的机会,只有生意越做越大,他才能在将来的某一天,把失去的尊严和宝贝一样一样买回来。

那个大嘴巴港星舒淇不是说过吗,她要把曾经为了出人头地脱下的衣服在领奖台上一件件地穿回来。

做人就必须有破釜沉舟的勇气和孤注一掷的霸气。想成就大业就不能拘泥于小节!

耿直最后终于说服了自己。他在黑暗里睁开眼睛,眸子熠熠闪烁。说服别人是容易的,说服自己,真的很难。

晚上八点,耿直出现在一艘货轮里。货轮在海上乘风破浪,风头正劲。他凝望着夜色里深不可测的海面,目光里依然有犹豫。

另一艘货轮上,是陈忠,还有那个古董商卢先生和他的手下。

两只轮船一点点地靠近。耿直的面色则越来越凝重。

4

九光接到紫铜香炉出货的电话。时间是晚上八点。

他正在开车送电脑的路上。他的店面不大,有时手下的伙计忙不过来,就需要小老板九光他亲自登门送货。他看看腕上的手表,还不到六点,加大油门,很快把货物送到。他掉转车子向沈小北家方向开去。一边拿出手机给沈小北打电话,但号码调出来了,却没有立即拨出去。

车子在夜色里滑行,路面上被霓虹闪烁得星光点点,像泼了冰水的旱冰场,车子就是他脚下的旱冰鞋。他转动方向盘,像柄刀子似的楔入到夜色里，无声无息地滑行。

卷入这场没有硝烟的战争里，当初没有预料到还会有危险。即使有危险，九光也不是个惧怕危险的人，但他惧怕危险波及到沈小北的身上。现在危险已经殃及东来，那么距离沈小北就已经是近在咫尺了。怎么办？是继续玩下去，还是踩刹车？

九光陷入了沉思，他很少有这种沉思的时候。不是不喜欢思考，而是他觉得人类一思考，上帝就会发笑。所有的事情都有自己既定的轨迹方向，不是人力物力所能改变的。就像他跟沈小北的缘分，原本以为没戏了，没想到现在却唇齿相依。这是什么，还不就是天定的缘分吗？

既然沈小北要查紫铜香炉的秘密，那他就必须陪着沈小北玩下去，一直玩下去，直到沈小北说"哦了"，他才可以罢手！

电话终于拨了过去。

"小北，我是九光，露头了，那个线索露头了，你在哪，我去接你。"

沈小北正在家里做饭。饭菜做好了，等着耿直回来。那道合家欢乐，是茄子，土豆，辣椒，窝瓜，豆角乱炖到一起的，看着鲜艳，丰盛，吃起来更香。沈小北等着耿直回来夸赞一番她的手艺，耿直却迟迟未回。给他打电话，也一直不接，难道发生了什么事？

沈小北的眼皮有点跳。左眼跳财，右眼跳祸。这是小时候常听母亲说过的话，现在她两只眼睛都跳，难道是福祸都有？

九光的车子已经开到楼下，沈小北立刻抓起包出了家门。在楼下的大厅里，她却看到两个公安，看他们那不同于一般刑警的眼神，大概是刑警队的。

刑警来大厦跟东来有关？她不禁为东来捏了把汗。只有她跟九光相信东来没杀人，对于自以为掌握了证据的刑警来说，肯定视东来为第一嫌疑人。

沈小北转身进了安全通道，给东来打电话，让东来别回大厦。东来的电话很快就接起来,说自己没事,让她放心。

沈小北本想把紫铜香炉的事告诉东来,但九光没让她告诉,况且她在白天电话里还对东来说不让他查了,便没对东来说。想着回来再给东来去电话。

九光在车里不时地看着腕上的手表,看沈小北上了车,不悦地说:"够蘑菇的,赶上大姑娘上轿了。"

沈小北没在意九光语气里的不客气,她回头看了看大厦的大厅,那两个公安的影子还看得见。"有两个公安,我怕是来找东来的。"

九光在幽暗的车厢里凝视着沈小北的脸,幽幽地说:"在你这里,除了你老公,就是东来,有没有我的一席之地?"

说着伸手触了一下沈小北的心口儿。

沈小北条件反射地用手里的包抽了他一下,不想她的包虽不是名牌,但包包的外围镶了一圈金属箍,那条金属箍硬硬地撞到九光的手指上,九光疼得妈呀叫了一声。

这里面有点说道。

九光的身体包括灵魂都是硬的,唯独右手的手指,是他全身上下最柔软最娇嫩的地方。这是个不能说给外人知道的秘密,这秘密跟了他已经多年了,没告诉过任何人,当然他也不想把这个秘密告诉沈小北,所以他只能自己疼得心里直翻跟头,却一个字不能说。

沈小北看他踩了刹车,握着手指,很痛苦的样子,知道自己可能手下得重了。车外一直有车流涌动,灯光很快射了进来,她发现九光的脸苍白得像一张纸,她心里扑腾扑腾跳得有些不规则了,急忙抓住九光的右手,一迭声地说:"对不起,对不起,对不起,我没想到会弄疼你……"

九光反手叼住了沈小北的手腕,哧哧地笑着说:"跟你开玩笑的,你担心我了,那我就平衡了。"

九光就是这样,不是爱开玩笑,他是舍不得沈小北为他担心。

沈小北立刻松开了手,脸上的表情是愤愤的。

“典型的过河拆桥。那天不是说领你去见劫匪,答应我三件事吗?”九光坏笑地看着沈小北,歪了头说:“现在我就要你做第一件事,把你的手让我握一会儿,要不我就不开车了。”

“趁火打劫,没想到你是这样的人。”沈小北却不肯妥协,“我是答应你三件事,但不能跟身体接触有关。”

九光笑了。“就喜欢你做事有原则,逗你玩的,当真了。小心眼儿。”

车子开到码头,两人迅速地下了码头。有人见九光来了,立即把一条小艇开了出来,九光牵着沈小北的手上了小艇,小艇箭似的向海上冲去。

海面上黑压压一片,小艇上的灯光很亮,海上没有着落点,没有参照物,显得这灯光很渺小,渺小得就像融入大海里的一滴水。沈小北有点害怕,随着小艇在波浪里的颠簸,她感到汹涌澎湃,肚子里好像有什么东西在翻江倒海。她趴在船边,干呕了两声,随即哇地吐了。

“你没事吧?”九光回头担忧地看着她。

“没事,有点晕船。”沈小北跌坐在船上。四周都是水,码头已经越来越远,飘零在海上的感觉,无根无底,很空落,很无望,甚至是绝望。虽然身边有九光陪着,但心里还是发慌,好像有什么不测即将发生。

越接近真相,她越有点紧张。马上就要见到紫铜香炉了,那么雇佣劫匪的人也就见到了吧,杀死劫匪的人是不是同一伙人呢?究竟是谁在窥视她的宝贝?

心里突然一阵翻腾,她又开始趴到船舷上呕吐。

九光一把将沈小北拽到船里,吆喝说:“不要命了,给我吐到船里!”他的面孔板得像棺材板。沈小北还是第一次看到九光这么严肃的一张脸。心里却荡漾着一丝暖流,九光是怕她有危险才吼她的。

一艘缉私艇突然从远处披荆斩棘般开了过来,从他们身边飞驰而过,九光回头看了看开回码头的缉私艇,表情有些阴郁。

手机忽然振动不已，九光接起电话，随即把小艇歇了。回头对沈小北说："事情办砸了，出货那方被缉私艇带走了。"

"那，那，看清了交易的双方什么长相了吗？"沈小北急切地问。

"没有。"九光说，"既然他们被带走了，咱们也别上去打草惊蛇，否则给我报信的人可能会暴露。"

眼看就能知道谁拿走了紫铜香炉，但还是空亏一篑，沈小北心里沮丧郁闷纠结成一团。小艇一开动，她觉得胸口好像有无数条活蹦乱跳的鲤鱼迫不及待地要奔出口去，奔到江里去。她抓着船舷，身子倾倒海面上，呕吐得山呼海啸，好像要把整个内脏连同灵魂都呕干净。

5

九光把沈小北送到家，他并没有回家，而是在老道口买了些下酒菜，又买了两盒桃酥糕点，把车子一直向西开去。城西的岔路尽头，是一所叫感恩的孤儿院。

车子停在大门外，车灯射出一箭之地。门房里的老人披着衣服推门而出，用手电向九光的车子照了照，照着车照上的号码，嘟囔着说："怎么来得这么晚，要么就明天早晨来，打扰人睡觉。"

九光没说什么，开车进去，把车停下了，打开车门，把那袋下酒菜扔给老人，笑嘻嘻地说："给秦爷爷喝酒的，打扰了秦爷。"

老人翻了九光一眼，说："想贿赂我。"语气不高兴，但脸上是笑模样了。嘀咕着："这小子越来越有出息，还没忘本，行，不错，是个苗子。"

九光车子停在主楼前面，悄悄熄了火，走到大楼门前，早有一个人在黑暗中把大门打开了。开门人中等个子，肩膀披着披肩，是个女人。腰身略显臃肿，但九光搂着女人的腰，谄媚地说："干妈你的腰又细了，又减肥了？不用减了，再减就瘦没了。"

女人笑着说："我真瘦了，看来吃蔬菜不吃主食还真管用，我再试一个月。”

九光急忙说:“别别别,你再瘦下去,我下次来就得不认识你了,你瘦成竹竿了。”

女人呵呵地笑。他们摸黑在走廊里走过一个个房间,女人悄声说:“孩子都睡着了,你小点声。”来到一个大房间,女人开门进去,九光也跟了进去。

打开灯,灯光下的女人有五十多岁,圆脸,笑容满面,精神不错。她仔细打量着九光,嗔怪地说:“要来就早点,总是半夜进来,跟猫狗似的。”

“猫狗爬墙我走门。”九光半开玩笑地说,“我呀,在外面净干不学好的事,所以就摸黑来你这,省得别人知道我的老窝。”

“我这里可不是你的老窝。”女人说,给九光倒了杯开水。

“你这里永远是我的老窝,时间久了不来怪想的。”九光把手里的点心放到桌子上。

女人看到是那两盒点心,不高兴地说:“不是告诉你再来不许拿东西?”

九光嘻嘻笑着说:“我忘了。”

女人说:“要拿就拿一盒,别买那么多,买多就意味着你很久才会再来。”

九光听她这么说,脸上是甜蜜的笑,他像个小孩子似的看着女人。

女人给他倒了杯水。他拿着水杯,来到窗前,看着外面的操场。操场上有秋千,有木马,有转转车,那些玩具在月色下静悄悄地矗立着。九光回到女人身边,坐在椅子上,感慨地说:“那些玩具孩子们还喜欢吗?”

女人说:“喜欢,都说要看看送玩具给他们的叔叔呢。”边说,边伸手抚摸着九光的光头,深情地说:“你出息了,干妈也就放心了。”

“当年要不是你送我去读书,我一个孤儿能有今天?”九光忽然有些伤感。别人有父母,他则被父母遗弃了。这么多年一个人在外打拼,他很少静下心来想自己的身世。也不容许自己去想,因为一想起来就会很伤感,很脆弱。

“那是因为你是孤儿院里最聪明的孩子。”女人说,“很多年前,捐钱给孤儿院的慈善家并不多。有人捐赠了笔教育基金,让我送给优秀聪明的孩子当教育费,所以你才上了初中又上高中,否则也就念个小学就进工厂去当学徒了。”想起往昔,女人颇有些感慨。

“行了,看见你健康快乐,我就放心了。”九光坐了一会儿,从包里拿出一沓钱,放到桌子上。“再给孩子买点玩的吃的,学习用的,我这就走了,你好回去睡觉。”

女人要推辞,但知道九光的脾气,就没说话,只是有些舍不得九光走。

九光抱了抱女人,转身出去了。发动了车子,车子开到大门前,门房老人拿着手电筒出来,边开门边不悦地说:“每次来都呆这屁崩的工夫,惹得九院长好几天都不高兴。小兔崽子,下次来给我带点猪耳朵,还有二锅头,也这个时间,我老伴回去了,没人管我。”

九光嘴角带着笑,双手转动方向盘,徐徐开了出去。大门关上,灯光渐杳,九光的脸色暗了下来。

九光是个孤儿,他跟孤儿院的院长姓九。在分外孤独的夜晚,他就会开着车子来到孤儿院,在夜深人静的时候,在孤儿院里走一圈,回忆一下小时候度过的时光。今夜他依然很孤独,很寂寞,只当想到沈小北的一颦一笑时,心头才荡漾起一点暖意。

第十二章　囚

1

耿直看着四壁的黑暗，心灰意冷。

紫铜香炉被收缴了，这事沈小北马上就会知道。公安会把她的香炉送到她的手上的。那原本是应该自己做的，现在要由别人给她送去。事情就会向两个完全不同的方向发展。

如果是他送回去，会增进夫妻感情。如果是别人送回去，尤其是公安送回去，他们的关系即使不破裂，也会日渐冷落。就算他舌绽春花，说自己多么的无辜，多么的被动，多么的不得已，可是沈小北能信吗？紫铜香炉丢了，然后出现在她老公的手里，还要把香炉卖掉，她还能相信他说的话吗？大概只会认为他编造了一个蹩脚的故事。

他的手机被收了上去，他在这里呆了多久，不知道？没有白天黑夜的分界线，没有电话，没有人声，他好像被整个世界所遗弃了，遗弃到地狱的第十九层。

他究竟被关到了哪里？他不知道公安现在竟然弄这么个地方来囚禁犯罪嫌疑人，用这么黑的黑屋子来惩罚他。黑屋子实在是黑，黑得伸手不见五指，他甚至一度以为自己瞎了，伸手去抠自己的眼珠子，抠疼了才觉得自己还活在人间。

一度他又以为自己聋了,因为他的耳朵听不见任何动静,哪怕是鸟儿拍着翅膀飞走,哪怕是老鼠盗洞的声音,哪怕是风呼啸着从窗前掠过。都没有,什么声音都没有,他用手抠耳朵,感觉抠出血了,但是依然听不到任何声音。

他只能用自己的声音证明自己的存在。可是他发出的声音被四壁震了回来,砸在他的身上,他更加惶恐,这只能证明这里囚禁着他这样一个人。他用手去触摸四壁,这更给他带来无尽的绝望,因为四壁摸不出是什么东西组合成的,只感觉坚硬无比,无法摧毁。

时间过了多久?一天两天,一年两年十年?他不知道,什么都不知道,只知道自己的心跳越来越巨大,巨大到轰鸣的状态。他觉得他必须出去,否则就会发疯发狂。他用头用力地撞击着四壁,大声地喊救命,但还是听不到除他之外的任何一个声音。

后来他撞晕了过去,醒来依然是眼前一片黑暗。他以为他还在梦境里,但这次他听到了声音。那声音尖锐,痛苦,绝望,好像一只困兽被困到了笼子里:

“小北,救我……”

那是他自己的声音,在绝望的时候,他想到的是他的妻子。

2

沈小北差不多一夜未眠,或许是晕船的反应太强烈了,她时不时地就从床上爬起来,跑到卫生间,掀开马桶盖子一顿呕吐,最后好像连肠子都要呕出来了,但那种作呕的感觉还依然存在,搅得她的胸口翻天覆地,不舒服到了极点。

耿直电话关机,这是之前从未有过的事情。沈小北猜测着耿直遇到了什么麻烦,否则就算是背叛也会做个样子打个电话回家的,但现在人和电话都没动静了,她有点心神不宁。

快到天亮时,她才睡着,忽忽悠悠的,感觉好像在海里飘着。后来她还梦到了父母。

梦里,她看到母亲和父亲在隔壁吵架。他们在吵什么?她蹑手蹑脚地走过去。小时候父母总是爱吵架,他们的吵架有时是无声的,有时是有声的,他们从不摔盘摔碗,更从来没动手使用过暴力。但沈小北知道父母吵架在背着她和妹妹。有一次妙龄偷听他们的吵架,母亲还狠狠地训斥了妹妹,说小孩子不该偷听父母说话。

但沈小北很想知道夫妻二人究竟有什么事情可以每天重复不断地争吵?后来她听到一些词语,很熟悉,也好像很陌生,但都没有记住,只记住了"孽种"两个字。

因为母亲说这两个字的时候,用了很大的力气。沈小北感觉母亲不是说的,是骂出来的。

沈小北一激灵。母亲骂的"孽种"肯定是骂自己了。母亲是埋怨她没有守好家里的宝贝,让宝贝被人偷去了。她是个没用的孩子,是无以担当父母给的大任的,所以母亲斥责她是"孽种"!

忽然,她听到从父母房间响起的脚步声向门口而来,她转身想跑,可腿就是迈不动,一着急竟然绊倒了。她吓得一激灵醒来,心脏噔噔跳得跟蹦迪的音乐似的,震撼得胸腔疼。她感觉脸上凉凉的,摸一把,都是汗水。

床上空荡荡的,耿直彻夜未归。她怎么都没想到耿直被抓了,被关在一个黑屋子里,绝望得快要发疯了。

回想着梦中母亲斥责她"孽种"的情形,她感到惭愧而懊悔。不能放弃,一定要接着查下去。东来为此付出了这么大的代价,那伙偷走紫铜香炉的人实在太可恶了,不仅偷宝还杀人,只是不能让东来再付出了,我要自己查下去。沈小北在心里一遍遍地说。

天刚蒙蒙亮,门外传来敲门声。大概耿直喝醉弄丢了钥匙,手机电池没电了。沈小北替耿直找着借口,一拉开门,她愣住了,门外竟然是坐在轮椅上的妙龄。

“你怎么来了?”沈小北有点错愕,更多的是惊喜。

“不欢迎吗?”妙龄坐在轮椅上,莞尔一笑。

笑起来的妙龄,像春暖花开的桃树,似乎浑身都释放着芳香和美丽。可一旦她不笑的时候,整个人就很肃穆,有点像严冬的大雪纷飞。

“我是说你要来就提前来个电话,我去接你。”沈小北急忙把妙龄推进房间。

“还没吃早饭吧,我给你熬点粥。”沈小北要去厨房。

妙龄叫住了她。“给你买了豆浆和油条。老钱家小铺的豆浆和油条,你最爱吃的。”说着,把东西从轮椅后面的兜子里拿出来递给沈小北。“你这十指不沾阳春水的大教练,居然能熬粥了?”

沈小北感动地接过来。妹妹坐着轮椅给她买早点!

两人在餐桌前坐下,喝着豆浆,吃着油条。

妙龄东张西望,见房间里没有耿直。

“姐夫这么早就上班了?”

“嗯。”沈小北支吾了过去,她不想让妙龄知道耿直昨晚夜不归宿。用完早餐,两人到客厅里聊天。上午的阳光正好,不浓不烈,洒满一客厅。两姐妹挨着坐在沙发上,妙龄闭上眼睛深吸了一口气,说:“闻到你身上的味道了。”

“我身上有什么味道?”沈小北不解地问。她向来不用香水,还真不知道自己身体上有味道。

“每样东西都有它固定的味道的。每朵花都有不一样的味道,每滴水的味道也各不相同,你身上的味道呢,有点像菊花那么淡,又有点玫瑰的馥郁,还有点兰花的清高。”

沈小北笑了,抚摸着妹妹的长发,心疼地用嘴唇去亲吻。

"我是不是变了,变得越来越懂事了?"妙龄笑着说。

妙龄是个不折不扣的美女,可惜这么漂亮年轻的女孩却要在轮椅上坐一辈子,这是多么残忍的事情。

世间最残忍的不是一出生就残疾的人,而是明明让你看到了鲜花的美丽却让你变成瞎子,明明听到过仙乐,却让你变成聋子。明明让她旅游过千山万水,却让她坐在轮椅上,这是多么残酷的事情。沈小北不能再想下去了,顺着妙龄的话说:"你一直都这么懂事。我从来没想过你会写小说,还能写出那么深刻的文字。"

话头就引到了妙龄在网上连载的那本《意外死亡》。

"恐怖小说看着也挺有意思,你写的那本《意外死亡》吸引了我,你连载的我全都看完了,很着急知道下文。那个叫罗旭的逃跑之后,警察会不会找上他呢?"

"如果你换作是我,你是作者,你会怎么安排下面的剧情呢?"妙龄侧头问沈小北。

早晨的朝阳透过窗外密集的树叶,把金色的光辉洒在妙龄的脸上。妙龄脸蛋上的细细的金丝一样的绒毛都看得清晰。

年轻真是好,真是美。沈小北不知道自己在别人眼里是美还是不美,但妹妹在她眼里却是完美无瑕的,半点瑕疵都没有。可是现在,她才华横溢温柔可人美妙绝伦的妹妹,却坐在轮椅上,两条腿废了。

这种想法只要见妙龄一次,就会强烈地浮现到沈小北的头脑里。她摇了摇头,不让自己想不好的事。听妙龄问她就敷衍着说:"要是我啊,我就让警察去抓他。"

"为什么?"妙龄紧跟着问。

"你看啊,罗旭被引到杀人现场,肯定是有人在背后使坏。使坏的那个人就是要让罗旭被警察误会杀了人。既然是这样,那些人就会把罗旭作案的线索留在杀人现场，诱导警察去怀疑罗旭。”沈小北觉得自己说得蛮合乎逻辑的。

妙龄点点头，表示赞同，她问：“你接着说，看跟我想的一样不。”

“接下来，警察就去调查罗旭。比如说，问案发时他在什么地方，有什么人可以证明他在那一段不具备作案的时间条件。”

妙龄笑起来。

“姐，你比我想得周密，我可还没想到这些呢，那我今天就听你的，按照你的构思去写。”

“别别别，你说说你的构思，你不可能没有一点想法的。”沈小北此时就是想知道妙龄的下文，可不是来跟妙龄说自己的下文的。

“你要听我就告诉你，只是没有你刚才分析的精彩。”妙龄说，“罗旭逃离杀人现场后，并不是顺利逃走的，而是受了枪伤。他要找地方治伤。在治伤的时候，突然有人来把他劫走了。而警察追查到他身上时，却发现他失踪了，便认定他是凶手，畏罪潜逃。”

受了枪伤？怎么妙龄里的男主角也受了枪伤？不会这么巧合吧？

“妙龄你跟我说实话，你的小说是你自己构思的，还是别的什么事情触发了你的灵感？”

“大片里这样的镜头多的是，一抓一大把，看一部黑道片，就特给力，情节就一段段地冒出来了，也算构思吧。”

妙龄坐了一会儿，就告辞了，沈小北也有课，姐妹俩就一起出来，她把妙龄送上出租车后，站在路边不放心地看着远去的妙龄。

出租车里的妙龄从后车窗看着沈小北的身影向后倒，她的目光从沈小北的肩膀落到她的腰上，又落到她的两条腿上。脸上的肌肉痉挛了一下，眼里忽然闪过一丝嫉妒。

她的手机已经拨通了，她把手机靠向耳边，轻声说：“谁让你打草惊蛇的，我没吩咐的事，不许你乱作主张。我发现你最近好像不太听话？"

电话里传出一个女人的声音："对不起，我也是想让你的计划早点成功。"

"你等不及了？"妙龄抬高了声调，说："我还没玩够呢，我这篇恐怖小说才刚开头，好戏还在后面，我可不想现在就结尾。"

"我都听您的，您神机妙算，谁也不是您的对手。"电话里，女人唯唯诺诺地说。

"用不着你拍马屁，我知道自己几斤几两。要是没有那么多的看客帮忙，就没这么有意思，记住了，什么时候该收，什么时候该放，我说了算。如果你再自作主张，别怪我对你不客气。"妙龄语气淡淡的，但话里却充满了杀气。

放下电话，妙龄的目光依然追随着沈小北。沈小北越走越远，看不见了。妙龄推动轮椅，向大门的方向滑动。

"有双好腿该多好啊。"她轻声叹了口气。

3

何建豪忽然感到不舒服。

沈小北又一次拒绝离开环球，拒绝来他这里。还没有人拒绝过他的邀请，更没有人三番五次地拒绝他。他的恼火是显而易见的。一个半小时的训练结束后，沈小北换好衣服，匆匆而去。何建豪看着沈小北远去的背影，眼神越来越阴郁。

他的眼前，忽然浮现出另一张面孔，跟沈小北一样的额头，一样的神韵。拿起手机，有一次拨通了那个熟悉得闭着眼睛也不会拨错的电话。

"忙什么呢，忙得这么半天才接我电话？"对方半天才接起电话，何建豪不由酸溜溜地说。

"忙着跟男人谈天说地。"电话里，女人回答得很干脆。

“你不怕我派人杀了跟你谈天说地的男人？”

“好啊，我正寂寞呢，你来杀啊？就怕你杀不完。”

“别挑战我的耐心，白裳，你记住你说过的话，还有半个月，你说的期限就到了，到时候如果不见你，我看就要亲自去接你了。”

“是吗，我说过一个月回去，还有三十天呢，你急什么？”

何建豪的脸色变得铁青，目光里忽然充满了杀意。

“一个月，好一个一个月。”何建豪边说边笑，但笑声有点瘆人。

那边也在笑，笑声娇嫩悦耳。

“白裳，告诉我一句实话。”何建豪的声音忽然有点暗哑，好像喉头忽然被什么突然涌上来的东西堵住了，让他说话变得困难。

“好啊，你问，我答。”女人这天似乎心情很好。

“你爱过我吗？”何建豪说。说过之后，神情竟然有点紧张。他拿过桌上的烟盒，从里面抽出一支烟，点燃了，狠狠地吸了一口。

“不记得了。”女人轻叹了一声。

“真的？”

“我记性不好。这你也知道。有一阵子，我失忆过。这要感激你啊。”女人说这话时，声音有点激动，有点尖锐，但她突然不说了。“还有事吗，没事我挂了。”

“不想跟我说话？”

“我忙，忙死了。”

“忙着跟男人谈天说地？”

“知道还问？”

何建豪啪地关了手机，暗骂一声：“真他妈贱！”

他骂的是他自己。

他丢掉嘴里的香烟，从抽屉里拿出一支外形特殊的烟，点燃吸了一口。随即，他靠在椅背上，仰着头，闭上眼睛，意识似乎进入另一个领域，一个想什么是什么的，要什么有什么的幻境，他感觉浑身暖洋洋的，舒服透了。

4

在健身房带完两节操，又到何建豪的娱乐城陪着何建豪锻炼了一个多小时，沈小北感到无比疲惫。倦意像潮水似的席卷她，两条腿沉重得有点不像自己的了。何建豪说起让她来心安做教练的事，沈小北依然没有立即答应他。何建豪要请她吃饭，她也拒绝了。她现在只想回到家里，舒舒服服地睡一觉。

沈小北回到家就睡下了，醒来时外面黑糊糊的，已经是深夜，但耿直却没有回来，他的手机依然打不通。面对空荡荡的四壁，沈小北有点委屈，有点想哭的感觉。

她的手机里，有两个未接来电，一个是九光的，一个是东来的。她先给东来拨去了电话。

东来那边立刻就接起了电话，好像他一直在等待沈小北的电话似的。

"东来，我——"沈小北不知道该怎么跟东来诉说自己的感受。

一听到东来那边的喘息声，她的眼泪忽然扑簌簌地落了满脸。很奇怪的感觉，一贴近东来，就感觉很踏实很有依靠似的，可也不至于掉泪啊？沈小北说不清自己的心态。

东来那边听出了沈小北的哭泣声，他急忙问："你怎么了？你在哪？"

沈小北说："我，很难受。"

东来焦急地问："你到底怎么了，你告诉我地址，我过去好不好？"

沈小北哭，不说话，只是哭。

"别哭，有什么事告诉我，我帮你解决。"东来说。

东来的手臂受伤了，他竟然还说要帮助沈小北。沈小北觉得跟耿直相比，东来只这一点就把耿直比了下去。她还是哭，不过终于说话了。

“我在家里。昨天九光说紫铜香炉有线索了,但又断了。”

“我答应帮你查的,很快就有思路。”东来说,“我在大厦里巡楼,要不要我上去看你?”

沈小北不说话了,哭声也变小了。犹豫了一下,她没有同意东来上来看她。夜深人静,这个时候女人的心总是很脆弱。她觉得今天的自己有点特别,情绪有点失控,很想找个臂膀靠一靠。万一东来上楼来,自己做出点什么后悔的事情,就万万不该了,所以她说:“不打扰你了,我休息一会儿就好了。”

东来说:“有事给我电话,我值班。”

放下电话,沈小北又开始后悔,真不该拒绝东来的好意。但已经说出的话无法再收回了,她只能靠在沙发上,一张张地拽着纸巾擦拭脸上的泪水,只是旧泪擦干,新泪又落了下来。

正在她愁肠百结的时候,门忽然被大力敲响了。她吓了一跳,是耿直回来了?还没等她发问,门外想起急促的声音:“小北是我,东来。”

沈小北什么都没想,哗啦一下把门打开了。她以为东来是来看她的,安慰她的,不想,东来一进房间,就迫切地问她:“家里没别人了?”

沈小北还从来没见过东来脸色惶急的样子。她不知道出了什么事情,但肯定是很大很大的事,否则东来不会这么变颜变色的。

她顾不得把脸上的泪痕擦干,急忙点头说:“没别人了,就我一个。”说完又觉得话说得不太完全对,就又补充说:“现在还有你。”

“家里有刀吗?”东来边说边四处踅摸着。

沈小北不解地问:“刀?要刀做什么?”

“水果刀,最好是匕首。”东来说。

沈小北家里有水果刀,也有匕首,她以为东来遇到了危险,要用匕首防御,便把储藏室里放着的一把锋利的军匕拿了出来。那是耿直一个客户送的,说这匕首见血封喉,切石头跟切纸片一样锋利无比。

“这东西很锋利的，你用的时候加点小心。”沈小北把匕首递给东来，嘱咐着。

东来接过匕首，却没有出门，而是挽起了自己左臂的袖子。

他的左臂上缠着厚厚的绷带，他开始动手解绷带。

“你干什么？要换药吗？用匕首做什么？”沈小北不解地看着东来，扎撒着两手，想帮忙，又不知道怎么帮。

东来的左臂上有块比铜钱还大的伤口。刚结了痂。东来右手握着匕首，比划了几下，终于没有动作。

“你到底要做什么？”沈小北陷入了迷雾。看东来的样子好像要把匕首往自己的左臂上扎，可他的左臂已经有了一个伤口了，他为什么要自残呢？

东来终于开口说话了。

“我挂了彩的事不能让警察知道。现在警察已经在大厦门口等我了，他们肯定从各种疑点上查到我的。”东来看着沈小北，认真地说：“我手臂上的伤他们能看出是枪伤。我进了里面浑身是嘴也无法自圆其说，你得帮我一个忙。”

东来的话刚说完，他的手机就响了，他犹豫着没有接。继续刚才的话，对沈小北说：“……你得帮我一个忙，用这把匕首，戳烂我的伤口。”说着，他把匕首递给沈小北。

沈小北像是接一把烧红的烙铁似的，手还没有接触到匕首，就触电似的弹了回来。

“我自己下不了手。”东来说。

沈小北尖叫起来：“可你下不了手，我就下得了手吗？”

东来恳求地说：“没别人了，我只能求你。”

沈小北快要急哭了：“我连蚂蚁都不敢踩，我哪里敢扎人，你饶了我吧。”

东来口袋里的手机又响了起来。这次不是手机,是他的对讲机。里面传出另一个保安的声音:“东来,你在 18 楼吧,卫星定位里你在 18 楼,但楼道上看不到你。你到底在哪?有几位朋友要见你,在大厦门口,你要是再不下来,他们就上去了。”

东来把对讲机关了,急切地对沈小北说:“快点动手啊,一会警察上来就来不及了。”

说着,硬把匕首塞到沈小北的手里。

沈小北把匕首丢到了沙发上。“早知道你要这个是想扎自己,我说什么都不会把它找出来。”

东来不说话,发狠地把匕首拣起来,又一次塞到沈小北的手里,说:“来吧,用力扎。”

“假如真是扎在我身上,我可能不会这么犹豫,正因为是扎在你身上,我才舍不得。我不忍心看你受伤,我更不忍心扎你,大不了我帮你承担一切,就说杀劫匪也有我的份儿。”沈小北打断他的话。

东来摇头说:“傻丫头你怎么这么固执,你听我的好不好。”

外面已经传来了脚步声,还有敲门声,似乎警察在挨门挨户地敲门,询问东来这个保安。

不能再等了,东来握着沈小北拿匕首的手,用力向自己左臂上的伤口扎了下去。

沈小北惊叫着往回抽刀子,刀子落到了地上。鲜血登时将东来的手臂染红了。东来却捡起匕首,再一次用力向已经冒血的伤口戳,他脸色发青,因为自己的右手已经用不上力,又因为左臂伤口的剧疼,使刀子第二次落到地上。

门被敲响了。沈小北惊慌地看着东来。

东来坐到沙发上,脸色苍白,嘴唇发抖。他用眼光示意沈小北去开门。

门打开了，先进来的是高个子，邱队。他身后还有几个刑警队的便衣。

“怎么了三哥，这胳膊怎么伤成这样？”邱队着急地说，扎撒着两手。

“别提了，丢人。”东来撩了眼沈小北，说。

邱队看了看沈小北，一脸的半信半疑。

“你是东来吧，有件案子想请你回警局协助调查。”一个便衣对东来说。

“什么案子啊……”东来抬了下流着血的右臂，龇牙咧嘴。

两个刑警过去，咔嚓一声给东来的右手铐上手铐，又铐起另一只手，面无表情地说：“走吧。”

沈小北的脸色越发苍白，她呆呆地看着东来被带走了，心乱如麻，焦急万分。东来还有救吗？刑警是不是认定他是杀人犯，找不到证据他是不是就死定了？

5

刑警队的问询室里，办公桌后面两个刑警在等着记录。

邱队在给东来处理伤口。东来疼得龇牙咧嘴。

“……前天晚上，你去了什么地方？”邱队给东来缠着绷带，问东来。

东来忍着疼痛，没说话。

“三哥我问你话呢，前天晚上你去了什么地方？”邱队问。

“在家睡觉。”东来说。

“伤口就是那个时候留下的吧？”邱队低声问。

东来还没从自责中回过神来。但邱队的手有点重，疼痛把他拖到了现实中。“是今天的事。”

东来住的大厦没有大厅，普通小区，所以也就没有什么监控设备。刑警肯定也查不出那天晚上他还有沈小北、九光出出进进的。他揣测着邱队他们掌握了多少关于前天他到过案发现场的事。如果全知道了,那就应该知道他是无辜的,被陷害的。但看来是只知道一点,肯定是后面他被追击的那一点。

“你刚才到业主家做什么? 谈心?”

东来点点头。

“你的意思是向女人示爱表决心,自己捅自己一刀?”

东来看着邱队,又点点头。

“三哥我跟你说点什么好呢,你知道这里面的情况,你说真话我才能帮你。”邱队有点着急。

“我说的是真话。”东来依然淡淡地说,火上房不着急的样子。

邱队叹口气,正想说什么,房门一响,三队的副队长谢子强走了进来。他向邱队点了下头,邱队只好出去了。这个案子是三队负责。

谢子强围着东来转了三圈,东来感觉后脖颈子直冒凉风。他知道谢子强向来手黑,审问犯罪嫌疑人特爱用暴力。要不是为这,谢子强早就是刑警大队的队长了。

“听说你刚才在那个女业主的家里表白爱情呢?”谢子强斜睨着东来,站到他对面。

东来没有说话。

谢子强气乐了,说:“三哥,你以为别人都笨蛋是不是? 那天的子弹收回来了,但缺了一颗,你手臂上的伤口是枪伤,还是新的,不超过两天,你用刀子戳了也是枪伤。”

东来不悦地说:“这不是协助调查,这是囚禁。”

“你懂法我知道,但知法犯法的人多了去了。你之前是怎么被开除的,谁不知道? 那俩劫匪是你报警抓住的吧,他们也是你给打伤的,一个削掉了四根手指,一个胸口受了重伤。虽然有人为你瞒着,但上上下下谁不知道是你下的狠手。你就是因为这双狠手才被警队开除的。”谢子强的目光忽然变得冷森森的。“怕他们揭穿你的凶残本性，还是因为是你雇佣他们盗走了紫铜香炉？所以你把他们劫走，杀了他们。”

东来感觉后背嗖嗖地冒凉风。这两顶帽子哪顶扣在头上都够他判十年八年的。

“我一个人，把两人从医院劫走？”东来斜睨着谢子强，说：“证据呢？”

谢子强嘿嘿地冷笑着，说：“你怎么知道那两人在医院？”

东来愣怔了一下，但他立刻说：“你说的，两人受了伤，只能在医院。”

谢子强绕着东来，走了两圈，东来感觉身体有些发紧。这是恐惧的表现。

这个谢子强，个头不高，声音不高，眼睛也不毒，但却给东来一种压抑的感觉。东来手心里渐渐潮湿起来。这是他的毛病，一旦恐惧，手心就会出汗。他把两个拳头空空地握着，心里忽然有点没底。这是很少有过的感觉，这种感觉让他很不舒服。

手臂上的伤，揪心地疼。

一个小刑警进来，把一袋东西交给谢子强。谢子强把东西丢到东来面前。

“你的车子，前天夜里，去过远郊南湖区平静小街那片老宅。这是从你车上取下的泥土样本。你虽然回家后洗了车，但是刮到车螺丝上的泥你却没注意。泥土化验的结果，跟南湖区的泥土各种数据吻合。那的泥土数据跟市区的是不一样的，你没想到这点吧？”

东来横了谢子强一眼，说：“欲加之罪何患无辞，没做过的我不会承认。”

谢子强笑了，从袋里又掏出一个东西，摔在东来面前。“你好好看看这是什么？”他说话的声音没变，但语气严肃起来。

照片上是东来，是在一间民房里，地上是血泊里躺着的两个劫匪。

东来的眉头蹙了起来。这陷害他的人够能耐的，预备好了给他拍张照片,让他浑身是嘴也说不清了。

谢子强的手里已经多了一把尺子,他的眉毛挑了挑,眼神里忽然掠过一抹凌厉。“三哥,我知道你怕疼,我也不想做这个试验,但如果是枪伤,就算你用刀子捅十回,逃过医生的眼睛,也逃不过我这双眼睛。”他说着,忽然伸手一把将东来手臂上他刚包扎好的纱布揭开,鲜血立刻渗了出来。

东来嗷地一声,从椅子上差点倒过去,他嘴唇哆嗦着,脸色变得惨白,额头上渗出细密的汗珠。他急忙用右手去护着手臂的伤口。

谢子强用铁尺用力敲击着东来的左手,令东来不得不收回左手。

“有什么就说吧,我也不想为难你。但证据确凿,你再不说就是狡辩抵赖了,对付你这样的嫌疑人,我们也有办法。”说着话,谢子强用铁尺猛地去捅东来的伤口。

东来疼得直哆嗦,额头上的汗水顺着脸颊滴答滴答地落下来。

谢子强越发用力地捅着,东来终于忍不住,嚎叫着说:“我说。”

谢子强脸上掠过一丝得意的笑容。

“三哥是明白人,我知道你会配合我们的工作。那就都说出来吧,前天傍晚七点到九点钟,你在哪里?和谁在一起?都做了什么?”

东来喘息了一会儿,擦了把脸上的汗水,有气无力地说:“和女人在床上。”

“你们两个在床上鬼混,怎么你的手臂却中了枪伤,吃铁丝拉笊篱你可真能编!”谢子强还在微笑的脸立刻没有了笑意。他把手中的尺子用力戳在东来的伤口上,把东来的左臂牢牢地钉在桌子上,东来的叫声比杀猪的嚎叫还惨。

6

见东来被戴着手铐带走了,沈小北开始在房间里急得原地转圈。东来出事了,她不能袖手旁观,可除了找九光帮忙,还能做什么?她一边给九光打电话，一边急得火烧火燎。

九光在一家夜店里跟一群朋友喝酒唱歌。口袋里的手机一直在振动，他起初没有在意，但手机一直在响。喝多了，去走廊尽头的卫生间放水，摸出手机，看到里面有沈小北十个未接来电。

"这丫头疯了，想我想疯了，大半夜十道金牌扣我。"九光把电话打了过去。"妹子，想哥了？耿直不在家，想起哥的好了？你早说啊，我在心安的酒吧喝了一夜，完蛋了，现在全身都软成了煮烂的面条，除了牙齿是硬的，浑身上下没有硬的零件了，要不你让我醒醒酒再去？"

"闭上你的狗嘴，能不能正经点？"电话里沈小北不客气地说。

"我要是正经，天下得有多少妹子失望绝望疯狂啊？也就你沈小北，不拿豆包当干粮，不拿村长当干部……"他还想说，被沈小北一句话截住了——

"九光你还能不能说点人话，人家都急死了。"沈小北在电话里气得不知道说什么好。

九光掐着手机，猜想着手机那边沈小北的模样，肯定是咬牙切齿跺脚要踢人咬人的样子，实在太有看点了。"我本来就不是人，你怎么让我说人话，一想我你就想糊涂了吧？"

"东来出事了。"沈小北只好长话短说。

"东来出事，他能出什么事，脸板得跟搓衣板似的，除非是跟女人跑了，那女人也是瞎了眼，那么多帅哥，跟东来不瞎了眼吗……"九光拿着电话哧哧地笑着，"东来的事用你操什么心，出事才好呢，没有东来，我就少了一竞争对手。"眉头一皱，忽然断了话头。"什么，东来出事？他能出什么事？手臂上的伤恶化了？那么大个爷们儿，玻璃人似的，忒脆，一颗子弹就把他废掉了……"

他还在啰嗦，那边沈小北把电话挂断了。

男人喝多的时候，说话跟放屁差不多，当不得真，也什么事情都办不了。她挂了电话，想等九光清醒后再说。可东来能等得起吗？想起九光电话里的背景音乐，她想起九光刚才说的心安的酒吧，知道是何建豪的心安娱乐城。她立刻出门，打车直奔娱乐城。

九光这边想给沈小北打个电话，想了想，把电话直接打给了东来。但电话关机。

“男人关机，多半儿是跟女人做那事儿的时候，东来这小子，蔫吧人咕咚心儿(心眼多且坏)，半夜关机肯定干好事儿呢。”九光歪斜地进了洗手间，喝得实在太多了，走路腿都有点软。他趴在马桶上吐了半天，才觉得头脑清醒了些。

从洗手间出来，站在门口的冷风里，他想起刚才沈小北打电话说的话。东来出事了？出了什么事？他想了半天，等头脑不那么混了，正要给沈小北打回去，斜刺里走来个女人，把手指搭在九光的肩膀上，把嘴里吸着的烟向九光吹过去。

“帅哥，姐有点寂寞，你陪陪姐吧。”女人说着，柔软的腰身贴上九光的身体。

九光笑嘻嘻地搂着女人，说：“哥也寂寞啊，找个能荡秋千的地方，玩就玩爽一点。”

女人立刻翻了脸，恼怒地推开九光，愤愤地骂：“看上去挺干净的，怎么爱玩那个。”

荡秋千，是黑话里虐恋的意思。甚至不仅是虐恋……难怪女人扭着肥硕的臀部走了。

九光冲她的背影做个鬼脸说：“以为哥什么货色都要吗？我可老烟枪了，老油条还是小麻雀我会看不出来？”

捏着手机边点燃一支烟，边给沈小北打电话。

门边人影一闪，走进来的人是沈小北。

“东来被公安抓走了，好像是刑警队的，还给东来戴上了手铐。”

“刑警队把东来抓走了,这可坏了。”九光眼睛一瞪,不高兴地斜睨着沈小北:“电话里磨磨唧唧的,怎么不早说,带走多长时间了?”

“你让我说吗?”沈小北委屈地说,“东来为我出的事,我不能袖手旁观。现在全靠你了,我没人求了。”

九光本来看沈小北为东来着急的样子,心里就不悦。但看她粉面含怨,双目泫然欲泣,心里一软,说:“那你得让我抱一下。就抱一下,我就为你办去。”

沈小北惊愕地看着九光,不相信地说:“你没病吧,在这种时候要挟我?你开玩笑也分点时间地点。”

九光却不管那个,两手快如闪电,就把沈小北抱住了。沈小北想都没想,手就伸出去了,刮了九光一个响亮的耳光。

但九光却没有松开手,在她耳边恶狠狠地说:“东来怕疼吧,晚去一会儿他可能就屈打成招了,你不想让东来多受折磨吧。”

沈小北心里一动,这的确是她最担心的。但是她的身体还是不受控制地在九光怀里挣扎着,两手被九光箍住了,她就抬起脚,重重地踢在九光的小腿上。九光捂着小腿,疼得在地上转圈圈。

“我跟你说沈小北,你踢得好,打得好。如果你不踢我不打我,为了东来让我消停抱的话,他的事我肯定不管了。但你又打又踢的,我身体虽疼,心里是甜蜜蜜的,这个事我九光帮定了,你等好消息吧。”

说完这句话,九光已经大步走了出去,发动车子,很快消失在夜色里。

第十三章　交　易

1

“豪哥,没睡吧？我想你了,想见你。”

九光在车子里给何建豪打电话。

迎面一辆车子醉汉似的斜刺里穿过来,九光急忙一打舵,车子偏着身子擦了过去,车轮跟地面发出剧烈的摩擦声。

电话那端,何建豪懒洋洋的声音说:“怎么了,九儿,急三火四地,找我肯定没好事。”

“豪哥你是能人,找你肯定是求你办事。不过今天真没大事,就是想哥哥了,弟弟想见见你。”九光嘻嘻哈哈地说。

“见我?”何建豪提高了声调。“晚上我最想见的是女人,你又不是女人,不见。”

九光急忙说:“您就拿我当回女人不就得了。”

“女人能做的你能做吗?”何建豪调侃着九光。

“能做,都能做,除了生孩子,女人能做的兄弟我都能做。”九光笑得极其谄媚。

何建豪那面传来了放肆的笑声。“那你就洗干净了来吧,我可养了好几天了，就准备今天放手一搏呢，你敢来，好，也只有你九光敢来！你敢来，我就敢做！”

“谁不知道豪哥的能耐，天底下有什么事儿您不敢做的。我就是块肥肉，吃了我可能会让您胆固醇升高，不划算，还是看着划算点，养眼呢。”九光也跟着笑。

汽车在街道上飞速行驶着，接连闯了几个红灯。引得直行的汽车一顿狂按喇叭，司机则从车窗里探出头来，对九光破口大骂：“练车啊，跑野地练去。”

“他妈懂不懂规矩？”

何建豪听到了手机背景的这些嘈杂的声音，不屑地说：“悠着点，我这把女的都撵走了，今天所有的东西都给你，不用急着像投胎似的。”

九光说：“急，我急，见你比见我亲爹亲娘都亲。”

何建豪不高兴地说：“少他妈跟我扯犊子，谁不知道你是石头坑里蹦出来的没爹没娘，你咒我呢？”

九光嘴里跟何建豪要贫，一边把车子开上了岔路，很快停到娱乐城楼下。

一进大厅，早有人过来叫他的名字。

“老九，今天怎么了，豪哥从来没有过的高兴，说他今天娶妻拜堂，知道下家是谁吗？”来人把九光带进了内用电梯。

“看看哥，这么帅的哥，不像下家吗？”九光不悦地拍着自己的胸脯。

“得了吧，真是你？你啥时候有这爱好了，怎么没让我知道，也让我尝尝鲜儿。”

“尝你妈的鲜儿，开个玩笑也当真，脑袋被屁崩了？”九光挥手打了一下那人的头。

两个人嬉笑打闹着，上了顶层。

何建豪今天本来是不高兴的,因为沈小北。

沈小北至今不肯答应到他这边的健身中心来。

何建豪也不是多么看中沈小北的本事,只是他这人有个毛病,一旦要做的事,不管对错,就想做成。一旦没做成,心里就憋屈得跟倒了八辈子霉运似的,怎么想怎么不顺心,甚至不惜不择手段地来完成这件事。就像他喜欢白裳。白裳也就是漂亮点,可漂亮的女人想跟何建豪好的都在排队,可他偏偏喜欢这个跟他有一夜之欢的女人。

因为这个女人从一开始就躲着他,而不是第二天就把行李搬来要他娶她要嫁。他越是找她追她,她跑得越远。她越跑,他越追。越追,他心里越荒凉。难道自己想得到一个女人的心就他妈这么难吗?

对于沈小北,也是这么个想法。当然还有点别的用途,这用途只有他自己知道。但理智告诉他,对待这个女人,还真不能用之前那一套,一定要以礼相待,不动声色,潜移默化地驯服她。一旦动粗,就失去了接近沈小北的可能。

现在,九光自动送上门来了。

九光是他的一张牌,至今还没派上用场。

什么牌,做什么用,什么时候用,这是何建豪最喜欢运作的事情。还不到使用九光这张牌的时候,但现在九光自动送上门来,这会是一件很惬意的事。

何建豪喜欢做惬意的事。在他的心目中,没有什么对错,只有惬意不惬意。

看着九光晃晃荡荡地横着膀子进来了,他笑眯眯地双手支在膝盖上,一只腿搁在另一只腿上,后背惬意地靠在沙发上,不说话,只是看着九光微笑。

微笑有时就是种武器,杀人于无形。

九光只能自己先说话。

先说话并不一定是好事,先说话,就会先暴露自己的意图,让对方有时间想出对策。但现在九光顾不得这许多了,东来的事情他必须帮忙,无论是从道义的立场上,还是从沈小北这方面,甚至还有其他的方方面面,东来这个朋友,不能丢。

"兄弟来求豪哥了。"九光直接坐到何建豪的对面,端起何建豪面前的茶水,一饮而尽。"这个忙你一定得帮。"

何建豪笑着看九光把面前的茶水喝掉了,说:"知道你刚才喝的是什么,是小三的尿兑的茶水。"

"就是三哥的屎我也吃。"九光破釜沉舟地摆出了姿势。

这让何建豪更惬意了。

"我说什么你都答应?"他问九光。

"我的命你也随便拿。"九光说。

"你的烂命我不要,我又不缺这个。"何建豪眼珠一转,说,"你的女人,陪我一宿?"

九光的眼皮一跳,嘻嘻笑着,看何建豪摸出香烟,急忙拿出打火机,给何建豪的烟点燃,说:"一个黄毛丫头,蹦跶两下,给您做个健身顾问啥的,还差不多,其他的,让我来啊,让我为您效劳吧。"

"你看,舍不得了吧,那其他的事情就免谈。"何建豪故意不吐口。

九光狠了狠心似的,说:"东来这个人,是您的故交吧,听说渊源还挺远。"

何建豪不屑地扫了眼九光,问:"你还知道什么?"

"我还知道现在有个机会让您成为他的救命恩人。"九光无比谄媚地笑着说。

"说来听听。"

"东来被关进去了,您得捞他出来。这种大人大量的事,您一定会去做。站在东来那不可一世的人面前,扇他几个耳光,这是多惬意的事啊,兄弟知道,豪哥才不管江湖上谁对谁错,只管惬意不惬意。”

何建豪乍听东来两个字,两只耳朵同时抖动了一下。

这轻微的动作,被九光捕捉到了。他觉得事情有门儿了。

“我又不是上帝,什么事我都能做。”何建豪想了想,依然没给九光准信儿。

“上帝不做的事情,您老人家正好去做。”九光递着小话,在何建豪面前屁颠屁颠的,卑微得跟个小太监。心里却说:“妈的也就你沈小北,二个人的事帮忙的是孙子!”

何建豪却似乎没有看够九光的表演,只是一味沉吟,不开口。

“非要找个女人陪你睡?”九光有些泄气地说。

何建豪不说话,只是他脸前的烟雾越来越多,使他看起来很变化莫测。

“不就是睡觉么,被人睡和把人睡了没什么区别,一个是被子句,一个是把子句,有什么大不了的,哥还从来没被人睡过呢,多屈得慌啊,就来个第一次吧。”九光开始脱衣服解腰带,边动作边说:“我就把我的处女睡给豪哥了,也没给外人,多大的荣光啊,我义无反顾地干了。”

转眼间,九光就把自己剥成了葱白,只是腰间那只窄巴的三角裤却没有脱下来。虽然身体有点黑,但健壮,结实,尤其身体上的那些肌肉,看着养眼,摸着养手,用起来,大概也会趁手的。尤其肩膀上到胳膊上的那条盘旋飞舞的青龙,让九光看上去别有一番威武。

何建豪依然不说话,看九光脱光了。他把抽了一半的烟搁在烟灰缸的凹痕处,把右腿从左腿上放了下来,然后两只脚踩牢地板,他站了起来,活动了一下手脚,开始解衬衫的领带,随手掷到沙发上。

然后开始解扣子,解腰带。

九光的目光跟随着何建豪的手指在转动,心也开始突突。再看何建豪脸上的表情,那已经完全被一种沉醉的专注的神情所替代。

何建豪的性取向不是有问题,而是相当有问题。男的女的,什么没尝过的新花样都要去玩玩。楼下酒吧的小三就跟他的关系不清不楚的,所以九光是真害怕被何建豪给睡了。

看看何建豪的腰带就要解开了,他急忙伸手过去,按住何建豪的手,服软央求地说:“豪哥你饶了我吧,我胆子实在是小。”

何建豪邪笑着说:“别呀,我的瘾头可上来了,别坏了我的兴致,那你求我的事可真是一点办法都没有了。”另一只手已经解开了腰带。

2

沈小北中午是跟何建豪共进的午餐。

何建豪在今天的训练课结束时,忽然对她说:“听说东来进去了?”

沈小北不知道何建豪说这话是什么意思,便如实地点点头。反正何建豪也知道她跟东来的朋友关系,如果摇头反倒有假了。

“你想找人捞他出来?”何建豪似乎是心不在焉地说,一边说,一边拿起搭在肩上的毛巾擦着脸上的汗水。

“你好像什么都知道。”沈小北说。

“九光跟我说的,要我找人捞他。”何建豪看着沈小北,说:“我还没答应他。”

“你真能帮他?”听话听音,沈小北觉得何建豪的话有点特别,她没想到九光说找人帮忙就是找何建豪。那么九光以前找两个劫匪的事是不是也是何建豪帮的忙?这人能力还挺大,白道黑道的似乎都能插上手。他不是一个随便说话的人,既然提到东来,肯定是有他自己的想法和做法。“你们关系似乎不太好,你要是能帮他,那你这人可真不简单。”沈小北给何建豪戴着高帽。

“不用给我戴高帽,要是中午没有安排,我们一起吃个饭,饭桌上细谈。”

何建豪又一次向沈小北抛出了橄榄枝。沈小北知道他的意思，是让她到他的娱乐中心做健身指导。来与不来，她心里早有了主意，今天的饭局，说是鸿门宴也差不多。

沈小北对于自身的几斤几两是有自知之明的，她不明白的是何建豪为何非要让她来心安娱乐城？这世界不缺千里马，只缺伯乐。既然何建豪想当伯乐，那千里马随他挑，却为何偏偏挑中了她沈小北呢？她想了好几天没想透其中的道理。何建豪人古怪，看来行事也有点古怪，跟这样的人相处，就得格外加小心，格外长点心眼，否则很容易被他套进去还不自知。

所以饭桌上的美味对沈小北没有丝毫诱惑，她在等待何建豪说出他的要求。他是否真能帮东来出来？如果何建豪真有这个能量，那她是否就该答应到心安娱乐城？

几样精致的小菜，外加一瓶红酒。何建豪是个很会享受的人，不贪酒，不贪烟，也不贪情。似乎什么都不太在乎，什么也不求全，在沈小北眼里，跟他接触的这些日子，她觉得他还算个绅士。只是一想起当初跟东来在大排档的那场邂逅，心里还是犯疑。虽然那天何建豪说是开玩笑，但东来一直都板着脸，没有开玩笑的意思。既然他们两人早有嫌隙在先，现在东来出了事，他不落井下石就应该算个绅士了，还会出手相帮吗？

"东来被刑警抓走，九光跟我说的。"酒过三巡菜过五味，何建豪开门见山地说。他的俊美的脸吸引了西餐厅里的几个女服务生，还有他的鼎鼎大名，所以餐厅里不时有人向他们这张台子张望。

"你的人气够旺的。"沈小北故意显得心不在焉，她不想让何建豪看出她很紧张东来的事，那样可能他会直接跟她谈到他健身中心这件事。"九光是我旧时的同学，我家前段日子进了劫匪，东来和九光都帮了忙。现在东来出事了，如果您能帮忙，那是东来命不该绝。"

"咱一家人不用说两家话，你是我的教练，你的事就是我的事。"何建豪答应得很痛快。“东来这事说大可大,说小可小,一个电话的事。我就是想有个请你吃饭的借口,怕你不来,就拿东来的事做引子。”他说得很谦卑,很恭维人。

沈小北笑笑,说:“何总您太抬举我了,你看你说的健身中心的事,我也没帮上什么忙。”她委婉地透露了自己的意思。

“朋友之间不是一件事两件事的,你跟我相处长了就知道我啥人了。我爱交朋友,跟九光就是朋交,跟东来是不打不相识,跟你是师生关系,从这三方面的哪方面讲,我都不能对东来坐视不管。”何建豪说得很豪爽,“放心吧,东来没事的,我下午就去办。”

沈小北见何建豪没有借机催问她的去留,心里一宽。何建豪显得似乎也不那么难以相处了,只是她心里清楚,她欠了何建豪一个人情。

这年头欠钱容易还,欠人情就不好还了。

何建豪看着沈小北的脸色,心里却想着九光昨晚的窘相。

昨晚的九光,当面对赤条条的何建豪时,身体抖成了一团。“豪哥你饶了吧,你饶了我乱说话吧,我其实没那胆子,我还是处男……”看着何建豪咄咄逼人的目光,他有点语无伦次。

何建豪把手按在九光的肩膀上,把九光的后背面向自己。九光的后背很光滑,那条蜿蜒飞舞的青龙盘旋在后背上,使九光平添了几许神秘和英武。后背上细细的绒毛似乎都看得见。这样的身体,是朝气蓬勃的,蕴含着一种年轻的豹子一样的力量。何建豪两手抚摸着九光的身体,紧贴在九光的背上,呓语似的说:“我好像看到了草原,大海,鲜花,海鸥,白帆。帆扬起来了,要远航了……”

九光抖着身体说:“豪哥你帮了我这个忙,让我做牛做马都行,就是我的身体不好,别伤了你,要不我给你找个俊俏点的,会来事儿的,小三跟我是哥们儿,我翘他人,我不仗义,不仗义的事九光不能做……”

"我就看中你了。"何建豪越发箍紧九光,九光越挣,他抱得越紧。他怀里的九光已经抖成了一团,拼命地向外挣。他手里一用力,将九光的腰按得弯了下去,九光就扑通跪在地上,浑身软得挺不直脊梁了。

何建豪哈哈大笑,松开手,到一边穿上衣服,然后重新坐在沙发上,跷起二郎腿,拿起刚才搁在烟灰缸上的香烟,轻轻地吸了一口,看着愣怔的九光吐了口烟圈,邪魅的一笑,说:"怎么,还没秀够肌肉?"

九光大喜过望,急忙奔过来穿上自己的衣服。

"记住,你欠了我三次人情。"何建豪向九光伸出三根指头。"有一天,当我让你为我做三件事的时候,你不会犹豫吧?"

"为豪哥做事,刀山火海,万死不辞。"九光说得斩钉截铁。

何建豪想到让九光受窘还真不容易,他情不自禁地嘴角一牵,脸上浮现出邪魅的笑容。

沈小北不知道九光为了帮东来,曾经怎样的卑躬屈膝。但她知道九光也尽了力,何建豪只不过是把一件事卖两回人情罢了。

最后一道红烧鲶鱼上来了。这道菜是何建豪特意为沈小北点的,他说鲶鱼对女人有很好的保健作用。只是当这道冒着腾腾热气的菜端上来时,沈小北只觉得腥气扑鼻,胸口波涛汹涌,急忙捂着嘴巴钻进了旁边的洗手池,趴在那里山呼海啸地呕吐了半天。

等呕吐完了,沈小北心里咯噔一下,自己不会是有了吧?

一个小时后,沈小北在医院的妇产科看到了检查结果,她怀孕了。

怀孕的时间应该在劫案发生之前,那她随后喝的那几瓶被注射了安眠药的牛奶足够让她腹中的胎儿达到不健康状态的。那一瞬间,灰心失望沮丧差点击溃了她。这孩子怎么就偏偏在这个时候来的呢?耿直跟她一直都期盼孩子的到来,可不能因安眠药而生出畸形儿,所以,这个意外的惊喜就变成了惊心。

这个胎儿,该怎么办?

3

耿直紧蹙的眉毛下,是一双因为煎熬和绝望而布满了血丝的眼睛。他坐在沙发上,长长地舒了口气。一根烟卷递过来,一只燃着的打火机伸过来为他点燃了烟。他用手指紧紧捏着烟卷,仿佛生怕有人把他的烟卷夺走。

一只手盖在耿直的手上。那是一双女人的手,纤细,修长。耿直想把自己的手从女人的手下抽出来。但是他在囚禁过后,无比奢求一种温暖和公平的对待,而对于一双暧昧的手,更是无比珍惜。

这是监禁室里一间会客室。

烟雾袅袅中,夏美玩味地看着耿直。"我会想办法把你保释出去,只不过……"

"只不过什么?"听到能保释出去,耿直着急地问夏美。

"只不过有点麻烦。"夏美看着耿直,长睫毛忽闪了两下,那目光有点复杂。

"什么麻烦?"耿直下意识地抓紧了夏美的手,好像松开夏美,他就再也没有机会出去了一样。

"说吧,欠了我一个人情,怎么还我?"夏美垂下了目光,目光盯在自己的手指上,模样显得含蓄而害羞。这应该是心里有私的一种表现,那种"私"还是男女之私的私。

耿直用力地握了握夏美的手,郑重地说:"只要让我出去,你想让我做什么,我就做什么。"说过之后,稍稍觉得自己话外延有点太大,又急忙跟了一句:"除了不伤害小北,我什么都能做。"

夏美张了张樱唇,欲言又止。

"你不相信我?"耿直疑惑地问,"那我证明给你看,发毒誓……"

夏美立即捏住耿直的手掌，摇了摇，抬头看着耿直，眼里竟然泪水涟涟。“你说的无论什么，我都信。只要能把你保释出去，我也一样，什么都能做，我的心你应该明白。”

看着夏美梨花带雨的模样，有点心疼，他伸手为夏美擦去了泪水。夏美哭得哽咽，把自己的脸深深地埋在耿直的手掌里。

“你用什么办法保释我出去?”耿直还是有点担心，这次的事情他知道后果，没想到有被保释的机会。只是出去之后他怎么面对小北呢，她可能早就知道是她的老公耿直拿走了她的家传宝贝要卖掉吧?

“是个事情，就总有解决它的办法。就像一把锁头，打开它可以有多副钥匙。”夏美擦干了泪水。这是个坚强的职业女性，哭起来是一朵花，站起来就是一棵树，一棵让男人可以遮风避雨的树。

这也许就是夏美跟沈小北的不同。

沈小北什么时候都是个女人，但夏美有时坚毅的眼神男人也抵不过。

“一切都靠你了。”耿直感激地说。

“你知道我对你好就行。”夏美重重地凝视着耿直。

“我知道你为我好，即使全天下的人都想害我，你也不会。”耿直肯定地说。

夏美笑了，笑得很欣慰。能得到耿直这样一句的评语，她觉得很值。

不知道夏美用了什么办法将耿直保释出来。重新回到自由的马路上，耿直伸了伸腰，挺了挺胸，用力呼吸了几口空气。回想着被囚禁在小黑屋子里的那一刻，度日如年，生不如死，他是永远也不想再回到那个该死的地狱，

小北怎么样了，一天一夜没跟她联络，她肯定打他手机了，他说过要早点回去吃她做的菜的。她肯为他下厨做菜，可他却没有按时回去，甚至还玩失踪。

出来时，手机和各种私人物品都给了他，甚至连带那只紫铜香炉也拿了回来。耿直不禁对夏美刮目相看。

“我父亲原来是部队上的，有一些老战友还肯给我一点面子。”夏美不想多说她那边的关系，耿直也没再追问。每个人都有秘密。反正夏美帮了他大忙，他知道欠她一个人情就行了。

“那只香炉是个赝品，公安就顺水推舟一并退还给你。”夏美意味深长地看着耿直。

那被没收的紫铜香炉的确是个赝品。耿直知道香炉的重要，不见兔子不撒鹰，他要见到买方簇新簇新的钞票，才会把真正的紫铜香炉拿出来。

见夏美知道了根底，他笑笑说：“狡兔三窟，我不过是小心点而已。”心里却不免有了几分疑惑。如果这只香炉是真品的话，公安还会把它一并退给他吗？

已经三天四夜跟沈小北断了消息了，他摸出手机，给妻子打电话。

“小北，我出了点事儿，交通事故，小事，现在没事了。”耿直小心翼翼地措辞，生怕引起沈小北的怀疑。

“真的没事了，这么长时间你怎么不来个电话，我都急死了。”电话里传来沈小北焦急的声音。

“被交警连人带车扣住了，手机也收了上去，没法给你打电话。”耿直急切地想表白什么，“这不一出来就给你挂电话吗？”

沈小北正在给何建豪授课，她很想出去跟老公见个面，但这一个半小时的私人时间已经卖给了何建豪，她克制着情绪，心里却翻上翻下。耿直又出了车祸？他这一年出几次车祸了？难道真跟他的毒誓有关？他真的背叛了我，所以被自己下的咒语套住了？

沈小北想起妙龄说的毒誓应验的事，觉得耿直这事真是太蹊跷了。

一旁的夏美冷眼旁观，看到耿直一获自由就先给沈小北打电话，心里酸溜溜的。

“我有件事想跟你说……”沈小北欲言又止,她看了眼在旁边练舞步的何建豪,没有说。毕竟,怀孕这事还是比较私人的,再说老公刚刚脱险,还是晚上回家再告诉他吧。

“晚上再细说,我现在还有些手续需要办。”耿直先挂了电话。

夏美已经很不耐烦地把墨镜戴在脸上,整个脸部看起来冷冰冰的。

耿直边走边说:“先回办公室,有些事情还需要处理,等会请你吃饭好不好?”

夏美嘴角一牵,淡淡地说:“就一顿饭吗?”

耿直笑着说:“别那么小气,你的情我记着呢,这顿饭是压惊饭,给我压惊的行不行?”

夏美嘴角上翘,脸上露出了笑容。

4

东来终于抗不过疼痛,在邱队的斡旋下,承认了两起案子都是他做的。

邱队有点担心地说:“你承认一起就行了,怎么两起事都承认了?”

“一个也是死。”东来淡淡地说,“我怕疼。”

“那紫铜香炉呢?”邱队问。

“半路被黑吃黑。”东来说。

“真拿你没办法。”邱队苦笑,“等去了拘留所那边,我会找人照顾你的,你胳膊上的伤也需要治疗。我会帮你找最好的律师,等上庭了再翻供。”

东来点点头。

东来很快被押解上一辆警车,要押送到五十里外的拘留所去。他戴着手铐坐在后排,左右一边一个持枪的刑警,前面副驾驶上的刑警也端着开了保险的枪,看来东来如果半路想逃,需要躲过三只黑洞洞的枪口。这还不算那个开车的刑警。

东来闭目养神,没有一点外心的样子。但他心里在算计着行程。如果警车出了市区,他想逃的机会更是渺茫。因为在市区里行人多,车辆拥挤,真要逃出警车,就等于水入大海,怎么也不能让他们再逮住了。这么想着,就盼望着路上有个交通堵塞什么的,但警车一路畅通无阻,除了红灯,根本就没停过。车子很快驶出了市里,开上郊区的公路。

前面一个岔路口,忽然从农村的岔道上开上来一辆大货车。货车看来是要横穿公路到公路下面的另一个村子去,结果货车在横穿公路的时候,咯噔一声,熄火了,横在了马路上。

郊区的公路不宽,大货车又是加长的,结果把道路堵得严严实实。警车不得不停住了。前面副驾驶上的刑警端着枪出去了,吓得跳下大货的司机车子也不修了,掉头就跑,边跑还边喊救命救命!

刑警只好回来,对开警车的司机说:“这道路两侧都是深沟,没法绕道,你过去看看他的车怎么回事?”

司机下车了,刑警也跟上去了。这时车上就剩后排坐上的两个刑警了。看制服上的标记,其中一人还是特警队的,看来是把特警队调过来护驾的。东来用了两招把两个刑警打晕了,然后在车上装死,闭着眼睛一动不动。那个端枪的刑警回来查看,也被东来收拾晕了。剩下的司机更不费什么事就拾掇了。

东来拿走司机的手机,给邱队打了个电话。

“老邱,我出去溜达溜达,老谢的人马都在道上刚上公路那段趴着睡觉呢,你赶紧接人去吧。”说完,也不等邱队回话,就把手机丢进了脚旁的深沟里。

他没有注意到,他走后,车里那个特警队的刑警睁开了眼睛,但他没有动,抱着枪,目送东来,嘴里小声说:“队长,走好。”

5

何建豪开着他的奔驰S68，副驾驶上坐着九光。

“豪哥你不会带我去泡妞吧？”九光嘴里嚼着泡泡糖，看着外面熟悉的街道，不知道何建豪带他出来是什么意思。

“鬼门关，敢去不？”何建豪吸着烟，斜睨着九光。

九光点头笑着说：“人都不怕，还怕什么鬼门关？只要是跟豪哥在一起，刀山火海也敢去。”

“老九，我就喜欢你这脾气。”何建豪欣赏地打量着九光。九光则贱兮兮地说：“昨天求豪哥帮忙的事，有眉目了吧？”

“这要看你怎么为我办事了。”何建豪把烟灰弹在烟灰缸里。

他知道九光滑，滑得像条泥鳅，想抓住他的软肋，还真不是件容易的事。因为你以为抓住了他的软肋，但可能他的软肋早就转移了方向。不过，他愿意跟九光玩猫捉老鼠的游戏。有意思，这比一出手就知道胜负的比赛有意思多了，也更刺激。

“把这个礼物给我送里面去，吧台的调酒师，人称女巫的女人。”奔驰车停在一家夜店门外，此时不是夜晚，夜店的客人不多，门都没有全开，只开了一半。何建豪把一个花纸包着的礼物盒子递给九光。

“什么东西这么精致，豪哥给女人的东西，不亲自送去？”九光掂量着盒子的轻重。表面上很轻松，但心里却格外小心谨慎。不会是炸弹或者毒品吧？如果只是一个女人用的礼物，何建豪不会兴师动众地让他九光给送进去。

但此时已经是我为鱼肉，人为刀俎，既然欠了何建豪的人情，不还是不行的，更何况他已经欠了何建豪好几回人情。这么一想，九光只觉得后脖颈嗖嗖地冒凉风。

“要你送就送，哪来那么多的废话。”何建豪眉毛一竖。

九光下了车，捏着盒子一哈腰进了夜店。走廊里黑咕隆咚的，一点亮都没有。九光贴着墙壁，摸索着向前走。大厅里也没有灯光，但里面有人影，有调笑的声音，有低迷的音乐。九光很快摸到吧台边，吧台上亮着一盏暗红色的小灯，里面有个女人闭着眼睛随着音乐拿着酒杯在轻轻地摇晃。

"你叫女巫？豪哥让我把这个给你。"九光把东西丢到吧台上，回身想走。不想，女人叫住了他。

"喝一杯再走吧。"女人睁开眼睛，把自己的酒杯递过来。九光没有接，还想走。

"我有东西要拿回给豪哥的，否则豪哥会认为你没把货送到。"女人轻声说。

女人不是很美的那种女人，但眉目如画，眸如点漆，脸上有种不同寻常的气质，正是沈小北家做过保姆的杜小昭。小昭一边说话，一边撕开了那个包装精美的礼物盒子。

盒子里是一只美丽的布娃娃。小昭的手在柜台里一摸，拿出一把水果刀。水果刀在九光眼前一晃，像劈开一道光亮，径直豁开布娃娃的肚子，里面露出一袋白色的面粉样的东西。

"知道是什么吧，肯定不陌生。"小昭舔了舔那粉末状的东西，从吧台里拿出一沓钱丢给九光。"回去告诉豪哥，说我谢谢他，也告诉他，他派来的帅哥很屌！"

九光有点傻眼，这他妈是送礼物吗，这不是送货吗？这跟之前心里的想法一致了。

他气冲冲地走出来，上了何建豪的车，把那一沓钱咣当扔在挡风玻璃上，说："豪哥有话就明说，非得摆我一道你就开心了。"

何建豪的香烟还没有熄灭，他发动了车子，邪魅地横了九光一眼，并没有因为九光的举动而显出生气的样子，倒是宽容地一笑，说："老九你也不是小孩子了，就别做小孩子做的事。你那个店一年能赚多少钱？跟我做，一个月就保你赚一年的钱。”

“豪哥你别照顾我了，照顾别人吧，我天生吃苦的命，只能当苦力赚钱。”

何建豪也不生气。心里却说，九光你就别跟我装犊子了，有你跪地求我的时候，我现在还没功夫弹了你。

手机响了，何建豪扔掉香烟，慢条斯理地接起，没说什么，只是把手机贴近耳朵。电话响了几秒钟，他放下手机，淡淡地对九光说：“还生气呢？告诉你个好消息，东来出来了。”

九光脸色一喜。

“怎么出来的？没事了？”

何建豪对九光嗤之以鼻。“没事了？那么大的事能说没事就没事吗？我的朋友替他截下了囚车，剩下的，就看他自己的命了。”

“可公安要是通缉他怎么办？”九光替东来担心。

“我不能把他揣到娘胎里保护起来吧，他是个大活人，就看他自己怎么摆平了。”何建豪不屑地说，“我答应你的是让他出来，可不是为他洗清嫌疑，那些需要靠他自己去做。”

九光急忙点头说：“豪哥谢谢你，太谢谢你了，我替东来谢谢你。”

何建豪没说话。拿起手机拨了个电话。

“沈老师，我是何建豪，那个事我替你办了。对，东来出来了，能有什么事，小事一桩，你不用挂在心上，有空一起喝茶。”

放下电话，他斜睨了九光一眼，似是漫不经心地说：“这女人挺够味，身材没说的，皮肤又光又滑又紧，比处女都紧……”

他话没说完，九光的眼光已经毒辣辣地刺了过来。

何建豪哈哈一笑，说：“一个女人吗，咋滴兄弟，不舒服？”

九光皱着的眉头却忽然展开，笑嘻嘻地说：“女人是衣服，兄弟是手足。只要豪哥开心，我就开心就舒服。”心里却想，你也就是他妈吹牛逼，敢动我的女人，我就敢砍掉你的手足。再说就沈小北的脾气，别说是捞东来，就是他老公耿直出事了，她也不会卖身救夫。何建豪那样的，那丫头绝对看不上。

昨天的那一幕又闪现在九光面前。

九光是个从来都不在乎面子的人，要是求人办事，让他跪就跪，让他叫爹他就叫。大丈夫能屈能伸，为达目的不择手段。但是昨天当他脱光了衣服看到何建豪也要脱衣服时，心里还是吓得嘣嘣直跳。

被强奸的滋味肯定不好受，被鸡奸的滋味肯定是不好受加上羞辱。所以九光在眨巴眼的瞬间，想了无数个念头以求自保，还能让何建豪答应帮忙的，但一直都没想出来。

不过，当他看到何建豪搁到烟灰缸凹痕处的香烟时，心放到了肚子里。

何建豪抽了一半的香烟没有掐灭在烟灰缸里，而是搁到凹痕处担着，那就说明何建豪在三分钟之内肯定还要吸这支烟。也就说是，何建豪并没想真把九光怎么样，他只是做做样子。吓唬吓唬九光。

所以九光就装作吓得浑身发抖的样子，完全满足了何建豪的心思。何建豪也就顺势放了他。

对付何建豪，九光自认绰绰有余，不过是一碟小菜，我九光是大智若愚，想看透我，你再吃十年咸盐吧。

何建豪把奔驰 S68 开上了国道，懒洋洋地靠在椅背上，长舒了一口气，说：“一起乐一会儿去？”

九光兜里的手机振动不已，拿起来一看，是沈小北的号码，他犹豫了一下，按了电话。

沈小北大概是因为东来的事有消息了才给他打的电话吧。想到东来，九光心里就不由得酸溜溜的。凭什么东来在她的心里占据了那么大的地盘啊？而他在此赴汤蹈火，她个臭丫头知道他的屈辱和危险吗？这丫头需要调教，得想个什么办法，让她就范才是。不能总是看着她为东来东奔西跑的。

九光越想越斗志昂扬，像风鼓起来的帆，随时都准备远航。如果沈小北还是小姑未嫁，他可能还未必这么激情蓬勃，热血澎湃。正因为沈小北有老公，有东来那样铁的哥们，这反倒激起了九光的好胜心。他九光是谁，于万军中取敌首级如入无人之境，难道还取不了一个臭丫头的心？

手机又开始振动。九光瞥了眼号码，神色略变。

一旁的何建豪嗤嗤地笑着说："沈小北的吧，接吧，不会认为我是电灯泡吧。"

九光笑嘻嘻地说："豪哥真有你的，是女人打来的，找我去消遣一会，九光记住你这个人情了，改天咱们再聚。"

何建豪把车子靠着路口停下，看着远去的九光，眼里闪过一丝邪魅的笑。俊美的脸看上去渐渐地凝聚了一股杀气。

第十四章　对　峙

1

九光接到的第二个电话不是沈小北的，是东来打来的。

东来一出来先给他打电话，九光立刻不怎么吃东来的干醋了。东来拿他当哥们儿，他也不能太熊。他给东来打电话，东来有气无力地说："有没有什么地方，让我猫几天？"

"找我算找对人了。"九光一听东来说这事，立刻全部承揽下来。"说个具体位置，我开车去接你。"

东来说了位置，在人民广场附近。那里有三个垃圾站，是个臭气熏天的三不管地带，的确是躲藏的好地方。不过，听他说话，好像三天没吃饭的样子，九光琢磨可能是丢到里面被公安给拾掇的。什么能人也架不住在里面蹲一夜。就东来那样的，脆得跟玻璃似的身子骨，还带着枪伤，没人收拾都弱不禁风，有人动一动小指，他可能就丢了半条命。

"原地等我，我马上就到。"九光立刻打车回了店里，把车子开出来去接东来，路上给沈小北打了电话，说东来出来了，跟他在一起，让沈小北放心。

"跟你在一起，我真不怎么放心。"沈小北说。她说的是真话，不是跟九光开玩笑。东来受伤那晚，在九光那个医生朋友的诊所里，她眼睁睁地看着九光不帮东来，心里很生九光的气。虽然知道九光那样其实也是帮东来，但如果东来在她这里，她就放心多了，她会给他更好一点的照料。只是东来出来后连给她报个平安的电话都没打，怎么反倒去找九光？这跟她平常认识的东来有点差距。

九光在人民广场接到东来。东来面色惨白，眼窝深陷，身体好像显得更单薄了。上车的时候，很吃力的样子。九光不禁在心里暗笑，东来也不过如此，说他手黑，还真是难以让人相信。

东来靠在座位上，整个身体都蜷缩在椅子里，显得很渺小。那张副驾驶的座位则平空显得大了不少，好像是一张大手，把东来整个包在了五指里面。

九光在车上就呱唧呱唧地把他求何建豪帮忙救他的事说了。东来若有所思。

"你替我谢谢他，伤好了，我再登门道谢。"东来说。

"登门道谢？别扯了，你的案子不可能这么快就没事了，还是想想以后怎么跑路吧。"九光说。

"谢谢你，这种时候还帮我。"东来真诚地说。

被人感激，九光很有成就感。他喜不自胜地把车子开得像一柄刀，杀入马路上的车河里，开得气势汹汹，大气磅礴。对东来说要把他送到一个外人绝对想不到的地方。

旁人也许要为窝藏个犯罪嫌疑人而忧心忡忡，寝食难安，但九光正相反。这是个没事还想找点事来证明自己能力的人，这点事在他眼里，连热身都不算，所以他很兴奋，希望再有点什么事情出来，好充分证明他潜藏的能力和价值。

人的能力和价值总得有人看见有人见证才能说了算。之前没有网络，都是躲在家里一个人偷着乐，现在有网络了，晒幸福的，晒富的比比皆是，为啥，不就是为自己的高兴找些围观的来见证一下吗？否则就好像自己的财富是虚的，不是实的一样。

九光这些年除了开电脑专卖店，还经营过一些小生意。那些小生意不能提名字，那名字就好比冰淇淋，放到阳光里就会融化。但当初他就是靠这些小生意才捞到人生第一桶金的。在成了体面的有了店面的业主后，九光之前从事的那些小生意就渐渐地退隐到屏风后面，不能再露头。偶一为之也是手痒，跟钱无关了。

马克思曾深刻地指出：资本的原始积累，从头到脚，每个毛孔都滴着血和肮脏的东西。九光的资本原始积累，也存在这些问题。不过，九光这人特有阿Q精神，他信奉“不是好道儿来的钱，要好道儿散出去”。这些钱只要不用来贩毒走私受贿，就算是好道儿散了。

他开了店，还积攒了两套房产，之前都出租了，现在正好有一套房子租期刚到，他还没倒出工夫租出去，便直接把东来拉到了那套房子。

在外人看来，东来跟九光没有能扯上的关系，而九光那样的年纪能在别墅区里拥有房子也是少见，所以他把东来藏匿到这里，有万无一失的把握。

东来进了房间，就靠在沙发里，脸色晦暗，整个人显得萎靡不振。右手臂整个膀子都耷拉着，伤口可能没得到及时换药。九光去车里取急救箱，等回到楼上时，发现东来靠在沙发里已经睡着了。

他动手解开东来的衬衣，东来都没有醒。看来他被丢在里面遭了不少洋罪。等脱衬衣时，九光傻眼了，右臂上的伤口血糊糊一片，用手指一按伤口的边缘，还在向外渗脓血。

东来受疼，长舒了一口气，悠悠醒来。

“伤口怎么这样了，我还是送你去医院处理吧。”九光吓了一跳，害怕自己的手法耽误了东来治伤。

“相信你能帮我才来的,就照你的法子处理吧。”东来说是说,整条手臂的肌肉都绷紧了,紧张得不轻。

九光想想也是,就东来现在的身份,拉出去就等于游街了,可能还没走到朋友的诊所就被公安逮了回去。可看着东来的伤势,他头一次蹙起了眉头,感觉很为难。

东来怕疼是肯定的,处理伤口的时候,东来要是叫起来,房子的隔音虽然是一流的,可也足以被楼上楼下的住户听见了。九光想来想去,细眼睛一眯,坏笑着打量着东来,说:“都听我的,是不?”

东来点头,似乎连说话的力气都没有了。

事情最终是这么处理的:九光将东来捆到了床脚上,防止东来乱动。为防止东来叫出声,他给东来的嘴上贴了几层胶带。九光的手脚麻利,很快处理掉伤口上的脓血,重新用酒精消毒,又敷上云南白药,用纱布一层层地包扎好,这才给东来松绑,撕去他嘴上的胶带。

东来浑身水洗过似的,衬衫都被汗水黏到身体上,他大口喘着气,感激地看着九光。

“不用谢我,谁让你是沈小北的朋友呢。”九光让东来先休息,他去外面买了些吃的提上楼。

东来睡了一下午,脸上的颜色不那么苍白了。被九光逼着起来吃了些东西,又吃了药,依然病恹恹的样子。

“放心睡吧,晚上我来看你。”九光给东来抱过一床被子,弯腰放到床上。但还没等他直起腰,只觉得腰眼儿一疼,整个身体像倾倒的大厦一样,从头到脚都酸软地堆在床上。

九光不相信地回头看东来,不知道刚刚救了的东来为何出手伤他。东来也不给他反抗的机会,捏住他的手腕子反别到身后,九光就一动也不能动地趴在了床上。

东来四两拨千斤,纵使九光力气比他大,也没受伤,但他的角度力度都拿捏得不差分毫，九光想反抗，可身体的任何部位动一下，都钻心地疼。尤其他的手，他身体上最脆弱最娇贵的部分被东来捏着，疼得他浑身直冒冷汗。

“你他妈还有点良心吗？有你这样的吗？翻脸比脱裤子都快。”九光气哼哼地说。这回他信了“东来一出手就废掉旅店里的那俩劫匪了。”这眨巴眼的工夫，一个病痨子只用了一招半式就把他个五大三粗的汉子制服了，这不能不让九光在气愤之下还存点佩服之心。

“我只问你三个问题，答错了，你这条手臂就废了。”东来淡淡地说。

“这都熊到家了，你问什么我能回答？”九光愤愤地说。

“我查劫匪的事，除了沈小北和你，还有谁知道？”东来问。

“那你得问沈小北。”九光恼怒地说。

“我去旅店废掉俩劫匪的事，你都跟谁说了。”东来的语气依然是淡淡的。

“跟你大爷……哎哟。”九光没有说完，就叫起疼来。原来自己也能叫得这么波澜壮阔，看来疼到几个分贝的时候，谁都会叫出声的。

“你个犊子手也太黑了。”九光还想骂，东来捏着九光别到后背上的手指只是抬了抬，九光就开始撕心裂肺地惨叫。

“你替沈小北找到两个劫匪，是找谁帮的忙？”东来依然逼问九光。

“凭哥一条汉子，还用找人帮忙？”九光不想把何建豪露出来，因为他觉得何建豪既然帮东来出来，就根本不可能陷害东来。

东来又开始掰九光的手指，九光都听到了手腕骨碎裂的咔吧声。他立即服软认输，说：“我说我说还不行吗，你轻点……”

就在东来放松警惕的那一秒钟的间隙里，九光的脚踹到东来的膝盖上，东来还没来得及哼叫就滚到了沙发下，脸色立时蜡黄，额头上直冒汗珠子。

九光站到东来面前，嘻嘻笑着，眯缝着细长的眼睛，说：“这回轮到我审问你了。”脚尖前递,踢到东来的膝盖骨上,东来疼得缩成一团,浑身不住地颤抖。九光看东来的样子,有点不忍,但他知道以东来的水平,只要放松警惕,他立马就成阶下囚,所以硬下心来,从裤兜里摸出楼门钥匙,蹲下身子,把钥匙前端锐利的部分抵在东来膝盖骨的缝隙处,笑着说:“我也只问你三个问题,你回答错了或者不回答,你这条腿就废了。”

东来颤抖着,想说话,牙齿却打战,半天没说出来。

“你是不是有很多仇家?最要命的仇家是谁?”九光看着东来的眼睛问。

东来不说话。只是眼神跳了一下,有些恐惧地盯着九光手里抵在他膝盖骨缝隙处的钥匙。

“你最要命的仇家里,有谁知道你在查劫匪案?”九光又问,晃了晃手里的钥匙。

东来还是没说话,脸上却若有所思。

九光没有问第三个问题,直接把钥匙扎到东来膝盖骨的缝隙里,东来疼得浑身一抖,就没了动静。九光抬头一看,东来的脑袋歪在一边,晕了过去。九光自语说:“啥玩意呢,行他打人的,不行我打人的?玻璃人,一碰就沾包儿。”拼了食指,用力掐按东来的人中,东来才一口气上来,剧烈地咳嗽起来。

“我也不是真打你,就是一报还一报,咱们两讫了。”九光说,但说过话之后,立刻离东来远远地站着。既然不能动手打东来,就只能离他远远地站着,防着他。

东来沉吟了半晌,皱了眉头说:“你打得对,我是糊涂。”

九光嘻嘻一笑:“还算聪明,你问我的问题,我用两个问题回答你了。谁陷害你,你该清楚了吧?”

“我的仇家多了,之前做刑警,每年抓的嫌疑人判刑的,没有三十也有二十,少则八年,多则死刑,恨我的人多了。”东来说。

九光瞪大了眼睛。“那怎么办，这事无从查起了？”

“没那么绝望，判刑出来的，至今也没有几个。我估摸一下，大概有三两个，这几个里最有实力在公安眼皮底下劫走两个劫匪还敢杀人陷害我的，出不了这三人。”东来看着九光说：“扶我起来，让我到床上倚会儿行不？”

九光完全放松了警惕，立刻奔到东来面前想扶他。但看东来的手要搭在他肩膀上了，他猛然想起了东来的手段，急忙一矮身子退开了。东来失去了九光的倚靠，人就重重地跌倒了，疼得他龇牙咧嘴。

九光摇头笑着，过去把他扶到床上，恨恨地说：“你这人够犊子够个掰的，沈小北怎么会有你这么个朋友？”

“那只能说明沈小北也够，够个掰的。”东来开了句不大不小的玩笑。但犊子两个字，在东来嘴里认为是粗话，他是绝不会说出口的，更不会用在沈小北身上。

2

沈小北这几天过得不快乐，非常非常的不快乐，比家里进来劫匪，比紫铜香炉丢失还不快乐。

这事得从耿直说起。

耿直自打“交通事故”之后，突然像变了个人似的，每天很晚回家，回家后也是一副疲惫至极的样子。并且再也没有主动跟沈小北黏乎过。有天沈小北在地毯上下腰劈腿，发现耿直浑然不觉地进了浴室，洗漱完毕后径直回了卧室。等几分钟后沈小北锻炼完回到卧室，发现耿直已经发出了鼾声。

沈小北不相信耿直忽然就不近女色了，他又不是和尚，怎么忽然就不跟她亲近了呢？她故意在耿直面前穿得很暴露很性感很妖娆，一件吊带衫露出颈部漂亮性感的蝴蝶骨，幽深的乳沟若隐若现，眼神妩媚撩人，但很快沈小北就泄气了,因为耿直有点视而不见。

这还是那个三天没跟她纠缠就猴急的老公吗?那晚她早早地上床等耿直,耿直一上床,她就翻身将耿直搂住了,身体紧跟着贴了上去,舌尖也缠绕过去。耿直起初两只胳膊向外一撑,虽然没有撑开沈小北,并且随后也放弃了向外撑的动作,但是沈小北还是很受伤。他莫非真有了外遇?

几次车祸,让沈小北相信了妙龄所说的毒誓应验的话。发了毒誓的耿直就这样一再发生车祸!

凡事就怕认真。自此沈小北开始查看耿直可疑的蛛丝马迹。不看还好,一看之下,她吓了一跳。耿直衬衫上有香水的味道。沈小北不用香水,而耿直身上的香水淡淡的,若有若无,却绝对是有,而不是无。耿直每天回来就跑到洗手间去洗衬衣,就是要洗掉衬衣上的香水味吧?

她还发现一天夜半,耿直放在沙发上的手机振动个不停。以往耿直的手机半夜也有电话。但是自从"交通事故"失踪那几天之后,耿直回家就关了手机。那晚是沈小北故意给耿直的手机开机了,她等待着夜半自动找上门来的女人。

电话接了起来,果然是个女人。

"你还没睡吗?我睡不着,就想给你打个电话,想你了。很想你。"女人的声音粘粘的,腻腻的,甜甜的,软软的。好像躺在床上发出的含混而暧昧的声音。

沈小北说话的动静也是甜甜的,腻腻的,软软的,但她从来没想到一个女人听另一个女人发出这样的声音是多么的讨厌,她竟然在不知不觉中打了个寒战,起了一层层的鸡皮疙瘩,等女人说完了,她不得不开口了。因为这样的声音在午夜时分打给自己的老公,太有勾引的意思了。

这种挑衅和羞辱,沈小北绝对不能坐视不管。

"你是谁,为什么这个时间给我老公打电话?我老公是有妇之夫,不是单身男人,他没有权利在午夜时分接听除了她妻子之外的任何女人打来的这样的电话。我是我老公的妻子,我有权接听女人半夜打给我老公的电话。有权知道你是谁。”沈小北尽量克制着自己的情绪,让自己听上去很理智很智慧。但是她自己清楚,话说到最后几个字,已经有点咬牙切齿的感觉了。

“哦,是耿太太啊,那我就平衡了。我以为耿总的身边躺着别的女人却一连几天不接我的电话呢。既然他身边躺的是您,我就没什么好说的了。”女人的声音听上去很高兴,一点没因为沈小北的咄咄逼人而露出一点沮丧。“我是谁不重要,重要的是我存在。我给耿总打电话说什么不重要,重要的是我说得很暧昧很让人想入非非。耿太太,婚姻不是什么牢不可摧的城堡,你没必要拿着鸡毛当令箭!有妇之夫怎么了,那说明男人更成熟更有魅力,我更有争夺的必要。你是她妻子又能说明什么,那只能说你现在是他妻子,将来谁是他的妻子还说不定呢!”

沈小北可没想到遭遇了史上最强悍的小三。她张嘴骂道:“别拿无知当无畏。婚姻最起码是受法律保护的,你半夜打来这样的电话,我可以控告你骚扰。你所谓的争夺有妇之夫的戏码,是不义之战。”

女人却从中截断了沈小北的话,哈哈笑着说:“开个玩笑,别那么大火气。以耿直的风流成性,你这样的脾气不气出心脏病啊,我随便打个电话,就点燃了汽油桶吗,看来你们的婚姻生活并不美满,同志还需努力啊!”

电话随即就挂断了。

沈小北气得浑身发抖,看着从卧室出来的懵懂的耿直,她狠狠地把手机掷在耿直身上。

耿直却不明白自己的老婆怎么半夜三更夜游似的跑到客厅拿起自己的手机打给自己。

“你疯了,吓死人了,打声招呼啊?”耿直不满地说。

沈小北气得说不出话,只是跳着脚般在沙发上蹦,蹦,蹦,用力地蹦,希望自己能把沙发蹦塌了,把地板蹦碎了,把地蹦地震了。

耿直觉得沈小北是无理取闹,沈小北不屑跟耿直探讨他外面的小三,两个人开始谁也不解释,谁也不理谁,婚姻进入冷战阶段。

沈小北不再做饭,不再早归,甚至有时也夜半归家,她希望引起耿直的注意,引起耿直的询问,哪怕是争吵也好,但耿直不问,她便不说,冷战进入相持阶段。接下来的情况是,要么分居,要么分家。

难道自己的婚姻已经到了这个地步了?

这个时候,谁先说话,谁先解释,就仿佛在向另一方认输。气氛突然变得微妙起来。家里有时一天也看不见耿直的影子,有时沈小北也不回家,宁可跑到旅店里住半宿,她不想守着空空的床睡在空荡荡的房间里。

更纠结的是,怀孕的事一直没跟耿直说。不是不想说,是没有心情没有气氛说。心情好的时候,怕说起怀孕的事引得两人不快乐,要知道怀孕的时候她喝了带有安眠药的牛奶,所以这胎儿必须打掉。心情不好的时候更没法说怀孕的事,那等于是火上浇油。于是,一连七八天过去了,沈小北怀孕的事,一直没跟耿直说。

尤其在接到那个半夜凶悍的“小三”来电之后,沈小北就更没有谈怀孕的心情了。耿直在外面都有小三了,当然也就有人准备给他生孩子了,她肚子里的这个喝了安眠药的胎儿谁还在乎呢?

3

东来虽然恢复了一周,依然病恹恹的。

在沈小北纠缠下,九光终于告诉了他别墅的号码,沈小北下了操后,买了水果,去看东来。

这几天报纸电视上铺天盖地都是东来杀掉两个劫匪又潜逃的消息,沈小北一看到这方面的新闻就心惊肉跳,为东来担忧。现在终于坐到他的对面，心里才踏实了一点。看他伤愈后憔悴的脸，还有那明显更加深陷的眼睛，不无埋怨地说："怎么不早告诉我，我好过来看你们。"

东来淡淡地说："怕耽误你工作。"

沈小北看着东来的右臂，心里一揪。她非要看看东来的伤口。那晚东来在她家让她用匕首戳破伤口的一幕还在回忆里惊心动魄着，她非要亲眼看到东来的伤口愈合才放心。

东来拗不过她，只好挽起袖子。沈小北看到那伤口上纵横的刀疤，鼻子一酸，两颗泪珠滴落到东来的手臂上。

东来看见了，拿了纸巾给她。

沈小北接过纸巾，东来的指腹划过她的掌心，她心里一颤，好像有一股电流窜遍了全身。她有些紧张地瞥了眼东来，突然发现后者有些不对劲。

东来倚靠在沙发上，忽然一言不发，眉头蹙着，眼睛里似乎在忍受着极大的痛苦。两只手紧紧地攥成拳头。牙齿咬得咯嘣响，脸部的肌肉因为疼痛都有些扭曲了。

这样子太可怕了。沈小北突然想起那次跟东来在大排档吃饭，后来何建豪去捣乱的事。那晚东来就突然眉头紧蹙，牙关紧咬，脸上的表情很不对劲，好像他在忍受着极大的痛苦，跟今天的情景差不多。

"你怎么了，难受吗？"沈小北心慌意乱，不知道该怎么做才能帮到东来。

"疼……"东来从牙缝里挤出这个字，随即就倒卧在沙发上，浑身抖得像筛糠。

"怎么办，怎么办呢？"沈小北想扶起东来。一接触东来的身体，就感觉到东来的战栗。她吓坏了，六神无主。她站起来，想去包里拿手机，给九光打电话。

慌乱中，意识有些迷乱的东来忽然抓住沈小北的手，喃喃着说："别走，别离开我……”

沈小北的心瞬间坍塌了。东来的手凉而硬，像块薄薄的骨头，硌疼了她的手。那么无助，那么绝望，就好像抓到了一把水里的浮草，死死地拽着，生怕一撒手，他就会沉入海底，永远没有浮上来的希望。

一个男人，一个那么坚强的甚至有些冷漠的男人，忽然就脆弱成了一根草，一张纸，一片羽毛。轻飘飘的，似乎浑身都没有一点重量。沈小北条件反射般地立刻回握住东来的手，把他冰凉如铁的不断痉挛颤抖的手紧紧地握住，并贴在胸口温暖着。她完全忘记了避嫌，完全忘记了这个动作有多么暧昧和情色，她心里只有一个想法，东来要死了，她不能让东来死，她要让东来的手暖和过来。

东来的身体还在继续颤抖，越抖越凉，额头上不断落下汗珠。沈小北吓哭了，她把东来紧紧地抱在怀里，哭泣着说：“别怕别怕有我呢，没事的没事的。”她喃喃着，后来发现她也在抖，是因为东来的颤抖吓着了她，还是因为东来的抖传染给了她，她不知道了，只是紧紧地用自己的手温暖东来，一边叫着东来的名字，期待他快点清醒过来。

大约一根烟的功夫，东来渐渐缓和了过来，双手减慢了抽动的速度，也渐渐有了温度。他完全恢复意识时，看到面前沈小北的脸上左一道右一道的污痕。是哭花了脸。

他长长地叹息一声，这才发现自己躺在女人的怀里。他想挣扎着起来，身体有些不允许，而且，他似乎也不想起来。那身体太柔软了，像天上的云彩，像温暖的火苗，让他有贪恋的感觉。但是意识越来越清醒，他知道那不是女友的脸，而是沈小北的。他终于坐直了身体，甚至还伸手摸到纸巾，递给沈小北。

沈小北又哭了，这次流出的是高兴的眼泪。她哽咽着说：“你终于好过来了，刚才吓死我了……”

东来没有看沈小北。是不敢看。他有些不解自己的刚才的情形。之前头疼发作的时候不少,但没有一次丧失意识是这么彻底的。以往他会留存一些意识的,可刚才他却完全处于昏迷状态。他想来想去,终于想明白了,那是因为身边有沈小北。

就像喝醉酒后,如果身边有最亲近的人,醉酒的人就立刻人事不省。而如果身边没有朋友亲人,那这人无论喝到多大的量,都会有残存的意识支撑着他回到家,哪怕是一进房间就一头栽倒在地上。

九光回来的时候,沈小北坐在沙发上给东来削苹果。刚好削好了,沈小北刚要递过去,九光半路给截了,接过苹果说:"我渴了。"

沈小北不满意地白了他一眼,说:"你也不说谢谢。"

九光故作惊讶地说:"咱俩之间还说谢谢?那显得多生分呢?"然后一屁股坐到沙发上,把拿回来的饭菜让沈小北拾掇一下,摆上来,他要跟东来喝两杯。

"我今天去见何建豪了,说了你的事。他说你要是走投无路,他可以帮你。"九光对东来说。

"没说别的?"东来竟然没显什么惊讶。

"他这人愿意别人欠他的情,大概还是想你欠他的情吧,或者,他希望你为他用。"九光转动着眼珠说。

"他就是有意,我暂时也不能去,劫匪的事还没了。"东来说。

沈小北端着饭菜放到桌上,听说两人又说起劫匪的事,就说:"这事算了,我自己查吧。你都弄成这样了。"

"你别担心,他们有动作这是好事,说明里面有阴谋,他们动作越大,露出的破绽留下的线索也就越多。"东来说。

"这我可没想到,你说说。"九光给东来斟满了酒。

"劫匪虽然死了,但暴露出更多幕后的人。之前他们曾对我说,有人雇佣他们去抢劫,还让小个子背着包故意到书房转了一圈。其实那之前,香炉已经被拿走了。能拿走香炉的人,必是有开楼门钥匙的人。能开楼门钥匙的人,除了家里的男女主人,就是保姆。但这是表面上的,其实背后还有人能弄到楼门的钥匙。"

沈小北心里一咯噔。东来说的没错,她的这把钥匙,妹妹就有机会拿去复制。保姆手里的钥匙,就更说不定了。而耿直手里的钥匙,出事的系数更大。比如在他喝醉的时候,秘书把他的钥匙拿走,复制一枚,轻而易举。

东来似乎看到了沈小北心里想的,冲她点点头说:"咱们先从香炉这边推测,知道香炉价值的有耿直,保姆小昭,还有你妹妹。这三个人谁的背后能拥有杀人集团支持,能在公安手中劫人又能杀掉劫匪陷害我?也就说是跟我有仇呢?似乎这三人都没有这么强的实力,并且也都跟我没这么大的仇。"东来喝了口茶,接着说,"咱们再开始从另一条路想,从我被陷害开始推测。我的仇人都有几人,那些人中谁有这实力,这个具有实力的人是否跟耿直妙龄和小昭扯上关系,那么这人的嫌疑就最大。"

"那工作量岂不是太大?"沈小北惊愕地说。

"推测,排查,之前办案子经常用的办法。"东来说。

"我们接下来该做点什么?"九光笑眯眯地眯缝了细长的眼睛,看看沈小北,看看东来。谁的疑点大都不是问题,问题在于看来东来要把这个案子查下去,那就少不了需要他的帮忙。那他跟沈小北就还有更多的机会接触,就有更多的机会讨好她,甚至是有朝一日征服她。这才是九光最关心的问题。

"什么也不用做,就是等待,他们很快还会有动作的。"东来胸有成竹地说,"既然拿走了紫铜香炉,最终肯定是要出货。不惜杀掉两个人,那这事还应该有别的阴谋。"

其实,东来心里已经有了办法了,但他没有对两人说。这是一个刑警办案应该遵守的秘密,虽然他早就不当刑警了,但是这规矩他一直恪守。

沈小北心里感慨颇多,对东来也有了新的认识。之前认识的东来,沉默寡言,但是个有责任心的人,跟他在一起,很安全,很可靠。现在的东来呢?沉稳,睿智,深邃,说出的话让你熨帖,不让你为难,还很有道理。但东来也有脆弱的时候,脆弱的时候甚至比她还脆弱。她很想知道其中的原因。但她也明白,东来这样的人,如果不是主动想跟你说,别人的催问只会令他反感。

她忽然感觉很累很累,疲惫再一次席卷了她,她想可能是因为怀孕的缘故吧,东来说什么都不做,只是等待。那么她呢,也等待吗?可肚子里的胎儿不会等待啊,再有八个多月,这胎儿就会长成人形,从她的身体里破茧而出。

这破茧而出的万一不是蝴蝶而是个畸形儿该怎么办?堕胎吧,早一天晚一天都是这个结果,这个结果不需要等待,需要的是当机立断的决定。沈小北心里虽有了想法,可让她付诸行动还是有相当的难度。她总觉得这是一次杀人行动,一次无声无息的杀人,参与者共有两人,一个是胎儿的母亲,一个是母亲的胎儿,这让她怎么下得了手?

4

怕耽误东来休息,沈小北告辞出来。

因为沈小北的脸色不太好看,九光认定她睡眠不好,送她回家时,提议找个按摩院去按摩。说他认识个中医按摩师,手法很独到,对失眠有奇效。沈小北看着车窗里自己的脸有些憔悴,眼角都有了皱纹。她用手抚摸着自己的脸,眼角的皱纹很顽固,她用手指抚平了,但手指一抬起来,那皱纹又很清晰地出现在眼角。

不免心生感慨,不过才二十五岁,就有了皱纹,这事颠过来看倒过来看都不是好事。

“别照了,车窗不干净,不是你的脸不干净。”九光笑嘻嘻地说。一双细长的眼睛眯缝着，好像他从来就没有烦恼。

“去吧，当是休息一下，你看起来很疲惫。”九光又说。

九光的两只手把着方向盘，轻轻地转动。见沈小北没拒绝，方向盘一转，车子掉头向西。西海公园附近新开了家大型的洗浴中心，据说里面来了许多从外地聘请的中医按摩高手，大概九光就是要去那里吧。

九光悠闲地开着车子，沈小北听取了他的建议去按摩，对于他来说是件愉快的事情，所以他还吹起了欢快的口哨。

沈小北看着车窗外路两旁的树木，那些树木已经枯黄了一半，地上已是落叶缤纷。

时间过得真快，劫匪事件已经过去快两个月了。东来受伤后，她原本不打算查下去了，但那天夜里的梦，母亲骂她那句“孽子”的话让她很内疚，觉得必须找到香炉。今天东来说香炉的后面可能还隐藏着更大的阴谋，这激发了她的好奇心，她又开始想追查下去。她闭目养神，想着紫铜香炉可以追查下去的线索。

九光漫不经心地一边开车，还一边拿出两粒泡泡糖，给沈小北一颗，自己嚼着一颗，不时啪啪地吹着泡泡。吹的泡泡太大了，涨破了，糊了他一脸。他就把那样的脸转给沈小北看。

“像不像大花猫？”九光一边说，还一边做着鬼脸。

“你多大了，还不正经点。”沈小北说。

“我要是正经了，谁逗你开心呢。有东来操心，你就别瞎琢磨了。弄得愁眉不展的，二十五赶上五十二了，别让你老公嫌弃你后再去拾掇，那可就晚了。”

九光这话说到了沈小北的痛处。耿直最近的表现太有失常态了，看来很多事情都在发生，只是自己一直被蒙在鼓里，不知道真相罢了。

她强迫自己不去想耿直的小三，执拗地把思绪拉回到刚才的思路上。如果按照东来的排查和推测，那查下去可麻烦多了，但总好过没有办法。

车子已经开到了洗浴中心。九光停好车子，带沈小北进了洗浴中心。

洗浴中心有六层楼，看来往的顾客举止不俗，但是其中依然夹杂着妖娆的女人，看她们低眉浅笑的样子，总给人不太好的感觉。这里不会是偷情的地方吧？

九光认识的按摩师手法很重，按得沈小北直叫。她甚至伸出手去挡着一些娇嫩的部分，不想按摩了。实在是疼，这哪里是享受，赶上遭罪了。一旁的九光却哧哧地笑着，伸手挡开沈小北的手，不让她的手阻挡按摩师工作。按摩师就开了句玩笑："你们小两口够能闹的，不知道的还以为这屋掐起来了。"

沈小北就板起了面孔。九光却乐不可支。

按摩师给沈小北按摩足部时，沈小北疼得受不了，收回了脚，说什么也不按摩了。按摩师就一本正经地对她说："这么地，我给你把把脉，你身体太虚，应该吃点中药。"

沈小北只好把手腕递给他。按摩师用两根手指搭着沈小北的手腕有一分钟的光景，松开了手，不跟沈小北说话，却是跟九光说："恭喜先生，你要当爸了，你妻子怀孕了。"

九光愣住了。

沈小北也愣住了。

九光愣住了是因为心里一疼，原来沈小北不仅是结婚了，还为耿直怀了小崽子。

沈小北愣住了，是因为包厢门口一闪，有人挡住了大厅里的灯光。门口站着的人竟然是耿直。

耿直的身边站着的是夏美。

夏美的手挽着耿直的手臂，那样子就像一对情人来开房，或者来娱乐。

很多想法就发生在瞬息万变的这几秒钟时间里。开始看到耿直，沈小北心里咯噔一下,因为她发现耿直的眼里都是愤怒,甚至看向她的目光在冒火。她立刻就明白了耿直目光里的含义。他不知道自己怀孕,看到她跟九光在一起,按摩师还说出那样的话,他肯定误会她跟九光的关系了,更误会了他肚子里的孩子是谁的种。

她想奔过去解释给耿直听。但当她看到夏美在耿直身边,紧紧依偎着他,还挽着耿直的手臂时,她想解释的心情就烟消云散了。凭什么要解释啊?他根本不关心她,何必解释给他听?何况他身边倚红偎翠的,她还有解释的必要吗?

她甚至马上就坚定了自己的想法,不用解释,永远不用解释。他不是外面有小三了吗?那她就能怀个别人的孩子。他能在外面找个妹妹,她就能在家里找个哥哥。不就是 PK 么,谁怕谁?

第十五章　一　夜

1

人世间的事就这么巧合，就这么偶然。如果没有巧合偶然，是不是就要一直被蒙在鼓里，被戴了绿帽子都不知道？

耿直这晚回家很晚，凌晨时分回去的。那时沈小北已经睡着了。黑暗中，他像道影子似的穿过玄关，穿过客厅，静悄悄地飘进卧室。他的影子被窗外马路上的车灯不时映在对面的墙壁上，他看着他的影子，觉得影子很轻，也许呼吸沉重一点，都会把他的影子吹落。

他有些沮丧地站在床头，看着睡梦中的妻子。妻子的鼾声很轻很轻，像蝴蝶的翅膀在黑暗里轻轻地翕动。他在洗浴中心里一直积聚的愤怒忽然化为乌有，原本准备回家跟沈小北好好理论一番的，但现在却没有了这个想法，只想静静地看着妻子，看着沉睡的妻子，看到她醒。

他是个有身份有教养的人，不能跟九光泼皮无赖似的争吵打骂，所以在洗浴中心他对看到听到的都只字未提，只是熟络地跟九光打了招呼，嘱咐小北早点回家，就匆匆离开了。

在另一个包房里，夏美给他找的专业按摩师按压着他的穴位，他浑然无觉，心里一直压块石头系个疙瘩，想不明白九光有什么能吸引沈小北的。而沈小北怎么这么素质下滑，不仅出轨，还跟个无赖混子出轨，甚至还有了孽种。他气得差点当场吐血。

在洗浴中心汗蒸，喝茶，按摩，消磨掉了所有能消磨的时间，他跟夏美出来时，仍然没有回家的打算，于是两人去了夜店跳舞，唱歌，把能消磨时间的所有玩意都弄了一遍后，已经是凌晨两点了，不回家也得休息了，否则会耽误明天的工作。

“要不，耿总，我陪您到宾馆开个房间休息休息，您明天还有个重要会议要开呢。”夏美善解人意地说。

这女人知道什么时候说什么话。这一整晚，她似乎没说什么话，只是用眼神瞄着耿直，耿直想做什么，她瞄一眼就知道个八九不离十，所以预先做到了，就没有那么多话需要沟通了。现在，她看出耿直没有回家的意思，便提议去宾馆。

宾馆里的房间虽然宽敞奢华，但是没有家温暖舒适。夏美也很识趣地在隔壁另开了一间房。她知道什么时间跟耿直玩点暧昧，什么时间跟上司撒娇，什么时间该知趣地远离领导，什么时候该随叫随到。这样的大背景下，夏美知道今天她做什么都不会讨巧，与其不讨巧，那就最好冷眼旁观，按兵不动。

有时不做什么，比做什么更有作用。

果然，耿直在房间里睡不着，他给夏美打电话。

“我今天是不是很绅士？”他问夏美。

“你做哪件事都很绅士，都让我佩服。”夏美说得很婉转，也很马屁。

无论在何种状态下，拍马出现的问题都不会是大问题。

耿直哼了一声，说：“屁，别跟我扯没用的，你知道我指的是什么。”

夏美就哧哧地笑了，说：“碰巧而已，不过，耿总您这人特大度，我当时真害怕您失态了冲上去……”

耿直冷笑：“我想冲上去了，怕丢磕碜。”

“没事,有什么磕碜可丢的。男人么,想怒发冲冠就怒发冲冠,也许发泄出去就好了。反正无论你做什么,我都永远站在你身边,永远支持你。”夏美说。

“如果是你,你会怎么做?”耿直沉吟了半晌,点燃一支烟,深深吸了一口,问。

“我啊,我的为人处世肯定没法跟您比。”夏美嘻嘻笑着说,“我有三种选择,可能会扑上去拳打脚踢,可能会装作什么都没发生,可能会立刻离婚。不过,这是我的三种选择,您是老总,你的选择肯定最高明最实用最恰当,在这种事情上,我就是一个泼妇,一个弱智的小女人,我会办砸了是肯定的,其他的只能凭天命了。”

夏美这三个选择很重要,说到耿直心里去了。

耿直放下电话在黑暗中沉思了很久,觉得必须跟沈小北做彻夜长谈,就算是分手,也要分得光明磊落,而不是偷偷摸摸地做那苟且之事。

只是一想到回家挨着沈小北的身子躺下来,他就感到无比煎熬无比痛苦。原先那是让他感觉生活无比美好的事情,但现在成了折磨他的炼狱。不仅因为他有洁癖,在乎沈小北的身子被九光玷污了,还有其他的原因。

被公安关在小黑屋里那三夜两天,让他的神志一度失常。当时他以为是精神太紧张,太疲劳了,没太在意。但是挨着小北的身子想做点什么的时候,他发现问题严重了。他无法坚硬了!

问题太严重了。

一个男人无法坚硬了,并且是在年龄最好的阶段,这玩笑是不是开得太大太过火了?

他尝试了几次,都是无法坚硬,然后他就不敢尝试了。他开始晚归,把自己弄得酒气熏天,弄得疲惫不堪,回到家沾到枕头就睡着,这样他就不想沈小北的身体了。

他也看到了沈小北暧昧的暗示，但他假装没看到。没想到沈小北竟然忍受不了身体的饥渴，找了九光？不对，是早就找了九光，否则不会连孩子都种出来了。他无法容忍她的背叛！

他不知道，沈小北以为他先背叛了她。

小时候看《红岩》，看到甫志高叛变的时候，沈小北不讨厌他，觉得酷刑不是人人都能抵住的，是靠思想信念支撑的。这些东西在甫志高心里本来就摇摆不定，他的叛变是早晚的，所以他叛变不出奇，也不可恨。当时她还想，叛变跟背叛其实不是同一回事，背叛比叛变更可耻。叛变是明的，背叛是暗中操作的，背着人的。所以她恨的是背叛。

她觉得耿直还欠她一个解释，一个道歉。他要是有诚意的话，她也可以解释，甚至是道歉。但是晚上回到家后不久，她的这个想法又没了。十点左右，她的手机接到一个短片视频，是赤裸裸的耿直跟什么人在床上色情的模样。

她想都没想就删除了，她不恨那个凶悍的小三了，只恨那个能有小三的老公。

2

东来躺在水凝的诊所里。水凝捻着细长的银针，一点点地扎进东来头部的穴道里。

“感觉好点了吗？”水凝轻声问。

“还好。”东来的声音有点微弱。

灯光下，东来的脸色有点苍白，眉头蹙着，显然不都是疼痛带来的，似乎还有沉重的心事。水凝很想伸出手去，把他眉头的忧郁抚平。

“你心情不好？”水凝银针扎好，伸出纤细修长的手指轻轻地给东来按摩头部。

“没有。”东来的话依然很简短。

“我知道我没用，什么也帮不上你，所以你什么也不跟我说。”水凝自责地说。

“不是——”东来还想说什么，但他的眉头又蹙了起来，显然疼痛并没有减轻太多。水凝急忙住嘴。

“最近有没有看报纸，新闻？”过了一会儿，东来的疼痛缓解了一些，他问水凝。

“都看的。”水凝说，“你是不是遇到了什么事？”

水凝没有直接问东来两个劫匪被杀的事。她是在给他面子吧，希望他能亲口告诉自己。

“没有。”东来说。既然水凝没说，他正可以假装不知。

水凝看着东来虽然闭着眼睛，但眼珠在眼眶里不停地转动，知道他在想心事。

她喜欢东来。自从姐姐去世后，她就想代替姐姐喜欢他。但是东来却没有像喜欢姐姐那样喜欢水凝。喜欢一个人，就是为他做任何事都心甘情愿，可现在东来什么都不让她知道，什么都不让她做。她知道东来遇到了麻烦，那些报纸新闻铺天盖地都是东来杀了两个劫匪在逃的消息，但她相信她的东来不会杀人。他是个冷静的人，知道自己在做什么的人，这样的人是不会杀人的。

但当东来问起报纸上的新闻时，她没说。他既然不说，她也不说。因为说了怕东来尴尬。她小心地维护着东来的一切，哪怕东来的一个难受的眼神她也心疼。所以她不想让东来难受，就什么也不说。

“如果我姐还活着，你是不是也对她这么说？”水凝吃力地问。害怕听到东来的回答，但又渴望听到答案。

东来却没说话。他是个话少的人，很少说出一长串的话。想说话的时候，就几个字，不想说话的时候，更是惜字如金。

水凝感到自己被轻视了，心里很酸楚。喜欢一个人，就任由他践踏自己的尊严，对自己的好视而不见吗？

“你不想回答我，你不想见我，我就那么招人讨厌吗？”水凝的眼里蒙上一层泪水。

“疼，我疼……”东来从牙缝里丝丝着说。

水凝这才发觉自己按摩的手太重了。她无言地把东来头上的银针轻轻抽出，用酒精消毒，放回到银盒里，等她从处置室回到自己的办公室时，东来刚刚躺过的藤椅已经空了。东来一声不响地走了。

桌子上，是一张钞票。是东来放的钞票。

给钱，有时候并不是好事。这么久了，东来每次就诊都会只多不少地留下诊费。这让水凝觉得东来一直拿她当外人，而不是朋友，更不是亲人。

东来不是傻子，知道水凝的心思，但他自从女友去世后，这方面的心思早就没了。他不能跟水凝直说，怕伤了她。岂不知正因他迟迟不说，反倒让水凝越陷越深，难以自拔，伤了她。

东来趁着幽暗的夜色，从楼外潜回自己的家。打开电脑，调出文档里的一个文件夹，打开了，沈小北家的情况一目了然。他移动着鼠标，让时间向前推进。画面里，沈小北回家后洗澡，在客厅的地板上练功，十点零三分，沈小北的手机响了，手机里接到一个短片视频，她脸色骤变，丢了手机，在沙发上蜷缩着，很久很久没动。

耿直回家已经是凌晨两点多，在床前静静地站立了很久。凝视着沉睡中的沈小北。半个小时后，耿直手机开始振动，他捏着手机，看着上面的来电显示，有些担忧地看了看沈小北，摸黑走到阳台上打电话。

“有事吗？”耿直对手机里说。

“急事？什么急事？你说明白点？”耿直的脸色有点焦急和疑惑。“救命？救谁的命？”

电脑里听不到耿直手机另一端的声音，但看耿直的面部表情，似乎很惊讶。

究竟是什么人半夜给耿直来的电话？

“好，我马上过去。”耿直挂了电话，匆匆走出家门。

东来忖度着究竟何人能让耿直在凌晨时分出门，并且还跟救命有关。他马上决定去跟踪。正要关闭电脑时，发现沈小北家又出现了状况。

耿直的关门声响过之后，卧室的床上，沈小北坐了起来，迅速地穿上衣服，推门而出。

难道沈小北要跟踪耿直？

3

沈小北的确是去跟踪耿直。耿直一进房间，她就醒了。但她没动，想看耿直怎么对她。结果耿直一直立在床边凝视她。她想坐起来跟耿直谈谈，但耿直随即接到电话离开了。

一开始，她没有什么想法，只是觉得耿直接的这个电话很神秘。隐约听到电话里是一个女人的声音，而耿直的举动有点过于谨慎，似乎不仅仅是偷情。

耿直还有什么要背着她的，还有什么不可告人的事情她不知道的？

等耿直走了，沈小北也穿上衣服跟了出去。耿直开车很快上了路，沈小北打的出租车耽搁了一下，落在耿直的车后面，紧紧地跟着。

耿直的车子直接到了一家夜店门口，停下车子，一个女人从夜店里走出，匆匆上了车子。耿直跟女人在车里拥抱着，似乎还做了别的什么色情动作，半天才发动车子。

沈小北在出租车里看着，心里咯噔咯噔跳得极不规律。那女人是妖娆的夏美。

司机见她眼光发直，脸色阴沉，一直让跟着前面的雅阁，便淡淡地说：“一看就是对狗男女。你呢，也别当真，也别浪费时间和金钱跟着他们。没必要，你要是较真，那两人也会较真，还真会拿自己那点破事当爱情了。最好的办法就是选择，离婚或不离婚。离婚，就没必要浪费时间跟着他们了。如果不离婚，就更没必要知道得太多……”

司机好像是个问题专家，说得头头是道。沈小北想了想，见耿直的雅阁开快了，不用问也知道耿直会跟夏美去什么地方。如果再落在后面跟着，都让司机瞧不起了，就让司机停了车。

下了车子，外面的凉风立刻打透了她的身体。她抱着手臂四下看了看，发现不远处竟然是何建豪的心安娱乐城。一楼的夜店霓虹灯闪烁着，像黑暗里邪魅的眼睛，一眨一眨的。音乐和人气从里面涌出来，让人觉得里面和外面是两个不同的世界。沈小北走了进去。她想喝杯酒，她想醉。

走廊里人群拥挤，嗨曲放得大厅里所有的人都随着音乐在晃悠着身体。沈小北像条深海里的鱼，虽然周围都是人，依然觉得冷。几瓶科罗娜喝下去，情绪渐渐地有点活跃起来。这些天发生的事情有点让她措手不及，应接不暇。耿直跟夏美在一起多长时间了？是从结婚前就有事了还是结婚后？如果是婚前，耿直何必又要娶她入门呢？直接娶夏美不就完了？难道他想享齐人之福一妻一妾？还是他们的婚姻本来就是另有目的？

这些问题又开始像烟花似的在沈小北头脑里此起彼伏。

眼前人影一晃，一个熟悉的面孔贴近她，哧哧地笑着说：“妹子，等哥呢，喜欢这里吱一声，哥天天带你来。”那人说着大马金刀地坐在对面，拿起啤酒，对口喝了一气儿，打个响指，招呼服务生说：“一打科罗娜。”

一听声音，不用看人，沈小北就知道是九光。

“懂点规矩行不行，谁的酒你都喝？”沈小北乍见九光，肚子里的怨气便一股脑地发泄到他身上。“没教养。”

“我喝你一口还你十瓶还不行吗？”服务生把酒拿来，九光用牙齿咬开瓶盖，给沈小北满了酒，拿瓶子跟沈小北碰杯。

沈小北借着酒劲，一把拨开九光的瓶子。由于用力过猛，九光又没防备，桌上的几瓶啤酒悉数滚落到地上摔得粉碎，啤酒溅了一地。

“玩得有点大了。”九光低声对沈小北说。对过来询问的服务生则笑嘻嘻地说：“不小心弄撒了，多少钱都记在账上，再给我拿半打。”

沈小北有点恼怒地说：“滚！我的事不用你管！”

“怎么了，谁招你惹你了？跟哥说，哥帮你揍他去。”九光嬉皮笑脸地凑过来说，“是不是耿直那混蛋欺负你了？”

这话不说还好，一说正说到沈小北的痛处。酒这东西很能强化气氛和情绪，沈小北的眼泪就在眼圈里含着，再也忍不住，扑簌簌地滚落了两串。

九光伸手给沈小北擦掉了眼泪，恨恨地说：“你说吧，谁招你了，我帮你揍他去。”

沈小北挡开九光的手，自己老公欺负自己了，这话怎么跟九光说？

“肯定是耿直，这孙子就是欠揍，我都看见三四回他带个不三不四的女人到酒店开房。”九光说，“之前看你们小夫妻表面上还挺好的，我就忍住了没告诉你。现在你既然知道了，我也不用再替他掖着藏着了。你也甭难过，有什么难过的，他那样的根本就配不上你，跟他离婚，哥帮你找更好的，眼气死他。”

九光是个没事找事的主儿。根本不会劝架，或者他心里打起跟儿就没想过劝架。几句话撩拨得沈小北心里的火苗子蹿起多高。酒入愁肠愁更愁，她跟九光推杯换盏又喝掉几瓶啤酒后，心里已经不再想耿直的事情是否有隐情，而是认定了耿直的背叛。

是否他们的婚姻也是个阴谋呢？耿直先用婚姻稳住她，然后神不知鬼不觉地拿走紫铜香炉，再跟她离婚，好跟夏美过幸福甜蜜的二人世界呢？这类电影和小说看得多了，很早之前看过一部《失乐园》，就是这剧情。沈小北想到此,吓出一身冷汗。接下来耿直是要离婚,还是带她去旅行,把她丢到鲨鱼潭里喂鲨鱼呢?

劫匪进来那天,他没设置个让胖子把她强奸的戏码然后嫌弃她跟她离婚大概就算是对她最大的客气了。沈小北的眼泪劈里啪啦掉了满脸,怎么看耿直也不像那么人面兽心的,可事情就这样出来了,不是这样的结局,还能是什么?

那么剩下的就是自动离开,或者报复他。怎么报复呢?你耿直能做初一,我沈小北就能做十五,给你戴顶绿帽子,还不是难事。

有了这样的想法,再看九光,就怎么看怎么顺眼。

九光这天下午去孤儿院看了干妈,顺便把两个孤儿的入学通知送了去。只有在干妈那里,只有在帮干妈做了什么事,他才特别有成就感。他甚至还从干妈那里打听到了之前他的老家在什么地方,有些老邻居的照片还找到了。他很高兴,能知道自己出生的事,是最重要的。他很想知道自己从哪里来。所以回到市里,就跑到夜店里庆贺一下,准备一醉方休。

喝酒喝到高兴时,九光把夹克撇了,扔到椅子上,短袖里就露出一条若隐若现张牙舞爪的龙。一双 44 号的球鞋蹬在椅子上,曲着膝盖,拿着啤酒瓶子直接对嘴喝。他的两只眼睛细长,但眯缝起来看人的时候,有点冷飕飕的。再配上他脖子上那颗光头,有点混,有点横,有点赖。但是喝了酒之后,九光看沈小北的目光已经是柔情似水。

这人的眼神一变,整个气场就都变了。无论是光头还是张牙舞爪的文身,变得不再有煞气,而是一团和气。

有些事情虽然已经到了水到渠成的地步,但还需要再加一把火。否则,女人不太容易过自己那关。

夜色正浓,来加一把火的人就来了。

舞曲停了,在大厅里跳舞的人群都散开了,其中有个胖子看到了九光,也看到了九光身边坐着的沈小北,于是呼啦过来一伙人,将两人围在当中。

“老九在这里碰上你真是不容易，雅兴不小啊，跟谁来的？”胖子是周洪涛，他一边还伸手拍了拍沈小北的肩膀，低头仔细打量着沈小北的脸说：“老九，这是你的妞子？好像在哪见过。”

沈小北反手推开周洪涛的手，不悦地说：“放尊重点，别动手动脚。”

“哎哟喂，妈的到这地方来还要么尊重啊，不动手动脚我就动嘴了。”周洪涛边说边忽然搂过沈小北，张着肉乎乎的大嘴就亲沈小北的脸蛋。

沈小北想也没想，伸手在周洪涛的脸上挠了一把。周洪涛的胖脸还真不厚，吹弹得破，立刻被沈小北的五根手指抓出了几数血道子，周洪涛只觉得脸上火烧火燎地疼。

九光一看沈小北闯了祸，急忙把她拽到身后，讨好地对周洪涛说：“一个丫头，没深没浅的，你有火冲我发，冲我发。”

“凭什么冲你发啊，九光，今天你把这女人交给我，咱就还是好哥们，要是你不交，连你一块收拾。”周洪涛摸着脸上的伤痕，双眼像喷火桶，嗖嗖地向外喷火。恨不得将沈小北一把火烧成焦炭。

九光点头哈腰地说：“别别别，这么多年的交情，可不是说没就没的。一个丫头，犯不着伤了和气。”他边说边凑到周洪涛的跟前，捂住周洪涛的手，看来像是要套近乎，但他突然出手，一拳砸在周洪涛的脖颈子上，周洪涛身子一歪，哎哟都没叫出声，就倒了下去。

九光太知道周洪涛的品行了，他得罪别人可以，别人不能得罪他。就连何建豪有时都让着他几分，何建豪的天下有一半是周洪涛帮着打下的。既然今天沈小北已经先伤了他，要么把沈小北拱手送给周洪涛平事，要么出手打周洪涛一个措手不及，尽早跑路的好。看着周洪涛后面的大队人马，他只能使用后一招。

跟随在周洪涛身边的呼啦分出两拨，一拨追击九光和沈小北，一拨看护照顾倒地的周洪涛。转眼间的功夫，夜店里已经打杀得一片狼藉。九光拽着沈小北的手跑得飞快,他跑过的地方,把桌椅推倒了,拦截后面追上来的人。

风云突变,这是沈小北怎么想都想不明白的事情。要是没喝酒,沈小北不会轻易动手挠人的。喝酒之后,人的思维就有点跃跃欲试得不受控制。眼看着九光拉着她的手跑得像匹野马,追上来的人纷纷被九光甩在了后面。沈小北看九光的眼神更不一样了。

仿佛在时光的隧道里穿行,沈小北在那些韶光里,看到劫匪进来的那天夜里,耿直懦弱的脸。他讨好地让胖子去冰箱里拿吃的,当胖子坐在她大腿上时,耿直屁都没放一个。而九光呢?面对那么一伙凶神恶煞的混混,竟然还敢出手伤敌,带着她风里火里的跑。

耿直的为人她之前很清楚,不是个撂下女人独自跑的男人。

是个男人就会保护他的女人,并对危险下意识地做出最正确的反映。之所以耿直没有反抗,是因为耿直跟劫匪就是一伙的。这想法现在已经在沈小北心里根深蒂固了,他恨耿直一分,就增加一分对九光的喜爱。

她对九光的心思已经跟之前有天壤之别。

之前顶多觉得九光是个用来背叛耿直的道具。但现在九光是她眼里的英雄。

女人喜欢男人,多是从崇拜开始的。

九光冲到大街上,将沈小北塞进车里,一踩油门,车子就箭似的飞了出去,将后面拿着砍刀喊打喊杀的人抛到了后面。

"你回家吗?"九光的车子向沈小北家的小区开去。

"不回家。"沈小北转过头,定定地看着九光。

开车的九光看到夜色迷离中沈小北这样的眼神,哧哧地笑着说:"别逗弄我,我可没多大抗头。逗急了我,我干出点什么事来也说不定。"

沈小北斜睨着九光,忽然发现他的手臂上一直在流血。九光的皮夹克已经扔到了夜店里,他只穿了件短袖的T恤。手臂上的血已经将他的那条龙的文身濡湿了。沈小北心里一阵翻腾,强忍住了想呕吐的冲动。

“你得去医院。”沈小北把自己的外衣脱了下来,想替九光包扎右臂上的伤口。

“苍蝇炮个蹶子我也去医院,丢不起那人。”九光轻描淡写地把沈小北的衣服拿开了。九光的车子依然是开向沈小北家的方向。

“我不想回家,去哪都行,就是不想回家。”沈小北忽然轻轻地说。

4

阳台里的跑步机在月色下散发着银色的光泽,使铁器看上去柔和了不少。九光指着跑步机对沈小北说:“这么多年没见,刚一见面你就说我肚子上的肉太多太恶心。知道吗,我回来就买了这个,减肥加运动,一周后我才敢去见你……”

打开灯,找到医药箱,沈小北给九光处理伤口。伤口不大,但也不小。沈小北让他去医院缝合一下,但九光坚决不同意。在九光的指导下,沈小北给伤口敷了药止血,把伤口包扎上了。

关闭了客厅的灯,只留有沙发旁的一盏壁灯。粉红色的灯光从灯罩下蒲扇似的散开。九光觉得有点刺眼,向旁边躲了一下。沈小北伸手把灯光的光度调低了。

那伸在台灯下的一段手腕,晶莹玉润,九光情不自禁地伸手握住了沈小北的手。沈小北往回一拉,牵动了他的伤口。九光叫了一声,沈小北就不敢动了。只听九光说:“光还有点亮。”

沈小北就伸出另一只手调节着台灯的亮度,直到暗得就差关闭台灯了,九光才点了头。

在幽暗的房间里,一切都显得朦胧,似乎不用再给自己穿件防弹衣了,夜色就是最好的防弹衣。

九光的眉眼在暗夜里刀砍斧削地凸显出来。沈小北看着他晶亮的眼睛,忽然心里荡漾起一丝温柔。她触摸着他的脸,一点点在黑暗中摩挲着他的脸,心里生出万般的感慨。“还疼吗?”她柔声问。

“有你陪着,就不疼了。”九光说。

一时两人都无话。空气忽然变得稀薄起来,夜色也宁静得只听见彼此咚咚的心跳声。

九光看着面前站着的喜欢了很多年的女人,鼻子里嗅到她身体上的味道,不觉心旌神摇。他忽然松开手,说:“帮我脱掉上衣可以吗?”

这个要求不过分,沈小北只好帮九光脱掉T恤。衣服刚脱到手腕上,九光忽然用衣服将沈小北兜在怀里,热切地说:“你看看我身上的文身。”

沈小北想挣开九光的掌控,但九光也没说过分的,她也不好翻脸。不就是文了一条龙吗,有什么好看的。沈小北撩了一眼,故意用淡淡的口吻说:“一条龙,有什么出奇的?”

九光说:“你再看,下面,再往下看。”

沈小北有些羞恼地说:“下面还能有什么?”再往下看就是腰带以下了。

“心窝,看我心窝那里。”九光把自己的胸脯往沈小北面前凑了凑。沈小北想躲开,但是他手腕上的T恤还拦在她腰上。她有点恼怒,不喜欢九光用强。此时,月光正好从西侧照进客厅里。沈小北看到九光的心窝处文着龙的嘴。龙的嘴里好像文了什么字迹。凑近了去看,竟然是“北”字。

她愣怔了一下,想问什么,却没有问出来。

“我想你想了很多年,这个字也文了好多年,为了你,让我做什么都可以。”九光说着,轻轻地将沈小北拉到怀里。

沈小北心里跳得厉害。她虽然有了报复耿直的决定,但是身体似乎还无法接受九光。她抽回了自己的手。

九光哎哟一声,显然沈小北的动作碰到了他的伤口。他蝎虎连拉地叫着,沈小北急忙俯身去看,九光趁势又攥住了她的手,牙齿咝咝地吸着气。

沈小北这次没有躲。不是心里有多爱九光,或者多喜欢九光,是因为她渐渐地说服了自己,不是想报复耿直吗,九光是最好的人选。因为九光是耿直的朋友,因为九光她还不讨厌,因为九光还喜欢她,那么这个人选就没有另一人了。

她忽然伸手抱住了九光。九光的身体震颤了一下,浑身的肌肉抖个不停。

“我等这一天等得太久了……”九光不知是兴奋还是压抑地说。他反手将沈小北抱了起来。

“你胳膊上的伤……”沈小北怕他抻到伤口。

“什么也休想阻止我爱你。”九光大踏步地将沈小北抱到了床上,合身压了上去。

九光的身体跟耿直的不同,究竟不同在哪里呢?耿直会有条不紊地像喝功夫茶似的把做爱演绎得缠绵悱恻。九光呢,没有套路,毫无章法,他根本没有前戏,他甚至根本就没有脱掉沈小北的裙子,直接把裙子向上一撩。而他自己也只是解开了腰带,就急切地把他放进沈小北的身体里。

有那么一瞬,沈小北后悔了。这他妈的是做爱吗,跟露水姻缘的苟合似的,毫无美感可言,甚至让她有了龌龊不堪的感觉。她觉得九光并不是喜欢她这个人,甚至都不是喜欢她的身体,而仅仅是喜欢她身体下面的洞口。而她如果跟一个只喜欢那个洞口的人有了身体的纠缠,这让她觉得做爱是不洁的,龌龊的,甚至跟牲畜的苟合没什么区别。

九光的动作也非常粗暴,弄疼了她。她不想做了,可九光箍紧了她,让她一动不能动。还好,九光做爱的时间很快,十分钟左右,九光趴在她身体上不动了。

沈小北也不再客气,用力推了下九光。九光却不动。她发狠地用脚踹九光,九光终于被她踹了下去。沈小北急忙坐起来,放下裙子就想走。

不想,一双大手在后面抱住了她,一翻身就将她压在地板上。九光迅速地将沈小北的衣服剥个精光,贴近她耳边说:“刚才是热身,你怎么这么急性子,我还没正式开始呢。”

沈小北想张嘴骂人,但嘴唇立即被九光的缠住了。她发狠地咬下去,一股腥甜的味道冲到鼻子里。只听九光的声音说:“打是亲骂是爱,你越咬我,越说明你爱我。”沈小北气恼地把头歪到一边,但紧随其后的九光的两只大手已经固定了她的双手和头部,湿润的嘴唇缠了过来。

这一次的时间有点太长了。沈小北觉得她的身体在发酵,在酝酿,仿佛要酝酿一场山洪暴发似的,来势汹汹。她的身体开始发热,开始变红,变出许多玫瑰花瓣,然后她就爆发了,她箍紧九光的身体,颤抖得像秋风中的落叶。

这个夜晚,两个人孜孜不倦地开发探索着彼此的身体,直到疲惫至极。沈小北这一觉睡得太沉了,这是不用安眠药之后睡得最沉的一个夜晚。夜半突然醒来,因为她又做梦了,梦到母亲指着她恶狠狠地说:“孽种,你就是孽种!你就是孽种!我要杀了你!”

母亲因为愤怒和喊叫,脸上的肌肉都扭曲了。沈小北吓坏了,突然从床上坐起,梦里的情景栩栩如生,真是太恐怖了。

用手一摸身边,竟然是空的。九光没在身边。他去了哪里?

沈小北悄悄下了地,赤着脚走到客厅。看到阳台里,九光逆着月光像尊化石一样站立着,久久不动。只有嘴角叼着的烟时而升起一个渺茫的烟圈。

沈小北心里一动。九光的样子很忧伤。她转身退回卧室。她不想询问九光,不想走进九光的内心世界。因为她还没到爱上九光的地步,就没有权利没有责任了解他更多。

正想着该不该现在离开,肚子忽然刀剜一样的疼。有什么东西水一样从里面淌出来,在大腿里侧蜿蜒着……

5

这个夜晚,有许多人都还没有入睡。

疗养院里,妙龄在电脑上打字,回复着网友在她恐怖小说《意外死亡》后面的帖子。一个叫“痴心不改”网友的帖子说:“死亡来得太快太直接了,像一柄薄而锋利的利刃,直接穿透了心脏,痛快而又迷惘。因为痛快而迷惘,因为结束而迷惘。主人公的一生,是否已经完成了大业,该去追寻她曾经失落的爱情呢?”

“痴心不改”发的帖子是当日的23:32分。也就是十分钟前发的帖子。

妙龄跟在帖子后面回复道:“爱情是有形也无形的。说她有形,是因为有了爱情,人会笑,没了爱情会哭。说爱情无形呢,爱情说来就来了,说走就走了。当你决定要爱上一个人的时候,爱情突然就走了,让你猝不及防。”

她的帖子发出去不久,痴心不改很快就跟了回复:“也许你没爱对人,不如爱我试试。”

妙龄轻声笑起来。也跟了一条回复,没有打字,只发出一个微笑的表情。

手机响了。半夜打来的电话,不会是像网上的那个“痴心不改”说醉话吧?

电话里是个女人的声音。

“一切都办妥了,还用不用咱们再加把火?”

“铁扇公主的扇子,能扇多远就扇多远。”妙龄说。说话时,她的眼睛里已经满是笑意。

这是个令人愉快的电话,只是放下电话,她脸上的笑容就变淡了。电脑半天没动过,自动进入屏保状态。房间里立刻变得黑糊糊的。

那件给姐姐沈小北的大红毛衣已经织好了,她准备明天给姐姐送去。

天气凉了,秋风起了,姐姐穿上大红的毛衣,能抵挡些寒凉吧?

这个夜晚,有许多人寂寞得有些发狂。

何建豪从床上撑起半个裸露的身体,拿起床头的手机,拨了个电话。在等待对方接起的时候,他的脸上渐渐地荡漾起笑容。是个甜蜜的笑容。显然,这个电话应该是给一个亲密的人拨打的。

"还没睡呢?"何建豪对手机说。

"睡着也被你吵醒了。"电话那端是个女人的声音,声音听上去好像不太高兴,不太欢迎何建豪的这个半夜来电。

"你猜我现在跟谁睡呢?"何建豪说。

"没兴趣猜。"女人说,"要没什么事就挂吧,我忙着呢。"

"对,你忙,我这黑天你那里是白天。白裳,有没有想我?"何建豪却很有兴致,也不生气,嘻嘻哈哈地说:"再聊聊,我可是一直守身如玉地等待你回到我身边。"

"我信,我信你找个女人一起在等我。"女人随即把电话挂断了。

能这么干脆地挂断何建豪电话的人,没有几个。很多女人喜欢何建豪,有人喜欢他的容貌他的身材,有人喜欢他的财富他的家业,有人喜欢他传奇的一生。但似乎这个女人不喜欢何建豪,也就是说,何建豪俊美的脸蛋和施瓦辛格的身材再加上家业传奇都无法打动这个女人。这个女人大概也是个传奇!

何建豪看着被挂断的电话,并没有生气,而是亲了一下手机。

他狠狠地吸了口手里的烟,眼里忽然闪过一抹邪恶。他把火红的烟头向身边的女人肩膀上烫去。女人惨叫着躲闪,何建豪老鹰似的扑了过去。

他是为那个女人守"心"如玉。所谓酒肉穿肠过,佛祖心中留。女人身上过,你在心中留。

第十六章　1804房间

1

东来开着车子，点燃一根烟。他的前方，是沈小北坐的出租车，沈小北的前方，是耿直的雅阁。

夜色迷离，烟雾缭绕，东来的眼神有些别样的冷酷。

从电脑里看到耿直和沈小北先后出了家门，东来也随即来到大街上，拦了辆出租车。正是夜色旖旎的时候，路灯闪烁在一片霓虹灯的光幕里，夜店里出入的人群有增无减，东来却似乎对两侧的人间烟火浑然无觉，只是目视前方，紧紧盯着沈小北前面耿直的车子。

头疼。又是头疼。他蹙着眉，默默地在夜色里巡视。喧嚣的世界似乎离他很遥远，而他和他的车，像旷野里寂寞的狼，在独自逡巡。

似乎是很久的事了，又似乎是昨天才发生的。东来也是这么开着车子在路上。他去机场，接丽江旅行归来的女友小慧。机场候机室里，小慧张着手臂像一只小燕似的向他扑来，可东来的手还没有抱住她的身体，两个穿制服的刑警就把小慧的手臂咔嚓一声戴上手铐。

"田慧，对吧？"一个刑警对惊愕的小慧说，"你的行李箱里检测到毒品，对不起，请跟我们走一趟。"两个刑警押着小慧一前一后就要走。

东来急忙一个箭步拦住了两人。“我是市区刑警队的,咱们是同行。”东来一边将衣兜里的警官证掏出来给两个刑警过目,一边张着两手拦住二人,急切地说:“我女友是旅行回来的游客,怎么可能夹带毒品,你们是不是弄错了行李?”

“绝对不会弄错,事前我们已经接到线人举报了。”一个刑警说。

“既然是同事,就该知道规矩,请别妨碍我们执行公务。”另一个刑警说,“我们是缉毒所的。”

“这不可能,绝对是弄错了。我女友是研究生,有很好的工作,何必用贩毒来赚钱呢,这绝对不可能。”东来还要拦阻。两个刑警显出不耐的神态,甚至有一人已经伸手去摸裤腰。

那是每个刑警放枪的地方。

东来只好让开了身子。

三个人匆匆走了,剩下东来莫名其妙地发了三秒钟的愣,也立刻冲了出去。

皮包被用刀子割开了,从夹层里拿出足足有200克的毒品。

经过法医鉴定,小慧包里携带的毒品是甲级冰毒。

小慧坐在一旁傻眼了,眼泪刷刷地落了满脸,委屈无辜地看着东来说:“东来你要救我,我根本不知道什么是毒品,更不可能夹带毒品。这是有人栽赃陷害我,我是冤枉的,你要相信我,我是冤枉的……”

携带200克冰毒,是足够判一个人死刑的。

一旁负责记录的刑警不满地说:“别吵,吵什么?哪个进来的不说冤枉?冤枉,是你的包不是,包里有毒品不是,冤枉什么?”

东来着急地拽着法医的手臂说:“你说什么,冰毒?200克,这绝对不可能。事情总得有个前因后果吧?总得有个作案动机。她根本不具备作案动机,她父母都是成功商人,家里不缺钱,她研究生头衔,在大学里做老师，干嘛要贩毒，这除了栽赃陷害还能是什么？你们不能不调查就把这帽子扣她头上，这是不公平的。"

法医摆脱了东来的揪扯，不高兴地说："案子的事情不归我管，我只管证据的检测，有什么问题你可以找律师。别在这胡搅蛮缠。"

过来一个刑警，把小慧的手铐打开，重新又戴上一副更加结实的手铐，拽着小慧就要走。

东来怒不可遏地一拳把法医挥倒。旁边看守的刑警急忙过来制止，东来一不做二不休，一脚将刑警踹倒在地，又一手扯起小慧向外跑。有刑警过来拦阻，都被东来三拳两脚打倒，他扯着女友很快冲出了门口。

"再跑就开枪了。"背后刑警呼喊着冲出来，一声枪响，子弹从东来耳边穿了过去。

东来涨热的头脑霎时冷静下来。他不能这么带着小慧跑。这是什么，这是逃，一旦逃亡开始，东来跟小慧都会成为通缉犯，谁为小慧讨回公道？这么怔了一怔，东来的脚步就猛然刹住了。

小慧却没有停住脚步。夹带毒品就是贩毒。她跟东来相恋了两年多，早就知道毒品的危害和贩毒将要面临什么样的刑法。200 克冰毒会要了她的命的，所以她现在脑里想的唯一的念头就是逃跑，只有逃跑，她才有生的希望。

只是她刚跑到大街上，一声刺耳的急刹车声响过，她整个人就像只蝴蝶似的飘了起来，然后又重重地跌落在地。

东来不愿去回想那红彤彤的一幕。小慧的血喷洒了一地，那个夏天，他觉得眼前总是红红的一片，一想到那些，脑子就疼，像有一只虫子钻进了他的头盖骨里，一剜一剜地，揪心挠肝地疼。

他也因为暴打法医和刑警，遭到降级处分。法医被他打断了鼻梁骨，刑警则在医院躺了半个月。随即，他正在参与调查的贩毒案件也不让他插手，还有人背地里说他收受毒贩的钱，给毒贩通风报信，才使之前的几次行动以失败告终。这样的无中生有的怀疑，让东来忍无可忍，一怒之下，他辞职了。连女友都保护不了，还当他妈的什么刑警！连为自己女友都无法伸张正义，还为谁伸张正义？连自己都被怀疑，他还能怀疑谁？

辞职后他并没有放弃追查小慧的案子。小慧那天乘坐的飞机乘客名单筛选下来，最可疑的就是何建豪和他的两个跟班。在路上撞死小慧的车是耿直驾驶的。耿直是否是何建豪的人？

何建豪之前有贩毒嫌疑，一直苦于没有证据。东来的行动组跟了何建豪很久，很难说何建豪不知道他的跟踪。也许他早就知道了，所以他找人找事陷害东来的女友小慧，给东来一个下马威。

想收拾谁，并不是什么难事。东来的线人很快在何建豪的夜店里发现有人散货，拨打了报警电话，让刑警在何建豪的夜店里搜到许多毒品和吸毒工具，何建豪因此被关进看守所，吃了几个月的窝头。

女友惨死的一幕，会时时映在他头脑里。他的头疼病越来越严重。小慧的妹妹水凝开着一家诊所，针灸手法奇特，给东来扎了几针，病痛有所缓解。只是一旦想起小慧的惨死，东来的太阳穴还是会突突乱跳，头部奇疼无比。

东来到耿直居住的大厦当保安，利用工作之便，监视耿直，却一直没发现什么实质性的进展。耿直家的劫匪案，让他觉得不同寻常，趁着帮沈小北安装摄像头的机会，把分线留在了自己家的电脑上。所以耿直家的一切都在他的眼底，但是除了耿直与沈小北的夫妻关系有了变化，耿直依然没有别的变化。

当晚，耿直那通躲在阳台里打的电话很奇怪。东来翻过来调过去听了两遍，不太清楚，隐约听见电话是个女人打来的，说什么救人，需要耿直帮。耿直就大半夜出门了。

究竟是什么样的事情能让耿直半夜出门？似乎还不是生意上的事。

从屏幕上看,耿直的表情有点奇怪,好像是很不情愿,但还是出去了。

半夜是个很特殊的时间,如果一个人在半夜睡得正酣,电话里说有洞房花烛等着他,他也未必会去,甚至还要把打电话吵醒他的人大骂一通。而耿直却穿上衣服走进了凉如水的夜里,甚至还是满脸的不情愿,这是不是说明,耿直接到的电话是个要挟电话,他不得不出去?

耿直的车子早被东来神不知鬼不觉地安装了跟踪器,想跟上耿直不难,难的是不让耿直身后的沈小北发现。

沈小北在发现耿直跟车上的人勾肩搭背时,就没有勇气再跟下去了,随即去了一家夜店。东来没有停下,径直跟上了前面的雅阁。

耿直的车子开进一栋大厦。那是建行总行对面的大厦,叫天堂大厦。住在这里的大多是有钱人。大厦里的住户已经差不多都熄灯睡下了。耿直跟着车上的女人走进大厦。

东来打发走了出租车,站在马路对面,点燃一根烟,眯缝眼睛看着耿直跟女人上楼。看耿直的姿势,离女人的距离,似乎并不很亲密。东来想了想,戴上墨镜,也走进大厦。

电梯来了,耿直跟女人一前一后进了电梯,东来也进了电梯。电梯开始上升。电梯里就他们三个人。东来站在最里面的角落,女人站在最前面,耿直站在当中。女人向耿直的位置迈了半步。两个人的距离,这回看着就有点亲密了。

但是耿直却退后了一步,靠到了电梯里最北面的角落。

冷眼旁观的东来觉得耿直跟女人的关系还不到亲密的程度。

耿直跟女人在前面先后出了电梯,东来也出了电梯,只是跟耿直他们走的是相反的方向。在心里默默数了十秒,耳朵谛听着女人高跟鞋踏在地面的声音,东来又返回来跟上耿直。发现耿直他们停在 A 座 18 楼 1804 房间门外。

这个房间应该是二百多平的大户型，靠南侧有落地窗的阳台，马路对面正对着建行的灯光。东来想了想，立刻乘电梯出了大厦，来到建行的对面，观察着大厦的动静。

大厦墙体没有什么可以攀附的，十八楼的高度，也让人望而生畏。东来抬头望着A座1804房间的位置，1804亮着灯光，而1804楼下的1704房间的灯光也亮着。

东来重新上楼，上了17楼，敲开1704的房门。面对懵懂的房间主人，东来从衣兜里掏出警官证一晃，房间里的男人就让东来进去了。

那个警官证，当然是假的。

"有什么我能帮上忙的，我全力以赴。"1704房间的男人说，似乎很健谈。

"你是户主？"东来问。一边观察着阳台和1804阳台的距离。阳台里有架高倍摄像机，看来房间主人有摄影爱好。

"不是，我是租的。"男人说。

东来发现房间的墙壁上张贴了许多漂亮的女人照。都是生活照，而不是明星照。他忽然觉得女人的容貌有点似曾相识。

"你搞摄影？"东来问男人。

"一点点，喜欢而已，不算是搞摄影。"男人羞赧地一笑，看着墙上都是同一个人的照片，很自豪，很留恋的眼神。

东来冲墙上的照片抬了抬下颏，问："她是谁？"

男人说："就在我楼上，我用摄影机偷拍的人家。哎呀……"男人惊慌地看着东来说，"不会是她发现我偷拍她报警了吧？"

东来的脸上浮现出笑意。"楼下怎么偷拍楼上？"

男人发现东来不是针对他的，显摆地说："办法有的是……"就走到阳台，摆弄起他的摄像机。

"这是架网上购来的高倍多功能摄像机。说白了吧，就是摄像头可以旋转三百六十五度，全方位拍摄，哪怕是你头顶的死角也能拍摄到。”男人不无炫耀地说。

“现在楼上做什么？”东来凑过去说。

男人在摄像机上摆弄了摆弄，让东来去看：“房间里今晚有三个人，可能是一男二女玩双飞。”男人说着，眼睛放光，很是兴奋。

东来把目光凑了上去。这个摄影机还真是全功能的，透过一个隐秘的角度，东来看到房间里果然有三个人，两女一男。男人站在床边，床上的女人衣服都脱掉了，真的要玩3P？

男人是耿直，站在床边的女人是耿直的秘书夏美。而躺在床上的女人东来也看清了，他脑子晃悠一下，好像被什么东西重重击打了一下。

再回头看着1704房间里墙壁上的那些一模一样的女人面孔，东来明白了，1804房间里的女主人，是前些日子还见过面的沈小北家的保姆杜小昭。

2

耿直也没想到在1804房间里见到的人竟然是小昭，自己之前雇佣的保姆。

“怎么是她？”耿直看着床上昏迷中的小昭，吃惊地对夏美说。

夏美的目光从床上躺着的小昭移到站着的耿直身上，莞尔一笑，明眸一转，说：“耿总不会跟我这位闺蜜有过什么暧昧关系吧？”

耿直不悦地说：“拿我耿直当什么人？”

夏美收起脸上的讪笑，一脸敬佩地说：“当然是当拔刀相助的英雄了。今天这事你一定得帮我。”说着，从随身带着的箱子里拿出各种工具，竟然是洗胃的工具。

耿直穿上白大褂，带上手套，翻开小昭的眼皮看了看，面色有些沉重。

“这应该送医院，我已经好几年没有临床经验了。”耿直说，但还是开始消毒。

“要是能去医院我还麻烦您来啊?”夏美在一旁给耿直当助手,看见耿直消毒,急忙递上毛巾。

“她吸食了过量的麻果导致昏迷不醒。”耿直说,“她怎么还吸毒,好好的姑娘……”下面的话他没说,夏美说:“好好的姑娘,怪可怜的吧。这就等着你把她救醒再问她了。”

耿直心里着实不高兴。夏美大半夜忽然打电话让他帮这个忙,他不能不帮。夏美做了把他从里面捞出来这么大的事,他知道欠了夏美一个大大的人情,可能一生都还不完。半夜出趟急诊这点小事,他当然义不容辞了。开车在夜店里接了喝得醉醺醺的夏美,来到她求救的朋友这里,竟然发现需要抢救的是他家里之前雇佣的保姆,更令他惊讶的是,她竟然是吸食过量的毒品。

这事说巧就巧得邪乎。耿直麻利地消毒,准备做手术。好在夏美的工具是全的,这也让耿直有点惊诧。夏美哪来这么些工具?这些工具没有专业医生的指导是备不全的,如果没有医院里的人帮忙,也弄不来。既然夏美医院里有能人,何必还要找他给她的闺蜜洗胃呢?

还有,夏美怎么会有这么样的一个女友,吸毒会传染的,夏美不会也是个瘾君子吧?这么一想,他看夏美的眼光就有点异样。

没想到被夏美捕捉到了,夏美笑着说:“别怀疑我,我这人没别的优点,但我知道什么是好,什么是坏,对于坏东西,我从来不沾。”

做完手术,已经是一个半小时后。耿直脱掉衣服,摘下手套,站在窗前,从衣兜里拿出一盒烟,把烟叼在嘴角,伸手去衣兜里摸打火机时,旁边火苗一闪。幽兰的火光下,闪烁着夏美那双水汪汪的眼睛。

“您辛苦了,歇一会儿吧。”夏美给耿直点燃烟,顺势两只修长白皙的小手就握在耿直的腰上,丰满的腰身也趁势缠上耿直。

“我给你按摩一下,让你好好放松放松。”夏美的声音很软。

耿直想拒绝，但不知道为什么，吸了几口烟后，身体的疲倦似乎恢复了过来，竟然有种亢奋的感觉。

在知道沈小北跟九光有了私生子之后，耿直颓废极了。破罐子破摔的想法太强烈了。他需要一个身体来填充他空虚的怀抱和空荡荡的心灵。

从空气里嗅到一股淡淡的香水味，那是夏美身上的。耿直的身体忽然就坚硬起来。

最终耿直也没明白他的毛病怎么就突然地好了。是因为恼怒沈小北的背叛？还是因为嗅到夏美身上的香水味？还是仅仅是因为时间的关系他的身体又已经恢复到健康的水平？这回他不仅没退缩，直截了当地将夏美按在身下，直入主题，连半点拖延都没有。

与其说是跟夏美做爱，不如说是做着恨沈小北的工作。反正耿直把这事做得动静很大，有股恶狠狠的味道。夏美却乐在其中，这让耿直心里更不是滋味。

一个女人，随随便便地跟男人上床了，还叫得这么嚣张这么舒服，难道女人生来就是水性杨花，只是自己以前不知道吗？他的妻子沈小北也是这样的？在这样的情绪里，耿直的做爱的确像是作战，惊天动地。

一大早他开车载着夏美准备回公司，夏美接了电话，说医院的朋友给她弄到几支杜冷丁，让她去取，耿直就陪着她来了。夏美的同学是妇产科的医生，夏美去了办公室，耿直一抬头，看到旁边的人流室门口，站着九光。

人流室的门开了，躺在人流床上刚堕完胎的沈小北苍白着一张满是汗水的脸，怔怔地看着他，耿直的心稀碎稀碎的。

他跟沈小北奋战了半年多，沈小北的肚子一直风平浪静的，可她跟九光月半的时间，就有了孩子，还偷偷摸摸跑到医院打掉了。大概是怕他耿直来验胎儿的 DNA 吧？打掉了，他也知道那是谁的孽种！

其实经过半夜的沉思，耿直觉得事情是可能哪里出了误会。沈小北跟夏美是两种女人，她不是水性杨花的人，怎么就跟九光上了床还有了孩子呢？但是当他再一次看到九光和沈小北在一起，还是在医院的人流室门口出现，他就无法不相信之前的事实了。

他也无法再显示素质，再绅士了。他的所有愤怒和屈辱都凝聚到了右手上，一拳将九光击倒，冷冷地扫视着人流室里的沈小北。

沈小北在病床上撑起半个身子，从敞开一半的人流室的门望出去，看见了门外一双狡黠的眼睛。那是夏美的。她的心冷到极点。

耿直昨夜相拥相抱的女人是夏美，相亲相爱的女人是夏美。他背叛了自己的老婆，现在看到她跟九光在一起就受不了。他凭什么受不了，有什么资格受不了？他早就背叛了我，还跑到这里来扯犊子打人，弄得自己好像个受害者似的，这真是一出闹剧，恶心的闹剧。

沈小北支撑着站起身子，扶着墙壁走到门口。刚堕胎的身体实在是虚弱，她一肚子的话想说，可当她看到耿直那看向她的鄙视、厌恶的目光时，想说的话一个字也说不出口了。

但更令沈小北想不到的事情发生了。耿直一个耳光抽过来，沈小北就摔倒在地。她的心也碎了一地。耿直在她泪眼模糊中扬长而去，还牵着夏美的手。

这就是她的老公，一个让他怀孕的男人，一个在她怀孕期间给她吃了相当剂量的安眠药的男人，一个先背叛了婚姻的男人，现在又像个正人君子似的扇了她一个耳光。

3

沈小北不知道自己是怎么回来的，她只是茫然地进了家门，躺在床上，就昏昏睡去，好像睡了一个世纪那么长。等醒来时，太阳已经斜到西墙上，睁开眼睛，看到九光躺在她身边。一切的源头都是因为她自甘下贱，跟了九光才引起耿直的误会，最后还因为自己的放荡而导致流产，否则也不会被耿直在医院里羞辱。她想都没想，一脚将九光踹下床，怒气冲冲地吼："滚，别再让我看见你。"

九光没想到沈小北一醒来就变了脸。他也立刻发了火。

"你拿我当什么？当泄欲工具？呼之即来，挥之即去？我是空气啊还是水啊，空气也有爆炸的时候，水也有决堤的时候！别看我不发脾气就以为我没脾气，我当你是女的才一忍再忍，以为我真不敢动手！耿直打我一顿还有理由可讲，你踹我这一脚我还真是孤陋寡闻不明白了，咱们是你情我愿的，别跟上了床就以为我占了你便宜你吃了多大的亏似的，高兴时候你跟谁说了？"九光气呼呼地从地上爬起来吵吵嚷嚷的，说得自以为很有道理。

沈小北听到九光的一席话，突然从床上蹦下来，揪住九光又踢又打："我没说我吃亏啊，我占了很大便宜啊，睡了一个处男我还没占便宜吗？我还在做爱的过程中高潮了三次，我他妈的占大便宜了，从来没有过的大获全胜，我高兴还来不及呢，我什么时候说我吃亏说我不高兴了，我现在还想要就怕你给不了……"她边说边把九光推搡着。九光担心她流产后身体太虚弱，所以不敢真用强，只是用两只手臂圈着向外撑着抵抗沈小北的进攻。不想沈小北是每天都练健身操的教练，虽然没什么武打功夫，但力气还是有一把的，一下就把九光推搡到地板上，然后她顺势就跨到九光的身体上，开始解自己的衬衫扣子。

"谁怕谁啊，还没有我九光制服不了的女人呢，你还真别跟我叫号，有你吃不了兜着走的时候……"九光不客气地哗啦解开自己的腰带，刷拉抽出来，嗖地一声，抛到一边，然后一翻身将沈小北压倒身下，恶狠狠地说："还跟我叫号不？我是九光，不是你那面条似的窝囊无能的老公，你睁开眼睛好好看看我。别以为我不知道，你昨晚跟我做爱一直闭着眼睛，你把我当成了谁？我告你说，我不做谁的替身！我是喜欢你的九光，爱了你很多年的九光。不是你的一个什么工具！今天我要你全程睁着眼睛，你要敢给我闭上，我就用火柴棍儿给你支上……”

九光的力气太大了，弄疼了沈小北。九光的声音也有点太大了，听着他的声音，看着他的脸色，沈小北刚才因为生气而积攒起来的勇气不翼而飞，她想退缩了。但又不想示弱，更不想让九光看到她的败相，也不能举手投降，她一边抗拒着九光，一边不客气地说：“利用你怎么了，你自己愿意的，我没请你来让我利用，更没花钱雇你来让我利用。你就偷着乐吧，还有让我利用的资本。你也就这点资本能让人利用的，除了身体你还有什么？”

九光这人怕软不怕硬，没考上大学被人骂做没头脑是他一生最忌讳的词汇。现在被自己心爱的女人这么羞辱，他已经丧失了理智，一把就将沈小北身上的衣服撕扯掉了。沈小北啊了一声，两只手护住了前胸，九光更生气了。还护？还护？护什么护啊？夜里不是都给了我吗？看来夜里这女人真不是心甘情愿的，也就是自己一厢情愿地喜欢她，她从来就没喜欢过我，甚至在做爱的时候还闭着眼睛想着别的男人。

这样的羞辱让九光一想脑袋就要爆炸。他忘记了沈小北刚刚做过人流需要休息，更不能做爱，粗暴地撕掉沈小北的长裤，就把自己硬生生地放了进去。沈小北的身体要是平常的素质，真正地想拒绝九光的话，也并不是不可能，但她刚做了人流，身体虚弱得厉害，肚子也疼得厉害，跟九光挣扎了这半天，早就没有一点力气了，还强撑着跟九光斗嘴，看看九光进入了她的身体，她长叹了一声，放弃了抵抗和挣扎。她闭上眼睛，在心里说：“用力，再用力，弄死了我，我就不知道什么是痛苦了，我就不在痛苦里挣扎了。”

九光看到沈小北又闭上了眼睛，怒气冲冲地用手掐住沈小北的下颌，弄疼了她。“睁开眼睛，我要让你看到我是怎么做的，我比任何男人都强，让你永远记住我。”

但沈小北死活不肯睁开眼睛。不是不喜欢九光,也不是她心里想着别的男人。在她心目中,一直是把做爱当作一件美好旖旎缱绻的事情,当做爱变成了报复和暴力,她不能看,怕心里形成阴影。她也用尽全力对九光喊:“求求你,求求你,求求你,别让我睁开眼睛,别让我看到我不想看到的一幕。我的眼睛是为看美好的东西睁开的,我不想看到任何丑陋和暴力的东西。你不就是想占有我的身体吗?你用力,再用力,即使你让我达到高潮,我依然恨你,因为你使用暴力强迫我做我不想做的事情,尤其是强迫我做爱,这是强奸,不是做爱!”

九光不吭声,也许是沈小北最后一句话,影响了他。他颓然趴卧在沈小北的身体上,久久不动。久久之后,沈小北感觉胸口濡湿了一片。

九光哭了。

九光的哭,有几个原因。第一,他爱沈小北,他不想强迫她。第二,他强迫自己喜欢的女人,本来就是一件窝囊泄气的事。第三,因为自己的昨夜的混蛋,竟然导致沈小北流产了,使一个胎儿夭折了。他不知道沈小北是必须打掉这个孩子的,所以他把沈小北流产的责任都背在了自己的肩上,所以一直被内疚和犯罪感压得快要喘不上气了。耿直揍他,他根本就没想过还手,因为他觉得耿直揍他是天经地义的,不揍他才有问题才奇怪。因为他的任性使耿直没了孩子。

他想安慰沈小北,但不知该怎么安慰,他喃喃地自责地说:“对不起,是我让你没了孩子。”

一个男人,在做爱的时候,趴在女人的身体上哭了。究竟是什么力量能让一个男人在这个时候哭泣,大概只有高兴和伤心才具有这样的力量!而九光的哭泣肯定是伤心。

有些感觉很复杂。触摸到九光脸上泪水的一刻,沈小北的心忽然就软成了一汪水,柔成了一缕风。想着九光跟她再次重逢后为她所做的一切,还有前一天刚刚为她挨的那一刀,她觉得自己太过分了,还有刚才出口伤人的那些话。她很为自己的行为抱歉。

跟耿直的不和,不该迁怒到九光身上,这对九光是不公平的。听到九光说这样的话,她知道九光的难过了。她不能让九光背负着这样的担子。她把怀孕后吃了好些天安眠药的事情说了,说她早就想堕胎,这事跟九光无关。

九光半信半疑,越发稀罕沈小北。觉得她是那么善解人意。他从她身上下来,用手搂住她,想跟她靠得再近一些。

沈小北用纤细的手指细细地给九光擦拭着眼泪,轻声说:“对不起,我刚才发了疯才说了那些混账话。你别当真。女人多数时候是口是心非的,说不喜欢你,其实就是喜欢你,骂你其实可能就是疼你。我只是心情不好才说那些话,你当真的话就太没肚量了,我认识的喜欢的九光是个大度的男人,尤其不会跟他喜欢的女人斤斤计较的。九光,我为我刚才说过的话道歉,希望你别介意,我们重新开始好不好?”

女人的话,有时就是灵丹妙药,能让男人立刻起死回生。九光以为沈小北说的重新开始是指做爱这件事,于是浑身立刻绷紧如一张弓,硬得他都觉得涨得疼。

沈小北知道九光会错了意。但她没有挑明。会错意就会错意吧,男人简单点会更容易得到快乐和幸福。这一次,她没有闭上眼睛,而是脉脉含情地看着九光,看着这个为她出生入死的男人。

流光里,沈小北看到九光身体上的汗珠一颗一颗精致地排列着,她感到身体变软,她忘记了疼痛。她甚至还想到了是否要跟九光戴保险套,否则会不会紧接着就怀孕的事。但是就那么灵光一现,一个想法突然蹦到她的脑海里。

劫匪进来那晚,曾经在耿直的包里翻出一枚杜蕾斯。如果耿直跟劫匪是一伙的,那么耿直应该知道劫匪会动手翻包。耿直是个思维缜密的男人,他会把即将上演的剧情在脑子里过上好几遍,他不会弄错这个细节的。那么说，出现这个保险套是个意外，还是有人凭空添了这个小东西，故意让她沈小北看到的？还是劫匪入室这件事跟耿直毫无关系？

4

东来是在凌晨时分被巡警发现的。

他在大厦里出来后，靠着路边的树干等待耿直和夏美出来。1804 房间的灯很快就熄灭了，但耿直和夏美一直没出来。看着夜幕里黑黝黝的大楼，还有那些黑糊糊的窗口，小兽一样张着黑糊糊的嘴，像要吞噬一切未知似的，东来的眉头蹙了起来。

看来沈小北的婚姻生活真是发生了问题。问题不在谁的身上，问题在于两个人有没有解决问题的勇气和决心。

他一直吸着烟，在暗夜里，一个人。路上时而有车子经过，越发显出路边的冷清。有两个人忽然走了过来。东来眼一撩，眉毛一跳。是两个身穿制服的巡警。

劫匪被杀的案子还有他逃走的事已经铺天盖地传开，他早就上了通缉名单。这两个巡警不可能不得到通知。怎么办，转身就走的话，肯定会惊动他们。东来就没有动。

“怎么这么晚还在这乘凉？”一个巡警过来，跟东来开了句玩笑。

“等个人。”东来说。

“人，人在哪？”巡警四处张望了一下，问东来。

“有位朋友开车来接我。”东来说，这巡警够称职的。

“你怎么这么瘦？不是吸粉吧？”

东来不悦地说：“想吸，可买不起啊。”

“买得起就能吸了？那是毒品，警告你啊，远离毒品，是对你的家人和自己最好的关爱。”巡警说着，仔细打量着东来，叮嘱说：“赶紧让你朋友来接你走，别跟个幽灵似的靠在路边吓唬人。”然后跟着同伴走了。

东来正琢磨两个巡警的眼睛够拙的,竟然没认出他来。忽然他觉得有点不对劲。不可能没认出他来。都仔细地看了又看,还说他瘦得特别,尤其后面的巡警,眼神有点毒,肯定认出他了。大概是知道他的过去,也了解他的身手,所以就没当面跟他交锋,来了个缓兵之计,离开去叫大队人马了。

东来暗叫不好。他可不想让刑警来了打乱了他的计划。他急忙悄悄地从树林里摸了过去。果然,那两个巡警在打电话。

“对,肯定是他,一个人,不知道他有什么行动,请求支援……”

东来没容他再说下去,直接扑了上去。

东来撂倒了两人,想了想,已经入秋,天气冷了。刑警们来了如果一时半会找不到他们,这两人在外面趴几个小时的话,恐怕有危险。他拿出自己的手机想打电话。这电话是从警车上逃跑后去小超市里买的。但随即又把手机揣了起来,从地上一个巡警的兜里摸出手机,给邱队打去电话。电话一通,他就对邱队说:“两个巡警,在天堂大厦楼对面的树林带里。”

电话里传来邱队的声音:“东来——”

东来立刻就把电话掐断了,扔到巡警身上,转身过了马路,进了大厦。相对来说,藏在大厦的安全通道里,要比站马路安全多了。

候到天大亮了,东来才看到耿直和夏美从1804房间出来,小昭没有出来,大概她还在沉睡吧。东来走到1804门前,想敲开小昭的房门。但想想夜里小昭刚做了洗胃手术,他不禁蹙起眉头,在门前徘徊了一会儿,还是拐回旁边的安全通道,靠在栏杆上,又点燃了一支烟。

安全通道里的窗户很大,从这里望出去,能望到马路对面的后街。后街道东道西归两伙不同的势力管辖。道西的娱乐场所差不多都是何建豪开的,但他专去睡道东的女人。想起何建豪,就会自然想到女友被陷害,女友惨死。他不敢想下去了,怕头疼再次袭来。他拼命转移注意力,让自己的脑袋没有时间想女友。

何建豪之前那次在大排档遇到他，就曾经说过让他帮忙的话。这次九光回来捎话说何建豪也有这个意思，自己可以趁这机会打入到何建豪的内部。虽然何建豪是只老虎，但他东来是只狼。虎是凶猛，但狼狡诈，只要处处小心，何建豪未必能识破他的真实想法。

东来养伤的这几天，也没闲着，他调查了耿直和夏美。发现夏美名牌大学毕业，却一直在耿直的小公司里当小秘书，这有点说不过去。夏美不是个久居人下之人，难道跟耿直在一起是因为爱情？

爱情的分量究竟有多重，东来不敢妄加推测，但总觉只凭爱情，让一个喜欢出风头喜欢名利的女人久居在小公司里做秘书，这是不可能的，比公鸡下蛋都奇怪。莫非她另有企图别有目的？

她的目的究竟是什么？

耿直的家门钥匙，夏美如果想拿，易如反掌。她拿到钥匙之后，会怎么处理？她的外延有多大，能跟东来的几个嫌疑人中势力最大的仇家扯上关系吗？这可就说不准了。东来想到此，拿出手机上网，登录到自己的信箱，把需要知道夏美更详细资料的文字输入到信箱里，然后把信件发到另一个人的信箱里。那个信箱是 A 字母打头的。

东来在安全通道里一直守到傍晚，天快黑了。1804 房间里没有一点动静。小昭没有出来，哪怕是买点吃的。不会有什么意外吧？东来走到 1804 房间的门外，刚要敲门，房间里忽然传来很大声的讲电话的声音。

“催，催，催，催你妈个鬼啊，给你妈个力啊？我赚钱是有道理遵循的，不是什么钱都赚。你以为姑娘我没见过钱啊，我见过的钱比你喝的水都多。别以为吸粉的女人就卖身，我的身子金贵的呢，你长了上本姑娘的身子了吗？有种你今晚就去找我，我等你，不见不散，谁不敢来谁孙子的。”

随即，东来就听到房间里有人走到门口的玄关处，穿高跟鞋的声音。

东来没有敲门，也没在门口等着，而是快步走到了安全通道里。不一会儿，只听房门一响，高跟鞋踏着大理石地面哒哒地响。东来看到果真是小昭，穿着牛仔裤，上面是一件缀着蕾丝的白色衬衫，背着 LV 包。不过，走路的姿势不太挺拔，许是夜里刚做过手术，身体还很虚弱。

东来没乘电梯，他开始在安全通道里拼命跑，以最快的速度跑到一楼。他看见小昭出了大厦，坐上出租车，扬长而去。东来也急忙跑出大厦，拦下一辆出租车，让司机紧紧跟在小昭的车后。半个多小时后，东来惊奇地发现小昭进了心安娱乐城。

他知道这里是何建豪的地盘。小昭怎么来了这里？

第十七章　舍生取义

1

沈小北趁着休假这几天,买了些吃的用的,去疗养院看妙龄。

房间里,妙龄正在电脑上打字。招呼沈小北说:“姐你先坐,我还有三百字,今天的任务就完成了。”

随后她就劈里啪啦地在键盘上敲击着,一副浑然忘我的样子。

沈小北很羡慕妙龄,从小她就这样,一旦做起自己的事情来,从来不受外界的打扰。父母的争吵好像一点都影响不到她。表面上妹妹温柔,但其实内心坚强的是妹妹,沈小北外表看着挺厉害,其实内心的脆弱只有她自己才知道。

如果紫铜香炉的事情摊在妹妹身上,妹妹肯定会处理妥当的,不会像她手忙脚乱,不仅乱了别人,还自乱了阵脚,竟然跟九光有了婚外情。

三百字很快就打完了。妙龄关闭了电脑,从抽屉里把毛衣拿出来递给沈小北:“试试,看合身不,不合身我再给你改。”

沈小北接过大红毛衣,感觉手里柔软异常。这是妹妹用织针一针一线钩织的。她眼睛一酸,还是自己的亲妹妹知道疼姐姐。

毛衣穿在身上,顿感热乎乎的,不仅合身,还衬得沈小北白玉似的脸盘越发鲜灵。

“就是有点肥了。”妙龄说，“你脱下来我再改几针。”

沈小北没脱。毛衣略微有点宽松，但这怪不得妙龄，这几天她自己都感觉到下颏尖了，到台秤上一称，整整掉了五斤。

姐妹俩出去吃了妙龄最爱吃的麻辣炒面，送妹妹回了疗养院，看妹妹睡下了，她又给妹妹掖了被角，才退出来。

疗养院的院落里，夏天来时花坛里还争奇斗艳，小草绿油油的，现在都是枯黄了，不免显得萧瑟。沈小北回头望向妹妹居住的那个房间，不知是不是错觉，她好像看到窗口映衬着妙龄姣好的脸，但只一瞬就消失不见了。

披着妹妹的红毛衣回到家里，心情却又陷入到灰暗里。

看着房中的摆设，好像一切都是梦中发生的，她跟耿直还是恩爱甜蜜的小两口，打情骂俏，从没有隔阂。但曾几何时，这些都变成了明日黄花，现在一切都颠倒了，该怎么收场？

没有耿直的房间，显得空荡荡的。在房间里用力嗅，好像还能嗅到陌生男人的味道。沈小北打开窗子，又在房间里喷了清新剂，她还不放心，又拿了拖把把房间的各个角落都拖了一遍，甚至把床上的所有用品都拆下来换了新的，脏的那套塞到洗衣机里洗好，晾到阳台里。闻着被单上洗衣粉的芳香，她才长长舒了口气。

可这么做又为了什么？耿直还会回来吗？即使回来了，他们的生活还怎么继续？她真的不在乎他在外面跟别的女人鬼混？而他也不在乎她跟九光的曾经？甚至还“有了”孩子，还“为别的男人”堕胎？

婚姻已经走到了这步，还有继续的必要吗？但她内心深处还是在乎这个叫耿直的男人的，很在乎很在乎，此时此刻她非常想听听他的声音。

她把电话打了过去。

电话那边接通了，却没有声音。

沈小北不太自在地轻声说："我是小北。"

那边也是个不太自在的声音说："知道。"

接下来电话里出现了沉默。这沉默很难堪。有一度沈小北想挂断电话了，但是她没有挂断，总觉得跟耿直有许多话要说，但却一个字也说不出来。想必耿直也是如此吧，否则他会挂断电话的。

这样想着，心里生出许多感触。西天边的火烧云烧红了半边天，又是一天要过去了，沈小北已经在家躺了好几天。既然是她先打的电话，她就应该主动找点话头去说，所以沉吟了很久，她开口说："想问问你什么时候回来。"

那边"嗯"了一声，没有立即回答，显然耿直被这个问题问住了。

回来吗？生活还会继续吗？那是不可能的，两个人都有了外遇，他们谁也回不到过去了。那么，为什么还要问"回来吗"这三个字？

见耿直一直沉吟着，没说话，沈小北知道他不想回答。是不肯原谅还是心里梗着什么东西？经历了几天几夜的思考，原本以为一切都想明白了，可等到拿起手机，却说不完整一句话。她有点恼恨自己做事太拖泥带水，就有点负气地说："我是想问你，我们的关系，算是分居呢，还是准备离婚？"

她把问题抛给了耿直。耿直如果有分居或者离婚的意思，那么他随便挑一个选择就可以了。如果他没有这方面的意思，或者说他还没有想好的话，那他就会犹豫不决，不能很快做出决定。

"你那么着急要我做决定吗？"耿直却没有犹豫半秒，立即说，"你是不是很早就想跟我说这个问题？"

这话把沈小北问住了，半天才明白怎么回事。"我们要么坐下来谈谈，要么先分居吧，冷静一下，这样可以吗？"因为有了跟九光的两夜，沈小北说话没有之前那么理直气壮了。她甚至觉得出轨这事真不是难事，只要活动一下心眼,婚外情就无孔不入,让你防不胜防。所以婚外情不是什么大事,出了大事的是她的婚姻,还有彼此对婚姻还有无必要继续下去的疑问。

“既然你已经决定了,还问我干什么?”耿直不耐烦地说。

“我们是夫妻,分居还是离婚,我跟外人商量有意思吗?”沈小北忍了再忍,不想在电话里跟耿直发火。

“你还知道我们是夫妻,我们是夫妻你还能做出那么龌龊的事情来,让我,让我……”耿直不知道该怎么咒骂沈小北了。之前这个女人是自己要穷极一生呵护保护的女人,现在这个女人却给他戴了绿帽子!这是无法原谅的。而他自己也随后背叛了婚姻,背叛了爱情,背叛了这个女人。他无法理直气壮地把咒骂沈小北的话斩钉截铁地说出口了。

沈小北接着他的话茬,说:“让你丢人现眼,丧失名誉和地位,让你在公司无以立足,在家里没有地位,那么分居还是离婚,不正是我们现在应该谈的事情吗?我们都不是小孩子了,事情到了这个地步,我不想说谁对谁错,我希望你能像个成熟的大人似的处理这个问题。”

“我说到你的痛处了,你当然哑口无言,当然需要尽快解决这件事。”耿直怒不可遏,他恨沈小北,觉得自己的背叛都是沈小北的错。如果不是她先背叛了他,他不会跟夏美有任何事的。要想跟夏美有事,早就有了,何必等到今天。但有些话他还不能说到明面上,所以胸中那股怨气就总是散不开,就时时地想拿出来刺沈小北一下。

“废话我不想听了,我现在只想问你,你回不回来解决问题?如果你不回来,我就更没有呆在这个房间里的必要了。我会尽快收拾东西走人,把房子给你倒出来。房子是你买的,我带走我该带走的,你没有什么意见的话,就这样吧……”话虽这么说,沈小北还等待耿直把话拉回来。但电话那面已经是忙音了,他连句再见都没说,就挂了电话。

男人就这样,一生起气来,就会摔女人一耳光,或者咣当挂了电话,什么绅士风度都跑得一干二净。

操！沈小北狠狠地骂了一句，骂了句脏话之后，心里痛快了一点。但还有许多不舒服。原本是耿直先背叛了婚姻，现在弄得他完全受害者的身份！算了，到这地步了，还管他谁对谁错，分开冷静一下，是最好的办法。

收拾东西的时候，沈小北看着床下抽屉里的那张渔网，时间仿佛又飞回了劫匪闯进来的那夜。她坐在沙发上，手里拿着渔网，感觉那个胖子用渔网将她捆在椅子上的情景。耿直如果参与了劫匪事件，他不会让胖子用那张他们做爱的渔网捆绑他的。他总会找出一条别的什么绳子来吧？

她一面怀疑耿直，一面又为耿直辩护。这些想法纠结在心里，一团乱麻似的越解越乱。

沈小北想不下去了，抬头看到房间里那几处安装摄像头的地方，心里忽然升起一股怨气。如果没有这些摄像头，她也不会知道耿直偷偷摸摸地进了保姆小昭的房间，也不会知道耿直让小昭往她的牛奶里注射安眠药，更不会跟踪耿直，看到他跟女人勾肩搭背。

她甚至还想起那晚那个凶悍的小三来的电话，那也许不过是个一厢情愿的暗恋耿直的人打的电话罢了。后来那个耿直赤裸裸地趴在床上的照片，也有疑点。当时自己没看仔细就删除了短片。记得背景好像不是宾馆，而只是洗浴中心的墙壁。可能耿直只是在洗浴中心按摩时被别有用心的人偷拍了也说不定，可自己为什么就把老公往出轨的道路上想呢？

一切都是从自己的疑心开始的，假设自己从来没怀疑过自己的老公，婚姻是否还会像过去一样美好呢？

外边的天色已经暗了下来。沈小北不觉得饿，她穿着衬衫，穿着白棉布袜子，在地板上来回地走着，丈量着这个结婚不到一年的家。月亮渐渐地升了上来，是满月。已经很久不记得欣赏月色了，室内没有开灯，月色就堂而皇之地登堂入室，洒了一地的银灰。沙发，椅子，地板，地板上的皮箱,皮箱上搭着的外套,都被宁静的月色披上一层湿淋淋的光泽。那光泽中好像有触手可及的亲近和温馨。

沈小北把自劫匪入室后的这些日子一天天地回忆过去,看看是否自己做错了什么,还有什么需要捡起来的。随后她遇到九光,东来的摄像头,小昭的安眠药,妙龄的恐怖小说,两个劫匪被公安机关抓捕……猛然,沈小北发现这当中出现的一个漏洞,很大很大的漏洞。

九光是靠什么找到两个劫匪的?那两个劫匪的行踪一定很隐秘?他是找何建豪帮忙吗?记得当初跟九光相逢时,九光帮他找回小偷的钱,就曾经给一个叫“豪哥”的人打电话,那个豪哥就是何建豪吧?东来的事也是靠何建豪的力量办到的。既然他能找到劫匪的下落,可不可以这么推测,两个劫匪在医院里被劫,后来被杀也都跟他有关呢?也只有他那样的“能人”才能在公安的眼皮底下劫走劫匪吧?

那么紫铜香炉跟他有关吗?费这么大的力气雇佣劫匪再杀掉劫匪,如果不是跟紫铜香炉有关,还会跟什么有关?她忽然感觉何建豪这人越来越神秘。他还几次三番地让她去他的健身中心。不如顺水推舟?

她给九光打电话,想把自己的想法跟他说说。但九光的手机关机。

她给东来打电话,停机。

这个世界,全都把她遗忘抛弃了!

2

酒吧里,这个时间已经人影绰绰,灯影下一张张脸显得不太健康,一个个眼神也显示着空虚和寂寞。被酒精浸泡过的脸部有些浮肿,仿佛空气也被酒精浸泡过了,发胀,发酥,发脆。一踏进酒吧,就吸足了浸泡了酒精的空气,东来觉得自己好像都有些醉了。挤在一对对酒客里,醉不醉也没什么太大的区别。

他找了张靠边的台子,把脸隐在灯影外,他能看清别人,但别人从灯光处向他看的话，却什么都看不清，只能看到一帧类似发黄照片样的影像。

小昭进了酒吧，直接靠在吧台边的高凳上，身体似乎很疲惫。

调酒的小三撩了她一眼，似笑非笑地说："姐姐想喝点什么？喝点醒酒的，还是喝点想醉的。"

小昭懒洋洋地说："还是给我杯橙汁吧。姐姐昨天好险没睡过去。"

"你呀，那种吃法早晚得出事。"小三递给她一杯调好的橙汁，放到她面前。又把一枝玫瑰插在杯子里。

"我不就是图一好奇吗？"小昭却把玫瑰拿出来丢掉了。"懒记性，告诉你多少次了，姐姐不喜欢玫瑰，喜欢百合，百年好合。"说着，自己先趴在吧台上，咯咯地笑起来。

"百年好合今天没货了，都让一位客人给包了。"小三说。

小昭半个身子都靠了过去，很疲惫很倦怠。但是她两只眼睛却滴溜溜地转，扫视着店里的客人。"谁这么矫情啊，都拿走了，没给姐姐我留下一支半朵的？"

"你给我调个新的我没喝过的，之前喝过的都不怎么样。"小昭喝了一口手里的橙汁，放下了杯子，不太满意地说："威士忌还不错，就给我来杯威士忌。"

小三说："你不是说不舒服吗，还喝烈酒？"

"管得着吗？"小昭哧地一笑，看小三紧抿了嘴角，显然很不高兴她这么不识好人心，于是嘻嘻一笑，说："我请朋友喝酒不行吗？"

"行，姐姐说什么弟弟有说不行的时候吗？"小三再看小昭一眼，眼里多了些其他内容，但小昭全没在意。小三麻利地调好酒，递给小昭。小昭伸手去接，小三又把酒收了回去。

"真是给朋友要的？"他不太确定小昭刚才的话。

小昭伸手夺过那杯酒，嘴里嘟囔着："要你管？又不是我妈。"拿着酒，她径直向东来坐着的角落走了过去。

东来没想到这丫头眼尖，竟然只回头撩了一眼，就发现了他。

小昭来到东来的台子，用脚尖勾过一只椅子，坐到东来对面，把杯子向东来一推，说："请你喝一杯，跟了我这么久，也够辛苦的。"

东来没接酒，只是淡淡地说："你赶上女巫了，什么都知道。"

"让你说对了，我真是女巫，我还知道你现在心里想什么？"小昭莞尔一笑，大咧咧地跟东来碰了下杯子。但东来并没有拿杯子。

"是什么？"东来说。虽然不太相信小昭说的，但是不知道为什么，总觉得这女孩浑身透着一种古怪。这古怪里究竟有什么是东来看不明白的？

每个人对于未知的事物都有一种与生俱来的恐惧。这恐惧可大可小，小到有时候都不自知。但这恐惧却肯定存在，一旦它显露，就会被放大很多倍爆发出来。

"先把酒喝了，我再告诉你。"小昭笑看着东来。

东来想了想，还是把酒杯拿起来，喝掉了酒。

在这种夜店里的场合，东来是从来不喝酒的。这种地方很敏感，也很危险。说不定一不小心就着了人家的道儿。但要让小昭相信他，这杯酒还必须得喝。

"Waiter——再来两杯威士忌。"小昭抬起半个身子，冲吧台里的小三打招呼。

"你最好别喝酒。"东来忍不住说，他想起小昭夜里刚洗过胃。

"两杯都是给你要的。"小昭说。转过脸来，定定地凝视着东来的眼睛，故作神秘地说，"看来你很想知道我是不是女巫，是不是真能看透你内心的想法。"

东来沉默地看着她，显然不太相信她的话。

小昭看到东来的表情，很受伤的样子。旁边有路过的人，忽然拉住她说:“小女巫,给我算一卦吧,看看我今年的桃花运怎么样?”

那是个胖子,满面油光,肚子大得人站在一丈外,他的肚子已经顶到了你面前。

“娄先生的桃花运,每年都烧得旺旺的。”小昭说着,从口袋里摸出一把骨牌,在手里洗了几把。

“可不是旺,春节那阵放鞭炮,两家店铺着火,没烧死我。”娄先生喷着酒气,声音大得很放肆。

“您今年开了三家分店吧,还不是越烧越旺。”小昭边说,边哗啦一声将骨牌摆在桌面上,距离不近不疏,看手法很老到,这副骨牌应该在她手里不少于半年了。她撩了眼东来,对那娄先生说:“求缘分的话,从东边抽一张。”

娄先生的胖手就伸过去,从东边抽了一张牌。是个黑桃勾。“是小人吧?”他不悦地说,“奶奶的,看来我的桃花运不怎么样,有小人。”

“你说错了,你有桃花运,桃花运还很旺,但是你要小心了,接近你的这个女人,会勾你的心。就是说,这次的女人是来真格的,有动你婚姻的念头。”小昭笑着说。

娄先生哈哈笑起来:“这太好了,我就想遇到一个想勾我心的,我还真有了离婚的打算了。这就齐活了,只要有桃花运,我照单全收。”

说着,扔给小昭一张钞票,哈哈笑着走了。

小昭用手指弹着崭新的人民币,对东来说:“我还有两下子吧,做你的小跟班儿还够格吧?”

东来没明白小昭的意思。“我心里想什么。”

“你想知道我是不是有隐秘的身份,我是不是跟你的仇人合伙,准备害人,或者害你。”小昭哧哧地笑。

东来没说话,默默地点燃一支烟吸着。烟雾缭绕中,小昭看不清他的脸色,便试探着问:“你生气了?大男人,不会这么小气吧?”

东来还是不说话，斜睨着小昭。小昭被看得浑身不自在。

“算了算了，算是我胡说还不行吗，不就是开一玩笑吗，值得用那种眼神看我？”小昭说着，把骨牌递给东来，“上次的不算，这次重来，你挑一颗牌，这次我要算错的话，没说的，我认罚。”

东来伸手摸了一张牌，翻过来，是一张黑桃二。他把牌推到小昭面前，抬了抬下颌，示意小昭解释。

小昭用手指拈起黑桃二，看看牌面，又看看东来，再看看牌面。这回轮到东来沉不住气了，问：“快看出花来了。”

“我以为你不会开玩笑呢，总是板着一副棺材脸。”小昭小声嘀咕。“不过，见棺材就是要发财吗，也不是坏事。”她手里依然捻动着那张黑桃二，神色有点诧异。

“你之前在跟什么人玩游戏吗？”小昭狐疑地问东来。

东来摇头。

“你能不能多说两句话？别跟我摇头，我念书少，你需要说出话来，让我知道你的想法。”小昭还是看看牌面，又看看东来的脸。

侍者把两杯威士忌放到东来面前，东来拿起一杯，轻轻啜了一口，耐着性子说：“要是说不出来就算了。”他还有更重要的事情要问小昭。

“牌面的意思呢，是说你最近在跟人玩个游戏，你被人给黑了，给二了。就是骗了。”小昭面色凝重，不像开玩笑。“这张黑桃二还有个隐身的秘密，你为了一个女人，做的这一切。这张牌是凶牌，不好，这样，你再重挑一张吧。”说着，她把骨牌递到东来面前。

“就接着刚才的来吧，结果会怎么样，是不是要挑一张牌？”东来觉得小昭说得煞有介事，就又摸了一张牌，递给小昭。

小昭拿过牌，直接就塞到牌里面，然后把骨牌都收进了口袋里。

“今天不准，没喝酒不准，我们先喝酒，改天再给你算。”小昭伸手就去拿另一杯威士忌。但他的手被东来挡住了。

“你刚洗了胃。”东来说。

小昭诧异地看着东来，“你还知道什么，连我洗胃你都知道？”

“这地方你体验得差不多了，还不走？”东来面色铁青，已经不是开玩笑了。

“我是为你来这的。”小昭沉默着了半晌，才压低声音说，“我调查过你，别生气，找私家侦探调查的，知道你为什么离开警队，也知道你跟何建豪的恩怨。我到这里来，就是想找到他贩毒的证据，好让你人赃并获，立个大功，重新回警队。”

“胡闹。”东来蹙起眉头，气得想伸手打人。“这会死人的！”

小昭却抬头直视着东来的眼睛，说：“就是为你，因为我喜欢你。”

东来凝重地看着小昭，什么也说不出来。这孩子太能闹人了，以为这是游乐场做游戏吗？他觉得有必要跟她说清楚一些事，但是头部的疼痛忽然袭来，他站起来想走，却摇摇晃晃倒了下去。

对面的小昭急忙扶住他。一脸着急地说：“你怎么了？我送你去医院。”

东来摆摆手，咬着牙根儿说：“一会就好。”他把身体靠在椅背上，攥紧了双拳，让自己坚强些，再坚强些，他还有许多重要的事情要去做，不能这么脆弱，这么不经折腾。

追光灯射过来，一旁的小昭看到东来额头上的汗水密密麻麻，她心疼得像要裂开了。她凝视着静默中忍受着疼痛的东来，大气都不敢出，怕打扰了他。

东来刚才抽出来的第二颗牌，是凶牌，是一张小王。连上他第一次抽的黑桃二，这牌面就不好了。意思说，东来最近还有恶事，并且他的对手比东来强过一头，是个王。

3

九光觉得自己应该倒霉了。

这从他揍了周洪涛的时候就已经意识到了。被耿直揍那两拳他根本就没还手,也不想还手。搞了人家老婆,还不让人家老公打两拳?

这事一平衡就没事了。但是周洪涛的事平衡不了,那是个霸王,是个爹,是个孙子。必须自己出面摆平,否则在街面上走动,说不定周洪涛的人就会琢磨他点什么东西。想必现在已经撒下人马到处找他了。并且如果找到他的话,百分之百会去找沈小北的晦气!

九光觉得必须自己去解决。如果跟周洪涛的恩怨不尽早解决,恐怕会耽误正经事!

这两天店里他没回去,没听店员说有什么举动。有举动他也就不用提心吊胆了,早晚是这一刀,早挨晚就不用挨了,但店员说没事,什么事都没有,这更让九光心惊胆战。周洪涛是个睚眦必报的主,能等了两天都没动手在他就是最有耐心的事了。能这么有耐心地等待一件事,那唯一的目的就是要把事情做大,做绝,做到让九光痛不欲生无法挽回。

九光摸着光头想了很久,觉得事情还得求何建豪帮忙。他知道何建豪要他跟着他做事不是一天两天了,自己求他帮忙一次,去帮他做事的可能就大了一次。这次如果再求他帮忙,自己可能就无法全身而退,必须帮何建豪了。

找何建豪帮忙,是饮鸩止渴,但也只好如此。

何建豪这几天很舒服,签成了几单生意。接着沈小北来电话,答应来他的娱乐中心。他没有用一点强,终于办成了一件事。这是最让他高兴的。有了沈小北的加盟,他的生意会越做越大,越做越兴旺的,不仅仅是健身中心,而是他的整个事业。沈小北只是他棋盘上的一颗棋子,但用处大得她自己还根本不知。

这也更增加了这盘棋的妙处!

九光打来电话,何建豪脑子里正琢磨他的事呢。一看是九光的来电,他就装作刚睡醒的样子,懒洋洋地说:“又他妈什么事,打扰老子睡女人。”在很多人眼里,他是个风流成性的男人,但其实,只有他自己知道,他有多痴情,有时候他都被自己的痴情感动了。

电话里九光诚惶诚恐地说:“豪哥对不起对不起,小的现今又摊上点事儿,您老人家要是不出山的话,我这一百多斤吃饭的家伙就扔在这了。兄弟也没有太多的私心,就想以后有机会报答豪哥的再生父母的恩情,总不能现在就扔了吃饭的家伙,还怎么报效豪哥啊。”

“别扯那没用的犊子,有话就说,有屁快放,别耽误我的正事。”何建豪对九光说,脸上却漾满了笑意。

他知道九光跟周洪涛的事,他还特意事先跟周洪涛打了招呼,让他按兵不动,说一定给他个公道,让他泄了心头之恨。周洪涛跟他的关系非同寻常,沾点远亲,更重要的是,周洪涛没脑子,只有一双拼命的拳头。所以周洪涛要赚钱,必须靠何建豪的脑子。而何建豪的脑子想出的计谋,还真得周洪涛那种没有脑子的人才会不折不扣一丝不苟地照单办。所以,何建豪在面子上,总是跟周洪涛客气三分。周洪涛也不傻,人前何建豪足够让他脸上贴金了,那么背地里,何建豪的话他会听的,非常认真非常认真地听。

周洪涛一旦按兵不动,九光还真就乱了阵脚,果然自动送上门来。何建豪觉得水到渠成了,应该让九光这个浑小子吃点苦头,否则他还真不知道马王爷是三只眼。

九光来到娱乐城的时候,周洪涛的手下已经等在那儿了。小三急三火四地跑出来对那伙人说:“别挡着,别挡着,让九哥上去,老大在上面等着呢。”

那伙人骂骂咧咧地不想散，小三说："涛哥在上面也是这话，让九哥先上去再说。"

九光就跟着小三上了楼。每一级楼梯看似都走的轻巧，只有九光自己知道每一步都似乎走在了刀尖上。是小时候看《人鱼公主》，形容美人鱼变成人后每走一步都像走在刀尖上的疼痛感觉。那时九光暗笑安徒生老先生太过夸张，他也从来没体会过什么叫在刀尖上行走的感觉，现在他尝到了，脚抬起来，就不想落下去。走完这步就不想走下一步了。但他知道自己躲不过去。

当沈小北伸出手去，挠破了周洪涛的脸，从那一刻起，他就知道是这个结局。他也知道周洪涛曾经把按摩院里一个不太听话的小姐用硫酸破了相，曾在酒店里把一个有性格的女服务员踢到楼下，踢断了三根肋骨，踢掉了下巴。何况后来九光还当众打昏了他，这个仇不报，就不是周洪涛了。所以他今天来这里，跟赴死的感觉差不多，特别悲壮。事前还给沈小北打个电话，像留临终遗言似的嘱咐沈小北说："你自己多保重，一定要快乐，无论发生什么，有我在你身边。我会爱你，爱到永远。"

沈小北什么都没说，更没跟他说麻酥酥的"爱"字。但九光不难受，他不奢求这个，只要沈小北让他爱着她就行了，别的他不敢奢求。也没有资格资格奢求。

上了顶楼，看到何建豪正在跟人下棋，周洪涛坐在一旁看热闹。他急忙过去跟何建豪问了好，刚向周洪涛转过脸去，就被周洪涛一脚踹倒。

"别他妈装熊，你那天晚上那尿呢，起来！起来！起来打我啊？"周洪涛在还没爬起来的九光身上又踢了一脚，九光就再没机会爬起来了。

周洪涛十几岁起就在大街小巷打架混日月讨生活，知道怎么打人能让人叫不出疼来还疼得痛苦万分。所以第一脚就让九光趴在了地上，第二脚就没准备再让九光站起来。九光任由周洪涛第三脚第四脚地踢来，他相信只要自己挺过了周洪涛的三脚，一旁的何建豪是绝对会叫停的，否则他九光求他帮什么鸟忙?

何建豪没有让周洪涛再踢第三脚,使个眼色,让旁边人把气势汹汹的周洪涛拉住了,转脸对他说:“跟见了杀父仇人似的,至于吗,跟老九平常都称兄道弟的,你也下得了脚。”看周洪涛梗着脖子没出够气的样子,和颜悦色地说:“你那脚是人脚吗?挨上你那一脚,平常人就得在床上躺半个月,赶上西门庆踹武大郎那脚了。”

众人哈哈大笑。有人上前把九光拉了起来,坐到一张椅子上。

“豪哥,我不是告状啊,他小子忒不仗义,竟然伸手打我,打昏了我,手够黑的吧,还在大庭广众之下。今天我给你面子,你让我咋的就咋的,但是我也把话撂这了,从明个起,我想做什么您就别操心拦着我了,让我使一回性子行不?”周洪涛怒冲冲地说。

“不行。”何建豪嗤嗤地笑着说,“要是容你使性子闹,老九今天就得在我这横尸。我看你是不仅让老九难受,你还想让我难受啊。”

周洪涛急忙说:“我不是那意思,我哪能让豪哥难受呢?可老九忒不地道,破坏了规矩,我总不能踢他两脚就算了,那也忒便宜他个犊子了。这往后我在街面上走,身后就会有半达子孩子往我身上扔臭鸡蛋土坷垃,那我还怎么有脸再混下去?”

何建豪眉头紧锁,看看一旁坐在椅子上倒气儿的九光,又看看跃跃欲试的周洪涛,摇头说:“这事还真有点难住我了。涛子,跟你直说吧。今天我是向九光保证他没大事,九光才敢来我这露面见你的。你要是真把九光怎么地了,那不等于我说话是放屁?”

周洪涛说:“我今天给豪哥面子,不动他了,连小手指也不动他了,我跟他的账有的是机会算。”

何建豪摇头,“这不行,我既然要给你们俩说和,就今天,你们当面锣对面鼓地敲完,之后大家还是亲兄弟,谁也不许翻后账,要不我这老大也不做了,连这点力度都没有,还坐这位置显什么眼呢?”

何建豪的语气已经很不高兴了。一旁的九光捂着肚子,急忙说:“豪哥您别因为我的事闹得不开心。涛哥有气我知道,我就是来负荆请罪的,认打认罚,随涛哥怎么处置都行,就是别惹得豪哥不痛快。”

“小九已经把话挑明了,够意思!你这个兄弟哥交了。”何建豪把脸转向周洪涛说,“你呢,还牙口不嵌地死咬住九光不放非要弄死他不可?”

周洪涛只好极其不情愿地说:“我也听豪哥的,豪哥是我大哥吗,你说我就认!”

但明显地,他不服气。

想让周洪涛服气,就得让九光难受。这是一根天平,两头的重量均衡了才能保持天平的两头都不摔地下。何建豪上下打量打量九光,回头对周洪涛说:“这样吧,你取走九光身上的一样东西,这样你的气总该消了吧。”

周洪涛笑了,说:“行,我要把他的兄弟割下来喂狗。”

九光身体一激灵。他怕,他知道周洪涛什么损事都做得出来。什么大逆不道的事他也能做。据说很多年前他看上的女人最后跟他父亲有了一腿,随后那个女人就跳河了,而他父亲不久后遭遇劫匪抢劫,大腿上被砍了一刀。正正好好砍在大动脉上,抢救不及时,死在了送往医院的路上。

有人风传周洪涛弑父,他也不否认,他的恶名就越来越让人忌惮。

“那是男人的第二生命,你不能拿走他的命。”何建豪补充说,“你拿走的东西不能影响老九的日常生活。”

“你是让我替他剪发,割他一绺头发?”周洪涛不高兴地说。

“要他一只手,或者要他一只脚,这个随你。”

周洪涛的脸上这才露出了笑模样。他幸灾乐祸地盯着九光的脚,九光觉得头皮发炸,这何建豪够损的,要他一只脚让他成断腿瘸子,还不如让他死了。

周洪涛可不管九光怎么想的，让人立刻上去剥掉九光右脚的鞋，接过手下的砍刀就要剁。但被何建豪拦住了。

“剁掉一只脚，也影响他的生活，他再追女孩子，形象肯定大打折扣。”何建豪好像想了又想，才说：“这样吧，兄弟一场，你就意思一下，割他一刀算了。剁掉他一个指头，行不涛哥？”

听何建豪这么说，周洪涛本来放光的眼睛顿时黯淡下来。但随即，他的眼里又冒出贼亮的光泽。他让人给九光把鞋穿上了，伸手拽过九光的右手，用手抚摸着，既而用力地捏下去。

九光就开始惨叫不止。

九光的浑身零件就是这右手的食中指是不能加力的，那是他身体最娇贵最娇嫩的地方。之前九光是靠小偷小摸起家的，就是右手的这两根指头夹回的第一桶金。动什么都比动这两根手指让他难受。

周洪涛手起刀落，九光的中指断下一截。鲜血箭似的喷溅出来，九光一声惨嗥，栽倒在地。他手捂着冒血的手指，疼，疼，难以忍受的疼。他的意识有些模糊，还有他那段年轻时的记忆，还有记忆里那些风里来雨里去的艰辛，都被血光淹没了。

第十八章　致命快递

1

东来去见何建豪的时候，九光的事情已经过去一天了，但娱乐城的上上下下都还津津乐道，一点不觉絮烦。

“涛哥那手法，利索得紧，手起刀落就剁下去了，一个字，帅！”有人夸赞周洪涛剁掉九光手指的利索劲儿。

“两个字，好帅！”

“算了吧，不是涛哥的刀利索，是老九的手指太脆了，一碰就掉渣。”有人已经不知道该怎么夸奖周洪涛了。

“老九之前是干那个的——”说的人右手两根手指向兜里一掏，做个夹东西的动作，又幸灾乐祸地说：“这下三只手丢了一只，没了吃饭的家伙。”

也有人佩服九光。

“也就老九，为个女人敢跟涛哥死扛，换作别人，要是看出涛哥看上了他马子，早屁颠颠地把马子给涛哥送来了。”

“可不是，甚至还得给涛哥预备酒菜，把女人洗得干干净净地上供。”

“听说九哥的女人是老大的教练。”

"教练个屁啊,老大那身功夫还用人教,打遍舞场无敌手。"说话的是瘦猴糊了,"老大啥时候对女人动过心呢,不过是身材顺溜点,老大可能是有别的用场。"

"可不是,那女的好像不在那边教操了,要跳槽到咱们这,你猜老大给她开出多大的条件?"

说话的人挤进人群中,周围乱哄哄的一片,但东来的耳朵分辨出哪些话是跟九光有关的,哪些是跟沈小北有关的。人们口中的老九可能是九光,尤其说他三只手,他就更断定是九光了。那天在九光的别墅里,他别住九光的手指时,九光喊爹叫娘的,那两根手指宝贝得要命,看得出没干过重活。而九光年纪轻轻就在别墅区拥有那么一套房子,对于他这个没有什么背景的人,只靠一个店面起家,没有非法收入是不可能的。

当时东来脑子一转,就猜想到九光可能之前的几年干过"钳工"。只是不知道这娱乐城里的人怎么说九光被人废了手指,还是因为一个女人?这女人既然是何建豪的教练,那就应该是沈小北了。可沈小北几时说过要跳槽到何建豪这里工作?何建豪对她有别的用场?

东来觉得有必要阻止沈小北。

他来何建豪这里,是有目的的,那个A字打头的信箱已经给他发来了信件,查出夏美十年前在十六岁的时候曾在何建豪开的歌舞餐厅里做过小姐。后来夏美用啤酒瓶子打碎了一个要带她出台的客人的脑袋,从此就失踪了。

夏美再露面是一年前,从某所著名的大学里毕业,在本市一个公司做文案策划。但跟何建豪背地里走得很勤,应该是情人的关系。那人回信说:"资助夏美念书的应该是何建豪,帮他摆平当年那件伤害案的也是何建豪。看来何建豪这个名字的曝光率有点过于频繁啊。"

东来看完那封信,决定直接来找何建豪。他事先给何建豪打了电话,说来登门道谢相救之恩。其实他是想到何建豪这里找个差事,但这话不能直说，直说出来，就没人信了。

何建豪让东来到娱乐城找他。东来就来了。

有人看见东来进来后，直截了当地要进专用电梯，伸手就把他挡住了。眼神斜愣着东来，不客气地问："谁啊，这电梯是给你用的吗？下去。"

东来没搭理那人，见电梯门开了，径直走了进去。那人伸手再次想拽东来，东来顺手牵羊，就把那家伙带进了电梯，捏住那人的手腕子一用力，那人就疼得弯下腰去。东来淡淡地说："我是何建豪的客人，听明白了？"

门忽然开了，有人要进来，东来直接把手里那人丢了出去。

电梯继续向上，东来想着见到何建豪该怎么说，怎么做。但无论怎么说怎么做，何建豪都未必相信。他是疑心重的男人，身边人都未必相信，何况他之前还干过刑警查过他呢。但也似乎只有这一招能试试了，否则别的办法太笨，太慢，他不想等待了。做大事就得胆大心细，他决定跟何建豪进行面对面的较量。

电梯停在了顶楼。东来一出电梯，就见门前早已拉开了一哨人马。有人喊打喊杀地冲了过来。这几个人一动手，就暴露了自己的几斤几两，东来既然是来求人办事的，本着不能伤人的原则，但又不能让人看扁了，所以只是动了动手，让两个人趴下了，让另一个滚到了几丈之外，其余那几个则被他关进了电梯。

"行了行了，别在这丢人现眼了，你们跟东来过招，也就是陪他练练手。"周洪涛走出来，一双大眼睛在东来身上滴溜来滴溜去的，好像一对探照灯。普通人什么歪心没有，也能被周洪涛看得直发毛，后背直起鸡皮疙瘩。

何建豪正在办公桌后面坐着，看见东来进去，欠着身子站起来，热络地跟东来握手，跟东来坐到旁边沙发的两侧，亲热地拍着东来的肩膀说："能想起大哥来，就是兄弟。"

东来说："谢谢你的救命之恩。"

何建豪笑着说:“咱们兄弟是不打不相识,客气话多说一句就见外了。今儿别走了,一会出去喝两杯,也算为你接风洗尘。”

东来没客气,但小心地说:“我身上有案子……”

“那点案子在我这算个球?”何建豪一挥手,打断他的话。

周洪涛也笑着恭维何建豪:“有豪哥在,还有你怕的事?”

东来试探地说:“我现在是没名字的人,东躲西藏的,也没法找事做。”

“想要个名字还不简单?”何建豪爽快地说,“这事你甭操心了。交给我吧,谁让咱俩有缘呢。你要愿意,就屈尊到我这帮我忙,我找人几天之内给你换个身份,换个名字,我看哪方面的条子还敢找你的麻烦?”

东来感激地看着何建豪:“太给你添麻烦了。”

“就怕你不麻烦我。”何建豪说,“你到我这来,什么也不做,就是往门口一站,也给我添彩。别多说了,就这么定了,你来我这,工作随你挑,想干什么干什么。”

东来谦卑地笑笑说:“还是干老本行吧,其他的我也不在行。”

“太好了,要是东哥帮忙把守门户,那可真是一夫当关万夫莫开。”周洪涛一着急,还说了句成语,觉得自己很有知识,很有面子,洋洋自得。

何建豪则笑着说:“那可大材小用了,我既然让你来,能让你当保安?那是下等人的活儿,你呢,要真不挑的话,就给我当个保安经理,训练保安这活你肯定手掐把拿,绰绰有余。”

东来装作受宠若惊的样子,欣然接受了。

“楼上的健身中心这两天就开业,人多眼杂,需要人手,正好你来了,可救了我的驾。”何建豪顺势说起沈小北:“沈教练你也熟悉的,沈小北,之前在环球做的,待遇也很高,但还是被我撬过来,帮我做事了。现在我可谓兵强马壮。”他把桌上的香烟拿起来,先给东来点燃,自己才把烟点上。

一旁看着的周洪涛已经眼含怒气。还没见过比何建豪的谱还摆的大的人呢！这个东来,鼻子里插大葱开始装上大象了。眼里还有没有我周洪涛啊！

“你就安心地在这做事，谁也甭想找你的麻烦。不就是个嫌疑人身份吗？你就不用担心了，吃住都可以在公司里，就怕你嫌憋屈。”何建豪侧头对周洪涛说：“涛子，你让手下去办三件事。第一是带东来去看看他住的房间，第二让办身份证件的朋友帮东来换个身份。第三到贵香楼包了两个房间，晚上哥几个出去乐乐。”

这事就这么定下了。手下办事的带东来出去后，周洪涛迫不及待地问：“老大你真信他？”

“信他什么？”何建豪翻了周洪涛一眼，说：“我就是信他，他都不相信我信他。”

“那你还对他那样？”周洪涛不解地说。

“操，他既然想来，我就成全他。我也没有什么怕他知道的，只是不清楚他具体想知道什么。”何建豪幽幽地吐出一串烟圈。烟雾后面，他的眼睛显得变幻莫测。

2

晚上八点，九光开车去接沈小北。

他的手指用不粘贴缠上了，昨天还去了陈医生那里就诊。陈医生什么也没说，只是在给九光处理完伤口，看他要离开的时候，叹口气说：“你也老大不小了，别做那些脑袋别在裤腰眼上的活儿。我走的桥比你走的路多，走黑道的没几个命好的，更别说命长的。”

九光想说什么，但没说。只是出门把几张钞票扔到收银台上，小护士刚要作声，他已经走出去了。

朋友这次又有了确切的消息，紫铜香炉又出现了。交易的地点和时间也确定了下来。九光跟沈小北先打了招呼定好时间，八点一到，他在沈小北家楼下接了她，向既定地点行驶。

车厢里有点黑，沈小北还是发现九光握在方向盘上的右手有点特别，细看之下发现是中指缠了不粘贴，也没放在心上。九光那么能“作”的一个人，手上带点彩是没什么意外的。只是她没觉得那根中指短了半寸。

九光心里很失落。他希望沈小北打听他的事，甚至都做好了解释的准备，但沈小北没问。

车子在暗夜中前行，街道两侧的霓虹灯不时打进车里，灯光将沈小北苍白的脸映得越发单薄。九光忽然暗骂了自己一句。这个女人，是自己毕生追求的女人，她已经把她自己给了他，这已经是天大的恩赐了，难道还奢望她离婚死心塌地地跟他吗？而他究竟又能给这个女人什么？除了带她去堕胎，除了为她断截小指，还能为她做什么？如果沈小北真的离婚嫁给他，他能娶她吗？

他根本给不了她将来。这个他一直深爱的女人，他除了给她一个紧紧的拥抱，除了给她一个兴奋起来的夜晚，还能给她什么？他心念一动，突然伸出手，抚摸着沈小北光洁柔媚的脸。

不料，沈小北一挥手就打掉九光的手。九光疼得叫了一声，车子突然左转，差点撞上了迎面开过来的车。

沈小北以为九光是故意的，依然没注意他的中指已经残了。

九光偷觑着沈小北，见她小脸紧紧地绷着，好像早就忘记了那夜的缱绻。九光也只好随她，早就知道她沾火就着的脾气，谁让他喜欢她呢，他九光就是三孙子！活该！

车子行驶到郊外，两侧只有刷刷闪过的树木，还有对面偶尔开过的车辆。沈小北有些疲倦，懒懒地蜷缩在椅子上。眼看就要揭开谜底了，她反而不着急了。好像只是恍惚的事，竟然打了个盹，睡了一觉。医生开的药大概里面有安眠药的成分吧，出来时吃过了药，竟然在坐车时睡着。

想到安眠药，就想起家里出事时的那个保姆，那个曾经遵照耿直的命令往她的牛奶里注射安眠药的小昭。她心里千头万绪,想到了耿直的背叛,耿直穷凶极恶地打她一巴掌,耿直那鄙视的目光。

相恋了那么多年,又结婚大半年了,怎么夫妻感情忽然就薄得像一张纸,淡得像一碗水呢?以为是无数个美好的逗号,逗号,逗号,却没想到两人的关系即将要画上一个大大的句号了。曾经说过天长地久的,难道天长地久就是不到一年的时间吗?曾经说过永远的,难道永远只是瞬间?

车子停了,窗外是郊区的树林,道路两侧已经没有霓虹灯,只有街边矗立的路灯发出的清冷而惨淡的光辉。身上不知何时已经披上一件夹克。有九光身上的味道。一侧头,看到九光在黑暗中凝视着她的眼睛。

"交易已经开始了。"九光轻声对她说,"我手机上有拍摄到的现场,你如果看到什么,也别心慌。"

沈小北点点头,坐直了身子,九光把手机递到到她面前。

手机的屏幕上黑糊糊的,不太清晰,但还是看清了几个人在来来去去地走动,还说着什么。沈小北定睛一看,心里开始直突突,因为她看到了屏幕上有个人竟然是耿直。

耿直的手里拿着一只锦盒。打开锦盒,里面露出紫铜香炉的全貌。

"200 万,现金交易。"耿直不带任何感情的声音。

"耿先生是个爽快人,成交。"对方说,随身从身后的男人手里提过一只密码箱,打开让耿直过目。那只密码箱里,排列着一摞摞粉红色的百元钞票。

耿直提走两只密码箱,上了他的雅阁,开车疾驶而去。

九光也随即合上了手机。一回头,看到沈小北越发苍白的脸。显然,紫铜香炉出现在耿直手里,是沈小北最不愿意看到的结果。

"现在有两件事情可以做……"九光目视前方,说,"一,咱们现在所处的位置是耿直回到城里的必经之路。二,我们驱车去追紫铜香炉的去向。你打算做哪件事?"

沈小北无语。

九光低头去看,看见沈小北的脸上都是泪水。

女人真是奇怪,帮她找到了宝贝她怎么还哭?

“别哭别哭,香炉我负责给你找回来。”九光见不得沈小北掉眼泪,这等于拿刀扎他心窝子。

沈小北却低低地说:“回去吧。”

“什么?”九光没听清。

“我们回去吧。”沈小北又低低地说了一句。

“回去?”九光有些不相信自己的耳朵,“你说什么?咱们费了九牛二虎之力,到了揭开答案的时候,你要放弃?傻了吧你?”

沈小北还想说什么,前方车灯一亮,有辆车子远远地驶过来。九光想都没想,直接车子一打把,车身一个飘移,横在了路上。几分钟后,那辆车子开了过来,见九光的车子横在路当中,不得不停下来。

车灯下,耿直的雅阁整个地显露出来。

九光跳下车子,几步跨到耿直的车前,敲了敲车门,耿直不得不开了车门,因为他已经看到了对面九光的车里坐着的沈小北。

“下来吧,把你怎么使阴谋耍手段雇佣两个劫匪盗走紫铜香炉的事,都说一遍吧,然后看沈小北怎么发落你。你命好呢,就交钱走人,命不好呢,就给你丢进局子里,让你吃几年牢饭!”

九光伸手想拽耿直下车,车后面忽然跳出几个打手模样的人,把九光围了起来。

“哈哈,你还养起打手来了,不对,应该叫门客。”九光说,回手一指自己车里坐着的沈小北,对耿直说:“你当着车里那个女人的面,见我揭穿了你的诡计,恼羞成怒想杀人灭口,是吗?我不相信你有这个胆子,甚至连那个女人一起灭口。”

耿直径直下了车，他不能让九光一个人把话说完了。他来到沈小北的车前，拉开车门上了车，看了看沈小北。沈小北一声不吭，耿直便坐到驾驶的位置。

“这里面是不是有什么误会？”耿直试探着问，想知道沈小北对他今天的交易到底知道多少。

“几分钟前，你把紫铜香炉二百万卖给了一个胖子。”沈小北说。

耿直半天无话。他没想到沈小北竟然掌握了情况。看着幽暗的车厢里妻子苍白的脸，耿直长叹了一声，说：“小北，其实并不是你想象的那样。”

“我想象的是什么样？”沈小北打断了他的话，回头怒瞪着这个一直跟自己同床共寝的披着羊皮的狼。“你雇佣保姆，然后又跟劫匪里应外合，让我在安眠药的作用下什么都不知道，醒来时紫铜香炉已经被你们弄走了。你还要我怎么想象？”

沈小北说着，委屈愤恨的泪水已经淌了满脸。

“真的不是你想象的那样。”耿直解释着，“我没有跟那个保姆怎么样，更没有雇佣什么劫匪里应外合偷你的紫铜香炉。”

“不是偷的，是我送到你手里让你卖掉的吗？”看到耿直一再想解释，沈小北心里更气，还解释什么，铁证如山还解释，只能说明他不是个敢作敢当的男人。

“紫铜香炉不是我偷的，是快递公司送到我公司里的，我有证据。”耿直焦急地说。

“两个劫匪给你快递去的是吗？”沈小北直直地问。耿直越狡辩越显得可恶可憎。她当初怎么就瞎了眼睛嫁给这个白眼狼。不仅妹妹的腿因为他的车祸失去了，现在她的家传宝贝紫铜香炉也让这个男人给卖了，他还在狡辩！

“真是快递来的，你不信我也没办法。”耿直说。

“你知道紫铜香炉是我的,你也知道紫铜香炉丢了我有多焦急,就算有人把紫铜香炉快递给你,你没拿我的香炉,那么香炉到了你手里,你为什么没有给我拿回来,而是背着我卖掉它?”沈小北怒气冲冲地质问:“还不是你想让你的公司起死回生,还不是看中了紫铜香炉的价值把它从我身边偷走了。一个香炉,让我认清了你,你不过就是见利忘义连自己妻子都欺骗都背叛的人。滚吧!我再也不想见到你。”

3

耿直好像忽然之间老了好几岁。重新坐上自己的车子,他的双手有点使不上力气,副驾驶上的夏美说:“要不,我来开车。”

耿直点点头,木然地跟夏美换了位置。车子开动起来,他闭上眼睛,想起不久前的一幕。

那是家里发生劫匪案不久之后的一天傍晚,有快递公司的职员送来一个快递。那是一个四四方方的盒子。耿直还以为是哪个客户送给他的家乡特产。盒子拿在手里,竟然沉甸甸的,好像一个很重的物件,耿直脑子里忽然闪过大印的感觉,不会是谁把一块仿造的玉玺送给他吧?他当时还开了这样一个玩笑。

剥开快递的那层牛皮纸,里面露出一只褐色的盒子,打开盒子,里面竟然还是一只褐色的盒子。一连打开三只盒子,里面还有一层盒子,也是褐色的。不会真是谁在拿他开涮吧?耿直这次不那么小心翼翼了,直接把盒子拽开,呈现在他眼前的物件扎了一下他的眼睛,他的眼睛刷地瞪得锃亮!

是紫铜香炉。

是沈小北的紫铜香炉。

是沈小北丢的那只紫铜香炉。

这香炉被什么人偷走了?

这香炉为何被送到他的公司送到他的办公桌上？

是什么人在开玩笑？还是知道他现在经济危机出手相助？

耿直犯难了！

看到这只香炉，他第一个想法是坏了，这要是警察追查下来，会说他是家贼，自己把自己家的香炉给偷了。第二个想法也是坏了，这要是沈小北看到他手里拿着她的宝贝香炉，会认定他是家贼，跟劫匪里应外合偷走了她的宝贝。第三个想法还是坏了，就算他把香炉送给警察送给沈小北，谁会相信他是清白的，都会认为他是偷走了香炉后害怕了，不得不把香炉给送回去。

耿直彻底犯难了！

更让他犯难的是，他忽然发现房间里有异样，他一回头，看见夏美端着杯咖啡，直愣愣地看着他手里拿着的紫铜香炉。

他家里进劫匪的事已经被报纸给报道了，紫铜香炉的照片也登在报纸上，夏美还曾经把一张其他城市的报纸拿给他看，说那上面有人化名倾诉家里进劫匪，怀疑自己老公里应外合偷紫铜香炉的事。所以夏美看到他手里的香炉，应该很快就会把这只香炉想成是耿直拿走的，甚至是偷走的。

夏美看到了耿直眼里的慌乱。她随即回身把门关上了，然后把热腾腾的咖啡递给发愣的耿直。见耿直把咖啡接过去了，她就把手放在桌子上的紫铜香炉上，轻轻抚摸着说："耿总别担心，我是你的人，当然要为你作证。这只香炉我看到是快递公司送进来的，如果有人怀疑是你拿的，我为你作证。"

耿直颓然坐在椅子上，不知道说什么好。

"您是担心有人不相信，会猜疑是你自己快递给自己的？"夏美问。

耿直没说话，他现在就是浑身是嘴也说不清，就是跳到黄河也洗不清。他该怎么办？捧着个烫嘴的山芋，扔掉可惜，不扔掉，却赶上炸药包一样麻烦了，说不上什么时候就会炸开，炸得他粉身碎骨。

“要是您不打算拿回家去，也不打算交给公安，那我倒有个主意，不知道耿总想不想听？”夏美坐在耿直包公桌对面的椅子上，双手支着腮，无限柔情地看着耿直。

耿直点头，让她说。有主意总比他现在没主意强。

“要我说，既然香炉现在在您手里，拿回去，会引起夫人误会，交公，会被公安怀疑，放在手里更有私藏的嫌疑，那还不如干脆出手卖掉。现在公司的困难我知道，贷款催得紧，外面的钱又回不来，索性先把香炉卖掉，有朝一日您生意做得大了，哪怕两倍再花钱给夫人把香炉买回来，那时夫人还会感激您花大价钱买回香炉送给她呢。”夏美莞尔一笑，说，“要我是您夫人，肯定心花怒放，更爱你这个老公。”

其实就算没有夏美的话，耿直自己也动过这个鬼心眼。但有了夏美的话，留下紫铜香炉好像就成了耿直的不得已而为之的行为。

第一次交易中耿直被警方抓捕，是夏美从中斡旋才把他保释出来，看来这个女人的力量不可估量，可她为何却在他的小庙里屈就做一个经理秘书呢？

“是不是怀疑我有什么不可告人的秘密，所以跟在你身边？”开车的夏美好像有第三只眼睛，第三只耳朵，能感到听到耿直心里的想法，耿直没说话。

“你没说话就是我没猜错。”夏美说，忽然伸出一只手，握住耿直的手，说：“一个女人爱上一个男人，就会做出许多奇怪的事情。”

耿直想抽出自己的手，却感觉自己的手很无力，而夏美这次握得特别紧。只听夏美柔声说：“你夫人既然怀疑你，你就顺水推舟，说是香炉是我偷的。反正这事我自始至终一直参与了，所以错误咱们对半，如果公安调查下来，我就去承当，或者我现在就去自首。”

夏美声音柔美得能酥掉男人的骨头，但她的语气是坚定的，话语是坚定的，耿直还能说什么？到了最后与自己并肩作战的不是自己的妻子，而是自己的秘书。他没抽回手，任由夏美握着。

外面不知道什么时候飘起了雨丝。斜斜地打在玻璃窗上，雨刷左右摇摆，刷掉那些泪痕，又有新的泪痕飘到车窗上。耿直心灰意冷，夏美感觉他的手冰凉如铁，就轻轻地攥了攥。

“去喝杯酒吧，我知道一家地下酒吧，二十四小时营业的。”夏美的声音响在耳边。

车子开去了酒吧。灯红酒绿的地方，容易让人颓废。颓废的人容易借酒浇愁，耿直很快就把自己灌醉了，沉醉中，他仿佛觉得身体烧得厉害，好像有什么东西在心里堵着，堵得难受。他想抬起身体，忽然发现身体上多了一双手。那双手轻柔地解掉他的衣扣，手指像蜻蜓点水似的在他身体上划过。他只觉得身体一片清凉，仿佛那双手具有驱魔的力量，将他的身体里那些堵塞的东西疏通了。他没有抗拒那双手。而那双手也开始引领着他，进入另一个天地。

那是一个什么样的天地呢？繁花似锦，色彩缤纷，没有猜疑，没有香炉，没有忧伤和痛苦，只有穿着薄如蝉翼的衣服的女人在翩翩起舞，然后用长长的丝巾缠住他的腰，缠住他的手，缠住他的脚，然后妖娆的女人趴伏在他的身体上，舌尖灵蛇一样在他的肌肤上缠绕。那舌尖仿佛是一只手，把导火线植入他的身体里，仿佛那舌尖再向下向下的话，他身体里的导火索就会引燃，他的身体就会炸出绚烂的烟花。他等着那炸出烟花的瞬间……

4

郊区的一间别墅里，妙龄端坐在电脑前，手指翻飞地在电脑上打字。

电脑桌靠着落地窗，宽大的落地窗将屋外的花园草坪尽收眼底，一眼望出去，不管怀着多沮丧的心情，看到那些生机盎然的小植物，也会生出些许的感动和感恩。虽然已经是秋天,植物都已经枯黄而凌乱,但是那曾经的勃勃生机总会温存地保留在记忆里的某个角落,只要看一眼那些发黄的落叶,就会触动心里的那个柔软的角落,那些曾经怒放过的情景就会自然地浮现在眼前,让人备感温暖。

妙龄却没有注意窗外的季节变化,甚至窗外飘起了牛毛般的雨丝,她也没有注意。雨丝斜斜地飘坠着,敲打在窗棂上,淅淅沥沥的,很别致,风情里带有一丝淡淡的忧伤。窗子没有关严,风将窗帘吹起一角,雨丝趁机从敞开的窗子的缝隙中挤进来,弄湿了窗台,在窗台上集下水汪汪的水洼,亮晶晶的。

妙龄在电脑上全神贯注地敲打她的恐怖小说《意外死亡》。小说已经接近尾声,她的手指不停歇地叮叮当当地敲击着键盘:

"罗旭没有想到,陷害自己的竟然是自己的妹妹,虽然是同父异母的关系,但罗旭向来把小娇当成亲妹妹,小时候好吃的东西分给妹妹,好玩的东西先给小娇,小娇要的东西,罗旭从来不争不抢,什么事情都让着她,这似乎已经成了习惯,已经是天经地义的事情了。就是父亲把两套别墅都写成了罗天骄的名字,他也什么都没说。不过是父亲的遗产,他想给谁,是父亲的权利,做儿女的没权过问。再说有志气的儿女也不该拿父母打拼下来的江山,有能力,就住大房子,没有能力就住小房子,再不济总能租起房子住,何况凭他开发电脑软件的能力,在本市谁能与他争锋?所以罗旭从没想过借助父亲的实力来扩大自己的业务。但也许就是他的不争不抢,不吵不闹,反倒让父亲把家族的产业给了他。这也最后成了妹妹嫉恨罗旭的根源,甚至让她丧心病狂不择手段地要毁灭一切,以求毁灭罗旭……"

妙龄打完一段,正要继续,门铃响了,她没有回身,似乎知道来人是谁,拿起桌上的房门遥控器,回手按开了房门。走进来的竟然是穿着宝蓝色套裙足蹬三寸高跟鞋一脸风情万种的夏美，耿直的秘书。她的一双圆润白皙的小腿在裙袂下若隐若现，性感风骚。

妙龄盯着那双小腿足足有三秒钟。

“我来得不算晚吧。”夏美来到妙龄面前，谦卑地说。

“看看我们的大功臣！”妙龄转过身，欣赏地把夏美上下左右地打量一遍，然后把目光停留在夏美的脸上，啧啧称赞道：“看看你这张小脸，水晶似的，把耿直迷得神魂颠倒，终于臣服于你，厉害！佩服！”一边说，一边把大拇指竖到夏美面前。

夏美羞赧地一笑，说：“您不是说吗，不让我用药物，所以就迟了一些，如果用药物的话，相信我到他那里打工的当天就把他拿下了。”

妙龄摇头，说：“不行，我的目的就是要他真正背叛他的妻子，不仅是身体的，还有灵魂的。他不是自诩为君子吗，我就要揭开他的面具，看看他君子的面具下是怎样道貌岸然的一张鬼脸！”

说到耿直，妙龄的脸上含了一层霜，眼神里流露出炙热的火焰样的东西。

夏美莞尔一笑，转了转眼珠，沉吟着，试探问妙龄：“您跟耿直，有过很大的过节是吗？我很感兴趣，能让我知道吗？”

“让你知道也无妨，我什么秘密你不知道？”妙龄笑着说，“我早就知道他是个伪君子，跟沈小北结婚就是为了她的家传宝贝，就想有朝一日偷出去卖掉据为己有，你看看，我猜得没错吧？他不就是这样，当紫铜香炉捧在手里的时候，他如何做了？还是两眼冒出贪婪的目光，把香炉握得死死的，生怕别人抢去。这种人我见得多了。越是叫嚣他多么多么的正经，越是一见到女人就浑身发软，连骨头都软了，走路的能力都没有，就剩下躺着睡觉了。耿直这个混蛋也是一丘之貉，没什么两样。”

一说到耿直，夏美就觉得妙龄的声音里透着一种咬牙切齿的恨。

“您神机妙算，火候分寸拿捏得当，所以才会大功告成。”夏美讨好地近乎谄媚的样子说。

妙龄撩了夏美一眼,看到她眼角眉梢的风情,夸赞她说:“还是你配合得好,如果没有你天衣无缝的配合,我一个瘫子也很难成大事。谢谢你妹妹,我答应你的钱已经让人汇到你的卡里了,比预先说定的多了一倍,希望我们的合作能让你满意。”

夏美笑得更妩媚了。夏美这个女人,优点是妩媚,缺点是太妩媚,尤其在女人面前她依然妩媚得要命。就像那个港台女影星,在男人面前嗲,已经让女人愤怒了,在女人的老公面前嗲,更让女人们愤怒,等她在女人面前竟然也嗲得嗓子的底音儿都暴露出来时,女人们简直要崩溃了,恨不得抽刀宰她十万刀!

所以夏美的妩媚在妙龄面前展现,就有那么点不合时宜。

夏美却没发现妙龄眼神的变化,她从随身的包里拿出一份打印的文件,给妙龄过目。那是一份离婚协议书。

“我给耿直和沈小北都以对方的名义快递了一份。相信他们现在手里已经接到协议书了,很快就会尘埃落定,你要的结果就全出来了。”夏美说。

“太好了,你想得真周到,比我想象的还聪明还能干!”妙龄说,“老天真是太厚爱你了,不仅给了你国色天香的容貌,还给了你一双比莫文蔚的还性感漂亮的腿。又给了你聪慧的头脑,夏美,你堪称完美。”

夏美就嘻嘻地笑,很高兴地照单全收了妙龄的赞美,谢过之后出去了,随手带上了房门。

一个女人赞美另一个女人,很难是出自真心的,就算是母亲赞美女儿,也带着一种淡淡的时光不再的醋意,假使女儿只是向父亲撒了个无意的娇,做母亲的依然会心里一咯噔,觉得年华不再,大有江山不稳的感觉。虽然她明知道女儿是父亲的第一个情人,这第一个情人对她并不会造成什么实质性的威胁。

但女人赞美另一个女人聪明,这就很有意思了。有几句是出自真心的,做女人的都心知肚明,谁也不会说破。尤其是妙龄,她自恃才气逼人,容颜绝代,从来不把旁的女人看在眼里,就连她那与世无争的姐姐她都嫉妒,都不会轻易的夸赞,何况是夸赞别人,尤其是夏美,这个占据了耿直灵魂和躯体的女人呢?

她对夏美的赞美里,其实包含了一种深深的恨。这种恨无法在夏美面前展露出来,所以就变了法子说了,变成了夸赞夏美。所谓物极必反。

女人就是这样,在喜欢的男人面前,总是无法做到天衣无缝的坦然自若,只当迎面吹来一缕凉风般的无谓。

妙龄长叹一声,两手用力地拍打着身下的轮椅,毫无预兆地,她的眼里迸出两行泪。

她自己也呆住了。有多久没有哭过了,索性痛快地哭一回吧。

黄昏将傍晚拖长了。

雨水将忧伤拖长了。

泪水将痛苦拖长了。

电话突然响了起来,一个声音有些胆怯地说:"那个香炉被警方查到了,卢先生也被警方拘捕。"

沈妙龄忽然就笑了,笑靥如花。只是那脸上还带着泪,眼角还闪过一抹锐利,这就使她脸上的表情显得颇为诡异。

第十九章　车　祸

1

离婚协议书的快递是送到心安娱乐城健身中心的。

这是沈小北开课的第一天，离上课还有十分钟，学员们都三三两两地聚集在大厅里，随着音乐做着热身动作。也有学员在大厅里两个一组地学跳交际舞。

何建豪的健身中心跟环球健身中心相比，面积大，设施齐全，并且地点也好，处在各大公司的汇集地，许多白领下午三两点钟就会偷跑到健身中心锻炼一个小时，再偷偷溜回去等待下班。此时正是下午第一堂课。

沈小北已经换好衣服，精神抖擞地准备上课，就在此时，一个快递公司的小弟跑进来，手里拿着一份快递嚷着："沈小北，谁是沈小北？"

沈小北冲他扬了扬手，小弟跑过来让她在快递的单据上签字。等签好了字，沈小北掂量着手里的这个牛皮纸袋，很轻，不知道里面是什么，也看不出是谁邮寄来的。时间还赶趟，她就撕拉扯开快递的封口，从里面拿出三张纸。

三张纸其实是同一份内容，离婚协议书，一式三份，落款上男方的旁边空格处耿直已经填好了自己的名字，就剩下女方的旁边空格需要沈小北签字了。

沈小北手指有点颤抖，本想跳完操再看。但是她似乎等不了，她一目十行地看了一遍，没看明白，又一目五行地看了一遍，还是没看明白，然后一个字一个字地看了一遍，好在字数不多，总算看完了。

这是耿直邮寄给她的离婚协议书，里面写着房子对半分，其他各无牵碍。同意就签名，不同意就等着法院的传票，让法院裁决。

沈小北顿时觉得手里的快递沉甸甸的，像托了块巨石。耿直够决绝的，快刀斩乱麻，这就一刀两断了。她一时什么想法都没有，脑子里好像乱成一锅糨糊，又似乎空得过堂风嗖嗖地刮。半天才觉得很多人在看她，她抬头，看到许多双眼睛在盯着她。耳朵也渐渐能听见音乐声了，她的课开始了。

许是音乐的关系，许是跳动的原因，沈小北的心情渐渐地不那么难过了，她在音乐里跳着，蹦着，转着圈，当音乐停止，这场操结束时，她甚至还想继续跳下去，一直跳下去，直到老去，直到死亡。

沈小北这晚下班后，打了出租车回家，到大厦楼下，才想起已经搬去宾馆住了。身上的包里还背着耿直给她的离婚协议书，自己怎么还会回到这里？

她沿着人行道，向自己住的旅馆走去。她和耿直的关系真是到了尽头了，没有一点余地了，签了字就不是夫妻了。

旁边一家酒吧里传来迷离的歌声，很对沈小北的心情，还有里面传出的酒气人气，都很对沈小北的胃口。她拐了进去，选了张台子落座。这家歌厅是大屏幕的开放式的大厅，每张台子的桌底是四瓶啤酒四个果盘。沈小北接过小弟送上来的麦克风，在音乐声中，把屏幕上出现的歌词都一字不落地唱出来。

沈小北喝高了。站在路边等车，她想起九光。给九光打电话，关机。伤心顿时成了一条河，觉得耿直不要她了，九光也不要她了。她的五分醉加上十分伤心，就变成十五分醉了。出租车停下，门打开了，车里的人伸手拽沈小北上车。

沈小北看清车上的人是东来时，就醉笑着对东来说："我认识你，你是一个忠于爱情的人。"

东来让司机把车子开到沈小北住的大厦。车子一开，沈小北由于没坐稳，竟然一头向玻璃窗撞过去。东来急忙抱住她。

沈小北依然哧哧地笑。醉眼迷离地看着东来，说："你的眼里从来没有过任何女人。你大概有二十七八了，这个年龄的男人不结婚，又不花心，内心里肯定藏着深爱的女人，因为再没有女人能取代她的位置，所以你就不交女友，也不结婚，值得钦佩。这个时代，忠于爱情的人太少了。忠于婚姻的，又有几人？"

东来发现她在哭，她的身体在他的怀里急剧地颤抖着，眼泪濡湿了他的胸口。然后他发现小北用力地抱紧自己，唉唉地哭着说："抱抱我，抱抱我，我很害怕，害怕你丢下我一个人……"

东来不知道她受了什么委屈，只得紧紧地抱着她。"我不会丢下你的。"这话他是发自内心说的。沈小北忧伤蹙眉的神态，跟田慧的神态太像了。东来此时是把她当作了田慧。

"你知道我说的不是你，我也知道你说的不是我。"沈小北边哭边喃喃着。她时而清醒时而糊涂，但是她的伤心是真实的，触手可摸的。

东来把沈小北送上楼，在她包里找钥匙时，看见那个快递，知道了沈小北伤心的原因了，他们夫妻要离婚。

东来把沈小北抱到床上，发现她额头滚烫，手也烫得吓人，就准备去拿点水和毛巾来。结果沈小北回手抓住他，喃喃着说："别走，别丢下我，我对不起你，你也对不起我了，我们扯平了，我们重新开始吧。"

东来站住了不动。如果他跟田慧要是有重新开始的机会该多好。世人总是不珍惜眼前的幸福。当幸福飞走了，才想要争取。可是酒醒后的她却未必肯勇敢地把刚才的话再对着那个应该面对的人说一次。

东来把湿毛巾给沈小北敷在额头上。他握着沈小北的手，感受着她的温度，也感受着她急剧的心跳，还有时而的啜泣。梦中她突然惊慌失措地尖叫起来："妈，妈，我不是孽种，不是孽种。妙龄也不是，妙龄也不是孽种。妈，妈，我把香炉弄丢了，我会找回来的，这事跟妹妹无关，你别骂妙龄，妙龄的腿都残了，是耿直的错，你别骂她……"

沈小北惊悸着叫了一会儿，又无声了。只是眼泪成串地顺着两个眼角淌下来。东来心疼地用毛巾擦掉那些眼泪。眼泪就像水，但比水咸，比水沉，因为里面包着一颗受伤的心。

"东来，案子你别查了，香炉找到了。"沈小北忽然翻身坐起来，直勾勾地对东来说。

东来不知道她此时说的是否醉话。

"你醉了，躺下睡一会儿，我陪着你。"东来柔声安慰她。

"我说的不是醉话，我说的是真的，你真的别查了。香炉是耿直拿走的，他已经卖掉了，卖了二百万。"沈小北说着，眼泪又落了下来。"他把香炉卖了，为了他的公司，他可以不顾及我的感受，甚至不要我。"沈小北泪眼婆娑地看着东来说，"你别查了。也别去抓耿直，他说香炉不是他拿的，是有人把香炉快递到他公司的。"

东来这次相信沈小北的话了。他哄沈小北睡着，给邱队打了个电话。"我是东来，那个香炉是耿直拿走卖掉的。但据说不是他拿走的，是有人把香炉快递给他的。"

打完电话，一回头，却发现沈小北直愣愣地站在他背后。

"我知道你是谁了，你在做卧底。你把耿直卖了。"沈小北近乎仇恨地盯着东来。

这女人到底是醉了还是没醉？

2

九光此时不在市里，开车去了城郊的孤儿院。

车子在马路上飞奔，九光的眉头拧成了大疙瘩。细长的眼睛好像在思考很深奥艰涩的东西，连光头都打上了沉郁的印记。

他总是在心情极其烦躁或不安的情况下去孤儿院，回到他最初来的地方。

干妈曾经跟他说过，他父母是出了意外去世的，街道上的邻居把他送到孤儿院。他出生的地方十年前已经搬迁了，但幸喜干妈还留有几张他跟邻居的合影。九光就带着几张照片，找到了老邻居。邻居告诉他，他其实还有一个妹妹，只是妹妹很早就丢了。他想问问干妈，有没有更多妹妹的消息。

“我还有个妹妹吗？”九光一进九红院长的办公室，就迫不及待地问。

九红摇头：“这孩子，都过去这么多年了，知道又有什么用？”她打开抽屉，从最里层摸出一个信封，从信封里倒出一张照片，是一张四个人的照片。

九红指着两个大人说：“这是你父母。”又指着大人膝盖上坐着的一个男孩和女孩说，“这是你，这是你妹妹。”

“我真有妹妹？”九光的目光落在女孩身上。

“你父母去世后，她丢了。”九红伤感地说。

九光的眼睛有点潮湿。

这个世界上，这三个照片上的人，就是他的亲人。

九光的内心忽然空茫无比。

“我也是你的亲人。”九红爱怜地摸了下九光的光头。看见九光眉头攒着，用手指温柔地给他抚平。

“我其实曾经找到过有一个亲人的感觉，但是，我亲手伤害了她……”

说到这里,九光眼前出现了沈小北那张干净清丽的面孔。

九院长无言地看着九光,目光里很是担心和心疼。

九光从孤儿院出来,重新发动车子上了路。想到沈小北,他心口一阵阵地钝痛。能为她做点什么呢？想了想,他没有回家,而是来到翠玉斋。他想见见那个把紫铜香炉消息透露给他的二当家。凡是知道紫铜香炉的人,都可能跟沈小北家的劫匪案有关,也或者跟两个劫匪的死亡有关。

到了翠玉斋时,已经是午夜时分。店里灯火辉煌,二楼却已经关灯了。九光想着这个时间打电话给二当家是不是太打扰了,忽然发现二楼传来开门关门的声音。

二楼跟一楼不是走同一个楼梯。二楼的楼梯在楼外,通到巷子里。九光在车上看到楼上下来一个女人,匆匆走进巷子。那背影他很熟悉,竟然是耿直的秘书夏美。

而送夏美出来的是二当家。二当家的神色有点鬼祟,夏美的行为也有点神秘,行色匆匆。这两人不会是情人吧？九光很快打消了这个念头。他想了想,没有上楼去找二当家,而是把车子开进小巷,沿着夏美去的方向开了过去。

车子直直地开了过去,在夏美要转到大路上时,九光的车子掉头别在了马路上,挡住了夏美的去路。

制住夏美很容易。她把夏美塞到车上,点燃一支烟,吸了一口,客气地说:“耿直让你找二当家,还是你自己来找二当家？”

夏美看着九光,没有胆怯,相反,眼里有了一抹笑意。

“你别考验我的耐性,我不是什么正人君子,会打女人的。”九光做出狰狞的样子。

“你想知道什么？”夏美说。脸上没有一点惧色。

“你和二当家什么关系?”九光问。

“你跟他什么关系,我跟他就是什么关系。”夏美说。

九光有点发懵。他跟二当家打交道是因为紫铜香炉的关系,莫不是夏美跟二当家也因为紫铜香炉?

他望着夏美,眼里充满疑虑。

夏美笑了。“紫铜香炉已经被耿直卖了,你再找二当家,估计他也没什么透露给你的了。”

九光不喜欢夏美的笑,高高在上的样子。

“那么说你有什么想透露给我的了?”九光说,“那两个劫匪是耿直杀的吗?”

“他哪有那样的胆量啊?”夏美出乎意料地说,“你想知道的,我未必知道。但你不想知道的,可能我知道。也许对你很有帮助。”

“你说。”九光睃了夏美一眼,这女人,浑身透着妖魅之气。

“沈妙龄,你不会陌生吧?”

“……”九光吃惊地看着夏美,没说话。

“我和你同时受雇于同一个人,就是沈妙龄。”夏美得意地说,“这回你还要为难我吗?”

九光不相信地问:“你是沈妙龄的人?”

“我是受她雇佣的人。”夏美说。看九光对她已经没什么敌意了,就准备下车。

“那你怎么也跟二当家认识?”九光觉得脑子里乱糟糟的,他有点不明白,妙龄这边雇佣了他,耿直那边怎么还雇佣了人手。

“二当家也是沈妙龄雇佣的人。”夏美笑着说,“你不会呆到这也没看出来吧?这都是她布的局。我在这边对付耿直,你在那边引诱沈小北。任务完成得相当不错,现在你该退出了,还找我问什么?”

九光只感觉浑身火烧火燎的,完全乱了头脑。

“那紫铜香炉到底是不是耿直偷的？那两个劫匪是谁杀的？”他问夏美。

“这你还是问沈妙龄吧。”夏美嫣然一笑，说：“你忙你的吧，我自己回去了。”

说着推开了车门。

但是她又回过头来，笑吟吟地对九光说：“不过，我还可以告诉你一条消息，这条消息大概是你最想知道的。你是个孤儿，在孤儿院长大。在你不是孤儿之前，你还有一个妹妹，你父母去世后，你的妹妹被一个姓沈的人家抱走了。她就是沈妙龄。”

3

耿直此时的心情难受极了。

他喝多了。喝得比沈小北的多。沈小北喝的是啤酒，他喝的是白酒。他把离婚协议书看了又看，三把两把就撕掉了。

夏美从九光那里离开后，便给耿直打电话，说她心情不好，想喝酒。两个心情不好的同命人就凑到一起，很快就喝多了。他还有事情没有做完，所以要回到耿直身边，完成最后一件事。

耿直不知道自己一直折腾在夏美设置好的剧情里，怎么折腾，都折腾不出剧情。

被心爱的女人给甩了，哪个男人不伤心呢？男人越伤心，是不是说明他越爱那个甩他的女人呢？

“只有你最了解我，最知道我。”耿直忽然搂过夏美，忘情地说，“你知道那个香炉是怎么来到我手里的，我真的没有偷香炉。可香炉凭空就落在我手里。天上掉下个大馅饼，你说我当时正饿得不行，所谓饥不择食，我就想把它给卖了，是我的错，都是我的错，我就该把香炉给你拿回去，可又怕你不相信我。”

夏美看他太伤心，劝解说："我带你回家，好不好？"

"家，我没家了。"耿直哽咽着说，"我对不起两个女人，不对，我对不起三个女人。"耿直挥舞着手臂说。

两人到街对面取车时，耿直的身体摇晃着，差点冲到马路上被过往的车辆撞倒。

夏美取了车子，扶着额头，对耿直说："刚才陪你喝了不少酒，我也有点醉了，车子恐怕开不回去了。"

耿直借着酒劲，觉得自己是全能的，立刻打开车门坐上驾驶的位置，欣欣然地对夏美说："系好安全带，看我今天给你玩个大飘移。"

酒这东西就这点好，能把熊人立马变成能人，能把软的变成硬的。耿直的舌头已经都硬了，当然要说硬话。

夏美温柔妩媚地伏到他身体上，一只柔荑似的小手覆盖了耿直的腹部，慢慢地下滑，下滑，滑到耿直的腰带。手指兰花瓣一样灵巧地解开了耿直的腰带，耿直的裤子就松了，松得完全可以伸进一只手去。夏美就把手滑了进去。

耿直开车不走直线了。好在这是郊外。郊外的酒吧霓虹招牌在风里摇曳着，像一点点鬼火，闪着鬼魅的眼神。这情景容易让人神醉迷离，就是铁打的汉子在这紧要关头也容易出点纰漏，何况耿直从来也没认为自己是铁打的汉子，他只是觉得自己比平常男人坚强点罢了。

但再坚强又能怎么样？生意方面虽然有了两百万可以起死回生，但是妻子却丢了，即使将来弄回香炉又怎么样，已经没人需要那只香炉了！他不禁有些破罐子破摔，这种心情一起来，他的整个人就颓废下去了，就想沉浸在身体的刺激里，来忘却精神上的痛苦。于是他没有阻止夏美的手，再说他也阻止不了。他的两只手在握着方向盘，没办法腾出一只手来阻止夏美。

夏美的手就顺畅地下滑到耿直的欲望的丛林。缠绕过去，一圈圈地缠绕，缠绕到最顶端。耿直承受不住这种煎熬，他想做点什么，于是他想停车。但夏美娇嗔地说："别停车，我就喜欢看你开车的样子。"

这种时候女人说什么他都听。于是他就开车。他已经涨得不行，撑得不行。夏美替他解开了拉链，仿佛知道他的心事似的，扭动身体，坐到了耿直的身体上。

现在，车子里的现场情况是这样的：耿直坐在司机的驾驶座位上，但握着方向盘的是夏美。两个人都冲着前方，但耿直在后面，夏美坐在他的前面，耿直在下面，夏美坐在他的上面。这个位置很不错，两个人都自得其乐，各尽其职。耿直在座位上享受着车轮带来的震动感，还有夏美身体的柔软包裹。耿直的肌肉抖动着……

前面一段岔路，忽然闪过一道人影，就横在车前面。夏美看到的时候，人影已经快贴到车窗上了。她随即尖叫起来，但身后的耿直以为她是因为快乐而尖叫的，所以根本没有踩刹车。他也癫狂到了快要尖叫的时刻。随后，他感觉到了异样，他的车子前面撞到了一件物体，随着闷闷的砰的一声响，夏美终于喊叫出"快刹车"三个字。

耿直刹车的时候，觉得自己完了。彻底完了。他的车子撞到了人，十成撞到了人。

夏美已经兔子似的窜到副驾驶的位置上，身体抖成一团。

耿直动也没动。他看着倒车镜里那个趴窝在地面上不动的物体，不用说，那是个人，是个被他的车子撞得再也不能动的人！他想动一动，但动不了，思维虽然清醒了，但是肢体还僵硬着，定格在做爱的快乐和撞人的惊慌里。

4

当晚，刑警队的三楼。

邱队手里把玩着古铜香炉，怎么看也看不出是假的。他靠在办公室的格子间里，转动着屁股下面的老板椅，两眼里的疑惑越来越浓，后来眼睛里就透着不耐。

“真的是假的？”邱队问对面坐着的戴着眼镜的专家，又扭头问沈小北。

“你不相信我还请我来？”眼镜专家很不高兴邱队的反问。

“反正不是我那个。”沈小北说。

“你那个？”邱队对沈小北的话有点兴趣，“你那个跟我手里这个，有什么不同？”

沈小北接过邱队手里的香炉，用眼睛看了看，用手指敲了敲，用鼻子闻了闻，然后说：“假的。味道陌生，声音陌生，看着也陌生，反正不是我那个紫铜香炉。”

邱队笑着看着沈小北：“还真奇了怪了，还有这么辨认真假的。”

眼镜专家也好奇地看着沈小北，说：“你是凭这些断定它的真伪的？这些怎么能听出不同？”

沈小北没说话，回头看了看旁边椅子上的东来。

东来一直心不在焉地看着这边三个人对于紫铜香炉的鉴定，没参与表达意见。邱队看沈小北狐疑的眼神，笑着冲东来努努嘴，东来也没会意。邱队拿着香炉和专家去局长办公室了。格子间里只剩下东来和沈小北。

“你真是卧底？你到我家大厦做保安当卧底？”沈小北吃惊地看着东来。继而眼睛里流露出很受伤的表情。

“我现在是卧底，之前不是。”东来说。

他没说实话。虽然他辞职了，但他心里一直当自己还是那个刑警，还在侦破案子，他在大厦里当保安的每一天，都当是卧底，在侦查耿直的一举一动有什么可疑之处。否则也不会在沈小北家遭遇劫匪那天，发现小个子可疑就把电话打到楼上问沈小北，其实当时他没想到沈小北家里进了劫匪,而是怀疑那个小个子跟耿直在从事着什么诡秘的不可告人的活动。

“在何建豪那里做卧底?”沈小北说。

“他很阴险,你不要在他那工作。”既然沈小北已经知道他是卧底,他索性把话挑明了说,否则沈小北未必相信他的话。

沈小北没说话。

东来抬头看沈小北,沈小北的眼圈红了。

“邱队说了,暂时不会动耿直。派人跟踪他,是在保护他。”东来轻声安慰着沈小北。

沈小北垂着目光,说:“要是没什么事了,我就走了,下午还有课呢。”

东来急忙说:“何建豪那里别去了,太危险。”

沈小北没回答,把包背在肩上,头也不回地出了格子间,走了。

东来看着沈小北走出的方向,蹙起了眉头。

不想,沈小北走出大厅的门,停住了脚步,旋即背着包又走回格子间,站在东来对面,说:“你放心,我不会泄露你的秘密。不会跟任何人在任何时间任何场地说起你是卧底的。”

东来想说什么,但没说。

沈小北头也不回地走了。

警方早在东来打电话告诉他们耿直出货紫铜香炉之前,就把购买紫铜香炉的卢先生请到了局里。他们接到线报,给了交货地点。但警方出现时,耿直已经走了,他们只在路上截到了卢先生。很遗憾,卢先生花二百万购买的紫铜香炉竟然是假的。

是卢先生被耿直骗了?这不可能。古董商的眼睛要是识别不出真假,那就等着给人送钱吧,等着破产败家。那最后只剩下一个可能,就是紫铜香炉被卢先生拿到手后,立即就被调包了,卢先生用别的人马从另一条路上把真的紫铜香炉送走了。

邱队很快回来，拍着东来的肩膀说："这东西真是假的。妈的，肯定是姓卢的调包了，但这家伙死活不承认，怎么办？不过，他也承认这东西是赝品。"

"他当时接货验货的时候肯定是真品。"东来说，"他不承认是他调包了，有两个可能，一是他就是死不承认，没有证据，让咱们束手无策。二是调包的事他不知情，他被人耍了。"

"被谁耍了？"邱队说，"耿直吗？"

"也许是他身边的人。"东来说，站起来想走。

邱队感慨地说："真想跟你喝点酒，好好说说话，可见一面都得抓紧时间。"

"等办完事吧。"东来说着向外走。

邱队说："辛苦你了三哥。"

东来没说话，也没回头，只是边向外走，边向身后的邱队挥了挥手。

那天东来在问讯室被谢子强逼问时，东来脑子里一刻没停地运转着。然后他问了谢子强一个问题：

"杀死两个劫匪的匕首上，都有我的指纹。地上都是我的鞋印，我身上有他们的血迹，我车胎上有郊外的泥土，我家里有藏匿的血衣。最后还有张现场照片拍到了我的现行。你想找什么证据，什么证据就现成地放在你面前让你取证，你不觉得这太容易了太天衣无缝了吗？"

他的问题虽然没把谢子强难住，但谢队还是觉得事情有别的可能了。他拍了拍东来的肩膀，让法医给东来治伤，随后跟邱队一合计，觉得案情里的疑点越来越多。在邱队的担保下，在押解东来去拘留所的路上，故意放东来走，让东来在暗中追查两个劫匪的死亡真相。

东来之前是在明处，现在他逃亡后是在暗处。明处看不到的地方，在暗处也许就看得很鲜明。

在押解途中，刑警还没有到指定地点，没开始演戏时，就遇到了那辆横空出世的横在路上的大货车。东来就趁机跑掉了。

中午的阳光很好,东来从警队出来,看到路边有辆出租车。这里离市区很远,一般很难招到出租车。他看见里面好像有人了,就站到路边等车。没想到出租车门开了,有人叫他的名字。是沈小北。

“既然没人送你,就一起走吧。”沈小北对上了车的东来说,语气不友好,但行为是友好的。

东来准备再苦口婆心地劝她离开何建豪的公司。

5

夏美回到天堂大厦的时候,已经是午夜时分。

刚下过一场小雨,空气中夹杂着好闻的雨腥味。只是秋风紧了又紧,身上的薄衫已经耐不住逼人寒气。她用双手抱住自己,期待这个姿势能让自己觉得暖和一些。

有时候,女人感觉到冷,是因为没有依靠。

夏美的依靠是自己的双手。冰凉的手心贴着自己冰凉的手臂,依然是冰凉的。她很希望此时此刻在幽暗的时间幽暗的心情中,能有一个男人的手臂抱紧她,能有一个男人的怀抱包裹她,能有一个男人的身体覆盖她,能有一个男人的心脏接受她。但她清楚地知道,她喜欢的男人,喜欢别的女人,而不喜欢她。

快进大厦的时候,她接到妙龄的电话。妙龄冷冷的声音:“香炉怎么是假的,真的香炉呢?”

夏美淡淡地说:“不知道,我知道得很有限,你不让我知道的我怎么会知道?”

妙龄却轻声地笑了,这个女人总能在生气的时候依然笑得出来。

“很奇怪你的回答。你没有问香炉怎么会是假的,却给了我一个这样的回答。这说明你早就知道我会给你打来电话,知道我会问你这样一个问题，所以你早在心里想明白了用什么样的话来回答我，但这恰恰证明了你事先就知道这个香炉会是假的。我说得不错吧？”妙龄的声音很清脆，说明深夜的她头脑很清晰，思维很敏捷。她没让夏美接话，直截了当地问：“你瞒了我很多事吧？”

“瞒着你，那当然了。”夏美说，“每个人都有秘密，每个人都不可能把自己的秘密公之于众。”

“你说得对。”妙龄说，“我们言归正传。卢先生被公安抓捕了，但香炉却是假的，真的香炉呢？夏美，你不会告诉我真的香炉还在耿直手里吧？”

“我只能告诉你我不知道。”夏美说，“我们的交易已经结束了，接下来我的生活我的时间我要自己支配。我有权拒绝接听你的电话，所以，如果你没有什么重要的事情跟我有关的话，我准备挂断了。”

妙龄嗤地一声笑了。“你说得太对了，你的性格真像我。”妙龄没有生气，反而还笑起来。她不是怒极反笑吧。夏美这么想着的时候，她并没有真的挂断手机，她觉得妙龄的笑里很有深意，于是她不说话，只是沉吟着，等着妙龄接下来说什么。

“夏美，知道为什么这个世界上死的总是聪明人吗？”妙龄的声音依然淡淡的，但却像坟地里刮出来的阴风，有种冷飕飕阴沉沉的感觉。

“你不会是要杀人灭口吧？”夏美有点紧张，她知道妙龄的秘密太多了。

一个人知道别人的秘密太多，尤其是别人致命的秘密，那么这个人的紧张不是没来由的。

“别紧张，我只是跟你阐述一个道理。”妙龄居然又笑了起来。“我告诉你吧，那是因为糊涂的人都先于聪明人死掉了。所以现在该聪明的人死了。”

“故弄玄虚，我可不怕你……”夏美这么说着，但心里依然是怕的。

说不怕的人，其实心里都有种隐隐的担忧和惧怕。惧怕那些莫名的飞来横祸。

夏美还想说点什么,但手机里已经断音了。夏美捏着手机,没有给妙龄打回去。那没有必要,现在她应该考虑的是接下来她该怎么生活下去,或者安全可靠地生活下去。

她的家在天堂大厦的18层,住1805号房间。走进电梯时,她有点疲惫。不禁想起之前为妙龄做的事。她应聘到耿直的公司,接近耿直,并且利用秘书的身份掌握了大量的人脉,轻而易举就让耿直的生意濒临破产。然后妙龄把早就偷走的紫铜香炉快递给耿直,耿直就像抓一根稻草似的抓住了紫铜香炉,在她的怂恿下,决定卖掉香炉,挽救生意。

第一次出货时,在海上的轮船上,耿直被缉私队抓获,其实那不是真正的缉私队,那些人是她的幕后老板派去的。只是当发现耿直的紫铜香炉是假的时,幕后老板又不想打扰沈妙龄的计划,于是假装让夏美从中斡旋,放了耿直。

那些夜半打给耿直的电话,和发到沈小北手机里的色情视频,都是夏美做的。目的就是让他们夫妻互相猜疑,达到让他们离婚的目的。这一次耿直的交易顺利多了,货出手了,拿到二百万,只是事情远没有这么简单,游戏其实才刚刚开始。

电梯停在18楼。夏美来到自己的1805号门前。打开门锁的时候,她听到房间里有种古怪的声音。那声音很像一个人在压抑的绝望的恐惧的时候发出的细碎的不连段的甚至有点嘶哑的声音。

这声音让她真正恐惧起来。这不是猫狗的声音,是女人的声音。

她有点不敢进房间了,但还是壮着胆子把房门打开了。

房间里除了奢华的家具,根本没有什么人。夏美紧张的情绪放松下来。侧耳倾听隔壁的动静,那压抑绝望的声音来自隔壁,1804小昭的房间。小昭这个鬼丫头又在干什么?吸毒吗?她有种去拍门的冲动。但很快她就没有这种冲动了。因为她渐渐听明白了,那是一个女人在做爱达到欲仙欲死的时候发出的声音。

小昭领男人回来过夜了？这么说她有了相爱的男人？

她和小昭是邻居，因为穿衣戴帽都追求时尚品牌，所以出来进去的发现是邻居，就做了朋友。但对彼此的了解不多。她知道小昭是个体验者，什么都喜欢尝试体验，甚至还一分不带的在大街上过三天，也曾经在顶级饭店一杯酒花掉三千元。小昭也只知道她是个白领，男友好像是个医生。

小昭跟夏美最相同的是在外面怎么玩怎么疯都行，就是从来不带男人回家。家是个安全的匣子，从不对人打开。要不是小昭那次危险，也不会给夏美电话让她带医生男友去她家。

小昭的房间里既然有这种动静，可能这丫头真的有爱人了。

夏美在心里祝福并嫉妒着小昭，脱掉衣服，开始洗漱，准备睡觉。从浴室里出来，不禁想起妙龄刚刚来过的电话。这个女人对自己的姐姐下手，对自己的姐夫下手，会真的对自己下手吗？

卢先生那个人的背后肯定有一股势力，现在他花二百万买个假货，还被带进了公安局，肯定不会善罢甘休，肯定会找妙龄算账，结果妙龄就想到她头上。

这事跟自己有关吗？说有关也有关，说无关也无关！

这个心狠手辣不可一世的女人，为了自己的计划，连自己的亲哥哥都利用，她还有什么做不出来的？夏美的担心又加重了一层。但自己也有靠山的，相信妙龄不会不忌惮她的靠山！现在夏美还对九光泄了妙龄的底，相信九光很快就会去找她的，她很快就会焦头烂额。想到沈妙龄的模样，她还是不免有些顾虑，担心这个丧失了理智的女人会对她不利。

夏美用毛巾包着头发，准备给脸上敷上面膜，十分钟后，就准备睡觉了。

阳台里忽然传来轻微的响动。声音不大，仿佛落在地上的一根针，但夏美还是有种异样的感觉。她拿着面膜的手忽然就抖动了一下。她觉得自己产生这种感觉很不好，真的很不好。为了解开自己这种不好的感觉，她便轻手轻脚地慢慢向阳台走去。

阳台里没有开灯,但阳台对面就是建行的高楼,建行的楼外彻夜亮着灯,所以把夏美的阳台也照亮了。她走到阳台时,没有看见什么。真的没有看见什么。但是那种不好的感觉却变得越发强烈,强烈到压抑着她,让她感到绝望。

第二十章　夏美之死

1

那只大鸟从楼上飞下去的时候，应该是凌晨一点左右。

小昭光着身子在客厅里做天体瑜伽，头抵在地板上的时候，就看到有只大鸟从空中飞过。忽然她觉得不对劲，这个时候怎么还有飞鸟，还是这么大的飞鸟呢？

好奇心促使她跑到阳台向外面望。18 楼的距离，太遥远了，什么都看不清。她没有想到，女邻居夏美就是那只飞过的大鸟，那个时刻，夏美已经像断了翅膀的鸟儿似的跌在下面，血溅洒了一地。

小昭这晚回来得不算晚，但也不算早。打开电脑，放进一张碟片，夜店里的小三新弄来的黄碟，日本的，据说很过瘾。于是她准备利用晚上的时间学两招技术，好在将来跟心爱的男人上床时用上。

在她心目中，已经将东来当作她将来的男人了。

喜欢东来，是在沈小北家做保姆的时候。太多男人对她的金钱和容貌趋之若鹜，所以她不喜欢追她的男人，她喜欢冷着她的男人，也就是说，她不喜欢男人追她，她喜欢追男人。

但喜欢东来是从东来安装摄像头开始的。一个不起眼的小保安，竟然敢在杜小昭的房间里偷偷地安装摄像头，还不是因为要偷窥她的玉体，这让她感到失望和愤怒，尤其看到东来看沈小北的眼神时，她很受伤。然后她就发现她有点喜欢东来了。

她调查东来，知道东来跟何建豪的宿怨，便跑到何建豪的夜店打工，还帮人散货赚差价，性起时也吸一点尝尝，让人觉得她就是个女流氓，一个女散户，一个在外面讨生活的女人，除了不找男人睡觉，那种外面讨生活的女人做的事情她都学得很像。

对于不陪男人这事她是这么解释的：男人吗？操，见得多了，腻了，性功能从此废了，见到脱衣服的男人就想吐。

今晚她是准备约东来出来喝一杯的，结果东来不肯赴约。小昭一个人回来后，打开黄碟的同时，洗澡，锻炼，睡觉。但睡觉时刚躺下就被叫醒了。弄醒她的是拍门声。

门外站着身穿制服，一脸严肃的公安。

"1805 号房的夏美，你认识吧，你跟她最后见面是什么时候？你今天是什么时间回来的，有没有发现什么异常？"

小昭面对这样的问话，想把晚上锻炼时候的事说一遍。但她没有，她眼珠转了转，说："夏美情绪不太对劲，拍我的门，喝酒了，还哭了，她最近好像失恋了。她没跟我说什么，对，拍门也没说什么，就是问我有没有醒酒药。我没有，她离开我就睡觉了。"

她说得跟真事儿似的，不由人不信。

夏美死了。

小昭凌晨时分看到的那只从楼上飞下去的大鸟就是夏美。

大理石地面上，沾染着一些褐色的血，因为时间长而凝固了。还没到黎明，天色依然黑暗，只是楼前楼侧的灯光都亮着，几辆警车先后到达，穿着白大褂的法医已经开始拍照检查，旁边用标尺已经拉开了隔离线。虽然时候尚早，但被警车惊动的人们纷纷下楼围观，毕竟，这是天堂大厦发生的第一起跳楼案。

邱队从警车上下来，想找到那个报警的人。可一直没找到。让 110 查出电话，他打过去，竟然关机。看来这人的手机卡已经作废了。既然已经报警，为何又急忙地把手机卡作废了呢？难道仅仅是因为不想让警察惊扰他，不想招惹不必要的麻烦？还是另有隐情？

黎明时分，早起的环卫工人开始清扫路面，发现地上凝固的鲜血时，愣怔了半天。那时夏美的尸体已经被法医移走，环卫工人只能从那摊飞溅的鲜血上判断这是从几楼跳下来的人，是男人还是女人，是老人还是青年。

清水一次次地从血迹上冲刷而过，那摊血迹渐渐地淡了，更淡了。及至地上看不到一丝痕迹。

风吹过，扫帚的哗哗声扫过，一个生命的痕迹消失了。

2

各项证据表面，夏美的死应该是自杀。

但夏美没有自杀的理由。就算夏美做了什么不可告人的犯法的事情，在公安还都没有查到她头上时，她竟然先“畏罪自杀”？

这绝对是谋杀！这是东来的话。

邱队得知夏美死了，立刻跟东来通了电话。因为两人之前已经通气，必要时候，对夏美实施抓捕计划。但计划还没有实施，夏美就死了。

在夏美的手机里，发现录制着一条通话记录。那是当夜夏美回到天堂大厦里跟妙龄的通话记录。这段电话竟然被夏美录音了。依据这段电话，邱队打通了妙龄的电话。

“您好，我是移动通信。您的手机号码中奖了，奖励伍佰元的礼物，您是到业务厅办理还是需要我给您邮寄过去?”

妙龄没有怀疑打电话的人有什么问题,便说:“我不方便出去,您可以邮寄过来。”随即把自己的电话和地址告诉了邱队。

邱队立即带着一个刑警去疗养院找到了妙龄。

“你是沈妙龄,认识夏美吧?我们是公安局刑警队的。”邱队向妙龄出示了证件,直截了当地说。他发现妙龄的房间里都是书柜和书桌,跟其他房间的摆设不同。在那张大书架上,一张照片吸引了他的注意,那是妙龄和沈小北挽手靠在一棵海棠树下拍的。骄阳似火,海棠树上坠满金黄的果子,映衬着两个女孩娇艳的笑脸。

“认识。”妙龄镇静地说。她已经发觉早上那个移动中奖的号码是公安的骗局了。

“今天凌晨你给她打过电话?”邱队问。

“打过。”

“说了什么事?”

“涉及个人隐私,我可以不回答吧?”

“对不起,夏美在接到你的电话后不过十分钟,就死了。”

“夏美死了?你说夏美死了?”妙龄有点震惊。这个结果的确让她震惊,因为她以为公安来找她,是跟紫铜香炉有关的。既然跟香炉无关,她就没有必要担心了。夏美死了吗?那是早晚的事,谁不早晚都是个死?只不过夏美知道的秘密太多,又太狂妄,不知道遮掩。既然能得罪她,也能得罪别人。既然瞒着她在为别人做事,那么她就有可能也知道那个人的很多秘密。

一个知道太多秘密的女人,死得早也是理所应当。

所以妙龄脸上的震惊很快就没了,她淡淡地问:“是自杀还是他杀?”

邱队没放过她脸上一丝一毫的表情变化。当她听到夏美死亡时,脸上是震惊的,但很快就镇定了,而且淡然了。那说明沈妙龄并不关心夏美的死亡,或者说两人关系并不好。

邱队把夏美的那段录音电话给妙龄播放了一遍。妙龄听完,依然淡淡地说:“你们怀疑我杀了夏美?”

邱队说:“在没找到凶手以前,每个人都是被怀疑的对象,我们来找你,是希望在你这里了解一下夏美的情况,能跟我们说说紫铜香炉的事吗?”

“香炉?”妙龄沉吟了一下,说,“可以,不过,我跟夏美说的香炉不是什么紫铜香炉,而是一只普通的香炉。”妙龄随手向书架上一指,说:“那里,那个香炉,有什么问题吗?”

邱队问妙龄的时候,故意说出紫铜香炉四个字。但妙龄竟然没有上当。

“我们言归正传。卢先生被公安抓捕了,但香炉却是假的,真的香炉呢?夏美,你不会告诉我真的香炉还在耿直手里吧?”

邱队把夏美手机里的录音又播放了一遍,说:“你能解释解释这句话吗?卢先生,耿直,看来你还认识很多人。”

沈妙龄的眼里已经满是怒气,但她只是淡淡地说:“我可以拒绝回答。如果你们认为我这个瘫子确实有谋害夏美的嫌疑,或者跟什么香炉有关,你们随时可以拿着逮捕证来抓捕我,否则,我准备送客了。有一本小说签约了,我要着急把结尾写出来。”

妙龄下了逐客令,一边双手滑动轮椅的两个轮子,轮椅缓缓地来到窗前的电脑前。妙龄要创作了,不打算再搭理邱队。

既然没有更好的方式问出想要的东西,邱队一行人就出来了。好在总算没白来,知道了沈小北跟妙龄的姐妹关系。这比什么都重要。

3

窗外,邱队和刑警们开车远去,渐渐消失在路的尽头。

刚下过一场雨，风将雨丝斜打到窗棂上的痕迹还在，有些脏，有些乱。妙龄用手指在玻璃上擦拭着。但是没有用，因为那些痕迹是在窗外面，她擦拭里面是没有用的。她觉得自己可笑，黄雀捕蝉，螳螂在后。自己设置了圈套让别人跳，现在自己则跳进了别人设置的圈套里。

这场游戏里，受害的已经看到了。有谁在受益呢？如果把自己这个瘫子送进局里关着，谁会最高兴最称心如意呢？想到这个问题，可能陷害她的人就渐渐浮出了水面。

她做这一切的目的，就是把耿直弄得名誉扫地，妻离子散。在耿直与古董商进行交易那天，妙龄把交易的时间和地点透露给了公安。就想让公安把耿直抓个人赃并获，然后公安把紫铜香炉返还给沈小北。

妙龄恨沈小北，但是根深蒂固的多年的姐妹情，让她犹豫再犹豫。她这么安慰自己，苍蝇不叮无缝的蛋，如果耿直不受诱惑，那她就结束报复计划。但耿直受了诱惑，那她就有义务成全耿直把小人做到底。

她没想到夏美却从中破坏了她的计划，只让公安抓到了卢先生。而更可气的是，卢先生手里的紫铜香炉是假的，那么真的香炉呢？在谁的手里，谁就是杀死夏美的凶手，谁就是陷害自己的人。

桌子上的电脑没有关闭，网页上是她小说连载的页面，下面有许多网友跟帖评论她的小说，那个“痴心不改”依然时不时地发帖子说一些挑逗的话。妙龄懒得理他。

从窗口可以一直望到疗养院的大门，目光还能从大门延伸到路的尽头。

一辆汽车飞快地在路上奔驰着，越行越近，从路上拐了下来，径直向疗养院开来。看那汽车开得气势汹汹的，妙龄心里没来由地一跳。

那是九光的车子。

九光把车子急速地开进疗养院，抬头望着三楼那个窗口。那是妙龄的窗口。他隐约感觉妙龄的脸在窗口闪了一下。

就在他来疗养院的路上，他接到了孤儿院院长九红的电话。

“九光，有件事我帮你打听出来了，你的那个妹妹，不是丢了，是被人收养了。收养她的那户人家姓沈……”

九光握着手机在听，忽然感觉浑身上下通体冰凉，如坠冰窟。想到即将要见到的妙龄就是自己的妹妹，他说不出是种什么心情。

“你很久没来了，尝尝我的咖啡，我晚上写作提神的，口感不错。”妙龄正在沏咖啡。两杯咖啡摆在桌子上，杯子上缭绕着袅袅的热气。

显然，刚才在窗口看见的是妙龄的脸。她早就知道他来了。

“我不是来喝咖啡的。”九光本来真想坐下喝口咖啡，再沉住气，慢慢把想要说的话一点点地心平气和地说出来。但是他还是没忍住，甚至都不肯坐下来，只是站在妙龄面前，居高临下地看着面前轮椅上的小女人，这个小女人一向在他面前颐指气使，虽然坐在轮椅上比他矮了大半截，但是九光不知道为什么，在她面前总是有些畏首畏尾。

他们之前是认识的。他跟沈小北妙龄都是一个学校的，他还爱着这个女孩的姐姐，怎么会对这个妹妹没有印象呢？后来两个人又在网上重新联系上。然后妙龄给了九光一大笔钱，又把沈小北的照片传给了他，他就接受了妙龄的任务。起初，是觉得妙龄的任务很好玩，等看到沈小北的照片时，他眼睛一亮，就是没有妙龄的钱，他也肯这么做。谁让他喜欢沈小北呢，在那段青春岁月他曾经为沈小北疯狂过。他想延续青春的梦想。

“我知道你不是来喝咖啡的。”妙龄说话了，柔声细语。她看着九光的眼神有些特别，“但既然来了，我特意给你煮了咖啡，尝一尝。朋友从外国带回来的，很香的。”

“你知道我不是来喝咖啡的，那你说我来干什么？”九光狐疑地看着妙龄，心里有点发怵。他现在知道自己为何畏惧她了。她真是他的妹妹吗？

“那得问你自己啊。”妙龄不生气，她在九光面前，永远不生气。她端起自己的杯子，轻轻啜了一口，用眼神示意暴怒的九光坐下来。九光就坐下来了。

坐下来的九光跟妙龄就可以在同一水平线上交流了。妙龄示意他尝尝咖啡，九光就只好端了起来，沾了下嘴唇。咖啡的确是香，只是九光实在没心情喝咖啡，他是来兴师问罪的。夏美的死，让他震动很大。

“夏美怎么死了？”九光终于面对妙龄，问出这句话。他想把亲情先放到一边。

其实，九光原先在路上一直想对妙龄说的话是：“你为何杀了夏美？”

但现在，质问指责却变成了一句轻飘飘的疑问句。

九光觉得郁闷，每次跟妙龄沟通，总是这样处处落在下风。

“你想问的是，为何杀了夏美。”妙龄忽然直视着九光的眼睛，静静地说，“听我说九光，我知道你的来意，你那么气势汹汹地来问我，就是想问我这句话的，你不想喝什么咖啡，你也没有时间没有兴趣听我说这些。对吗？”妙龄温婉的目光，似乎直看到九光的心里，忽然令九光心神沉静。

他现在敢打赌，妙龄是他的妹妹。他们有时是心灵相通的。甚至可以说，妙龄知道他为什么来。

有那么一刻，九光动摇了他的想法，他觉得妙龄不会杀人的。她的目光是那么干净温柔而善良，她只是个小女人，怎么会杀人呢？

“在你眼里，我就是个雇佣你的人，但你和夏美不同。”妙龄语气有点激动。“夏美是我花钱雇的，你不是。我给夏美的是钱，我给你的是信任。你可以怀疑任何人，在这个世界上，会对你图谋不轨，但你不要怀疑我，我对你没有一点恶的企图，相信我今天跟你说的话，我对你没有一点恶意，有的只是关心和爱护。”

妙龄的眼睛里又流露着那种散发着柔和光泽的温婉女人才会有的光泽。

九光好像被施了迷魂大法，在他看着妙龄的时候，就相信了妙龄所说的。但是当他把目光转到别处时，他又开始动摇之前的想法，开始怀疑妙龄了。

“你还没有回答我的问题。”九光不像之前那么坚决了。

妙龄没有说话,一直那么近乎于深情地望着九光,九光有点受不了她这样的目光。

一个女人,只有在面对亲人时,才会有这种目光吧?

但九光还是要问下去,于是他也执拗地看着妙龄,等待她的答案。

妙龄终于移开了目光,淡淡地说:“好,我告诉你答案。我没有杀夏美,她也不值得我杀。”

“那么谁值得你杀?耿直吗?”九光接着问。

妙龄的眼睛里流露出很受伤的表情。但她没有再向九光看过去,她捻动着两只轮椅的轮子,转过头看向窗外。

窗外,一只大鸟从空中飞过,那翅膀划过的痕迹似乎就永远定格在窗棂上。

“你想问的我都告诉你了,我再说一遍,我从来就没想过杀人,人也不是我杀的。”妙龄说,“现在,你可以走了。”

九光没有动。他不想走,他还有许多话要问妙龄。

“你不想走,就是还有别的话要问我。”妙龄注视着九光,说:“既然你见到了夏美,还知道夏美是我雇佣的人,那么夏美肯定把一些秘密跟你说了,是吗?”

九光直视着妙龄的眼睛,说:“是的,她告诉我一个秘密,这个秘密不仅跟我有关,也跟你有关。”

“是吗,如果方便的话,就请告诉我。”妙龄说,看着九光微笑。

九光猜不出妙龄知不知道这个秘密,但他必须说出来。他从口袋里拿出那张照片,放到妙龄面前,说:“这张相片,你不陌生吧?”

妙龄看着照片,再看看九光,淡然说:“不陌生,很久之前我就知道我的亲生父母是谁。”

九光的喉咙有些干涩。“那，你知道你还有一个哥哥吗？”

“知道。”妙龄看着九光，眼里蕴满了泪水。

“你既然早就知道，为什么不直接跟我说，而是到网上来找我，利用我？”九光看着妙龄眼里的泪水，知道两人是亲兄妹无疑了。

妙龄的泪水扑簌簌地落了下来。

“告诉你什么？告诉你有个妹妹，却是个瘫子？永远也站不起来的瘫子吗？告诉你是耿直那个混蛋让我成了残废？告诉你，告诉你又能怎么样？与其让你跟着我难受，不如让我一个人，把想做的都做了。最起码，东窗事发的时候，你只是个受雇者，并且，你从来就没有参与到我其他的活动，也不知道有我这个妹妹，你只是跟沈小北做了个恋爱游戏。”

妙龄把轮椅移到窗前，背对着九光，她不想让九光看到她的泪水。

“可你找了我，我就不能置身事外。”九光没想到妙龄是在替他着想。他心里什么滋味都有。

“咱们三个从小就认识，我知道你喜欢沈小北，从小就喜欢，我让你去做这件事，不是比别人更恰当吗，否则你知道了我把沈小北给了别人，我想那时候你更会恨我。”妙龄长叹一声说，“现在游戏结束了，你的任务也完成了，你可以撤出游戏，也可以继续，因为耿直准备跟沈小北离婚。”

九光呆呆地站着，一时竟然不知道该说什么。这几天发生的事情太离谱了，他不仅不是孤儿，还有个妹妹。不仅找到了妹妹，还发现妹妹的秘密。而自己呢，竟然是妹妹计划中的一枚棋子，一个报复耿直的道具。他心里说不上是难受还是高兴，他只是呆呆地站着，站得身体如同一枚化石。

左边是亲情，右边是爱情。

左边是妹妹沈妙龄，右边是爱人沈小北。

九光开着车子，飞奔在公路上。他的脑子乱极了，青春的梦想续上了，可是，他将怎么把故事演绎得完美而不是凄楚和悲伤？

他欺骗了这个他爱了整个青春的女孩，他伤害了她，破坏了她的婚姻，现在，他还有权利再去爱那个女孩，敢在她面前大言不惭厚颜无耻地说“爱”她吗？

当初，九光接到妙龄的任务，就是接近沈小北，破坏沈小北和耿直的婚姻。如果是别的女人，九光不会做的，当他发现是沈小北时，他欣然接受。他不惜为沈小北找劫匪，屯麻果，甚至不惜跟周洪涛那个魔王动手，以至于废了一根手指。他爱沈小北，为了爱情不择手段，现在，他却发现他越来越难以面对这个女人。

4

九光和妙龄谁也不知道，当他们两人在房间里说起这一切时，房门外还有耳朵在偷听着他们的谈话。那个人就是沈小北。

沈小北在东来的劝说下，决定离开何建豪的健身中心。她把事情发生的前前后后想了又想，忽然想起妹妹的小说。于是她到网上把小说的结尾部分看完了，心里有点寒凉。妹妹小说的结尾跟现实中发生的事情有太多的相似之处。她想给妙龄打电话，又想到电话里可能说不清楚，说不透彻，于是来到疗养院。

来到妙龄的门前，忽然听到里面传来熟悉的声音，竟然是九光的声音。她起了疑。当年九光、妙龄和沈小北都在同一个年纪，他们认识相熟是不奇怪的，奇怪的是九光怎么从来没提起他知道妙龄在这里呢？记得有一次提起妙龄，他还一脸的茫然不知，可现在房间里的争执，却说明两人很熟，熟到可以就一件事情进行争吵。

她本来没想听他们的争吵，她想推门而入。但是她听见房间里不断地传出耿直、沈小北这两个名字。她站住了，倾听着，脸色越来越苍白。

世间最可怕的事情，就是知道自己最亲的亲人在背后捅了你致命一刀。她觉得她的心在流血……

她现在迫切地想见到耿直,想告诉他,她爱他,他们都掉进了别人设置的陷阱里。

她匆匆走出疗养院,给耿直打电话,但耿直的手机一直占线。

耿直一直走不出自己臆想的阴影。

一个人,就那么被他的车撞死了。他坐在办公室里,一度看到身穿制服的刑警走进来时,他差点就要立刻坦白他撞人的事实了,但夏美嘱咐他什么都别说,因为那段路口没有摄像头,谁也不知道他的车出过人命案。

刑警例行公事,询问了夏美之前有什么可疑的地方。送走了刑警,耿直再也坚持不住,跌坐在沙发里,浑身一点力气都没有。

夏美怎么死了?她为何而死?她的死跟他耿直有关吗?他隐隐觉得夏美是个有秘密的女人。秘密让女人变得神秘,同时也变得可怕。

在他蜷缩在沙发里猜测夏美身份的时候,他的手机响了。是刑警吧?

但接起电话,却是个陌生的声音。

"耿先生,受惊了吧?"

耿直忐忑着,不知道这个电话是谁打来的。这人说的"受惊"指的又是什么。

"您是哪一位?"耿直不确定地问。

"您的客户,最忠实最留意您的客户,一直想跟您合作的客户。"那个声音说,"耿先生是贵人多忘事。我的人之前派去跟你协商合作的事,一直没有谈拢。大概耿先生认为我们没有诚意,或者认为我们没有实力。现在,先生大概想起我是谁了,也大概愿意同我们合作了,所以,我想跟耿先生面谈。"

耿直知道是谁了。虽然没有见过面,但跟这人的手下打交道的确有两次了。耿直的心这下不仅是忐忑,还增加了恐惧。

对方看上了耿直的医术。他们要跟耿直合作的不是让耿直代理他们的药品,而是让耿直直接为他们制造药品。但制造药品的范围太大了,耿直觉得有潜在的危险,所以没有接受对方的合作。

现在,这笔生意又逼到了他的眼前,他已经够焦头烂额的了,再跟他们合作,恐怕永世不得翻身。

"别犹豫了,你没有犹豫的时间,你也没有选择的机会。"电话里那人的声音有些不耐烦,"为了跟你合作,我做了很多准备,现在是公布答案的时候了。你的香炉现在在我手上,你车祸的证据在我手上。如果你不跟我们合作,你知道我会怎么做。只要我把你做过的事公之于众,你不仅名誉扫地,家庭也不复存在,还得到监狱里度过你的后半生,你好好想想,你还有选择的余地吗?而跟我们合作,你不仅拥有娇妻,还能继续在社会上公开你的合法身份,还能依靠我的帮助,让你在商业上很快成为同行中的佼佼者。天平的两端,哪头轻哪头重,你还衡量吗?"

耿直的手开始颤抖,继而浑身都在颤抖。他想不明白,自己一直躲避的东西竟然没有躲开,还一头撞到对方的网里。他怎么这么糊涂这么傻,竟然相信夏美的话,要私自卖掉香炉。看来夏美是那伙人安插到自己身边的商业间谍,否则他们不可能对自己的行踪了如指掌。

真够可笑的。自己还一厢情愿地以为夏美钟情于他,原来不过是个猫戏老鼠的把戏。

那么夏美的死,会不会是这些人背后使的手段呢?他不想再往下想了,打定主意说:"我心念已决,你们再强逼我,我会向公安自首,承认我所犯下的罪,承担我该承担的责任。同时我也会把这段电话录音交给公安,鱼死网破的道理你不会不懂吧?"

"你不为自己想,难道不为你的妻子着想,你准备眼睁睁地看着她暴尸荒野?"电话里的声音阴森起来。

"我们已经协议离婚,她的死活她自己负责,跟我再无关系。"既然夏美是他们的人,他和沈小北的关系想必早被夏美报给他们了。既然如此,不如就坡下驴,把沈小北摘出去,否则这帮家伙缠上小北,她就不会交好运。

电话那边挂了电话。听着手机里的忙音,耿直心灰意冷。

这些人既然做了这么多事,是绝不会善罢甘休的,现在该做什么?自首吗?

最难控制的局面不是兵荒马乱,也不是各路诸侯纷纷起兵,而是自己的情绪。情绪一旦乱了,事情就乱了,局面也就乱了。一子输,满盘皆输。

外面的天色不知何时已经暗了下去。沉沉的夜色像压在心头的一块铅石,让他觉得头重脚轻。他有些精神恍惚地下楼,开车。等车子上路了,他才发觉不知道该把车子开向何方。以往这个时候,沈小北早已经三个电话四个电话的催问他何时到家了。两个人同居时,沈小北不会做饭,每天去饭店买了现成的菜打包回家,在耿直到家前,她把菜整齐地码在盘子里,自以为能逃过耿直的眼睛。

耿直早就嗅到了那些菜里酒店的味道,但他不说破。妻子做什么,他都不说破。她肯花心思骗他,说明她在乎他,重视他。那样的情景恍如隔世,怎么欢乐说没了便没了。

他想了想,给沈小北打了一个电话,他想也许沈小北可能不会接他的电话,如果她接了他的电话,就说明她心里还有他。

沈小北接了他的电话。

"想跟你说说话。"耿直声音涩涩地说,听见妻子接起电话,他很伤感。

"我正想找你。"沈小北急惶惶地说,"你在哪,我现在就要见你,有重要的情况跟你说。"

耿直没料到沈小北会这么说。"天涯酒楼,我请你吃饭。"

"好。我立刻打车去。"沈小北说。

"你在哪,那里等车方便吗,如果不方便,我开车去接你。"

"我自己去。"沈小北说,"这边是单行线,附近两条街都容易堵车,我自己去会快一点。"

耿直的心情开始好起来了。可一想到车祸,想到夏美的死,他的心又一沉。

他的车子已经驶出了郊外,他急忙把车子向市里开。

前面一辆车子忽然冲过来,径直照着耿直的车子撞了过去。耿直来不及躲闪,车身剧烈地晃动了一下,他感到头部钝痛,好像有什么东西狠狠砸了他一下,就失去了知觉。

5

夜店里最喧嚣的时候是午夜时分。

外面下起了雨。雨不大,淅淅沥沥,无尽无休的样子,把路人都撵到了夜店里。

小三在吧台里调酒,身体随着音乐在晃动。两只手灵巧地把玩着酒杯,眼花缭乱的动作之后,就能把一杯杯不同口味的酒放到人们的面前。

小昭在人群里晃动着她一身猩红的裙子。裙子很长,纯棉布的,裙袂一直拖曳到脚踝,甚至盖住了高跟鞋的鞋跟的一半,但偏偏裙子的左侧不是缝合的,是分开的,虽然只是一条缝,但这条缝一直延伸到裙腰。这让小昭的美腿在走路的过程中,尽情地呈现在每一个路过的男人眼前。

小昭哗啦哗啦地拿着她的骨牌,在给人算卦。走到角落里时,看到桌前吸烟男人的脸,她转身就走。男人是东来,东来也不说话,只是吸着烟,沉郁的目光扫着小昭。

小昭走了几步,想了想,转身走回到男人身边,不高兴地说:"我不给你算卦了,你不入卦。"

东来依然不说话,只是看着小昭的目光,让她莫名心慌。

"你到底要怎样?"小昭说。

“夏美不是自杀的。”东来在烟灰缸上磕了磕烟灰，说：“你比谁都清楚。”

小昭的身体震颤了一下，仿佛被定住了。半晌之后，她转过僵硬的身体，走到东来面前，默默地坐下了。

夏美死亡的案子，邱队发现报警人一直没露面，还一直关机。东来问起来，他就直说了。东来觉得奇怪。他随即去了大厦的1704房间，想问问摄影爱好者有没有看到凌晨时分发生的一切。摄影爱好者一见东来，就全都说了。他以为东来这个便衣已经知道是他报的警。

在阳台上的那架摄影机里，1704房主把摄像机里的录像回到了凌晨时候。

夏美怎么死的当然没有录到。但是录像里什么都没穿的小昭在客厅里练天体瑜伽是一清二楚。然后小昭好像受到了什么打扰，停止了练功，跑到窗前向下看。其实她什么也没看到。

但是小昭转过头时，惊愕地睁大了眼睛，表情很慌张。

东来断定小昭发现了夏美房间里出现的异常情况。小昭在镜头里转头看去的方向是夏美家的阳台。两家阳台只隔着两层玻璃和两尺距离，即使是夜晚，对面建行大楼的灯光也能让阳台上的一切很清晰，所以小昭肯定看到了什么。

而在摄影师的录像里，小昭当晚回来之后根本没有发生夏美敲门跟她要药的事情。小昭跟办案的刑警说了谎。她为什么说谎，一定有不为人知的原因。

小昭看到东来的表情，知道瞒也瞒不住了，沮丧地垂下大眼睛。

当晚小昭在阳台上，的确发现了最恐怖的事情。一个黑衣人站在夏美的阳台里，狠狠地盯着她。小昭吓得不敢动，因为她再聪明也不知道刚才飞过的那只大鸟是夏美。

等她回过神来，她发现阳台里的那个人消失了，像空气似的消失了。随即她的手机里接到一个电话。

“我知道你是谁，我也知道你在什么地方做什么工作。你的一切我都了如指掌。记住，如果有人问起今晚的事，你就说，夏美好像失恋了，还喝多了，半夜跑来敲门，问我有没有醒酒的药。如果你不照我说的做，你的下场就跟夏美一样。”

直到那一刻，她才觉得夏美可能出了问题。但依然不知道夏美已经跌落在地面，像块玻璃似的碎了。

“那个人再见面，能认识吗？”东来问。

“不认识。”小昭摇头。“我根本没看见他的脸，但知道他是个男人。”

东来把此事跟邱队做了汇报。

“杀夏美的是个男人，知道小昭的电话。可能是何建豪娱乐城的人。”

邱队也把他那边了解的情况跟东来说了，夏美手机里的那个威胁电话，是沈小北的妹妹沈妙龄打去的。

东来觉得事情变得复杂了。但越复杂，线头越多，也是越要解开亮出底牌的时候。

“还告诉你个不太好的消息，耿直失踪了。”邱队说，“跟踪他的人跟丢了。”

“肯定跟何建豪有关，这证明了我之前的猜测。”东来说。

他熄灭了香烟，紧了紧衣服的领子，匆匆走过拥挤的嘈杂的甬道。手机又响了，是沈小北的电话。

“东来，不好了，出事了，出大事了……”沈小北在电话里的声音尖锐而颤抖。东来心里一惊。

第二十一章　断　臂

1

东来跟沈小北约在地下室的迪厅里见面。现在东来是何建豪保安部的人,不能擅离职守,何况东来的身份还没有变更。

迪厅里人头攒动,沈小北在人群中挤到安全通道口,看到东来时,一张小脸没有一点笑模样。

“你不是答应我不来了吗?”东来问。

沈小北没有回答,只是板着脸,还要向外走,因为在安全通道口交谈的话,要大声地喊,否则很难听到彼此说话。

等走到更远一些,站定了,沈小北忽然抬头,两只眼睛里都是泪水。

东来心里忽悠一下,仿佛飘过一阵风,荡过一只船。心里没来由地上下攒动,有点心神不宁。

“出了什么事?”东来问。他最怕看到沈小北蹙眉忧伤的样子,尤其她掉泪的样子,他的心都要揉碎了。那样子太像田慧了。那一刻东来想,就是让他为沈小北去赴汤蹈火去死去做任何事,他都是义无反顾的,都是心甘情愿的,只要她陪在他身边,只要她让他抹去她眉头的忧愁。

沈小北哽咽了一下,想说话,但嘴唇动了一动,嗓子哽住了,没说出来，两串眼泪先掉了下来。

东来想都没想，伸手帮沈小北把眼泪擦掉。

“有什么事你就说，有我呢。”东来轻声说，满含关切地看着沈小北。

沈小北委屈地扁着嘴说：“耿直出事了……”

东来心一动。但没有表现出焦急，依然轻声说：“出了什么事？”

沈小北说：“我们约好去吃饭的，但我到了约定的饭店，耿直一直没到。我给他打电话，电话关机了。公司的门卫我也打了电话，说他早就走了。我听说夏美出了意外，我担心，担心耿直也出了意外，因为哪里也找不到他……”

“放心，没事的。”东来感觉一切的发生都跟耿直有关。

如果耿直是中心人物，他就不会是夏美的那种结局，否则不会比夏美活得更长。现在耿直只是失踪了，并不是死亡。

事情似乎有了眉目。

“还有，妙龄和九光……”沈小北想把之前在疗养院听到的对东来说。

东来的手机忽然响了。是小昭。

“东来，那个人出现了。”小昭压低的声音传来。

“哪个人？”东来问。

“那个夏美阳台里的人。”小昭说。

“你不是说认不出他吗？”

“我认出他了。不是，我听出他的声音了。你快来……”

男人个子高大，跟在小昭身后，能把小昭的影子完全覆盖在他的影子里。

小昭回头看了看男人，一脸惊慌地跑进安全通道里。

这里，离喧嚣的大厅不远，但如果在这里发生点什么惊心动魄的事，是没人能注意和发现的。人们的注意力都在大厅里，都被那沸腾的人群和沸腾的音乐给遮盖了，根本没有心情去管别的事情。

小昭急匆匆地走着。忽然撞到一个人的怀里。她吓了一跳。抬头见是东来，高兴地想说什么，东来把她拽到一边，拦住了大个子的去路。

“夏美是你杀的？”东来说，眉峰下那双眼睛凌厉地盯着大个子。

“你他妈别多管闲事，要不，都不知道自己是怎么死的。”大个子凶狠地扑过来。

身后的沈小北尖叫了一声，因为她看见大个子的手里有刀。她叫着提醒东来：“东来，刀，刀，他有刀……”她的喊声还没有停止，大个子的刀就到了东来的手里，东来反手把刀子插在大个子的肩膀里。

大个子疼得想叫，却叫不出来。以那种姿势，他的脖子正别在东来和他自己手里的那把刀里，别在了自己的肩膀上。他疼得哎哎着，却说不出一句完整的话。那么大的块头，蜷缩在墙角，抖得像只筛子。

“我问你，你回答是和不是。”东来捏着大个子的手腕，他的声音虽然轻，却透着不可抗拒的威严。大个子抬头看了他一眼，结巴地说：“条子，卧底……”但后面的话不是他不想说，而是在东来的目光中，吞回了肚子里。

“夏美是你杀的？”东来低声喝问。

大个子不想回答。但东来的手腕一沉，大个子手里的刀子就反着方向又往他自己的肩膀插进了一公分，他疼得哆哆嗦嗦地说：“是是……”

“紫铜香炉那出狸猫换太子的戏码是何建豪导演的？”东来的手又要用力。

这次大个子大概知道无法逃脱东来的掌控，已经不做挣扎，只好配合地边点头边说：“是是……”他因为点头，牵动了肩头的伤口，疼得龇牙咧嘴。

“香炉是何建豪拿的，他怎么跟这事有关？”一旁的沈小北吃惊地看着东来。

这怎么可能？何建豪？何建豪就是雇佣劫匪进入自己家的幕后操纵者？不是妙龄和九光合伙做的吗？自己在疗养院听的不会错啊！

东来回头向沈小北点点头，却丝毫没放松对大个子的控制。“耿直，夏美的老板，是不是也被何建豪弄走了？”

大个子浑身一震。

这个动作没有逃过沈小北的眼睛。以为东来是异想天开的猜测，但大个子的表情和眼光都透露了他知道耿直这个名字，他似乎还知道得更多，否则他没必要露出那么恐慌和惊诧的表情。他恐慌是因为做过什么更可怕的事情，惊诧是因为东来竟然知道他所做的那些无比隐秘甚至他自认为无人能知道的事情。

“耿直真被你们弄走了，弄到哪去了？”沈小北不顾一切地扑上来，揪着大个子的衣领，质问他。

大个子被沈小北一提衣领，他的肩膀因为东来的控制而无法跟着衣领向上移动，结果衣领就卡在脖子上，让他有被绳子套在脖子上勒着吊着的感觉。他痛不欲生，东来只好放掉他的手，否则刀子就会把他琵琶骨挑断了。

“耿直现在在哪？你们把他怎么样了，把他怎么样了？”沈小北急得要哭了。东来把她拽起来，沈小北就一下子瘫在东来怀里，眼泪掉了一脸。

小昭在一旁看见沈小北的样子，再看见东来一脸关切地看着沈小北，心里明白在东来的眼里，沈小北比她小昭重要。她有点失落，有点怅然。但这种场合，不是抒发感情的时候。她催促东来说：“抓紧呢，你以为开晚会呢，又哭又唱的。”后一句话是说沈小北的。

“耿直的事情我不清楚，只知道他被老板带走了，去了哪，我真不知道。我只是个小角色，是个打手，老板的大事不可能都让我们知道。”大个子被东来抽掉了肩膀上的刀，终于能说一句完整的话了。

“紫铜香炉在哪？”东来逼视着大个子的眼睛，说：“你只是替老板杀人,罪不至死。如果你将功补过,案子不会判得太重,但这取决于你立功赎罪的表现。”

“真的?”大个子犹豫着,说:“我只知道紫铜香炉,但也不一定准。我是偷听到的,老板没想让我知道。”

“在哪?”

“顶楼。”大个子说。

“顶楼有多少人值班?”

“三个。”大个子如实说,“我可帮你们了,你到时要说话算话。”

他话没说完,东来一拳砸在他的脖子上,他脖子一歪,昏死过去。东来立刻从兜里掏出手机给邱队打电话。“要快,这人我塞到安全通道的楼梯后面了。你派来的人要秘密行动,别惊动任何人。”东来在电话里嘱咐着。

“那耿直到底在哪,不找耿直了?”沈小北见东来收拾了大个子,显然在没问出耿直的下落之前,那个大个子应该是清醒的,但现在他没动静了,东来是不准备追问了。

沈小北还想说什么,东来截住她的话,说:“何建豪疑心重,耿直的分量比香炉重要多了,不可能让这个小角色知道,问他也是白问。”他看了一眼旁边一直没吭声的小昭,问:“刚才你引大个子到这,有没有人注意?”

“没人。”小昭说得很肯定。

“现在我去找香炉,你们俩快到前厅去,这里不用守着。我找到香炉你们就带走。”耿直说完,重重地看了看沈小北,似乎想安慰或者嘱咐沈小北两句,但没有说话。他转身要走时,沈小北在后面颤巍巍地叫了声:“东来……”

东来的后背震动了一下,但他没有回头。他怕自己回头,就挪不开脚步了。现在他有重要的事情去做,必须离开沈小北。他用两秒钟平复了自己的心情,压着声音说:“放心,耿直没事的,我向你保证。”不等沈小北说话,匆匆上楼。

顶楼里的确有三名保安在值班。其中一名在看护电脑,另两名在床上用扑克牌骗三张玩赌。床上扔着几张十元二十元的钞票。

楼里都是用厚玻璃隔开的,楼内楼外楼道里都看得清清楚楚。

东来走上顶楼的时候,那个在电脑前看守监视器的保安看到玻璃外上来的东来,愣怔了一下,有些紧张地回头对另两个人说:“别玩了,快收起来,队长来了。”

“你说是姓东的?得了吧,他那队长就是个虚名。”正玩的保安头也不抬地说。

“可不是,别拿着鸡毛当令箭。听说老板并不信任他,就给他个闲职,没什么营生。”另一个保安说,但还是把床上的钱抓了一把,塞到自己口袋里。

东来来到门前,假装没听见他们的说话,对看守电脑的保安说:“你们玩牌不是一回两回了,老板让我暗中抓赌,对不起,虽然是兄弟,我也没办法。”他把手机里刚刚录下来的两个保安在床上玩牌抓钱的情景递给他们看。

“跟我走一趟吧,其实也没什么大事,交点罚款,保证下不为例,否则再有下一次,这份工作就不需要你们了。”东来说得颇为无奈。“我也是奉命行事,兄弟们别怪我。”

两个玩牌的保安有些垂头丧气,但还是不得不打开了玻璃门。那门是外国进口的,厚约两寸,门锁有密码。没有密码,大力士也砸不开这道门。

两人出来的时候,东来身子忽然飘了过去,两只手在两人的脖子上重重地按了一下,两个保安就堆在地上不动了。

这时门还没有关上,东来扁着身子挤进了门里。电脑前的保安吃惊地看着东来,吓得结结巴巴地说:“你要干什么,这电脑里都把你录下了,你还不走?”

东来没走。不仅没走，还一把捏住保安的脖子，低喝道："何建豪弄回来的紫铜香炉放在哪？"

保安看到了东来的手段，不过几秒钟，两个保安就没动静了，他以为东来弄死了他俩，所以竹筒倒豆子，坦白得非常快。他虽然知道何建豪可能通过电脑发现异样，会很快来到顶楼，但是他们来得再快，也没有东来的手快。东来会捏死他的。

他打开了保险柜，东来看到了那尊古色古香的紫铜香炉。为了防止是赝品，东来问他顶楼里还有没有其他的香炉。保安说只有这一个，何建豪亲自捧上来的。东来便打昏了他，带着香炉匆匆下楼。

东来在夜店里找到沈小北的时候，已经离他出现在顶楼过去了十分钟。东来估计何建豪快出现了，他把香炉交给沈小北，说："看看，是不是你的香炉。"

沈小北打开一看，就点头。

东来嘱咐她立刻离开。沈小北看着东来却不走。

"赶紧走。"东来说。

"你呢？你把香炉拿走了，肯定暴露了，你不走，何建豪能善罢甘休？夏美他都杀了，你万一……"沈小北说不下去了，眼泪汪汪地看着东来。

东来受不了沈小北眼泪汪汪的样子，他立刻转过头，不看沈小北，声音无比严厉地说："我必须在这里，我走了，何建豪才会起疑。我不走，他不会起疑。你相信我好吗，还有，我只有在这里才能找到耿直。"

后一句话对沈小北起了作用。她犹豫着，在东来再三催促下，恋恋不舍地走了。

"蛮恩爱的呢。"小昭酸溜溜地看着沈小北的背影，对东来说，"你应该和他一起走。"

"我走了，你就有危险。"东来说，从兜里拿出香烟，点燃一根，放到嘴角，深深吸了一口，他的头又有点疼了。但是他努力控制着自己的意念，让自己的注意力转移到小昭的身上。

2

何建豪的人在三分钟之后赶到了。

小昭的电话是两分钟前打出的,直接打给了何建豪。

“我看见东来跟一个公安说了什么。是公安的便衣,我之前在别的夜店里散货,被他们搜过身,所以我认识那个公安。我不知道公安跟东来是什么关系,但我怕这事对老板不利,所以告诉您一声。”

何建豪没说什么。已经有人告诉他东来跟小昭联系过几次,正要把小昭划到怀疑对象时,小昭的电话替她自己解了围。

幽暗喧嚣的酒吧里,有几个人向东来靠近。东来发现了周围的异样。

“老板请你上去一趟。”几个围到东来身边的人凑近他说。

东来没有反抗。那几人的手里都握着硬邦邦的枪。冷冰冰的枪口正抵着他的腰眼。

小昭在一张角落的台子上喝酒。幽暗的灯光映着她苍白的脸。她看到东来跟着何建豪的几个人出去了,心一下子提到了嗓子眼。她想站起来追出去,但知道这样做可能会为自己招来不测,况且也不会为东来带来任何好运,与其去做毫无意义的事情,或者说是去送死,不如去做有意义的事。

因为东来交给她的任务她还没有去完成。

她打给何建豪的电话,是东来让她打的。“只有这样,何建豪才能不怀疑你,才能相信你。我留下来就是这个目的。你不是调查过我吗,你知道我跟何建豪的恩怨,也猜测出我来这里的最终目的是什么。对,你想得不错,为我女友报仇。何建豪现在在外面的市场做得很大,但他很谨慎,很少招兵买马,你不是在这里给他散货吗?你再让他多信任一些你,他会重用你的。他在这个行业,更需要女人的掩护……”东来说这些时,语气是平静的，但是眼神是热烈的，像一团火焰，小昭觉得她的脸上被东来看着的地方仿佛在燃烧，火辣辣的，她觉得她要哭了，因为东来想出了办法让她怎么更好地在娱乐城里活下去，而她却无论如何想不出能让东来安全的法子。

现在，她只能眼睁睁地看着东来被带走，还不能有任何异样的表现，否则东来的牺牲就可能前功尽弃了。

何建豪用手指敲打着桌面，心里愤怒到极点。不仅是因为东来的事，还因为刚才接到的一个电话。

“何建豪，我知道这一切都是你做的，都是你安排的，你到底要干什么？我躲了你两年，你还在纠缠我，你是不是有病，你是不是疯癫了？”

这个电话是个女人打来的，能这么对他说话的人，找不到第二个。他不用想就知道是谁。

“白裳，你别自作多情，凭什么说是我干的，我究竟干了什么让你彻底失去了淑女的做派，像个泼妇似的向我发泄出这么一顿不伦不类的话？”何建豪嘴角噙着一抹邪魅的冷笑。他很喜欢接到这个女人的电话，无论电话里这个女人说什么，他都高兴听到，只要是她的声音，即使是骂人的话，他也觉得犹如天籁之音。

一物降一物，这个世间，总有一个人能降住你，而你，也总能降住一个人。

“夏美是你杀的，紫铜香炉是你调包的，这一切都是你做的，你装什么糊涂。我说过，你千万别做让我后悔认识你的事，但你一直在做，或者说两年来你一直都在监视我跟踪我，一直在做着令我痛恨无比的事情，你一直就这么猥琐和卑鄙，你让我想起你来就觉得恶心，你不配拿着手机听我的电话，你最好把你的耳朵削掉，把你的手剁掉，那样的话，你的小丑样子或许能博得我的怜悯。”

女人在电话里的措辞越来越激烈，咒骂得也越来越尖刻锐利，像把刀子，一下下地捅着何建豪的肉。

何建豪却觉出一种痛快的疼。他哈哈笑着说："你说得太对了，我的确是在注意你的一举一动。还记得你网上的那本《意外死亡》吗？我就是你的铁杆粉丝'痴心不改'。你的所有谋划都在我的掌控之中。你做的一切都让我觉得很满意，如果有不满意的地方，我就会为你填补漏洞，锦上添花。你不觉得有了我的推波助澜，你的计划就变得天衣无缝了吗？你已对我佩服得五体投地了吧？没什么，作为你的男人，我必须做到这点，否则多让你瞧不起啊。回来吧，白裳，我等了你很久了，你不感动我为你做的，难道不感动我的痴情？"

"你的话只让我觉得恶心想吐。我是个瘫子，我是个泼妇……"

何建豪截断了女人的话，"我会让你重新站起来的，没有我做不成的事……"

"对不起，我就是你永远做不到的证据。"

电话那边挂断了。何建豪的脸上蒙上一层阴影。

"沈妙龄，你大概不知道九光在我的掌控之中吧，等我忙完了这阵，想让你回来，易如反掌。"他把手里的五指簸张着，然后慢慢地用力地弯曲起来，向手心的方向抓握。

是的，给何建豪打电话的这个白裳，就是疗养院里的沈妙龄。

何建豪咬着牙，冷冷地笑了。然后，他的视线里就出现了被押进来的东来。

东来被带到了何建豪的面前，后面一个保安照着东来的膝窝狠狠踢了一脚，东来忍不住疼痛，咕咚跪了下去。

何建豪从桌子后面转了出来，围着东来转了三圈，掰过东来的头，冷冷地嘲笑说："你真以为我相信你是来投靠我的？"

东来斜睨着何建豪，一声不吭。他知道何建豪不会相信他投靠他，但他还是来到这里。并且自从来到这儿，从来就没避过何建豪的人，甚至还跟沈小北出双入对到刑警队去。他早就想到了用自己来换小昭的地位。何建豪的思维不会跑到他前面去的，所以小昭告发了他东来，就一定会被何建豪重用。

何建豪不知道东来的想法。他挥拳砸在东来的脸上，东来的鼻子出血了，鲜血流过下巴，淌在衣服上，濡湿了衣襟。但他的眼神依然是平静的，看不出任何的绝望和恐惧。这让何建豪觉得在精神上，他并没有胜过东来。

这种感觉让他很恼火。他本想再对东来施暴，眼珠一转，忽然问东来："你似乎有机会逃走的，从顶楼下去到我的人下去找你，这期间有十分钟的时间，你可以全身而退，为什么没走？"

东来不说话，只是静静地看着何建豪。那平静的目光显示着东来已经进入了一个不在乎的无所畏惧的境界，这让何建豪很恼火，他希望看到东来眼里的痛苦和惊恐，甚至哪怕是一点点的不安。

一个保安说："我们去的时候，他头疼病犯了，所以……"

后面的话看到何建豪的脸色，就咽了回去，没敢说出来。

何建豪向另一个看住东来的保安使了下眼色，他觉得他对东来这个阶下囚动粗，有失文雅。

那保安立即会意，手里的棍子用力砸在东来的后背上，东来疼得惨叫一声跌在地上。但随即他的领子被人提起，像一只待宰的小鸡似的被提着。

"告诉我，你还知道我多少秘密？"何建豪捏着东来的下巴，邪魅地笑着说："如果不说的话，我有各种各样让你想不到的方法让你说出来。"

东来艰难地说："你还有别的秘密怕我知道吗？"他脸色苍白，嘴唇青紫，看着何建豪的眼睛，眼光却闪过一丝闪电似的光泽。

何建豪觉得东来洞悉他的一切。这仿佛是宿命,他躲不掉东来吗?

“还记得你女友的事吧,那就是我的人做的。你的猜测没错多少。”何建豪得意地笑着,把东来的手按到桌子上,抢过保安手里的棍子,对东来说:“你乖乖回答我的问题,否则,你这只手我他妈就要了。”

东来不说话,只是仇恨地看着何建豪。

何建豪猛地举起手里的木棍,狠狠地砸在东来的手腕上,只听咔嚓一声,东来的手腕凹了下去,腕骨都支棱起来,刺破了手腕的肉皮,鲜血奔突而出。东来惨白着脸,嘴唇哆嗦着,继而,那眼神里的火焰一熄,他颓然倒了下去,像一棵树,轰然倒地。

何建豪狠狠踢了东来一脚,说:“但愿你什么都不知道,否则,我就不会这么便宜你了。”他吩咐保安说:“把他丢到地下室关起来,留着他,我还有用。”

手机响了,何建豪一看号码,立刻接了起来。

只听了电话里的一句,就破口大骂:“操,他妈的一群废物,别跟我唧唧歪歪的,解释个屌!连个丫头都对付不了还他妈解释?我告诉你们,紫铜香炉拿不回来,都他妈别回来见我!”说着,他把手机咣当掷到桌子上。

何建豪这么丧失斯文丧失风度的举动,还是很少见的。

留在办公室待命的一个保安吓得一激灵,急忙挺直了腰杆。

3

沈小北拿着紫铜香炉打车直奔自己的家。原本出来是想报警的,但是她坐上出租车时,东来的电话追了过来。

“千万别报警,如果报警,就打草惊蛇了。你听我的安排,别报警,拿着香炉走得远远的,让何建豪找不到你。我办好了事就去找你。”东来郑重地嘱咐她。

“打什么草,惊什么蛇?”沈小北不懂东来说的。她只是担心东来不走会有危险。

“你记住我说的,千万不能报警,一切我另有安排,你就只是走得远远的。”东来临放下电话时,语气十分坚定,让沈小北不得不听。

她坐的出租车本来是向公安局的方向去的,但现在她改变了注意,想回家。

出租车眼看快到大厦了,却突然停住了,因为两侧上来两辆车,夹住了出租车,让它不能往前开了,不得不停了下来。

那两个车子里迅速下来几个黑衣人,气势汹汹地向沈小北的出租车扑来。

沈小北看得清楚,肯定是何建豪的人来截她的。她背着包立刻撞开车门,跳过路边的护栏,没命地在人行道上奔跑。后面那个几个黑衣人也紧跟了上来。

就在几人要追上她的时候,路边有人突然向沈小北大喊:“小北,过来,我,九光。”

沈小北看到马路上九光的车子开了过来,打开车门,招手让她上去。她想起九光跟妙龄是一伙的,她不想跑向九光。但九光的车子横到了面前,九光跳下车,抱起她塞进了车里,随后,他开起车子,风驰电掣地向前面冲去。

九光的出现,并不是巧合。他想去沈小北家,当面跟沈小北把之前的阴谋诡计说个彻底。他不是一个能藏住秘密的人。他不想再隐瞒下去了,这样太煎熬太折磨人。他希望自己的坦白能换来沈小北的从宽发落。否则一旦沈小北亲自打探知道,他九光就可能再也没有机会接近她了。

九光开着车子,在公路上飞奔,当他看到沈小北在人行道上飞跑时,觉得自己跟这丫头真是心有灵犀一点通。以往他就觉得这丫头看着格外的亲,原来竟然是他妹妹的养父的女儿,那也是他的妹妹。他立刻把车子靠了过去。但同时他也发现了那几个紧紧追上的黑衣人。

这他妈谁啊,光天化日之下敢追“我妹妹”？还有没有王法了？

九光没有停车,边打开车门边吆喝沈小北上车,但沈小北不上来,甚至看他那一眼还充满了敌意。这是从来没有过的。

之前沈小北烦他讨厌他,但那眼光只是厌烦,可从来没有过这么鄙视加仇恨的目光。九光做贼心虚,心里开始打鼓,沈小北不会知道了他所做的恶心事吧？看看她后面那几人追得穷凶极恶的,可不是什么善类,他把沈小北硬塞到车里。

“就是再烦我,也不能拿生命跟我赌气。”九光说,一踩油门,车子就箭似的蹿了出去,很快把身后紧追不放的那些人远远抛在了后面。

“我知道你和妙龄的事,一切都是你们跟何建豪一起做的,你们想要紫铜香炉,现在在我手里,你们拿去,但把耿直放回来。”沈小北直视着九光,眼里溢满泪水。

九光的手一抖,差点握不住方向盘。

“你怎么知道的?”九光直截了当地问。

两个人,都是直性子,索性打开天窗说亮话。

“下午在疗养院,我去看妙龄,听到你们在屋里的谈话,没想到我妹妹,还有你,是害我们的人……”沈小北因为伤心和悲愤,说不下去了。

“不是你想的那样。”九光急于解释清楚这件事。

“你更不要脸,接近我就是为了让我背叛耿直。”

“真不是这样的,我他妈说了,不是这样,你全想错了。”

两个人都无法心平气和地说话,沈小北说:“别假惺惺的了,直接开车把我送到何建豪那里去。”

九光气呼呼地说:“何建豪的人敢动你,我就和他们拼了。”

“你拼吧,我看看你怎么拼的。”沈小北用话刺激九光。

九光把右手向沈小北一抬,说:“看见这只手指了吗？这就是为你断的，还不信我？”

九光的那根中指短了一截。伤口似乎刚刚愈合，手指前端还露着粉红色的肉皮，看上去像婴儿的粉红色的嘴唇。沈小北吃惊不小，但不相信九光的话，嗤之以鼻地说：“谁知道你跟谁打架的，为我？为我你就不会跟妙龄做那么不要脸，那么卑鄙无耻下流的事。”

“你就骂吧，反正我今天哪也不让你去。”九光把车子开到别墅区，车子径直开进停车场。车子刚停稳，就从几辆车子里钻出几个黑衣人。为首的竟然是周洪涛。

“多么无耻的事都是你做的，你还不是把我送到他们嘴边来了。”沈小北气愤已极。其实这一路听九光说的，她都有点相信九光的话了，但看车前那几个虎视眈眈的面孔，知道自己肋生双翅也逃不出去了，不禁对九光恨之入骨。

九光可没想到自己这么隐秘的地方竟然被何建豪知道了。操他祖宗，他还有什么不知道的？九光之前除了做过“钳工”有过两栋别墅外，还是孤儿的秘密外，再没有什么秘密可言。但现在这三件事何建豪都知道了，何建豪是不是也知道了他跟妙龄的关系和跟妙龄做的事呢？他脑子晃悠一下，觉得事情不太好了，开始沈小北说他跟何建豪是一伙的，他还以为有些事是碰巧了。现在觉得不是那么回事了。

如果何建豪知道了他跟妙龄对沈小北和耿直做的事，这个王八蛋只要轻轻地插上一手，整个队伍就乱了，这个射出去的箭头就偏了方向，不知会射到谁的身上了。

九光决定无论付出多大的代价，也要把沈小北和她的香炉弄出去。他一踩油门，想把车子开出去，但车胎突然爆了。想必这车道上已经被周洪涛这个贱货扔了图钉。他跳下车，拉着沈小北就想跑。但一出车门，后脖子上就被重物狠狠地击中，他晃悠一下，倒了下去。

沈小北惊愕地看着九光那么高大的身躯在他面前倒了下去，她明白了，九光刚才说的最起码有一半是真的，如果他跟何建豪是一伙的，就不会被打倒。

她原本是惊慌失措和恐惧的。但看到九光挨打，心里却突然释然。

一个人最害怕的，可能就是被最相信的人欺骗吧！

4

疗养院里，沈妙龄关闭了电脑，推动轮椅，在房间里焦躁不安地来回画圈。轮椅的两个轮子与地面摩擦发出沙沙的声音，像心里那些细密的心事，让她心烦意乱。

她跟何建豪的纠缠，起于三年前，那时她还是大三的学生。自从知道自己不是父母的亲生，只是父亲在外面跟别人风流出来的私生子后，她鄙夷自己的身份，仇恨自己的父亲，甚至不回家，不用家里的钱。

她出去打工，在歌厅里卖酒。认识了许多人，包括何建豪。何建豪对她很好，她也渐渐地喜欢他，并且有了一夜情。只是一夜之后，妙龄说什么也不再理何建豪了。何建豪有性虐倾向，他会把女人折磨到绝望。

从此之后，两个人就开始了拉锯战。妙龄躲到哪里，何建豪追到哪里。他觉得世间没有比妙龄叫的声音再好听的了，妙龄受虐的时候那种隐忍的模样，那种胆怯的眼神，最能激发他的欲望，所以他不放过妙龄。

也有女人喜欢在床上受虐的，但何建豪玩性虐的时候，专门喜欢找不玩性虐的女人。这样的刺激更大，他喜欢看女人眼里的惊恐和绝望，喜欢听女人的惨叫，而不是浪叫，喜欢看女人的躲避躲闪，而不是女人的欲拒还迎。他甚至讨厌女人的惺惺作态，犹抱琵琶半遮面，他甚至更喜欢拒绝他的女人。说白了，他更喜欢强暴女人。那种征服感，是正常上床所无法体验到的，充满了刺激。

一直都是何建豪想甩谁就甩谁，但现在妙龄甩了他。这又让好胜的他更加不甘，也更加让他心里痒痒的，非要把妙龄关到他的金屋里不可。

他给妙龄钱，给妙龄她想要的，但妙龄依然是三番五次从他手里逃走。

妙龄是他喜欢的女人，所以他一直容忍她的逃跑。甚至可以说，他也喜欢这种你逃我追的局面。这种游戏玩起来更过瘾。

妙龄一年前到耿直的公司打工。她喜欢上了姐夫，但耿直的心里却只有沈小北，其他女人在他眼前都是风过不留痕。被拒绝是耻辱的，随后妙龄又在他引起的车祸中丧失走路的能力。她恨耿直，恨沈小北，恨父亲作孳生下她这个私生子，如果当初不去卖啤酒，就不会招惹何建豪这个恶魔。于是她在网络上招兵买马，开始了她的报复行动。

只是她没有想到，何建豪一直在旁窥伺她，看她和法海斗法。然后他煽风点火，用她漫开后还没有收回去的水淹没了金山寺！

她想到这里，不禁浑身寒凉。她想起何建豪说的九光这两个字，看来他已经知道九光是她的哥哥了。要让九光避开这个恶魔才好。她急忙拿起手机，给九光打电话，九光的手机却一直没人接。一丝不祥的预感悄悄涌上心头……

第二十二章　甲基苯内胺

1

何建豪的对面坐着耿直。

房间里的灯光很暗，看不清耿直的脸，但能感觉到他很不痛快。他的眉毛横着，眼神漠然，嘴唇紧抿，显然他对对面坐着的何建豪除了厌恶，还有愤恨。但他似乎又不敢表现得太明显，所以就木着一张脸，尽量不让何建豪从他的脸上看出他心里想着什么。

他沏好茶，把茶杯端给耿直，但耿直没接。何建豪就放在耿直面前。

“我不是第一次请你了，也不是第二次。”何建豪抿了口茶，显得很轻松，很愉悦。他过去努力做的一切都是为了今天这一战，所以他精神抖擞，看起来胜券在握。

“有你这么请的吗？”耿直的话很冲，但是从他的表情中看不出有多生气。因为他知道现在是在何建豪的一亩三分地里，生气不生气都没有用。重要的是谈判的结果。

“耿先生应该知道，我看重的是您高超的技术，我也同样让你看重我，因为我有诚意，我有同等的东西跟你交换。”何建豪笑容满面地说：“跟我合作，你不会吃亏的。”

“什么同等条件?”这种场合下,耿直只能是走一步看一步。

“你妻子的信任。”何建豪说,“还有死在你车轮下的一条命。”

耿直脸上的肌肉抖动了一下,这没有逃过何建豪的眼睛。

“跟我合作,我会把紫铜香炉完璧归赵,那二百万我也不要了。还有,我会为你保守一辈子的秘密,关于香炉,关于车祸下的那条命,还有你跟夏美的事情。你看,我说过,跟我合作,你不会吃亏的,还有很高的利润等着你来拿。”何建豪从烟盒里拿出一根烟,把烟盒扔给耿直。

耿直也拿起一根烟,点燃,他深深地吸了一口,烟雾袅袅升起,缭绕在他的眼前,阻隔了他的视线。烟雾笼罩里,耿直想起之前跟何建豪曾有过两次合作的谈话,但跟他谈话的不是何建豪,是一个叫费先生的人。

那两次谈话的时间大约是在半年前,主题都是请耿直合作,开发一个药品项目。第一次耿直有了合作的打算,因为对方给出的条件很诱人,年薪一百万,不算红利。如果算上红利,会更多。只是过后耿直冷静下来越想越觉得有点不对劲。他自身没有什么技术含量,合作人为何这么冒险求进呢?

既然不了解透这事情,放慢步子,稳扎稳打才是上策。等对方再来跟他谈合作时,耿直就推了。原因不仅有之前的顾虑,还因为对方又开出了高价,年薪二百万。

谁都爱钱,但爱钱有各种路途,不明所以的钱,最好别赚。这是耿直在商场上打拼多年的经验。因为不明所以,很可能到最后连本带利都亏进去,甚至连命都丢了。

但是对方似乎却很有诚意。夏美在沟通中也大费周折,最后还是帮耿直推掉了。

现在想来,夏美是故意推掉的。因为她知道耿直是不想做这无本生意的,而那时谈判中的对方还没有亮出真正的底牌。

耿直今天已经被绑架到这里,他很想知道对方的这张底牌是什么。

究竟是什么样的底牌会让对手对他紧追不舍咬住不放呢？不惜用重金，不惜用非常手段绑架他，甚至还搭上了夏美的死？

“请让我看看底牌吧，我现在在你手里，总不能还把我蒙在鼓里吧。”耿直提出了他最后的要求。

是的，这是最后的要求，他知道，他没有提条件的本钱了。他现在能做的，就是多知道对方的底细，也许能从中找到破绽，脱离这里。

“我之前说的不够明白吗，合作开发一种药品。”何建豪说。

耿直没说话，只是看着何建豪。一种药品，说得简单，一种毒药吗？否则怎么会安排这么多的步骤，最后还要把我绑架来呢？仅仅是一种普通的药品吗？这个未必需要我！他不说话，只是看着何建豪，等着听何建豪的下文。他的下文才是最重要的。

“甲基苯内胺，一定知道吧？”何建豪说，“一位朋友曾经给我看了你当年读大学时的毕业论文，甲基苯内胺，你在论文里写到，这种药品可以从其他化学药品中提炼出来，经过精细的加工，就能制作出来，对吧？”

耿直依然没有说话，只是嘴巴微微地张着，嘴唇有点发抖，手指也有点发抖，甚至连心脏都在衬衣下面瑟瑟发抖。他明白了，不用何建豪再说什么下文了，他也知道何建豪为什么绕这么大的圈子，要把他罩在网里，原来是因为甲基苯内胺。这是什么药品，他比谁都清楚，这真是毒药，何建豪竟然要跟他合作开发这种药物。他真是个天才，真是个疯子。天才和疯子有相同之处，何建豪都占据了他们的优点和缺点，这个混蛋！

何建豪又说了什么，耿直都没有听见，他的眼睛只是落在何建豪的嘴唇上，好像在听他说唇语。他的脑子像台最先进的电脑似的在进行数据组合搭配，他明白，如果他不答应，既然何建豪已经把他绑架到这里来了，就绝对不会轻易放他出去。耿直知道自己的底线，知道自己要做什么，要做的事情有多危险，那么，他现在只想知道如果他不合作，何建豪会怎么对付他。

于是,在何建豪滔滔不绝地说了跟他合作开发研制甲基苯内胺好处后,耿直淡淡地问:“如果我不跟你合作呢?你会永远把我囚禁在此?”

何建豪似乎早就想到了他可能有此一问,邪魅地笑着说:“一人得道,鸡犬升天。你有了好处,你的亲人跟着享福。你倒了霉,你的亲人跟着遭殃,这样的道理你都不懂吗?我跟你再说得明白一点吧,假如你不跟我合作,因你已经知道了我的秘密,我放你出去是不可能了。我还会把你的妻子沈小北囚禁在此,让她陪着你受罪。谁让她是你的妻子呢?”

耿直有些绝望了。回想何建豪之前干出的勾当,他既然能杀了夏美,当然也能把沈小北囚禁在此。他只好说:“她已经不是我的妻子了,她跟了九光,我跟了夏美,我们已经协议离婚。”

何建豪给耿直面前的茶杯续满水,呵呵笑着说:“耿先生人品不错,可惜,得罪女人,有时候就因为人品太好。”见耿直不解的样子,他抿了口茶,慢条斯理地说,“还记得沈妙龄吗,你的小姨子。她爱你不成,因爱生恨。之前夏美诱惑你,九光诱惑你的妻子,都是你这个小姨子使的手段。就像你刚才说你和你妻子已经分开了,无非是因为你爱她,才想说你们不和的结果,好让我放过她。那我告诉你,沈小北现在在我手里,如果你不答应我,你,和她,都没有见到天日的一天,这个地下室,就是终结你们生命的地方!”

耿直心里好像有什么东西坍塌了。他明白,沈小北成了何建豪的人质!

何建豪接了个电话,匆匆走了,留下耿直一个人发呆,发愣,发痴,绝望。

何建豪接到的那个电话是这么说的:

“老板,货到了,晚一点在码头靠岸。”

“船舱都清出来了?”何建豪低声问。

"早听您的话都清出来了,就等货到了。"

"好,要加派人手,不能出一点纰漏,否则我揪掉你们的脑袋。"

"放心吧,老大,我们还不想掉脑袋,周哥还没来,接头的老大我们也不认识啊?"

"他一会儿过去,我还有些事吩咐他做。"何建豪说着,脸上的笑容溢满了整张脸,脸上似乎都搁不住了,都溢到了脖子上。

耿直的心却越来越沉,沉到了无底深渊。

从地下室出来,何建豪边走边打了个电话:"洪涛,喜事来了。"

"大哥,货到了?"周洪涛兴高采烈的声音。

"操,你用大喇叭广播一下吧,生怕别人不知道?这是掉脑袋的事情,你加点小心行不,我的涛哥?"何建豪训斥着周洪涛。

"大哥我错了还不行吗?货几点到,在哪接货?"

"就要到了,你准备一下,在六号码头。记住,隐秘行事,一旦泄漏,我们可就前功尽弃了。这就要看你的了,千万小心。"何建豪又嘱咐了周洪涛几句。

也许是太得意了,他没发觉,旁边暗影里,正在给弟兄们送茶点的小昭听去了他的电话。

2

何建豪看着九光跟东来,觉得这两个人性格都挺鲜明。

东来这人,看着蛮深沉的,好整以暇的样子,但是不经打,踢一脚,叫唤半天。

而九光,一脸的满不在乎,一脸的不要脸。但是你打他,就像打在城墙上,一点动静没有,打他只会让自己手疼。但他还是忍不住打了九光一顿。

九光被几个黑洞洞的枪口逼着,不能反抗,只能任凭何建豪毒打。但是听不到一声他的呻吟。

东来则脸色发青，脸上直淌汗珠，胆小如鼠的样子，何建豪踱到他身边，抬起东来被敲断的腕骨，东来就开始杀猪似的嚎叫，叫得惨不忍睹，听得耳朵里都受不了。他只好放弃了折磨东来。这个落魄的刑警卧底，已经彻底废掉了。在他何建豪的眼里，已经跟死人差不多，不值一提。

但折磨九光，九光的不叫，也让他提不起精神来。最后，他想到了一个办法，将九光被周洪涛削掉的中指握到手里，点燃了打火机，用蓝色的火苗去烧九光的手指，九光终于忍不住叫出声来。

沈小北再也看不下去，一把推开何建豪。她已经知道九光跟何建豪不是一伙的，再想起之前九光对她的好，心里开始心疼九光。她忘记了害怕，想推开何建豪。但何建豪用力一掌，就把沈小北打倒在地。她的脸顿时青紫一片。

一个凶神恶煞的打手将沈小北拖到一边，恶狠狠地说："死娘们，不要命了，看看这是什么地方，消停点，别自讨苦吃。"

何建豪捡起掉在地上的打火机，重新把九光的手捏在手里。一脸痴迷地看着九光受伤的中指，嗤嗤地笑着说，"喜欢一件东西有很多种表达方式，我喜欢九光，尤其喜欢九光这根残指。"然后他把打火机点燃，继续用蓝色的火苗去烧烤九光的伤指。

九光担心沈小北为了他再扑上来而遭到何建豪的打骂，只好咬牙不吭声，只见他额头冒出豆大的汗珠，脸上的肌肉痉挛着，从空气中能嗅到皮肉烧焦的味道。

沈小北开始嘤嘤哭泣。她觉得她害了九光，如果九光不用车救了她，也不会落到何建豪这个变态手里。

"你为他担心是对的。"何建豪说，"因为九光这个中指是为你被截断的。"他丢开九光的手指，一脚将他踢开，走到沈小北跟前，用火苗燎着沈小北的头发，邪魅地笑着说："还记得你挠了周洪涛那吧，周洪涛就把九光的手指废掉了。不过,你很快就该恨九光了,因为出现在你面前,他彻头彻尾就是个骗子,无耻的骗子。”

“闭上你的狗嘴,我跟我妹的事不用你的狗嘴掺和,我自己会告诉她。”九光从地上支撑起半个身子,靠在墙壁上。“有种你把力气都使在老子身上,吓唬一个小姑娘,你也不怕这一屋子的爷们笑掉你的狗牙。”

九光是想用这种挑衅的方式把何建豪的注意力集中他的身上,他宁肯自己皮肉受苦,也受不了看着沈小北那双惊悸的眼眸,和眸子中泫然欲泣的泪水。

何建豪回头看着九光,接受了他的挑战,他让人用两把打火机去炙烤九光受伤的指头,在九光忍不住的咝咝声里,伴着沈小北歇斯底里的哭声。

何建豪很满意自己的创意,他把电话打给妙龄,让妙龄听九光的惨叫,然后嗤嗤地笑着说:“你应该能听出这是谁的叫声吧,只要你回来,我就放掉这个男人,如果你还在外面跟我死扛,我就天天折磨他,天天给你打电话。”

妙龄说:“你他妈是魔鬼,是疯子,是王八蛋!”

何建豪说:“对,你给我的称谓都对,为了验证你说的话,来啊,把九光的那只手指给我整节地剁下来。”

然后他挂了电话,随即他的电话就响了,他也不接,只是看着电话上的手机号码嗤嗤地笑。

一旁的沈小北吓得脸色发白,浑身止不住打颤。她看看九光,再看看东来,揪心地难受。她不知道是不是自己追查劫匪的行为把这两个男人弄到了这么惨的地步。她内疚,她惊慌失措,她六神无主,她绝望得要发疯了。她现在只盼望出现奇迹,让这两个男人能安然无恙地逃出去,那么她就是老死在这里,也没有什么内疚的了。

何建豪目光忽然落到沈小北的脸上，沈小北浑身一哆嗦，她向后面缩了下身体，仿佛期望自己的身体缩小到蚂蚁那么小，让何建豪忽视她的存在，但何建豪看了她一眼之后，就向他走了过来。

沈小北开始抖。何建豪站到她面前，她已经抖得像筛糠。何建豪伸手把她鬓边散乱的头发放到耳朵后边，沈小北已经双手抱着身体开始尖叫。这比那个可怕的夜晚劫匪进来时更让她害怕。这个何建豪比那两个劫匪的2次方还要可怕，她像躲避瘟疫一样地向后躲，但周洪涛在后面抓住她的头发，让她一动都动不了。

“你为什么要怕我?”何建豪抬手抚摸着沈小北的脸蛋，眼前就晃动着妙龄在他面前惊恐和绝望的身影。他嗤嗤地笑着说：“论模样，我比九光英俊，比东来健壮，你没有理由怕我，而是应该跟我多亲近亲近。”说着，就俯下头去亲吻沈小北的嘴唇。

沈小北这一次叫得像待杀的小鸡，嗓音都要穿破了玻璃。

九光就像一枚炮弹似的冲了过来，抱着何建豪将他摔倒在地。他的手里不知何时已经捏着一块破碎的杯子碎片，那枚锋利的碎片抵在何建豪的咽喉，威胁他说：“你放了她，要不我就跟你同归于尽。”

打手们要扑上来，何建豪却镇定自若地摆摆手，阻止了手下，他慢条斯理地对九光说：“你尽可以跟我同归于尽，不过，沈妙龄在我手里，你敢动我一根毫毛，我就让她生不如死。”

每个人都有软肋，这软肋一旦让人发现，就仿佛被人用刀横在咽喉上，束手无策。

九光现在就束手无策。

何建豪反手将九光打倒在地，恶狠狠地踹了两脚说：“知道我为什么一直怂恿你惯着你吗，就是因为她。今天我打你，也是为了她。”他从旁边手下的手里夺过一根木棍，死命地抽打九光，九光抱着头在地上翻滚，却依然不肯叫出声。

何建豪打累了，扔了棍子，旁边那人把椅子给他摆到身后，他坐在椅子上，点燃一支香烟，递给九光一根，自己点燃一根，叹了口气，说："我之前没让手下人动你，是因为那个女人，现在你挨打，也是因为这个女人，知道是什么原因吗？"

九光不说话。

"我有义务给你们上一堂课。"何建豪美美地吸了口烟，对众人说。

"知道沈妙龄吧，想必你们大家都不陌生。我就先交代一下她的身份，"何建豪站起来，走到沈小北身边，摸了下沈小北的脸蛋，说，"沈妙龄是你的妹妹，但不是亲妹妹，是同父异母的妹妹。"

这个秘密，沈小北已经在疗养院的门外听到了。她想起梦中母亲指着她身后的妙龄，声嘶力竭地喊："她是个孽种，是你跟那个女人生的孽种。"

何建豪转身走到九光身边，踢了九光一脚，说："沈妙龄也是你的妹妹，但不是亲妹妹，是同母异父的妹妹。"

然后他坐回到自己的椅子上，吸着烟，用手指点着沈小北说："你父亲是个风流成性的男人。"然后他又指着九光说："你母亲是个水性杨花的女人。一对狗男女婚后同时背叛了自己的爱人，苟合到一起，这两个人生下的孩子肯定也不是什么好东西，她就是畸形变态的沈妙龄。她为了报复她同父异母的姐姐，于是来到她姐夫的公司，想引诱他的姐夫，结果诱惑不成，还在车祸里成了个瘫子。她开始仇恨，恨她的姐姐，更恨她姐夫。于是她雇佣劫匪，深夜闯入姐姐家里，盗走了紫铜香炉。哦，不对，在这之前，夏美在她的授意下，已经取到了钥匙，早就神不知鬼不觉地偷走了香炉，那两个二逼劫匪进入耿家时，真香炉早就被偷走了。随后的一切事情，各位也明白个差不多了，两个劫匪被沈妙龄杀死，嫁祸东来，东来借机跑到我这里来卧底……"

他话还没说完，九光用尽力气大声吼："别他妈放屁了，我妹妹就是做了初一,十五三十都他妈是你做的,你别诬陷我妹妹,两个劫匪是你杀的,夏美也是你杀的。我妹妹就是想让耿直名誉扫地,根本没想杀人和偷东西。紫铜香炉我妹妹是要还给她姐的,她把耿直交易出货的地点告诉了警方,警方只要出动,就会人赃并获,就会把紫铜香炉还给沈小北。是你他妈的出手换走了真香炉,你才是个混蛋王八蛋……"

九光越说越气愤,忽然看到沈小北咬着嘴唇看着他。那双眼睛里满含了愤恨和眼泪,九光就什么也说不下去了。他一直欺骗她,利用她,伤害她,她恨他是天经地义。他可以为妙龄辩护,但他无法为自己辩护。现在就是有千万个理由,他都会觉得伤害这个女孩是多么的不该。这个女孩,是他从小就喜欢的,但现在他亲手把这朵花给蹂躏了。他无力地垂下头。

"怎么不说了,说啊?"何建豪很满意九光为他的讲述增添了可信度。"我替你说。"何建豪看着沈小北,说,"九光是妙龄的母亲跟结婚的丈夫生的孩子,也就是妙龄的哥哥。哥哥自然要帮助妹妹完成复仇大业。既然妹妹引诱不了姐夫,那么哥哥就出马,引诱你这个姐姐,势必要把你们夫妻拆散。"

沈小北开始哭,哭得泣不成声,哭得蹲在地上,眼泪弄花了她的脸,鼻涕都淌了出来。她看着九光,伤心,痛苦,内疚,愤恨,绝望。她知道误会了耿直,她知道她在经受这些时,耿直也一样经受着痛苦。她现在最想做的是走到耿直面前,跟他说一声对不起。

一旁的东来一直没说话,但现在,却淡淡地说了一句:"小北,别信他的,他说的不对。"其实东来想说何建豪说的不全对,但现在为了让沈小北恢复意识和警觉,必须这么说。

谎话有时候是必须要说的。

沈小北果然警醒了一些,因为这话是东来说的。她发现九光是个十恶不赦的坏蛋后,似乎觉得没有可以信赖的人了,东来这一说话,她才想起这里还有东来。她抬起泪眼看着东来,希望东来给他更多的一些指示。

"他是人渣,他的话没有真的。"东来说。

何建豪很感兴趣地看着东来,恨恨地说,"对了,忘记你这个废物了。你竟然还跑到我这里来做卧底?"说到这里,他走到东来面前,一脚踩在东来受伤的手腕上,东来抱着手惨叫不止。

何建豪对东来的反应很满意,嘲讽地说:"真他妈的侮辱我的智慧,我会相信你?"

东来却不理睬何建豪,只是吃力地对沈小北说:"他走私军火,贩卖毒品,什么恶事都做。劫匪是他杀的,夏美也是她杀的,因为夏美知道他的秘密太多了,而最重要的秘密就是有关耿直的。"

沈小北睁大了眼睛,泪珠还在她脸上,她吃惊地看着东来。

何建豪翻了东来一眼,却没有阻止他说下去。

"还记得耿直的那篇毕业论文吗,那篇论文其实没有通过,耿直甚至因此被视为学校的异己,连毕业证书都是乙等。他到了工作单位因此受排挤,才转行做医药代理。"东来说,"但就因为那篇论文,何建豪像只苍蝇似的盯上了耿直这块蛋糕。他表面上开娱乐城,其实背地里在做犯法的事。他做的这一切就是要逼迫耿直跟他合作制毒,制造冰毒。"

东来盯着何建豪的脸,说:"我说得没错吧?"

何建豪蹲在东来面前,佩服地拍拍东来的肩膀,说:"没想到你个废物眼睛还挺拿事儿。你说的没错。但最初有这个主意,却是沈妙龄帮我想出来的。"他抬高了声音,对众人说,"告诉你们,这一切都是沈妙龄那个婊子做的,我只不过是为她锦上添花推波助澜,我只起了个辅助的作用……"

他的话还没有说完,外面忽然想起了哗啦啦的声音,好像什么东西倒塌了。

两个手下匆匆走了出去,只见一辆改装过的悍马像一匹野马似的撞开落地窗，从街道上直接窜进大厅，向他们撞了过来，开车的人竟然是妙龄。

两人吓得撒腿往后跑。沈妙龄的悍马跟着撞了过来。

直接撞到何建豪的面前。

妙龄打开车门，一抬手，后面的车门打开，她的轮椅放了下来，她拉过轮椅，坐到轮椅上，移动轮椅，静静地行到何建豪面前，直视着何建豪，平静地说："我来了，你该放了我姐和我哥了。他们与这事无关。"

何建豪从震惊中很快平静下来。他招手叫过保安，去安抚外面受惊的人们，然后，他看着沈妙龄，伸手去摸沈妙龄的脸，轻声说："你的脸还是那么娇嫩细滑，白裳，你终于回来了。"

沈小北乍听到白裳两个字，觉得好像在哪里听见过。猛地，她想起在健身中心何建豪聘她做私人教练时，曾经跟她说过，她很像他的女友，一个叫白裳的女人，原来妙龄就是白裳？

"我是个瘫子了，你要我有什么用？"妙龄淡淡地说。

"我是个恋残癖，你应该知道的，我对瘸子瘫子最懂得惜香怜玉。"何建豪说着，一只手向下滑动，抚摸着妙龄的腿。妙龄脸上神色陡变，但她没有动，依然淡淡地说："放了我姐和我哥，这件事他们已经受到牵连了，我不想他们再受伤害。"

"好，我听你的，只要你肯回来，我什么都听你的。"何建豪依然抚摸着妙龄的腿，脸上显出迷恋痴狂的表情。

九光把一只椅子向何建豪砸了过去，他很快被众多保安按住。何建豪对他的手下说："把他们先关到地下室。现在我只想和我的女人在一起多呆一会儿。"

3

小昭因为告密东来有功，现在已经晋升了一大截。出出入入，没有人盘问她。

何建豪跟耿直谈判的时候,她在走廊里,但她不知道何建豪走出来的那个房间里竟然囚禁着耿直。那个曾经她色诱没有成功的男人,当时她还耻笑他憨厚老实。她下楼时,看到何建豪从房间里出来,房门关上的一刻,她竟然看到一张熟悉的脸,竟然是耿直。

耿直不是失踪了吗?昨晚东来跟那个什么队长通电话的时候就说过。听东来说耿直的失踪肯定跟何建豪有关,还真的有关。东来真是神机妙算。小昭就躲避在暗处没出来,竟然听到了何建豪接听的电话。

"究竟什么货物在码头靠岸,何建豪何以那样神秘兮兮,好像分外小心?"小昭将身子隐在楼梯下。地下室的楼梯有段升上去的阶梯,但上面并不通到楼上,用一段墙隔开了。所以知道这段上升楼梯不能用的人,都不会走到上面去。

何建豪怎么也没想到小昭躲在那里,偷听到了这个十分重要的电话。

"要派专人看守,千万不能有一点闪失。货到之前要清场,秘密卸货,否则泄漏了一点风声,你我都死无葬身之地。大个子有没有找到?妈的,婊子养的,一时半刻都离不开女人,非得死在女人身上不可。再去给我找,他相好的那几个女人都给找找,他出了事,你知道后果。会惹火上身的。"何建豪有些生气地说。

小昭知道何建豪说的"大个子"是谁,就是那个把夏美推到楼下又在电话里威胁自己的人,不过,小昭不怕他了,他早已经被东来交给了公安。

何建豪走过去了,小昭兀自琢磨着何建豪这个电话。究竟是什么货呢,不能有一点纰漏?还要专人严加看守,秘密卸货。还死无葬身之地?当初东来让小昭把他出卖给何建豪,就希望何建豪更信任小昭,能让小昭知道更多的秘密。现在,何建豪这个电话,算不算秘密呢?

东来还把邱队的电话给了小昭,让她有什么情况就给邱队打电话。

小昭把听到的情况原原本本地用短信发送到邱队的手机里。很快,邱队发来短信:谢谢你,这个情报对我们很重要,你自己多保重。

小昭感到心里热乎乎的,觉得自己不再是孤身奋战了,她的身后有个庞大的大部队,还有东来。

她惦记着东来,所以在外面转了一圈,又走进地下室。叼着一根烟卷,手插在牛仔裤里,摇晃着肩膀,在地下室的甬道上走着。东来不知道被关在哪里,但耿直关在哪里她是知道的。她觉得现在救一个是一个。反正要打乱何建豪的这盘棋。

她眼珠一转,对走廊里来回巡视的几个保安说:"辛苦了各位,要不要吸根烟?"

几个保安平时都挺喜欢小昭的,也知道小昭现在成了何建豪面前的红人,就凑过来套近乎。小昭从牛仔裤的屁股兜里掏出一盒香烟,分发给几人,神秘地小声说:"这可是我赚钱的家伙,今天就上供给各位了,不过,尝过之后要告诉我感受,到时候我散货时好对那些人说。"

几个人边谢谢边点头,纷纷把烟叼在了嘴上。

不到一分钟,几个人就瘫在了地上。

小昭的这盒香烟里,掺杂了哥罗芳。几个人都被麻醉了。小昭用力将几人一一拖到地下室那截上升的楼梯上,从其中一人的腰带上搜出钥匙,打开关耿直房间的锁,闪身进去。

耿直乍见小昭,这个曾经在他家做了一个月的保姆,吓了一跳。小昭急忙表明了身份。

"我是公安的卧底,你别怕。我是来救你的。"小昭觉得公安的卧底这个名头很响亮,也很正规,就借用了一下,否则她觉得向耿直解释清楚自己的身份有点麻烦,也有点困难。

"你能不能救我出去?"耿直想逃跑。只有逃离魔窟,才有生还的希望。

"我就是来救你出去的。"小昭说。

何建豪既然把耿直绑架来，就不会是干什么好事，对耿直来说，百分百是危险的事情，所以她要做的就是把耿直放出去。她不知道他所做的对何建豪意味着什么，但是她知道她所做的对耿直意味着什么。她认为耿直是个好人，能不受女人诱惑的男人，差不多都是个好人，包括东来。于是，他以最快速度给耿直换上了保安的衣服，带上其中一人的近视镜，竟然鱼目混珠地把耿直带出了夜店。

第二十三章　渔网之结

1

很多事在事后想起来，都会觉得有点不可能，但偏偏不可能的，却做到了。

小昭就做了两件这样的事。

小昭之前就在夜店里散货，从来没失手过。之前是因为觉得好玩新奇，想体验一下瘾君子的生活，她甚至还吸食一点。她每次都钱货两清，还从来没惹来麻烦，这点周洪涛的手下早就汇报上去，何建豪也略知一二，并且查过小昭的底，知道她父母有点小钱，这丫头没吃过什么苦头，不太知道天高地厚，喜欢江湖人士，但没有背景，于是也由着她在店里做生意。小昭的生意便越做越大，已经是周洪涛手下散货最多的得力干将。

东来来过夜店里两次，早看清了小昭在这里的地位。要想上位也不是难事，只要有个梯子，小昭就会跟到何建豪的身边，知道一些更为隐秘的事。

东来到这里卧底，就是给小昭当这个接近何建豪的梯子的。

东来所做的一切，都是要查到何建豪贩毒的证据。为此，他断了一只手，也在所不惜。

好在，这只手没有白断。

但小昭也是险中求胜。如果不是接下来发生的事，何建豪很快就会发现地下室里那些晕倒的手下，也就知道是小昭暗算了他——

当晚十一时许，何建豪接到一个电话，随后他就把电话狠狠地摔在地上。

这个电话是周洪涛的手下打来的。周洪涛已经没有机会打电话了。他在码头跟对方交易时，被埋伏的公安人赃并获。那可是制作甲基苯内胺的原料，并且里面还有五公斤的纯货，周洪涛是没有机会出来了。而周洪涛既然进去了，刑警很快就会找到何建豪这里。

何建豪气急败坏，他想不明白牢不可摧的大厦怎么说坍塌就轰然一声塌了呢？五公斤海洛因，足以让他一辈子关在牢房里，再也见不到外面的自由阳光。即使他的后台出面拼力保他，也未必能脱得了干系。他提了密码箱，三十六计，先走为上，避过风头再说。但是，下面已经拉起了警报，他知道，刑警的动作很迅速，兵分两路，其中一路，已经上楼来了。

他决定背水一战。

现在他手里有四个人质，东来，九光，耿直，沈小北。

他让人把四个人带到他的办公室。但是耿直却消失了。

那几个在地下室被小昭麻翻了的保安已经清醒过来，把被小昭算计的情况报告了何建豪。何建豪明白了，耿直的失踪，肯定是小昭做的手脚，看来这小妮子竟然也是个卧底。真是瞎了眼了，竟然会被她告发东来的举动蒙蔽了眼睛，看来两人是使的苦肉计连环计，就是为了引诱自己上当的。

从监控录像里看，刑警已经端着枪冲进来了。这一次来势汹汹。何建豪坐在椅子上，看着瘦弱的东来脸色蜡黄地靠在椅子上，他过去一脚将东来踢倒。东来惨叫着，浑身筛糠似的抖着。

这么一个弱不禁风的病秧子，却坏了他的大事，他狠狠踢了东来几脚，东来蜷缩在地上，惨叫不止。

何建豪看了眼浑身是伤的九光，径直向沈小北走了过去。他威胁沈小北，九光肯定会有所反应。九光晃了下身子，但却没有扑过来，他被何建豪打得太狠了，浑身都是伤，连站起来的力气都没有了。

警察已经冲到了楼前。何建豪拿起手机，让东来给刑警里领头的打电话。东来不想打，何建豪一拳砸在东来那只断了的腕骨上，东来疼得揪心地叫，沈小北那边也叫得跟拉警报似的。

她心疼东来。

电话打通了。是邱队接的。

何建豪夺过手机，对邱队说："你是这伙人里管事的？东来你不陌生吧？"说着，又一拳砸在东来的伤处，东来惨叫不停。

邱队听见了东来的叫声，焦急地说："你想跟我谈判，就别伤我的人。"

"去你妈的，现在是老子主动，你没权利要求我什么，你只有听我说话的份。"何建豪冷冷地说，"给我准备三辆车。加满油，然后你们退出去，让我走。我出了城，你的人我自然会丢下。我明明白白告诉你，我这里除了东来，还有两个人质，你少给我准备一辆车，我就从楼上丢下去一个人质，不信你就试试。"

然后，何建豪看着房间里三个人质，吩咐手下说："把他们手脚捆了，塞到麻袋里，等会带上车，别出纰漏。"

手下人开始找绳子。

如果三辆车子准备好，何建豪一旦带着人质上了车，那么这次千载难逢的机会可能就错过了，而下一次再想抓住何建豪，可能就难上加难。东来原来准备在何建豪上车的时候动手，没想到何建豪要捆了他的手脚，那样的话，反抗的机会都没有了，也别说阻止他上车了。

东来不想错过这次机会。他已经等了很久了，他甚至不惜使用苦肉计，断了一只手。现在，他要阻止何建豪出逃，哪怕牺牲自己的生命。

他向九光看过去，九光也正向他看过来。两个人对了下眼光，心有灵犀。只要九光也同时动手，东来就有了一半的胜算。

那群手下欺东来右手受伤，就只过来一个人捆东来。在捆东来脚的时候，根本没多顾忌东来。东来也就不客气了，左手出其不意迅猛地捏住那人的脖子，那人一声不吭就倒下了。

去捆九光的是两个人，九光费了点力气，他收拾掉其中一个的时候，另一个发出了动静。何建豪一回头，就把手里的枪对准了九光的头。

东来手疾眼快，左手把捆他的绳子掷了过去，正打在何建豪的手上，把何建豪的手枪打掉。九光趁势解决掉另一个，准备跟东来对付房间里何建豪其他的手下。

近在咫尺，变生肘腋，何建豪害怕楼上的动静被楼下的公安发现，如果他们趁机硬闯进来，他可就吃亏了。他看到一旁的沈小北惊愕地看着眼前的一切，一个箭步蹿过去，从腰里抽出手枪，逼在沈小北的太阳穴。

沈小北惨叫了一声，东来和九光同时住了手，想向何建豪扑过去，但何建豪手里的枪只要再一动，沈小北就会魂飞天外。

“不是想动手吗，动啊，东来，九光，两个混蛋，还他妈没玩够，老子的事都坏在你们身上。”他转头对一个手下说：“杀了他们，有这个女人做人质就够了。”

手下呼啦啦向九光跟东来围过去。九光想反抗，何建豪冷笑着说：“你不想死的话，死的就是你的情人沈小北。”那边九光立刻不敢有所作为。

何建豪笑了。他就想看到他在努力后会有什么结果，他就想看到这个结果正是他希望看到的结果。

人在得意的时候，忘形总是免不了的。

沈小北听到他要杀了东来跟九光的威胁，她不想让东来死，也不会让九光死,更不能因为自己而让两人殒命。她不知道哪来的力气,忽然硬掰住何建豪的手,狠狠咬了下去。

九光眼见沈小北出手,鱼跃而起,想从何建豪手里把沈小北夺过来。因为用力过猛,沈小北虽然夺过来了,他自己却把整个后背都留给了何建豪。何建豪恨极了九光,一脚踢了过去。

九光的身子就撞到了落地窗上。

落地窗的玻璃哗啦一下,全碎了。九光就要从窗口滚了下去。

东来疾步扑上来,一把抓住了九光的手。但一只手的力量却无法即刻将九光拽上来。

何建豪却已经从地上拾起掉落的枪,对准东来就要扣动扳机。

妙龄不知道从何处摇着轮椅过来。她大声地喊着:"何建豪,你积点德吧。积点阴德别作孽了。"

何建豪愣怔了三秒钟,他缓缓地回过头,看向妙龄。

门口,出现了一排刑警,齐刷刷的枪口对准了何建豪。他要敢妄动,只怕他还没扣动扳机,脑袋就会被打成了筛子。

何建豪长叹一声,对妙龄说:"是你把他们带上来的?你啊,命中注定,是我的克星。"颓然垂下了持枪的手……

2

妙龄觉得无颜见沈小北。但沈小北在杂乱的人群里,推起了妙龄的轮椅。妙龄的眼泪落下来,濡湿了衣襟。

"姐,你恨我吧。"妙龄轻声说。

"恨。"沈小北默默地推着轮椅,"可你是我妹妹,恨,你也是我妹妹。我从小就把你当妹妹,当了二十多年,反正你是我妹妹,我不管之前父母之间的事。"

"姐,对不起。"妙龄说不清自己现在的心情,只是觉得愧疚,自责,悔恨，还有什么？她看见了九光，但九光却转身离开了，他没有跟他的两个妹妹道个别，什么都没说，一身伤痕地走了。

妙龄的心头一紧，是不是他恨她利用他这个哥哥，永远都不原谅她呢？

"九光是你亲哥，他不会生你气的。"沈小北看到了妙龄眼睛里掠过的神情，她安慰她。

从小到大，她一直像个姐姐一样安慰妹妹，保护妹妹，谁欺负妹妹她就上去挠人家。妙龄是她的妹妹，她不忍心看着妹妹难过，哪怕一点难过，也不想看到。

恨不恨妙龄呢，真的是恨，但恨无法掩埋她心里挚爱着妹妹的那份情。

耿直因此变成了什么样，她不敢去想。但事情妹妹已经做下了，责备她也没有用。妹妹已经瘫痪了，她脑子里想着报复姐夫也没什么离谱的，也该自己跟耿直有此一劫。现在雨过天晴，她准备找耿直好好谈谈。

紫铜香炉已经完璧归赵，邱队先带回了警局，要做下记录。东来被抬上救护车，小昭紧随其后也上了救护车，何建豪被戴上手铐押上警车……

沈小北想跟着东来也上救护车，但想了想，她没有动。有别的姑娘在喜欢东来，那就让她喜欢去吧。看到九光走，她也同样没有叫住九光。她还没有在耿直的那份离婚协议书上签字，那她就还是耿直的妻子，她要收心回来，重新经营自己的婚姻。因为她还爱着那个她叫他老公的男人。之前的误会解除，她要尽快找到他，跟他解释一切。

小昭已经告诉她放走了耿直，沈小北想给耿直打个电话，但包里没有手机，早被何建豪给收走了。她问妙龄借用，妙龄的手机也被收走了。那就等见到公用电话再打吧。

姐妹两人决定先找个饭馆吃饭，互相都有很多话要向对方倾诉。沈小北先回家换件衣服。等走到大厦时，才想起她已经搬离这里了。但现在雨过天晴了，那还是她的家。

沈小北在大厅的保安处借用了电话，给耿直打过去，却始终没人接听。耿直在忙什么，不接她的电话，还在生她的气吗？小昭不是已经放走耿直了吗？大概他的手里也没有电话，手机也被何建豪收去了吧。这么想着，就暂时放了心。

妙龄说她累了，在楼下等她。沈小北见妙龄脸色有些憔悴，就让她在楼下大厅休息一会儿。她把妙龄推到大厅的休息区，把她扶到沙发上，又到饮水机旁取了一杯水，放到妙龄的手上，才放心地离开。

妙龄想说什么，但没有说。反正一会儿到了饭店，有许多话要对姐姐说，不在乎这一刻了。她凝视着姐姐的背影，鼻子忽然一酸。她对不起这个姐姐，这一个一心一意对她好的姐姐。

沈小北在电梯前回头，看到妙龄举着杯子冲她微笑。妹妹温婉而略加小心的笑让她知道，妙龄还是担心她会生气的。

电梯的门合上了，沈小北收回脸上对着妙龄展露的笑容。生气是肯定的，但是那又怎样？一切都过去了，就让这一切都过去吧。父母已经没了，难道还不认这个妹妹吗？

走出电梯，她快步向家里走去。包里还有打开家门的钥匙，她用钥匙拧动门锁，门很快打开了。她有个奇怪的想法，这道门，她的钥匙永远都能打开。也就是说，她还会名正言顺回来的，这是她的家，是她跟老公耿直的家。

房门的地板上，没有耿直的皮鞋。如果耿直在家，他的皮鞋会规矩地摆放在玄关，但现在那地方空着。而他的拖鞋则在原地，上面似乎有了灰尘。他多久没有穿过它们了？她的手指拂掉那些灰尘，心里一片怅然。

房间还是她走时的样子。

窗帘拉开一半。

沙发上罩着的碎花棉布的帘子还是她走时放置的。

一切，都是云淡风轻，好像她刚离开片刻，又好像她已经离开了很多年。除了空气中有点淡淡的味道外，再没有其他的变化。

她疲惫地坐在沙发上，一天一夜没有好好休息了，大脑一直处在紧绷绷的状态中。沙发上放着一只杯子，杯子里还有一点水，大概也是自己走时喝了一半的。

沈小北伸手拿过杯子，喝掉了剩下的半杯水。然后她的目光落在杯子旁边一张白纸上。那张白纸上是有字的。她记得她走的时候桌子上没有放过一张字，尤其是一张带字的纸。那这张纸是谁放的？或者说是谁写的？

她有点迫不及待地欠身过去把茶桌上的纸抓在手里。她已经猜到了，应该是耿直写的字。耿直为什么要留言给她，而不是给她打电话呢？耿直这期间回来过吗？是刚才回来的，还是之前在她搬出家以后回来的？

她急切地想从这张纸里知道更多有关耿直的消息。她展开纸，认真地看下去。

纸上的字句并不多，但是她却看了很久，还没有看明白的样子。

"亲爱的小北，我的老婆：

请原谅我依然这样称呼你。因为你不知道，我是多么愿意一直这样，一生一世这样称呼你。我知道我已经没有这个权利了。是我自己放弃了这个权利。在今天，在这里，我向你坦白一切。我曾经背叛了我们的婚姻，背叛了你。无论是出自何种理由，出自何种动机，我都知道这是无可原谅的错误。

亲爱的小北，我不敢奢望你原谅我，但我依然爱你。你的紫铜香炉虽然不是我拿走的，但确实是我卖掉的。有生之年，我想过无论出多高的价码，在我有钱的时候把它买回来，重新放到你的手上，请求你的谅解。但现在恐怕我做不到了。

何建豪用你做人质，要挟我为他制冰毒，只有我死了，离开这个世界，他才会觉得让你做人质已经没有意义，就会放了你。你才能平安无事。

小北，不要为我的离去悲伤。我曾经背叛过你，我还撞死过两个人，一个是无意的，另一个也是无意的。但那是两条无辜的生命，让我去地下向他们道歉吧。

别了，小北。我希望有灵魂的存在，假如有灵魂存在，那么我的灵魂会为你守护，守护你平安快乐。”

这的确是耿直写给沈小北的信。

沈小北默然地坐在沙发上，夕阳从地板上已经移到了东墙上，又从东墙上移到了窗棂上。玻璃反射着夕阳的余光，照射在沈小北的脸上。她的脸上都是泪痕。

她绝望地哭泣，因为她的解释她的道歉耿直再也听不到了。

不知道过了多久，她感觉她的身体疲倦极了，头，也沉重极了，她的鼻子里嗅到一丝奇怪的味道，但是她的思维已经不那么活跃了，甚至已经停滞了。所以她猜不出那是什么味道。她只是感到从来没有过的倦怠和松懈，她的身体靠着沙发滑了下去，她的头垂在沙发上，她的手里还捏着耿直的信，静静地躺倒了。

她的头发凌乱地散落在地板上，像一朵墨染的荷。

空气中，那种奇怪的味道越来越浓。

那是煤气的味道，是死亡的味道。

3

耿直回来过。

小昭把他救出后，耿直就直接回了家。

沈小北坐过的位置,就是之前他坐过的位置。他去饮水机前给自己倒了杯水,重新坐到沙发上。那时,他的手边没有白纸,也没笔,那时他还没有彻底想好应该做点什么。

客厅正对门楣的位置,挂着硕大的婚纱照。沈小北甜蜜地笑着依偎在耿直身边。他觉得那一幕好像就发生在昨天,他的臂弯里似乎还是温暖的,那里他的爱妻曾经挽着他的手臂,脸贴着他的脸,跟他低声细语。

他甚至嗅到了沈小北身体上的味道。

但是,绝望也在那一刻向他袭来。他知道他躲不开何建豪的魔爪。他已经掉进他的陷阱里,怎么都是个死。虽然他现在逃出了魔窟,但是他知道,沈小北就在何建豪的健身中心做教练,何建豪想动沈小北,易如反掌。

如果自己不听命于何建豪,那么何建豪会把他的一切过往的丑恶揭露出来:他开车撞死人,他卖掉妻子的宝物,他背叛了妻子。这些,都是他无法纠正的错误。这些错误一旦公之于众,他活不下去,他会被关进监狱里度过残生。

他喝掉了杯子里的水,又重新为自己倒了一杯。阳光从他的脸上掠了过去,投到了他身后的墙上。又移到窗棂上,然后黑暗降临了,房间里黑糊糊的。耿直坐在黑暗里,一动不动,他在思考着他人生中最大最重要的事。

假如听命于何建豪,那么就要为他制甲基苯内胺。那是冰毒,那是害人的毒物。之前的过错是他无意中犯下的,假如还可以获得原谅的话。而现在,他如果跟何建豪合作,就是再宽容的上帝也不会原谅他,他是明知故犯。

他站起来,摸黑走到饮水机前,为自己倒了第三杯水。黑暗中,他的眼睛灼灼闪烁,似乎已经想到了最佳办法。

左右为难的时候,只能衡量天平的两端哪头轻哪头重。答应何建豪,他和沈小北都是安全的,但会害死其他人,害死很多人。

不答应何建豪,他就是危险的,而沈小北也是危险的。何建豪最后会拿沈小北的生命来威胁他。为了钱,这个恶魔什么都做得出来。他不是把夏美都杀掉了吗?不是把那两个劫匪都杀掉了吗?他也会把沈小北杀掉的。

他选择了自己的道路,准备走下去。

他想给沈小北打个电话,但是在被何建豪囚禁的时候手机被没收了。他站起来,忽然觉得身体很轻灵,摆脱了思想上的沉重负担,他觉得很轻松。他到书房里拿出一张白纸,拿出一只笔,重新回到沙发上坐下来,弯了腰,在茶桌上一笔一画地写了一封给妻子的信。

他写得很慢,好像每个字都经过了深思熟虑似的。但这封信终于还是写完了。他把纸和笔放到茶桌上,站起身,看了看窗外的夜色。

已经是午夜时分,他长久地凝视着窗外,好像要把屋外的景色都装到眼睛里似的,很贪婪,但也很绝望。他又回转身看着他的房子,为了跟沈小北结婚买的爱巢,眼里依然是贪恋的目光,目光里还夹杂着深深的痛苦。

最终,他把房间里的每一样东西都深深地刻在头脑里,映在眼睛里,嗅到鼻子里,然后,他缓慢地走到卧室,拉开床下的抽屉,将里面那张他跟妻子做爱用的渔网,拿了出来。

他的手触摸着渔网,很多往事纷纷涌到眼前,还有沈小北洁白的肌肤被渔网勒出一个个格来的样子,他不敢想下去了,怕自己鼓足的勇气泄掉。他把渔网拿到洗手间,洗手间里有一根粗粗的钢条从墙的两端通过,当时装修房子时,装修工人说他这根钢管太粗了,说能经受住一个人的重量,他笑笑,没说什么,那时他只是想羽绒服鸭绒被洗过之后会很沉,需要这样的坚硬结实的东西去承载。

一切都是宿命,竟然在装修时候就知道了他今天的结果。他惨笑了一下,从外面拿进一张餐凳,踩着凳子上去,把渔网从钢管上扔了过去,打了个活结。然后他两手抓着活结,想了想,他又从凳子上下来了。

死,有的时候也未必是容易的事。但他怕自己死得不彻底,于是,他想到了三种死亡的方式。

他吃了一瓶安眠药,又走到厨房,拧开了煤气阀门,平静地走到客厅里,最后一次看了一眼门楣上挂着的婚纱照,然后走进卫生间,像要方便一样,轻轻带上门。

站到凳子上,双手抓住那张渔网,将自己的头探了进去。同时,他的双脚离开了凳子。那只凳子,在他晃动的身体下,颓然倒地。

他并没有马上丧失意识,他还是清醒的。因为他的眼睛透过迷雾一样的空气,看到了沈小北被渔网勒出的那一块块牛奶一样细滑洁白的肌肤,那肌肤上还隐隐地,隐隐地绽放出一朵朵玫瑰。那玫瑰起先还是浅粉色的,水粉色的,然后变成火红的一团,一簇,像燃烧的火……

4

妙龄在下面等了很久,很久,依然没见到沈小北从楼上下来。电梯门打开又合上,合上又打开。妙龄握着的茶杯已经凉了,她放在茶桌上,想,大概姐姐想一个人呆一会儿,那么,我要不要离开呢?

想给沈小北打电话,才想起现在她们手里都没有手机。

轮椅碾过大厅的大理石地面,骨碌碌地响。轮椅已经推到门口了。但接下来妙龄还是转身推动轮椅向电梯的方向。外面天色已经暗了,姐姐还没有吃饭,姐姐从小到大对她的那些爱护的回忆中的片段纷纷扬扬向她涌来,她觉得要向姐姐再一次说对不起,再一次再一次说对不起,她忽然觉得没有姐姐的生活是可怕的,虽然她有了哥哥,但是她不能没有姐姐。求得姐姐的原谅是最重要的。

上了电梯,出了电梯,轮椅推到沈小北家的门外。妙龄有打开沈小北家的钥匙,那是夏美为她复制的。而一个多月前,那只紫铜香炉就是她带着墨镜拿出沈小北的家的,神不知鬼不觉,谁能猜到一个瘫子会忽然跑到18楼来偷东西呢?

那时她觉得她不是偷。因为紫铜香炉是父亲的,那么也是她的,最起码有她的一半。

打开房门,她嗅到一丝不祥的气味。那是煤气的味道。

她惊慌失措,因为落入她眼帘的是躺在沙发旁边一动不动的姐姐沈小北。她急忙赶过去,扶起姐姐。她的心蹦蹦跳得吓人。好在姐姐的心脏还在跳动,姐姐的鼻子还在呼吸。只是怎么叫都不醒,是吸了过量煤气的缘故吧。

妙龄急忙想去包里拿手机给120救护中心打电话,猛然想起手里没有手机。她忽然从轮椅上站了起来。她的两条腿在地上矫健而飞快地走动着。她打开窗户,又到厨房关闭了煤气,路过卫生间时,无意中看到门缝里透出的一切。她猛地推开门,耿直直挺挺的身体在空中悬挂着,妙龄瞪大了眼睛。

一切都是她的罪孽吧!

妙龄把耿直的身体放下来。那具身体已经冰凉了,硬邦邦的,再也不是那个温柔体贴的男人了。她抚摸着耿直铁青的脸,忽然知道自己心里其实从来都不恨这个男人,她只是恨这个男人不爱她!

爱情究竟是什么,能把人的心挖掉,能让人痛不欲生。现在,没有人回答她的问题了。她跪在耿直身旁,抬起耿直僵硬的手,抚摸自己的脸。她的眼泪随即沾满了那只没有生气的手。她把头抵在他的脸上。没有温度,这个男人永远地离开了她,离开了她的视线,离开了她的生命。

没有什么能比你爱的人远离你的生命更悲痛更绝望的事情了。妙龄感觉心里空荡荡的,她的心脏好像被人挖开了,拿走了。她用手捂着胸口,疼,疼得似乎忘记了悲伤。当她抬头看见沈小北静静地躺在沙发的另一端时，她知道她现在还不可以悲伤，她要先做一件事，把姐姐送到医院去抢救，否则，会因为失去姐姐而更加悲伤。

她将姐姐背在背上，冲出屋子，她想尽快走到电梯里。她的两只脚许是太长时间没有锻炼过，许是太焦急要走得快一点，在看到电梯的一瞬间，两只脚因为背上重量的重压，弯曲了一下。在两条腿还没有直起来时，她的一只脚又着急地迈出去，于是，她感到一阵撕心裂肺的疼痛从膝盖处传来，那疼痛从膝盖一直向上延伸，像闪电一样升腾到她的腰际，她跟她的姐姐都倒在了地上。

但她知道她现在不能倒下去，她要救姐姐。她爬了起来，在那无法承受的疼痛里爬了起来，按响了电梯的门铃。电梯门缓缓地开了，她在看到电梯里正有人时，支撑不住，扶着电梯，缓缓倒了下去。

疼痛，占据了她的大脑。但她的意识是清醒的，她听见她自己的声音在走廊里回响："我姐姐吸了煤气，快送她到医院抢救……"她看到有人抱起了姐姐，放心了，她忽然感到她的身体很沉很沉，再也支撑不住的沉……

妙龄的腿，在耿直引起的车祸中受了重伤，但没有瘫痪。为了惩罚姐夫，让姐夫一生都觉得亏欠着她，妙龄买通了主治医师，谎称自己瘫痪了。她在人前一直坐着轮椅，只有在夜深人静，在没人的时候，她才把两只腿从轮椅里释放出来，在地板上偷偷地走动。

现在，她不用偷偷摸摸地走了，她的两条腿，被她解放了。

5

东来醒来的时候，他发现床边有两个姑娘，一个是水凝，一个是小昭。他的手指动了动，两个姑娘就都醒了。她们问他要什么，想喝什么，想吃什么,她们会帮他做,帮他拿。她们说的最多的话就是“我帮你。”

东来最后要了手机,他想给沈小北打个电话。但电话没有打通。

“你是想给沈小北打电话吧?”小昭从东来眼睛里猜到了。

东来没有说话。

“她出了点事,不过,事不大,也在这家医院里,已经好了,但她妹妹好像不太好,好像高位截瘫,一辈子都要坐在轮椅上。”

东来记得沈小北说过,她妹妹是瘫痪,小昭现在说的是她哪个妹妹?小北还有别的妹妹吗?

水凝则默默注视着东来。她明白了,东来心里的女孩并不是眼前看护了他三天两夜的女孩,而是那个叫沈小北的姑娘。

九光从何建豪的地盘出来,打车去了孤儿院。在从孤儿院回来的路上,他忽然感觉心疼。心疼,还是他妈的心疼。

他疼得受不了,心慌气短,觉得自己好像得了心脏病,不去医院就活不了。他让司机直接把他拉到了医院。在急诊室里,他看到他的两个妹妹,他最亲的亲人分别躺在手术台上,医生在做检查,几个医生围着沈小北准备抢救,还有两个医生把妙龄推走了,说要动大手术。

九光靠着墙才没有晕倒。

医生看到他手上脸上都是伤,要给他医治,他没有听见,他只感觉眼前红红的,都是血。

6

半年后。

疗养院的草坪上,妙龄坐在轮椅上看书。沈小北从大门那边穿过甬道走了过来,手里拿着一条给妹妹买的新裙子。

她推起妹妹,两人边走边聊。

妙龄忽然扬起脸来说:“这是我新出的小说,《幸福的概念》。”

沈小北接过书,看到书的封面是两张少女如花的笑靥,她不禁笑了。

“姐,为过去的事,你还恨我吧?”妙龄忽然问。

“恨。”沈小北说,“可你是我妹,我也爱你。”

爱字,有时比恨字更难出口。

“我弄没了你的幸福,所以我想送给你一份幸福。”妙龄说。

“有你我就很幸福了。”沈小北推动轮椅,看着草坪上的小草在车轮的捻动后依然迎风挺立着。

“我哥说他一会儿来,请我们吃饭,你去好不好?”妙龄近乎央求地说。

“有他陪你就行了,我等会儿还有约会。”沈小北故作轻松地说。

“是那个叫东来的刑警吗?”

“东来不是刑警,他只是大厦的保安。”

“我看他还是做刑警好了。好好的刑警不做,非要跑到你住的大厦做保安。我敢打赌,你如果搬家,住到别的大厦,不出一周这个叫东来的就会到你住的大厦依然做保安。”

“我同学昨天又打来电话,他找到了最好的医生,说可以医治你的腿。紫铜香炉可以出手了。用它换回你健康的腿,是我最想看到的。”

妙龄没说话,回身伸出自己的手,用力握住沈小北的手。

“姐,你太苦了,不该拒绝男人的爱。”妙龄说。

沈小北没有说话,只是苦涩地笑了。

她没有权利接纳任何男人,无论是九光,还是东来。

因为她曾经辜负猜疑了另一个男人,所以她决定惩罚自己,这一生一世,都守着心里的男人,到生命的终结。

远处,一辆轿车后面,靠着车门的男人,戴着墨镜,光着脑袋。镜片后的眼睛一直落在草坪上推动轮椅的沈小北身上。

他没有走过去。既然妙龄没有给他打手势，他就不能走过去，他怕他一走近，沈小北就离开了。

那么，不如就这么远远地看着她，能看着她一颦一笑，也是好的。

他点燃一支烟，叼在嘴角，拿起手机拨了个电话。

“东来，我。还能是谁？九光啊。不信还有男人成天打电话找你？”他打给了东来。“我他妈就同性恋怎么了，看上你了怎么了？我看上的人就没有跑掉的，你也算一个。躲，躲什么躲？晚上找你吃饭，来不了？你试试？我打得你满地找牙。我也不找你一个人，我不还有俩妹妹么？我一个妹妹出书了，庆祝一下，东来同志，赏个薄面吧……”

阳光很好，真的很好。

绿草很绿，真的很绿。

阳光绿草，好得让人想落泪。

沈小北推动着妹妹的轮椅，忽然想，如果当初她没有怀疑，她没有让九光和东来查下去，她的生活是不是就会是另一个样子？

可是，过去终究都成了过去，永远也回不来了。心里的那道伤，却历久弥新，越是在她高兴快乐的时候，越是像一张渔网，将海底的水草和往事一遍遍地打捞到沙滩上，裸露在她面前。

她知道，她可以躲开很多人，但是她躲不开自己的心。

草，绿着。

阳光，跳跃着。

伤痕处又蠢蠢欲动，疼痛像一张网，铺天盖地，笼罩了她……

后 记

这部小说，前前后后创作了将近十个月，这是我自从2009年年底创作长篇以来，写得最久的一部小说。从去年夏天开始，一直边琢磨边写。

那时搬进去的新楼竣工不久，很多人家都在装修房子，电刨子的噪音很大。加上盛夏的燥热，几次都不想写了。有两次夜晚儿子睡了我独自坐在客厅的地上，冰凉的地面让我精神些。而我小说里的人物就开始在我眼前晃荡。

那是些有血有肉的人物，我不可以让他们半途而废，一定要把小说写完，让小说里的人物走完他们的这段路。于是我改改停停，虽然缓慢，但一直写了下去。这部小说有幸被新浪原创编辑看中，鼓励我参加第七届新浪原创大赛，没想到竟然获奖。更要感谢图书传媒有限公司的编辑，在一个寒冷的冬日的晚上，突然给我打来电话，要签约我的小说，由上海文艺出版社出版，我真是庆幸自己坚持了下来。

这本书的创作，很感激须一瓜作家，源于她的一篇小说而得来的灵感。非常感谢她，向须一瓜作家致敬！

老三

图书在版编目（CIP）数据

谁系的死结/老三著. -上海：上海文艺出版社.2011.6
ISBN 978-7-5321-4147-0
Ⅰ.①谁… Ⅱ.①老… Ⅲ.①长篇小说-中国-当代
Ⅳ.①I247.5
中国版本图书馆 CIP 数据核字（2011）第 108721 号

出品人：陈 征
责任编辑：海力洪
特约编辑：代 文
封面设计：丁威静

谁系的死结
老 三 著
上海文艺出版社出版、发行
上海绍兴路 74 号
新华书店经销 上海交大印务有限公司印刷
开本 890×1240 1/32 印张 12.625 插页 2 字数 325,000
2011 年 6 月第 1 版 2011 年 6 月第 1 次印刷
ISBN 978-7-5321-4147-0/I·3197 定价：27.00 元

告读者 如发现本书有质量问题请与印刷厂质量科联系
T：021-54742977